我的女孩

我们新的夏天正在开始

有爱的青春陪伴者

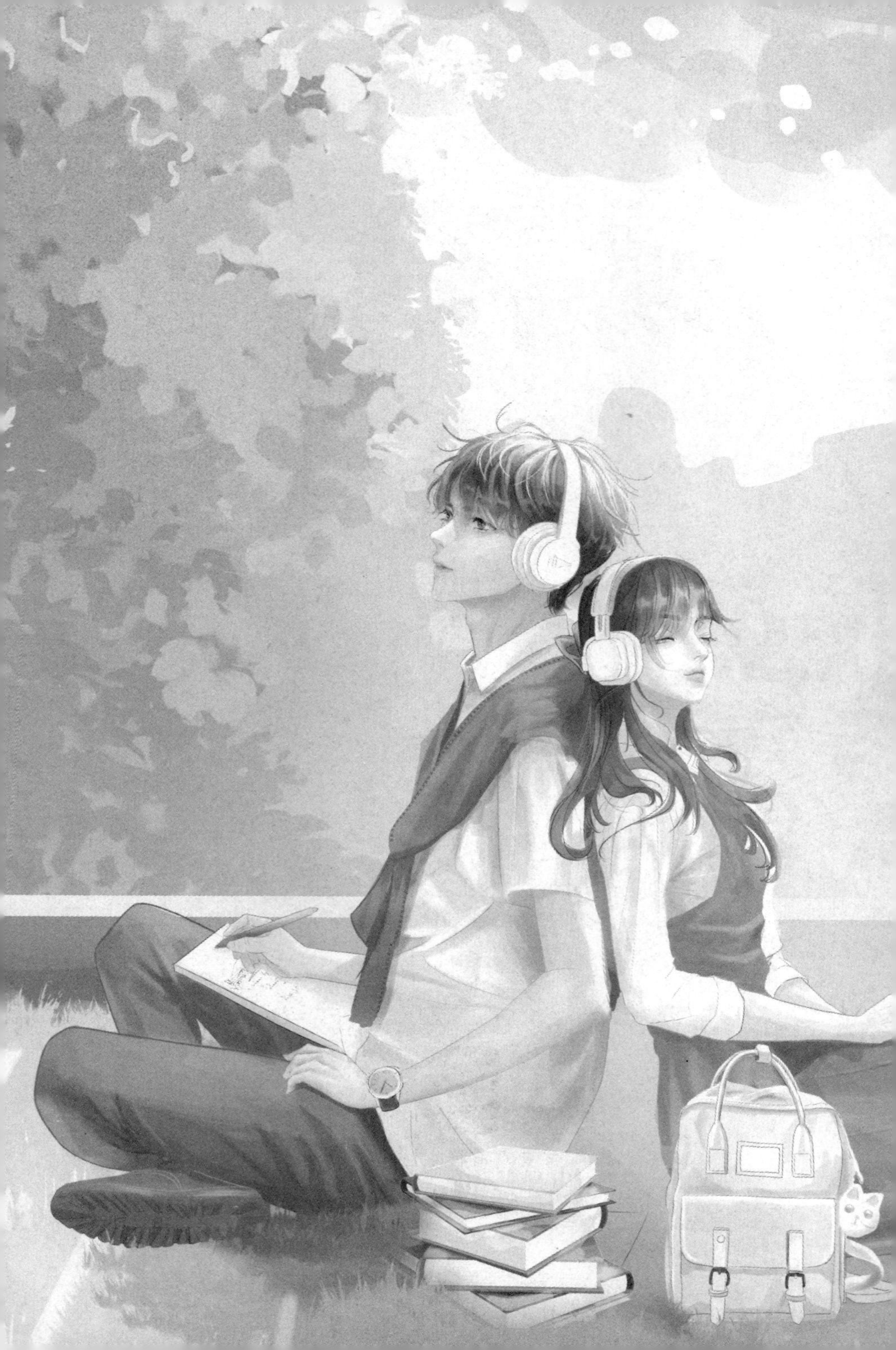

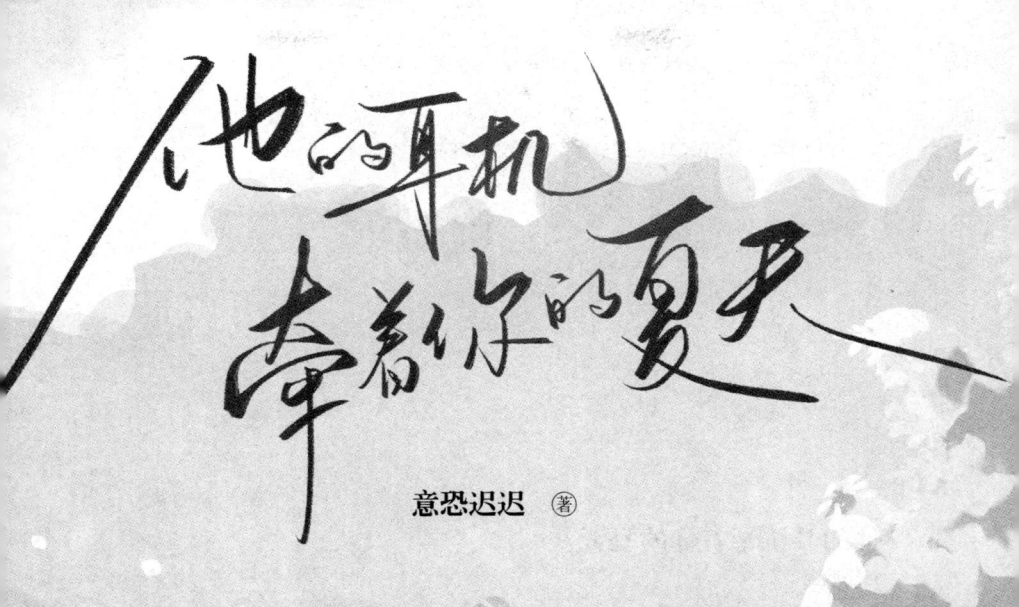

他的耳机牵着你的夏天

意恐迟迟 著

江苏凤凰文艺出版社

图书在版编目（CIP）数据

他的耳机牵着你的夏天 / 意恐迟迟著. -- 南京：
江苏凤凰文艺出版社，2023.11
ISBN 978-7-5594-7859-7

Ⅰ.①他… Ⅱ.①意… Ⅲ.①长篇小说–中国–当代
Ⅳ.①I247.5

中国国家版本馆CIP数据核字(2023)第128484号

他的耳机牵着你的夏天
意恐迟迟 著

责任编辑	王昕宁
特约编辑	姜 姜
责任校对	言 一
出版发行	江苏凤凰文艺出版社
	南京市中央路165号，邮编：210009
网　　址	http://www.jswenyi.com
印　　刷	长沙鸿发印务实业有限公司
开　　本	880mm×1230mm 1/32
印　　张	11.5
字　　数	477千字
版　　次	2023年11月第1版
印　　次	2023年11月第1次印刷
书　　号	ISBN 978-7-5594-7859-7
定　　价	45.80元

江苏凤凰文艺版图书凡印刷、装订错误，可向出版社调换，联系电话025-83280257

目录

contens

第一章 / 001
成名在望

第二章 / 032
恒定主角

第三章 / 071
就靠近吧

第四章 / 103
他舍不下

第五章 / 130
心动重启

第六章 / 159
994929

第七章 / 187
相邻相依

第八章 / 215
重新开始

目录

contens

第九章 / 241
我保护你

第十章 / 268
永远不变的夏天

番外一 / 299
少年的青春

番外二 / 313
从以前，到现在

番外三 / 329
顾渝和于枝枝

番外四 / 340
浪漫是生活的必需品

番外五 / 350
五十问，两封信

后记 / 359

第一章

成名在望

　　北城十点的深夜,窗外连一丝风都没有,绿油油的爬山虎爬在窗户外的防盗栏上,把路灯的光都给遮住了几分。

　　许安仪这个时间还坐在电脑前,最近出版社催稿催得紧,她每天都在争分夺秒地写稿。

　　室内没有开灯,唯一的光源就是屏幕的蓝光。

　　键盘声"噼里啪啦"的,许安仪有些烦躁,伸手揉了揉太阳穴。

　　电脑上密密麻麻的字此时在她眼里,好像都变成了一个个扭动的旋涡。

　　"你能不能小点声啊?"她的卧室门被猛地拍响,在寂静的夜里听起来格外突兀,"我明天还要上学呢!你打字那么吵,烦不烦啊!"

　　许安仪没回应,"啧"了一声,干脆伸手把键盘连接线从电脑上拔下来,整个人往椅子上一瘫。

　　门外是她的妹妹,每天都要找各种理由和她吵一架,她都习惯了。

　　而且房子老旧,隔音不好,许安仪要是出声,把隔壁的父母吵醒,估计就要被轮流教育,所以一般这种时候,不理就好。

　　键盘拔掉了,看这个形势继续工作也不现实。她从椅子上站起来,简单收拾了一下,戴好耳机,在手机上找了部电影看。

　　文艺片里的夏天和北城一样炎热,慢节奏的剧情催人入眠,许安仪侧躺着,手机都没来得及关就睡着了。

　　隔天晨光刚亮的时候,许安仪就被吵醒了。

　　许安仪这一夜一直在做梦,睡不安稳,总像是有人在追着她。后来梦里都是吵闹声,她看着前面有光,抬腿跑过去……然后就醒了。

刚睡醒还迷糊着，她又是眼睛对着窗，没什么防备地睁眼，晨光顺着爬山虎的缝隙打进来，晃她个正着。她眼前花成了一片，只好从被窝里伸出手来，用力地揉眼，好一会才缓解了酸涩感。

客厅传来声音："许安仪——快点！你今天不是开会吗？"

许安仪深吸一口气。开会的时间是上午九点半，现在才早上六点半。

她走下床，随意用发圈把及腰的长发绑起，打开房门往厕所走。

"你要是再锁门，我就把你房间的锁砸了。"许妈妈站在餐桌边，没好气地说。

许安仪脚步一僵。

见她不回答，许妈妈的音调逐渐拔高："赶紧嫁出去得了，天天在家躺着。"

这种场面司空见惯，许安仪轻轻皱眉："知道了。"

许安仪面上乖顺，心里却在琢磨着要找机会搬出去，每天的生活都压抑得不行，长此以往，她非疯了不可。

许安仪站在镜子前，用水打湿脸颊，抬头看了看自己。

这段时间写作时间长，连视线都有些模糊，本来炯炯有神的大眼睛，看起来有点无神。

"快点——"妹妹许安柔又敲响了门，"我上学要迟到了！"

"知道了。"许安仪脸上都是洗面奶，她快速冲干净，把厕所让给妹妹。

餐桌上都是妹妹爱吃的，许安仪坐下，看着面前的盘子，叹了口气。

"你少叹气，快点吃，今天开会别迟到了。"

许安仪终于没忍住，反驳妈妈："我九点半开会，现在才七点。"

迟到就有鬼了。

"说你一句你能犟十句，爱吃不吃。"

许安仪又不想说话了，桌上的手机响起，是一个她不认识的号码。

"喂？您好。"接起来正好挡住絮叨。

"许老师，我是导演的助理，您过来的时候联系我就可以了。"

许安仪愣了一下："好的，谢谢。"

今天是剧组的主创大会，许安仪作为原著作者被邀请，说是剧组要参考作者意见，她估摸着也就是去走个过场。毕竟，她这个作者到现在连男女主角都不知道是谁。

电话挂断。

忽视了一顿各种各样唠叨的早饭，许安仪把盘子拿到厨房洗干净，径自回房间换好衣服准备出门。

刚走到客厅，许妈妈的声音又响了起来："你就穿这个？"

许安仪低头看看自己的短袖和牛仔裤，没什么不妥啊！

"好歹是见那么多人，穿得跟没见过世面一样。"许妈妈翻了个白眼，"换了去。"

许安仪深吸一口气："换什么？"

"换条白裙子。"

"我是开会,不是去选美。"许安仪反驳。

"你不换就别去了,我丢不起这个人。"

许安仪深知,自己要是不换,妈妈能从七点多闹到九点多。她心里嘟囔:谁也不认识你,丢你什么人了?

最后得到"允许"出门的时候,半个小时都过去了。

坐在车上,许安仪看了看自己身上的白色短裙,活生生像个女高中生。她平时的工作就是在房间里敲键盘,很久都不这么打扮了。

北城的早上堵得不行,七点多出门,路上足足耗费了一个多小时,到的时候都已经八点多了。

许安仪下了车,看到站在门口的女孩,笑着问道:"你好,是导演助理吗?"

女孩眼神恍惚了下,随即笑道:"是我,您是许老师吧?"

许安仪点点头。

"跟我上楼吧,这边走。"

在女孩的带领下,两人乘电梯上了十三楼。

站在会议室门口的时候,许安仪攥了攥包带。

"就是这里,您直接进去就可以了。我得先下去接主角。"

许安仪点头:"好的。"

会议室没关门,她硬着头皮在一群人的目光里走了进去。剩下的位置都在导演旁边,一共三个,她犯了难,不知道该坐在哪里。

好在坐在主位上的导演站了起来:"是作者许安仪对吧?"导演是个年轻人,指了指他左边的座位,"坐这儿吧。别拘束,就是自家人开个动员会。"

许安仪微微一笑,走过去坐下,整理了下裙子。

导演已经伸出手要和她握手。许安仪向来不太适应这种场面,有些愣愣的,伸手。

导演:"别拘谨,等会儿主角来了你看看,应该很符合你小说里的人物形象。"

许安仪:"那太好了。"

气氛莫名尴尬,导演又和她扯东扯西聊了两句。

许安仪正愁自己应付不来,门外响起了导演助理的声音:"老师,这里。"

"嗯,谢谢你。"是一个男声,有点沙哑。

许安仪疑惑,没忍住稍微探头往门口望,这个应该就是男主角了。

她一直都很好奇,自己笔下的男主角最后会是谁来演,这个嗓音却怎么都没对上号。

会议室里一片寂静,似乎都在等着男主角出场。

脚步声渐渐近了,许安仪眼睛眨也不眨地等着男主角出场。

门口走进来的人穿得很浮夸,黑色的西装在肩上点缀了许多银色流苏,腰间被一根黑色束带圈紧,腿又直又长,身材好得不像话。

工作人员看着他窃窃私语。

"周望怎么穿这么正式?"

"影帝这气质,比不了比不了。"

只有许安仪僵在原地,这张脸,这个人……她不禁回想着,他们最后一次见面,也是在北城的夏天,梧桐树的叶子遮住了高中校园里的回廊,构成一个隐秘的角落。

许安仪当时坐在椅子上,十八岁的周望站在她面前,发丝都被风吹乱了,校服衬衫随着风微微鼓起来。

她递上一瓶"北冰洋"。周望接过去,笑得张扬:"算我欠你一瓶。

"高考加油啊,暑假偷偷带你去片场玩。"

许安仪被带动着笑:"你也加油。"

记忆的画面都被扭曲成了老旧的胶片,唯有当时少年人的笑容在许安仪的心里永不褪色。当时的她,无论如何都没想到,做好的约定全部不作数,欠的那瓶"北冰洋",再也没了下文。

"安仪,怎么了?"导演的声音从旁边传来。

许安仪猛地回神。

见周望已经坐在了她对面,半分眼神都没有分给她,她有些尴尬,微笑示意导演自己没事。

"怎么样?"导演爽朗地笑了,"这个男主角很贴合吧?"

太贴合了,直接找到了小说的原型,这世上没人比周望更贴合了。

许安仪心中想得多,面上却很平静:"是很贴合。"

话音一落,她没忍住又看了周望一眼。周望也在看她,眼神坦荡,还朝她点了点头。她有点不甘心,他像是完全不认识她了。

导演笑了:"哈哈,周望,你怎么穿着礼服来的?"

周望解释:"刚参加完活动,直接飞红眼航班回来了,没来得及换。"

"那今天结束回去好好休息。"导演缓和气氛,"给你介绍一下,这个是原著作者,叫许安仪。"

导演又朝着许安仪说:"这个是男主角周望,应该都认识吧,影帝嘛。"

"过奖了。"周望谦虚地说。

"原著作者和主角认识一下,咱们作者之后不跟组了,也许就只见这一次。"

周望听完导演的话,站起来朝着许安仪伸手。

许安仪有点慌乱,也站了起来,她的手和周望的手礼貌交握。

许安仪感觉自己声音有点不受控制:"周望老师,你好。"

她说完话就想把手收回来,太多人看着,她不自在。没想到周望没有松开,许安仪疑惑地看着他。

这个无数次在许安仪心里出现过的人和她对视着,脸庞比起之前瘦了不少,嘴角微微上扬。

周望轻飘飘地点头："许老师，好久不见。"

这么多年没见面，许安仪发现，自己心里周望的样子始终没有模糊。从高考结束到现在，本就年少成名的周望，红得更上一层楼，大街小巷都是他的广告，甚至之前就读的北山中学校门口的优秀校友栏中都一直挂着他的照片。

许安仪平时散步的时候会路过母校，总会不经意地看一看那墙上十八岁的周望——他穿着北山中学的校服，脸上挂着爽朗的笑容，少年人的模样。

记忆中的画面逐渐和面前的人重叠。

周望已经把手放开了，许安仪还是愣愣的，没表情。

导演惊叹："你们两个认识？"

"不认识。"

"嗯，认识。"

两人同时出声。

许安仪是下意识的条件反射，说完就后悔了。刚刚周望都说了"好久不见"，又哪儿来的不认识？

导演一脸疑惑地看着她。

她装作低头整理裙子，小声补充："认识……"

导演："什么时候认识的？我还说不告诉你主角是谁，肯定能让你很惊喜。你不会早就知道了吧？"

许安仪扫了一眼坐在她正对面的周望。

他一副事不关己的模样，在那儿看手机，没有一点要回答的样子。也是，本来就只是高中同学而已，他又是忙碌的大明星，怎么会帮自己回答这些无关紧要的小问题。

许安仪认真思考了一下："恰好高中一个班。"

她是盯着桌上的水杯说的，话音一落，余光里周望的视线就扫了过来，搞得她紧张了一瞬间。

寒暄也过去了，会议的进度自然也不能拖着。

许安仪还在疑惑女主角怎么还没来，之前的导演助理走进来，对导演耳语了几句。

导演的面色肉眼可见地沉了沉，随即说："女主角今天来不了了，我们直接开始吧。"

众人点头。

许安仪第一次遇到这种阵仗，没出声。导演助理在旁边分发白皮书，她见没人去翻，也没好意思动。

"这是最终版剧本。"导演把本子拿在手里，"原著小说网络热度很高，我们也是想拍好，所以今天第一次围读，并请来了原著作者。"

许安仪也拿起剧本。

"安仪，你大致看一下，有什么意见可以提出来。"导演伸手指了一个方向，"这几位是编剧，正好人都在这里，可以现场沟通。"

许安仪顺势去看，点点头。

没有人说话，演员们都在看剧本。这种场面像是只有她一个外人，她就算有意见也不敢吭声。

这部电影是改编自她的小说《成名在望》，一个关于暗恋的故事。许安仪大二那年课少，没事就写，最后没想到爆红了，也恰巧开启了她的写书生涯。

现在尴尬的就是，这本书是以周望为原型写的，连书名都心机地带了周望的名字。而此时此刻，周望正坐在她的面前翻阅着剧本。

许安仪什么大动作都不敢有，只好把目光全部放在剧本上。

可以看出剧组对她诚意十足，基本情节都遵从了原著，偶尔改动的点都算得上点睛之笔。许安仪很满意。

剧本被翻到最后几页，许安仪看到一行字，瞳孔一缩。

是男女主角争吵的情节，女主角说出气话——"你以为你是谁？"

男主角没有回答，而是转身离去。

这其实算是很普通的一句，但是许安仪真的感觉不舒适。没人说话，她也先压下，继续往后看。

"都大致看完了吧？"导演把本子放下，"安仪有什么要求吗？"

许安仪抿了抿嘴，犹豫片刻，说道："编剧老师们，第五百三十二场，男女主角的人设崩了。"

坐在那边的编剧项目组立刻开始翻阅。

一个戴着眼镜的中年女人抬头："许老师，这场戏吧——算是电影的转折点，它必须要有点冲突才好看，是吧？"

许安仪被说得一愣。

还没等她回答，那人又道："您是作者，不懂电影市场，这场戏也是宣传的点，到时候拍出来效果会不错的。"

许安仪扫视了一圈，没人抬头，不过编剧的话并没有带偏她："女主角是非常喜欢男主角的，她不可能和男主角吵架，也不可能说出这种话。而男主角是非常有教养的，也不会做出扔下女孩转头走的事情。

"我确实不懂电影，但在小说里，这叫'崩人设'，一定是很违和的。"

她说话本就不紧不慢，落在别人耳朵里就像是不满意。

中年女人脸色僵了僵："没想到许老师口才这么好。"

许安仪双手交叠在腿上，不断绞着手指。她知道自己不适合这种场面，赶忙在心里想着应该再说点什么。

"我觉得许老师说得对。"

许安仪猛地抬头,声音是从她的正对面传过来的,那里只坐了一个人——周望。

周望坐得板正,从她这个角度看,他发丝上还有些亮晶晶的东西,应该是参加活动做的妆造。他揉了揉眉头,明显是有些累,身上的西装明明和这里格格不入,但在他身上又别有一番风味。

紧接着,他和许安仪对视了一眼,又道:"尊重原著作者很重要,我希望剧本是完美的。"

为什么要帮她说话?许安仪不明白。他们当年高考结束,突然断联,还以为他们再不会见,就算见到也会是陌生人。

毕竟,当时周望发来的消息是:*我们不要再联系了。*

没想到现在他会帮她出声。

许安仪低头,想着应该是为了剧本更完整,人设更清晰,这样口碑会比较好吧。

中年女人听了周望的话,有些尴尬:"男主角都这么说了,那我们就改改吧。"

周望点头。

导演刚刚一直没发表看法,这才说话:"行,你们项目组回去改一下吧。安仪,还有什么问题吗?"

许安仪赶忙摇头。

之后的内容和她没什么关系,导演在和制片确定一些拍摄细节和进度。

许安仪简单听了下,故事中的高中片场,选在了她和周望的母校。她还有点愣神,那个地方真的承载了她太多的回忆。

散会时已经下午两点多,许安仪全程在周望对面如坐针毡,导演又时不时提到她。这几个小时里,她一直在想,明明当初是周望先要断联,为什么自己见到周望还是那么想跑?如今周望又对自己是什么看法?

导演一说散会,她就礼貌地起身准备离开。

导演:"安仪呀,正好编剧组在这里,你刚刚说的可以跟他们聊聊。"

许安仪根本不想留下,因为周望还在对面坐着没起身。

"导演,实在不好意思,"她有些局促,"我一会儿还有事,我们可以微信沟通吗?"

导演思考了下,点头。

许安仪扫了编剧的微信,丝毫没犹豫,理了理裙子,站起身往外走。

她刚走到电梯口,周望的声音从身后传来,还有他身上链子的"沙沙"声。

"许安仪,你别走。"

许安仪愣愣地转过身:"怎么了……"

周望站得很近,低头和她对视。

电梯口都是暖光灯,许安仪有些挪不开眼。

他的眼神很直白:"这本小说的原型是我吗?"

许安仪慌了一瞬,该怎么回答?

是？不好！

不是？也不好！

她又开始无意识揉捏自己的手指，脑中一片空白，和周望对视的眼神也心虚地挪开。毕竟这本书算是她对周望的暗恋纪实录，如果周望知道，自己那三年和其他粉丝一样隐晦地喜欢着他，估计会鄙夷吧。

许安仪深吸一口气："不是。"

她语气僵硬。

听到这句话，周望笑了，是那种自嘲的笑："不是也好。"

许安仪不知道他为什么是这种反应，不是应该很庆幸吗？

"那我先走了？"她巴不得快点逃开。

"等下。"周望看了眼手机，"这么久没见面了，一起吃个饭吗？"

"不了吧，我还有事。"

电梯刚好到达，她转身要走，手腕传来一股大力，把她前行的脚步硬生生拦了下来。

"你说谎，你一心虚就捏手指。"

她心里一"咯噔"，没想到周望还记得这一茬，然而她依旧嘴硬："没有，我真的有事。而且你现在不怕被拍到了吗？"

说完许安仪就后悔了，她不该提起这事。再见面本应该是客气、生疏的，然后大路朝天，各走一边。

"我没有别的意思。"许安仪把手腕抽出来，故作轻松地笑了笑，"你现在是影帝，是当红明星，我们单独出去吃饭不合适。"

周望："没什么不合适的。"

许安仪还是摇头，她抿了抿唇，思索再三："周望，等什么时候有同学聚会，我们再一起吃个饭吧。"

她想，自己说得这么诚恳，总不应该还被反驳，便转身进了电梯。

这次周望没有抓她的手腕，她顺利按下关门键。电梯门合拢的瞬间，她看到周望皱着眉，目光落在侧面。

上了车，许安仪盯着窗外，回想起当年，北山中学的夏天还算凉快。说来她和周望的相识也很不可思议。

那是高一开学第一天，许安仪刚坐在座位上，身边都是不认识的新同学。她本来就有些内向，别人都在聊天，她只敢坐在原地等老师来。

教室门口站了很多学姐，有些人还偷偷拿着手机对着教室里拍，也不知道是在拍什么。

她旁边坐了一个自来熟的女孩，叫于枝枝。

于枝枝拉着许安仪的胳膊："你知道吗？咱们班有一个大明星。"

许安仪当然不知道，初中家里管得严，别人早就用上手机的时候，她还拿着一个小灵通，以防失联。

为了不扫同桌的兴致，她问："谁啊？"

于枝枝偷偷指了指后排，神秘兮兮地说："你看到那个男生了吗？帅不帅？"

许安仪顺着于枝枝指的方向看过去，后排的男生大多长得高，她什么都没看到，只能附和着点头。

"就是他！"于枝枝抱着许安仪的胳膊，"他叫周望！你居然不知道他？"

许安仪默默把手缩了缩，心里并没有明星这个定位："他很红吗？"

"当然了！人家十岁就出道了，当之无愧的大明星，'上到九十九，下到不会走'，都是他的粉丝！"还没等许安仪回答，于枝枝又很夸张地捂住心口，"我居然和他一个班，走狗屎运了。"

不知道回答什么，许安仪思索了下："你也是……他的粉丝？"

"我不是。"

那你激动什么？

于枝枝似乎从许安仪的眼神中看出了她的所想，说道："我不是，但外面那群学姐是啊！看着就很酷很炫！"

许安仪又转过去看那群学姐，每个人都很漂亮。老师还没来，外面的学姐们越来越乱，都发展成有人走进教室搭话了，本班的学生窃窃私语宣泄着不满。

于枝枝在许安仪这里得不到一样激动的反馈，转过身去找别人了。

许安仪回头了几次，还是没看到周望长什么样子，本就浅淡的八卦之心也噎了回去，索性放弃。

老师是带着教导主任一起来的，驱散了人群，教室终于重回归平静。

"今天开学第一天，大家挨个上来做自我介绍。"老师站在讲台道，"从第一排这个女生开始吧。"

许安仪看着指向自己的手指，愣了愣。她一向最讨厌这种场合，在人群面前展示自己不是她擅长的。

奈何所有人都在朝着这边看，她硬着头皮走上去。

站在讲台上，看着一群不认识的人，许安仪的脸很快就红起来，声音也变得很小："大家好……我叫许安仪。"

说完，底下鸦雀无声。

老师站在一边："同学，你声音太小了，连我都没听清，你大点声。"

许安仪的脸更红了："大家好！我……我叫！许安仪。"

底下还是鸦雀无声。

她尴尬得想要找个地缝钻进去，交叠在身前的两只手来回地攥，脚步挪不动，也不敢抬头，就看着第一排的桌腿。

这时，最后一排传来了掌声，在原本鸦雀无声的教室里格外清脆。

许安仪猛地抬头看过去。

是一个男生，长得很干净，五官很精致，穿着北山中学的校服，胸口的校徽反着光。窗外有一棵梧桐树，枝繁叶茂，阳光顺着树缝打进来，细细的光斑照在那个男生的身上。

他很认真地鼓掌，带动了别的同学也断断续续鼓起掌来。

许安仪就在原地愣愣地看，眼里还有点亮晶晶的。

直到老师说："许安仪同学？"

她回神："嗯？"

"可以了，下一个同学。"

许安仪瞪大眼，这才反应过来，逃也似的下了讲台。至于后面同学们的自我介绍，她根本没听进去，她光回想那个发光的校徽去了。

直到那个男生上台，她才回过神来。

男生很有礼貌地笑着，大大方方，毫不怯场："还挺不好意思的。大家应该都认识我，第一天就给大家带来了麻烦，非常抱歉。

"我叫周望。"

原来他就是周望，那个大明星。

周围的人开始起哄，许安仪也看着他，笑弯了眼鼓掌。台上的周望莫名看了她一眼，笑了笑。

许安仪一愣。

"安仪！你的脸怎么这么红？"于枝枝笑得不行，"不会是因为周望太帅了吧？"

"刚刚被光晃的吧……"许安仪没忍住，攥紧了手指，总不能真的说是看周望看的。

她干脆低下头不抬起来了。

周望从许安仪边上路过走回座位，许安仪瞟到了他白衬衫的衣角，白得晃眼。那片衣角擦过她的桌沿，带着北城夏日的炎热，开启了她最宝贵的三年时光。

回想起来，大概就是从那个时候起，许安仪开始习惯在角落里偷偷看他。

"后来呢？"

"什么后来？"许安仪一手举着手机，另一只手在包里找钥匙，"没有后来了。"

电话那边的于枝枝惊讶地喊："你连个联系方式都没加？"

许安仪找钥匙的手一滞："加联系方式干什么？就是开个会而已，以后不会再见面了。"

"你不是吧！许安仪！又不是你喜欢周望喜欢得要死要活的了？"

家里这时候没人，许安仪难得放松，瘫在沙发上。

"你也说了，以前嘛。现在他更红了，我就是他的普通高中同学而已。"

于枝枝叹气："算了，你开心就好，反正当时是他跟你断联。"

"嗯。"

有人在叫于枝枝，于枝枝急急忙忙地说："我不跟你说啦，我老公叫我。"

"好。"

许安仪挂了电话，仰头放松。明明大学毕业才两年，于枝枝和她竹马孩子都要有了。

许安仪的手腕轻飘飘地搭在眼皮上。

刚刚跟于枝枝说完周望的事，于枝枝直接让她和周望发展发展。哪有那么简单的事，他是有几千万粉丝的艺人，她就算现在混成头部作者，粉丝数都只是他的一个零头，他们之间隔着天堑。

还有当年的事情，她过不去。

晚上家里吃饭的时候，许安仪刚写完更新。

厨房的油烟机"嗡嗡"响，吵得她头疼。今天和于枝枝打电话的时候，她还提了一句，说要找个房子搬出去。

这两年她写书赚了不少钱，买房的需求暂时没有，她只想找个大点的房子住进去，最好大到她可以几十天不出门的那种。

餐桌上，她简单提了一句："我打算出去住。"

"你出去？"许妈妈一脸鄙夷，"出去住哪儿？有家你不住。"

许安仪放下筷子："我在家打扰妹妹学习，你照顾我也辛苦，我搬出去正好。"

"我不同意！这小庙放不下你这尊大佛了？"

"妈——我二十四岁了。"

"你三十四岁也不行。我还不知道你，那年过年翻窗户和小男生跑出去玩，我要是让你出去住了，你能搞出来什么事我都不知道。

"再一个，你少拿岁数说事。我生你养你这么些年，还不知道你心里想什么？"

妈妈又开始翻旧账，许安仪不想听，饭都没吃完，端起碗转身进房间："我工作没做完，先回房间了。"

她忽视身后的声音，房间门照锁不误。

于枝枝给许安仪发微信。

于枝枝：你不是让我给你找房子嘛。

于枝枝：我老公朋友的别墅出租，就是位置在郊区，但装修什么的都挺好的。

安：哪天你陪我去看看？

于枝枝：行啊。明天呗，你顺便陪我去逛个街吧。

安：好。

简单聊了两句，于枝枝被叫去早睡早起，剩许安仪一个人继续熬夜。

工作还没做完，她却没心情继续写，看了眼微信上的消息，编剧组拉了个群，把修改过的剧本片段发了过来。

编剧：这版可以吗？许老师。

消息后面带了个微笑表情，许安仪看着屏幕皱了皱眉，觉得有点阴阳怪气，好在之后也不会见面了。

安：可以。

不想再看。

她退出聊天框，底下的联系人有一个鲜红色的数字。这一晚上事情太多，她烦躁地点进去。是一条添加好友的申请，头像是纯白色的，朋友圈也没开，昵称是简单的一个"W"。看不出来是什么人，怕是合作方，许安仪还是加了，看到"您已成为对方好友"就放下了手机工作。

明天要逛街，今天就要把明天的内容赶出来，这一写就写到了十点多，房间门再次被妹妹敲响。

许安仪伸手揉了揉眉头，无奈地关掉电脑，拿起手机。微信的消息跳出来，是刚刚那个白色头像发来的，不用点进去就能看到内容。这就像一道裂缝横亘在她的列表里。

W：许安仪？我是周望。

这个时间，这片老龄化的小区都没有几家开灯的，许安仪看着外头寂静的夜，又看了看唯一亮着的手机屏幕。

懊悔。早知道刚刚说什么都不加，但聊天框就那么明晃晃地摆在那儿，许安仪没办法，慢吞吞地回。

安：嗯。

她回复完没退出，手机上很快出现了"对方正在输入中"。

她等了很久很久，也没见回复，伸手关闭台灯，把手机放在一边，想睡觉却怎么都闭不上眼。

周望这个人，那个时候真的是她的一道光。

当年断联之后，许安仪还在想，自己大概这辈子都不会再喜欢任何一个人了。网络上有句话说，年少时不能遇到太惊艳的人。她嘲笑自己，遇到了一个最惊艳的。

微信的消息提示音把正在发呆的许安仪吓了一跳，几乎是下意识的，她快速拿起手机解锁。

W：过两天开机，你要来看看吗？

许安仪不懂他是什么意思，明明导演都说了，正式开机她这个作者就不用去了，这部电影之后也几乎和她没有什么关系了。

安：不了。

这次对面回复很快。

W：高三那年我答应你的，要带你去片场。

安：不用了。

许安仪没有等周望回复，将手机扔在一边，打定主意不再理会，眼睛看着窗外，窗帘再次忘记拉上。

　　她想了想，算了。

　　许安仪和于枝枝约的上午九点。于枝枝开车在楼下等她，她收拾好出门都快要迟到了。

　　许安仪拉开车门，还没坐稳，就听于枝枝说："你这黑眼圈，不就是见了周望一面吗？至于吗？"

　　她百口莫辩，跟于枝枝说了周望给她发微信的事。

　　"不是吧！"于枝枝一手拍方向盘，"他周望以为你招之即来，挥之即去吗？"

　　许安仪没想到于枝枝这么大反应："好好开车。

　　"也不是吧，当年除了你也没人知道我们两个认识。"

　　于枝枝没好气道："当年怎么没看出来他还有这种潜质。"

　　"你不是觉得他特别帅吗？"许安仪笑着看向于枝枝。

　　"我眼瞎，我眼瞎。"

　　许安仪不继续这个话题了："那个房子一个月租金多少？"

　　于枝枝想了下："我老公那朋友说可以给友情价，半年付，一个月一万五。"

　　"可以。"许安仪笑了笑，"借到于枝枝的光了。"

　　北城这个寸土寸金的地界，别墅一万五的租金真的算不错了。

　　房子在偏一点的地方，是一个半山的别墅小区，她们开了半个多小时才到。小区正门在山脚，山腰上是房子。别墅区的生活设施还算完善，还能让许安仪点点外卖，这就足够了。

　　走进要租的那栋房子，里面一共两层，装修是中式风格，还带了个后院。许安仪喜欢得不行，当下就要租下来。

　　倒是于枝枝噘噘嘴："我感觉，你一住进来，这半年都不会出门。"

　　许安仪被逗得不行："半年的话，你就得来多看看我了。"

　　于枝枝道："是啊，不然怕你跟社会脱节了。我就不行，总觉得自己是被关起来了一样。"

　　"你不懂我的幸福。"许安仪摆摆手。

　　钥匙已经在于枝枝手里，许安仪回市区签个合同就可以拎包入住。

　　出别墅大门的时候，许安仪往隔壁看了一眼，隔壁的落地窗前蹲了一只猫，朝着远处的她们"喵喵"叫。

　　于枝枝感慨："这只银渐层生来就住别墅，羡慕不来啊！"

　　许安仪开车门，不想听于枝枝怨天尤人："明明是你老公要买大房子，你没同意。"

　　"嘿嘿。"

签合同的地方是一家咖啡店。

这家店在比较繁华的商圈里,人流一向拥挤。

今天不知道为什么,人格外多,许安仪她们差点没找到停车位。

签合同的时候外面还传来了一阵阵喧哗声。

"没问题的话,签个名字就可以了。"对面的男人把合同推过来。

许安仪拿起笔,轻飘飘地写完。

笔都没放下,听到外面传来一阵尖叫。

"我的天!安仪!你看外面!"

许安仪顺着于枝枝的视线往外面看。人群围成了一个圈,密密麻麻的,都是些漂亮的小女孩,在不停地尖叫。

"是不是有什么明星录节目啊?"于枝枝说,"要不我们去看看?"

许安仪一听到"明星"这个词就有点应激反应,赶忙摇摇头。

"也是,谁有我们高中同学红啊,是吧?"于枝枝笑了。

许安仪无奈地看了她一眼。

"好怀念啊。当时我们学校门口也天天是这个阵仗,放了学周望一走出去,那群小女孩就拼命尖叫。哎?安仪,你记不记得,有一次我们被人堆围住,还是周望生气了才能走出去。"

许安仪微微一笑,怎么会不记得。

当年,几乎一放假校门口就能看到粉丝,她看到过好多次,周望放学一走出门就要开始跑。后来他不跑了,会在学校多待一个小时,等同学都离开了再出去,为的是不给别的学生带来麻烦。

那天,许安仪做值日,于枝枝留下来陪她,周望就坐在自己的位置上写作业。

许安仪拿着扫帚路过最后一排座位时,周望叫住她:"许安仪。"

她先是愣住,转过头:"怎么了?"

"这个可以帮我扔一下吗?"他的手里拿着一个笔记本,还算崭新,明明就是用了没几次的样子。

于枝枝在一旁看到:"这么新,怎么就扔了?"

周望一脸无奈:"里面我写字的页面都被撕走了,这本子一打开,千疮百孔的。"

许安仪接过来,拿到手就感觉到不对,明明很新的笔记本,被撕得只剩薄薄一层。

于枝枝觉得很惊讶:"不是吧!居然还有人进来撕本子?这也太过分了!要不到签名就来撕笔记!"

周望摇摇头:"没事,我之后把书本都背走吧。"

高中的课业本就繁重,每天要用到的书厚厚一摞,他背回家再背过来,麻烦得不行。

许安仪抿嘴,不好说什么。

值日结束,许安仪和于枝枝准备走了。

于枝枝问:"周望,你走吗?"

周望把桌子整理好:"你们先走吧,门口有人等,我再过一会儿就走。"

许安仪十分同情地想,可能这就是成名的代价。她从包里拿出一瓶乳酸菌饮料,说:"这么晚都吃不到饭,你喝瓶这个吧。"

没想到,周望看着她手里的东西,突然笑了,于枝枝也笑个不停。

许安仪一脸纳闷,把乳酸菌拿到眼前看——这个牌子是周望代言的,上面还有他的人像,不由得愣了愣。

于枝枝:"周望!我能问个问题吗?"

周望笑着点头。

"你看到这个不会奇怪吗?"

"还是挺奇怪的。"周望一边说着,一边从许安仪手里接过,"不过,谢谢啦。"

许安仪扭捏地点点头。

后来,她和于枝枝走到校门口的时候,被周望的粉丝认出来拦住。

"你们是周望的同班同学吧?他有没有走啊?"

密密麻麻的人把她们围在中间,四面八方传来问询的声音,许安仪感觉空气都稀薄了不少,又不能真的"卖"了周望,只能和于枝枝僵持在原地,不停地说:"不知道。"

"周望走了没啊?"

"说一声又不会怎么样。"

那些人说话越来越不客气,于枝枝红着脸和她们吵,寡不敌众,最后发展成了,不说周望在哪儿,就不放她们走的架势。

许安仪着急回家,被吵得发晕的时候,身后传来一个声音。

"够了没有!"

身边围着的人群一下子四散开,再拥到另一个方向——是周望走出了校门。

他没像平常一样面无表情地离开,反而是一脸怒气的样子:"不要再来学校蹲守了!也不要围着我同学,不要给他们带来困扰可以吗!"尽管生气,他说出来的话大部分的含义还是劝解。

许安仪和于枝枝站在人群外看着,周望透过人群和许安仪对视。她摇摇头示意没事,周望黑着脸点头。他转头朝着另一个方向走了,身后的人还是乌泱泱地跟上。

许安仪看不到他被淹没的身影,只能看到晚霞映在学校旁边的江上,还能听到汽船的声音。

嘈杂中,周望说:"不要跟了。"

"那年周望跟大圣一样,我都以为我回不去家了!他踩着七彩祥云就来救你了,捎带上我。"于枝枝道。

许安仪笑了笑:"换成别人他也会的。"

于枝枝脸上写满了"你不争气"。

外面的人群似乎是被保安清场，从中间散开，让出了一条路，刚好通向咖啡店的落地窗。

被两侧人围着，穿着便装的人就那样从对面朝着许安仪的方向走来。

许安仪抬眼望去，这下，差点连呼吸都忘了。

那个身影，是周望。

他微微低着头，头发好像长长了些，细细碎碎的刘海扎在眼皮上。

"我的天，孽缘啊！真是周望！"于枝枝不怕事大，直接喊出来。

许安仪根本无暇听她说了什么，就看着周望朝着这个方向走。他在玻璃前抬眼，和她对视时，神色也波动了，可惜人山人海不便停留，这个对视也只有一两秒。

许安仪收回眼神，礼貌地笑了笑，不再朝外看。

"安仪，你最近真的应该去拜拜。"于枝枝送走签合同的人，一坐下就对许安仪说。

许安仪笑了："有什么好拜的。北城就这么大，遇见也很正常。"

于枝枝不吃她这一套："那你之前怎么就遇不到，那么多年都遇不到！"

许安仪看向窗外，喃喃道："之前运气好吧。"

"算了。"于枝枝说，"你打算什么时候搬？你妈那边怎么办？"

许安仪的神思被拉回来，没忍住叹了口气。

她妈妈控制欲非常强烈，从小就是这样，她做的选择永远都会被反驳。之前她写小说的初期，无意间被妈妈知道，就被说成不干正经事，到最后赚了钱才放过这一茬。

这次搬家可以算是大事了。

"她总觉得我叛逆，不听话，但我自己感觉真的还好。"

于枝枝笑着说："没有！你其实看起来很乖，但心里真正有主意了谁都说服不了你。"

确实。

许安仪喝完最后一口咖啡，起身："走吧，逛街去。"

逛了一下午，许安仪都没再遇到周望。

路过人群的时候，听到有人在讨论，这附近似乎在拍一个户外真人秀。于枝枝还逗她，说要去看，她摇头拒绝。

黄昏，许安仪和于枝枝吃了个饭，看着于枝枝被老公接走后，才拿着大包小包回家。

家里人都在餐桌上，她默不作声地走回房间放下东西。

许安仪坐在房间的椅子上，瞬间从逛街的轻松氛围中脱离出来，不知道该怎么说。

几次试探了家人对她搬家的态度，得到的回馈都是强烈抗议。她甚至都能预料到，妈妈会怎么骂她，无非就是翻旧账，最后和她吵得不可开交。

许安仪靠在椅背上,吸了口气,决定一不做二不休,睁眼,起身开门,来到餐桌边。

"你干吗?不是吃完饭了吗?"许妈妈问。

许安仪低着眼睑:"我租好房子了,这两天就搬走。我的房间大,给妹妹住吧。"她语速极快,说完就闷头回了房间,锁上门,任由客厅里摔摔打打。

"许安仪,你翅膀硬了!钱多了烧手是吧!你搬走就别回来!从你那年翻窗出去和男生见面,我就知道,你这辈子都不会让我消停一下的!"

"妈!她爱搬就搬呗!"

"你个小孩知道什么,吃你的饭!"

许安仪戴好耳机,继续写她的文章,她都有点佩服自己现在的心态。以前高中的时候,她还是挨句骂能难受一晚上的人。

于枝枝真的说得一点没错,许安仪就是一个主意很正的人。

第二天一大早,她就直接收拾好了行李,为了避免争吵和唠叨,听到外面传来关门声才走出自己的房间。她也不用人来接,手机上叫一辆车,全程花费一个多小时,就算搬完了家。

别墅久不住人,家具一类都有很多灰尘,许安仪叫了保洁,然后开始收拾卧室。这间卧室在三楼,是整栋房子里最大的一间,还带了一个阳台,光照充足,温馨明媚。

许安仪站在阳台上张望。唯一不足的就是阳台和邻居家是正对着的,从她这里还能看到邻居卧室里的装潢以黑白灰色调为主,干干净净的,应该是一位男士居住。唯一有点色彩的,就是房间的角落有个猫爬架。

许安仪又想起之前那只银渐层,微微笑了笑,想着能让猫咪住进自己卧室的人,一定也很好相处,看来不用怕什么邻里矛盾了。

收拾完阳台,她回到卧室整理衣物,衣架不够用,她干脆给于枝枝打了个电话,约对方明天去添置点东西。

于枝枝:"早知道我今天去接你了,你真是,说搬就搬!都不告诉我一声。"

许安仪从楼梯走到客厅里:"我的行李也不多,趁我妈不在赶快就跑了。改天你再过来。"

"我跟你说啊,你可别真的半年不出门!我太知道你了!"

"放心吧。"

门铃响起,应该是刚刚叫来的保洁。

"不跟你说了,保洁来了。"

"行。"

许安仪一手拿着电话,去开门,门外站了几个穿着工作服的人。

"请进。"

几个工人没立刻进来,反而让出一道缝隙:"门口的猫是您家的吗?"

许安仪一愣,探头去看,大门旁边蹲着一只熟悉的猫。小猫面无表情地坐在那里,伸出一只爪爪淡定地舔着。

这不是邻居家的那一只猫吗?

许安仪走过去,轻轻把小猫抱起来。

"麻烦你们了,这是邻居家的,我带它去敲下门,你们直接进去就好。"

"好的。"

许安仪抱着小猫穿过花园,朝着隔壁走,先去看看有没有人,实在不行就只能先把小猫带回家了。

许安仪去按门铃,小猫在她怀里一动不动,还用脸颊蹭了蹭她。

好黏人。

等了好久也不见有人来开门,许安仪无奈,只能抱着小猫往回走,一边走一边念叨:"不要乱跑啊,你的主人会担心的。"

小猫像是听懂了一般,"赏"给了许安仪一个眼神,淡定地"喵"了一声。

回到家,怕吸尘器的声音吓到小猫,许安仪把它关在自己的卧室里。

别墅大工作量也大,一番忙活到了晚上。

这个别墅区不吝啬灯光,外头的小路灯火通明,许安仪有些累,抱着小猫坐在阳台上,等待隔壁的灯光亮起来。

等到她都有点困了时,才听见一阵汽车引擎的声音,小路上一辆商务车开了过来。她有点迷茫地看着,最终那辆车停在了隔壁。

下来的是一个男人,不过戴着帽子、口罩,连身形都看不太清。

许安仪擎着小猫的两条腿,转身下楼:"你可以回家啦。"

许安仪按了邻居家的门铃。

见对讲系统开启,她说:"您好,您的猫跑到我家了。"

"稍等。"通过对讲传来的声音有点模糊。

许安仪站在原地乖乖等着,同时打量起邻居家的花园。

不像她那边的花园,哪怕没人住,也像是经常打理,这里的花园满是野草,也没有什么亮光。

估计是主人太忙了。

等了几分钟,别墅门口亮起了灯,门开了,一个男人走出来,逆着光,看不清脸。

许安仪好奇地看过去,猜想这么乖的小猫的主人是什么样。

"您好,在这……"

等对方走到近前了,她才看清男人的脸。

她几乎想转身就走,可惜手上还有一只猫。

"许安仪?"男人道。

"周望……你住这儿？"

"嗯。"周望打开花园门，从她手里接过猫，"谢谢。"

紧接着，他问："你搬到这里了？"

许安仪僵硬地点点头。她怎么都想不到，自己能在三四天内遇到这个人这么多次。这可是明星，普通人一年也见不到一回。

许安仪："猫跑到我家去了。你带它回去吧，我先走了。"不等周望回复，她转身就要走。

"等等，"周望摘下帽子，"要进来坐坐吗？"

"不用了……"

她在心里骂：许安仪，你怎么一见到周望就犯尿？

周望看起来很累，眼下都有点青紫色。他扫了一眼许安仪穿着的睡衣，这里是山上，虽是夏日，但被风一吹还是有点冷的。

周望一手抱猫，另一只手揉了下眉头："你住哪里？"

许安仪指了指隔壁。

周望点点头："我想给你发微信的，只是这两天忙到没机会拿手机了。"

许安仪浑身一僵，心说，最好是别发："不用的，我不是想去片场。"

周望："我总想跟你说点什么，却又觉得说什么都不合适。"

许安仪心想：那就别说了。

"我先回去了。"

周望道："好，多穿点，这边很冷。"

许安仪如蒙大赦，转头就走，一秒都没停留。

周望在身后伸了下手，想开口再说什么，最终还是收了回去。

许安仪回到卧室，一边拉窗帘，一边趁这个时候偷偷看了眼隔壁。卧室和白天一样，空无一人。她警告自己，不要再有任何心思，以前那样的事不要再发生。

躺在床上，她翻来覆去，想着还不知道那只猫叫什么名字，还想着周望看起来很累很累，会不会生病……

人生第一次租房子，租到了很久以前喜欢的男生隔壁。超级多的东西涌进了她的脑子里，她一颗心惴惴不安，直到后半夜才勉强进入了浅眠状态。

梦里都是带有影片滤镜的古旧色彩，许安仪知道是梦，却无论如何都挣脱不出来。她以一个旁观者的视角看着北山高中发生的往事。

周望站在她的课桌前，笑着递过来一个本子："课代表，我的作业。"

许安仪趴在课桌上，风扇就在她的头顶，吹得她有些头痛。

从开学那天起，周望就时常不来学校，就连摸底考试也没有参加。这场考试许安仪的语文成绩拿到了全班第一，被语文老师任命为课代表。

那天去办公室的时候，语文老师坐在桌前说了一句："周望同学平时要工作，偶尔不在学校。他加了我的联系方式，说是作业不能落下。"

许安仪没懂，还以为老师是在跟她聊天。

"我带四个班的语文，太忙了，一会儿跟他说一下，你加他微信，平时把布置的作业发给他一份可以吗？就当帮老师一个忙。"

开学这么些天，许安仪经常听同学说，周望是不加同学联系方式的，连班级群都没进。自己不会是第一个有他联系方式的人吧？

许安仪心里的感觉有点奇妙。

语文老师还在等她的答复。

她在语文老师的眼神里点头。她也没想到，那个看起来距离遥远的大明星就这么顺利地出现在了她的手机里。

刚加上微信的那几天，许安仪就是正常给周望发作业内容，周望的回复也很简单，礼貌的一个"好的"或者是"OK"。

直到一天深夜，许安仪还在预习，收到周望的消息。

W：课代表，我想问一下，英语作业是什么？

许安仪一愣。

W：英语老师可能是忘了，我也不好意思去麻烦她，等我回学校请你喝汽水。

这是第一次，他们之间有除了作业内容的对话。

她有点受宠若惊，认真斟酌了好一会儿。

安：汽水就不用了，英语作业是一套卷子，我拍给你吧。

那边回复得很快。

W：好的。

许安仪把卷子拍完发过去，总觉得自己的语气生硬，还暗自懊恼了一会儿。再之后，他们的对话就又恢复了之前的状态。

头顶的风扇还在转动，许安仪按了按太阳穴，把不停回想着的大脑强制关机。她靠着胳膊趴下，刚闭眼没一会儿，就感觉头顶传来的风消失了，紧绷的感觉瞬间缓和不少。

"课代表，这是我的作业。"

简简单单一句话，把许安仪吓得弹起来。周望站在她桌前，还背着书包，显然是刚进学校，一只手里拿着语文习题册，另一只手拿了一瓶"北冰洋"。

"这个是答应请你的汽水。"

许安仪傻傻地看着他。

比起开学那天，周望的头发长了不少，快遮眼的程度，配上白衬衫，衬得他有些脆弱。

她的愣神被周望看在眼里："怎么了？"

许安仪赶紧摇头："没事没事，给我吧。"

周望点点头，把作业放在她桌上，又把"北冰洋"递到她手里，转头回了自己的位置。他的桌子又被折腾得乱七八糟。

许安仪偷偷地看着，脸后知后觉地红了。风扇还在吹，不过那细细密密的头疼已经没什么感觉了。

手机响起。

许安仪还没睡醒就按下接听键，放到耳边。

"你居然不接电话？真是翅膀硬了，还趁家里没人偷偷搬走！你要是不想要这个家，就一辈子别回来了！"许妈妈在那边大呼小叫。

许安仪揉了揉眼，从床上坐起来，听筒外放，看了眼手机。昨晚睡着之后，有三通未接来电。

"妈——我睡着了，没听到你打电话。"

"我不管，我不是你妈。你要搬家都不跟我说一声，我顶多算个酒店前台，你随住随走。"

许安仪不想吵架，也不想闹僵，然而没等她开口解释，那边就挂断了。她深吸一口气，不想因为这个导致一天都不开心。昨天和于枝枝约好，要去添置点东西，她干脆起床收拾。

许安仪刷牙的时候，于枝枝打来电话："市区里面太堵了，你自己看看能不能打到车，我绕下高架估计就得一个小时。"

"行……"许安仪含混不清地回答。

"你赶快买车，如今住到郊区更不方便了。"

"知道了……"

许安仪收拾好自己准备往外走，打车软件半个小时都没人接单。她看着外头正烈的阳光，好像除了走下山也没别的办法了。看来这个房子哪里都好，就是打不到车。

锁好花园的门，许安仪寻着绿荫走，光斑透过梧桐树叶的间隙照在她的衣襟上。

身边一辆接一辆的豪车开过去，整条路上都没行人。身后传来喇叭声，许安仪下意识回头看。

一辆黑色的跑车停在她身后，看不清是谁，但她有一种不祥的预感……

果然，车窗降下，周望那张脸就出现在眼前。

"上车。"他没什么精神，声音还有点沙哑。

许安仪当下就拒绝："不用了，你也不太方便，我走到山脚就行。"

"上车，"周望直直地看着她，"别拒绝我，许安仪。"

许安仪看着周望的眼睛，长大之后他更会使用自己的表情——坦荡、平和，他眼神中微微有些波澜，让她觉得自己似乎真小题大做了。

许安仪这才看到周望今天穿的白衬衫，和北山的校服很像，又不太一样。以前穿着衬衫的周望是少年，现在是带着少年感的成年男人。

她走到副驾驶的位置，拉开车门坐进去。已经是盛夏，她为了凉快穿着吊带，这个时候就有些尴尬了，因为车里的空调打得足，她一进来，裸露的胳膊就不自觉瑟缩了起来。

周望看了许安仪一眼，伸手调整空调的出风口，让冷风不再对着她吹，然后伸手去后座拿了件外套，递给许安仪。

"披着吧，你一吹风就会头疼。"

许安仪愣住："你还记得？"

周望发动车向山下开："当然记得。我第一次请你喝'北冰洋'的时候，你被风扇吹得都说不出话了。"

那不是风扇吹的，是被你吓的。可许安仪不敢说。

周望说完就后悔了，不该提"北冰洋"这一茬，不过问题是逃不开的："我还欠你一瓶'北冰洋'，可惜现在北城没有卖了。"

许安仪靠着车门，想离他远一点："没事，我早就不爱喝了。"话音刚落，她就瞥了眼周望的神色，发现一下子就变得不一样了。其实她说这番话也是存了点"报复心"。

周望终于不说这个："你去哪儿？"

"送我到山脚就行，我打个车。"

他又问："你去哪儿？"

许安仪无奈地回道："我去嘉汇那个商圈。"

周望满意地点头："我当年……"

"当年"这两个字就像炸雷一样，炸在了许安仪的耳朵里。

她一点都不想听这个，赶紧打断："你自己开车出门没问题吗？"他是明星，自己出门总是不太方便。

"我没问题，现在不会像以前一样了。"

"那就好。"

车开出半山别墅的范围，周望突然说道："我今天去拍《成名在望》的定妆照。"

怪不得穿着白衬衫。

"那挺好的。"

"许安仪，我真的不是那个男主角吗？"

许安仪压制住了自己又想搓起来的手，笑容疏离："你不就是这部电影的男主角吗？"

周望的眉头皱了皱，没继续说话。

不知道为什么，明明堵车的时段过去了，车在匀速行驶，她却还是觉得很慢，慢到她想跳车。

到嘉汇已经是一个小时之后。

许安仪让周望把她放在路口，周望愣是不停："这里可能会被拍到。"

许安仪知道是借口，却承担不了任何风险，只能任由他把车开到地下车库。

周望把车开到了地下车库的电梯口,恰好于枝枝就在电梯门口等候着,她笑嘻嘻地看着许安仪下来。

许安仪开车门的瞬间,于枝枝探头往车里一看,立即瞪大了眼,来回看着两个人:"我的天!周望?你怎么在这儿?"

许安仪抢过话头:"他住在我隔壁,我没打到车就捎带了我一段。"

于枝枝还是一脸不可置信。

周望朝着她点点头:"好久不见。"

于枝枝还有点愣愣的:"哈……哈,好久不见啊。"

许安仪恨不得捂脸。

当年于枝枝听说了他们断联的事冲动得不行,义无反顾地在微信上骂了周望。周望既没回复,也没删于枝枝,此时见面格外尴尬。

而许安仪作为整件事的风眼,更是受不了这种氛围。她朝着车里说:"谢谢你送我过来,我们先走了。"

说完,她拉着于枝枝就要走。

她们刚走出去三步,周望的声音就从后面传过来:"许安仪,不要躲着我,好吗?"他的话在停车场里回荡。

许安仪脚步一顿。

于枝枝挽着许安仪胳膊的手一紧。

见许安仪不知道该怎么回答,于枝枝朝着她身上的外套疯狂使眼色。她低下头一看,这下想走都不行了。

许安仪把外套脱下,停车场的冷气又将她打了个激灵。

周望眼神晦暗地看了一眼,没说什么。

许安仪折回去:"谢谢你的外套。"

绝口不回答刚刚的话。

"你穿着吧,"他也不提了,"商场里面冷,别感冒了。"

"不……"

许安仪一个字都没说完,于枝枝笑嘻嘻地走上前:"你穿着吧,晚上再还回去呗!你要是感冒了,我还得去看你,体谅一下孕妇行不行?"

许安仪抿了抿嘴,当着周望的面,也不好说于枝枝什么,浅灰色的卫衣外套终究还是披在了她的身上。

周望看了眼时间:"我先走了。"

许安仪点头。

看着周望的跑车消失在视线里,许安仪才松了口气,转头道:"体谅孕妇?"

于枝枝毫无感觉:"嗯啊!"

"逛街走六七个小时的时候,你怎么不体谅自己?"

"那不是兴趣爱好嘛!再说了,我这三个月都不显怀,孕吐都没有,区区逛街算什么!"

许安仪终于绷不住笑了:"好,你说得有道理。"

两个人进了电梯。

在密闭空间里,许安仪总是闻到一股很好闻的味道。

她以为是于枝枝喷的香水:"你今天喷的什么香水?"

于枝枝一愣:"我没喷啊。"

许安仪皱眉,又吸了一口气,才发现香味是从自己肩上披着的外套传来的,很像大吉岭茶的气味。

"这周望的香水还真挺好闻。"于枝枝也闻到了,"你能不能帮我问问什么牌子,留香这么久!我也买一瓶。"

许安仪回道:"大吉岭茶。"

"不是吧!"听到名字,于枝枝有些惊讶。

"怎么了?"

"之前咱们高中有个男生买了一瓶这个,然后在班里到处问好不好闻,你当时说了句好闻,你忘了?"

许安仪是真的不记得了,疑惑都写在了脸上。

"我就知道你不记得!当时周望来找你交作业!你只能看到他!"

许安仪还是没想明白:"可是这有什么关联?"

"你傻啊,他听到了你说好闻,就默默记住了,转头把这香水从高中喷到现在!就因为你说好闻!"

许安仪乐了。

这时电梯已经到达,趁着开门,她一边走,一边说:"别闹,不可能的。"

"怎么不可能?"

华灯初上,许安仪和于枝枝逛了一天,累得小腿都在颤抖,手里又拎了大包小包。

"你别闹了。"许安仪把站在马路边沿的于枝枝扯过来。

"我没闹,周望真给我发消息了,说他工作结束要顺路把你捎回去。"

许安仪这才感觉到不对劲:"你答应他了?"

于枝枝点头,委屈巴巴的:"我没法送你,这晚上打车去半山那边又怕不安全。周望是救急,你正好把外套还给他嘛。"

好闺蜜,真的。

许安仪:"你给他发个微信,说不用了,我打车回去。"

"别啊,他都说快到了。"于枝枝乐呵呵的,"你知道我多尴尬吗?我聊天记录都是存下来的,一点进他的聊天框,就是那年我骂他的消息。"

许安仪无奈:"我说什么都没拦住你。"

"我太生气了嘛,你当时哭得那么惨,我以为他欺负你。所以当时到底发生什么了，让你讳莫如深的？"

"没什么。"许安仪摇头，"我先叫车吧，他来了你就说我有急事先回去了。"

她边说边打开了打车软件。

于枝枝一伸手，直接把手机抢了过去。

"哎……别闹了。"

"他都来了，喏。"

许安仪还在企图拿回自己的手机，顺着于枝枝下巴扬起的方向，就看到早上那辆车停在了她面前。

周望见许安仪手里拿了很多购物袋，打开车门要帮忙拿。

许安仪浑身都仿佛冻住了："你别下车！"

周望门都开了一半被她喊了回去。

她这才松口气，这里是商圈，周望就这么下车，难免被别人拍到，更别说他还和女生站在一起。

许安仪真的没办法了，自己去开了后备箱，把东西放进去，苦着一张脸打开副驾驶的门，再系好安全带。

于枝枝在车窗外笑眯眯地挥手，比了个手机联系的手势。

许安仪打开车窗伸出手去。

于枝枝一愣："怎么了？"

"手机。"

于枝枝这才反应过来，许安仪的手机还在她手上，赶忙递上去，又傻笑两声。

许安仪跟她告别，周望也发动了车。

许安仪尴尬得不行，想起外套还在身上穿着，当即就要脱下来还给周望。

周望："你先穿着吧，车里冷，到家再给我。"

"哦……好。"

她注意到周望没穿着白天那件衬衫了，穿了件和她身上这件衣服颜色一样的卫衣，乍一看，像情侣装。

她的脸微红。

车里的氛围太压抑，她还是开口了："你拍得怎么样？"

周望认真看着前面："还不错，剧组还送了你的实体书。"

许安仪："啊？"

"他们说要我回去看看。"周望轻笑，"其实我早就看过了。"

"好……好吧。"许安仪又不知道该说什么了。

这本书让她在周望面前有了把柄，生怕他对情节产生疑问当场说出口，因为都是根据他们的故事改编的。

周望趁着红灯，从储物箱里拿出一块糖，橙子味的："剧组给我的，吃一块吧。"

许安仪接过。

"许安仪。"

周望喊她时,她的糖刚入口,甚至还没感受到甜味。

"嗯?"

"其实不用找话题的。"

"什么?"

糖刚好化开,甜味从舌尖蔓延。

"没有想和我说的可以不说,我不想你尴尬,你能上车就很好了。"

虽然周望的语气有些不在乎,不过许安仪偷瞄他,发现他眼睛里还是有些失落。

许安仪垂眸:"不是的,我们两个好多年没说过话了,我不太习惯。"

还是心软了。

周望把车停在许安仪家门口,帮她把东西搬下来,才转身回了自己那边。

小猫已经在门口蹲着等他。

"安安,饿了吗?"

"喵!"

周望轻笑,转头去拿猫粮。

喂好猫,他也有点累,靠在沙发上。

偌大的别墅里只开了一盏门灯,这种环境里,他的思绪发散,想到了今天拍摄的时候。

定妆照在棚里拍的,摄影师一见到周望就夸张地说:"哇!我看了原著!简直和你一模一样。"

旁边的人都在应和着摄影师。

周望还穿着白衬衫,礼貌地笑了笑。

有几个助理小女孩,手里拿着几本书在传阅,那书的封面是橙色的。周望瞟了一眼,似乎是《成名在望》。

于是拍摄期间从不闲聊的他问道:"这是原著吗?"

几个小女孩很激动:"对呀!周望老师!您要吗?这里多了几本,是制片那边送过来的。"

见周望点点头,小女孩递过来一本。

他趁着拍摄间隙翻了翻,和之前他看过的网络版还是有区别,书的封皮上还有许安仪的签名。周望怕书被拿走,拍摄时眼神都不离开一下。

还是摄影师看了出来:"快来人给周望老师保管一下书!"

周望:"抱歉,走神了。"

摄影师笑了笑,表示不在意:"你真的和这本书太契合了,简直像从书里走出来的主角。"

周望心道,我本来就是。

最后拍摄结束，他抱着"宝贝"书，造型师来找他要衣服，他这才想起来，自己带的外套给许安仪了。白衬衫是剧组拍摄所用的，穿来可以，穿走不太好。

周望问："有不是拍摄的衣服可以借我一套吗？"

造型师转头就去找，正好给周望拿了这件灰色的。周望想到许安仪穿着的那件，鬼使神差地换上。

照镜子的时候，他又鬼使神差地找到了联系人于枝枝。

W：你们还在逛街吗？

于枝枝：是的。

W：我晚点回半山，可以带许安仪回去。

于枝枝：真的假的？你不怕被拍到？

W：没事。

于枝枝：那我们可能会逛得久一点。

W：我也会晚点回。

哪里会晚？他下午三点拍摄就结束了，硬生生坐在车里等到晚上七点多于枝枝发来消息时才发动了车，后视镜里反射着他灰色的衣角。开车路过北山中学，还有那条江时，他想着，怎么也要买到一瓶"北冰洋"才好。

开到商圈附近，周望才收回思绪，紧接着就看到许安仪穿着他的衣服站在路边。停车后，他趁着许安仪放东西，把后座上那本书藏了起来。

他还自嘲地笑了笑，好像什么都没变。

许安仪告别周望，提着东西进了房子还没觉得有什么不对劲。等到照镜子的时候她才发现，外套根本就没还回去，还安安稳稳穿在身上，味道都和自己融合了。

她僵站在镜子前，看着自己的身影。

从开会那天起，就有什么事情变了。周望再次频繁地闯进她的生活，像是要把她养成的习惯一点一点盖掉。平静的心，这几天乱得不像话，她有些烦躁，随手脱掉外套放进了洗衣机。

许安仪抱着电脑来到阳台，准备工作。她昨天观察了一下，周望不经常回卧室，她也不怕周望在阳台看到她。

电脑的蓝光照着她的脸，她不适地眨眨眼，于是戴上了之前于枝枝送的防蓝光眼镜。

工作的时候，许安仪经常忘了时间，等到从电脑前再回过头，身后的别墅区已经一片漆黑，再看了眼时间，深夜十一点多了。

她摸着黑走到卧室门口，拨动一下开关。

灯没亮，她以为自己按错了，又动一下，还是没亮。

她这才反应过来，停电了。

大房间就这点不好，没有光亮的时候，看起来空空荡荡的。许安仪本就脑洞多，想得多，这时候借着稀薄的月光，看着床底、柜子的黑暗地带，像是有什么东西在等着她过去。

刚搬进来自然没有蜡烛，偌大的房间，恐怖片似的拉扯着她紧绷的神经。好在电脑还有光亮，一看电量，没剩多少了。

许安仪叹口气，抱着电脑往楼下走，坐在客厅的沙发上，蜷起腿抱住。稀疏的月光打进来，冰冰凉凉的。

在她满脑袋都是恐怖片情节的时候，花园的门铃响了，吓得她一抖。在这片区域，明明唯一认识她的就只有对面的周望。这个时间还能有谁？

她走到门口，看到可视门铃的瞬间松了口气——是抱着一只猫的周望。

她这才放心地把门拉开。

"怎么了？"许安仪先开口。

周望穿着一身家居服："停电了。"

"嗯。"

又陷入尴尬。

许安仪僵持不下去，让开了位置："进来吗？"

周望没客气，走进来。

"我把猫送过来陪你。"他被许安仪带到沙发前坐下。

许安仪一愣："不用的，我不是特别害怕。"

"别拒绝我。"黑暗里的周望格外强硬，"高中的时候你告诉过我的，你怕黑。"

许安仪嘴硬："那也只是高中的时候了。"自己确实跟他说过，小女孩的心思只是想得到安慰。

周望在黑暗中低头："当时你说害怕，我在拍戏没办法。现在我有能力了，所以作为附赠品和猫一起来了。"

此刻停电的别墅区似乎适合说些陈年旧事。许安仪跑去冰箱拿了冰可乐，递给周望。周望摆摆手，示意自己不喝。

许安仪："周望。"

"嗯。"

"你不要对以前的事太耿耿于怀了，我当时就是个小孩，现在都到可以结婚的年纪了，以前发生的事也不用作数。

"你是闪闪发光的大明星，我就是个写小说的。

"我们两个是高中同学，仅此而已。"

周望身子前倾，双手交叉搭在膝盖上，咳嗽了一声，嗓子还有点哑："所以，你有结婚对象吗？"

这是什么清奇的角度？许安仪瞪大了眼，还是诚实回答："没有。"

"那就好。"

什么那就好？他们真的在一个频道吗？许安仪皱眉。

周望:"你不用管我,就当我怕黑,想让你陪陪我。"

无赖。

许安仪叹息,她的走心话题又被一带而过。她不甘不愿地从抽屉里拿了感冒药,递给周望。

"吃两颗,你要感冒了。"她的语气还有点怨怼,"我现在生活得很好,不想再有变动了。"

紧接着,她听见周望轻笑一声:"你别怪我,你的生活会因为我改变的。"

停电是不是打开了他什么开关?

许安仪想反驳,周望的手伸过来,从她手里拿走了感冒药。手指触碰的瞬间,许安仪僵了一下,他的手很热,蹭过她的指尖,不真实感从心头蔓延上来,激得她迅速收手。

周望靠在了沙发上:"其实……"

许安仪知道他想说什么,无非是当初断联的原因,她不想听,都是过去的事了。

"别说了。"

许安仪的睡衣裤腿被什么东西碰了一下。

她打了个冷战,顺着一看,是周望的猫,在黑暗里它的眼睛发着光,可怜兮兮的,似乎在说,收留我们吧。

周望:"安安,别闹。"

许安仪一愣:"安安?"

周望不说话了。

"这只猫叫安安?"

他还是不回答。

许安仪心里已经翻起了浪,她不知道该开心还是什么。

她就是个普普通通的女生,也不知道周望到底惦记她什么,连一只猫都要叫自己的名字。

"要不你……"回去吧。

周望把感冒药咽下去:"我出来没带钥匙,你只能收留我和它了。"

无赖。还是这两个字。

可如果他真的没有带钥匙呢?总不能真的把他赶走吧?

许安仪走上楼,拿了套才买的被子,放在沙发上。

"你感冒了,盖着吧。"

周望顺从。

"你和安……小猫,今天委屈一下,睡沙发。"

"好。"

许安仪什么都不想说,已经过了一点,她困得不行,也不想继续在客厅待着,转头上楼。

周望的声音从沙发那边传来："早上想吃什么？"

许安仪差点绊死在楼梯上："我不吃早餐。"

"吃灌汤包？好。"

她的表情僵住，怎么还带自问自答的？她一言不发地回了卧室，静静地躺在床上。困意和心绪在对抗。

前几天周望还和她保持距离，今天就像吃错了药。刚重逢的时候，许安仪还觉得他变了不少，如今一看，还是以前那个少年，半点没变。

是她变了。

许安仪是被清晨的阳光晃醒的。昨晚兵荒马乱，又忘记拉窗帘。

她慢悠悠地走出房间，准备下楼，站在楼梯上就看到穿戴整齐的周望坐在餐桌边，吓得她立刻转头回房间换衣服。

她一边换衣服，一边腹诽，他怎么还没走？

她面色不佳，重新下楼："你不是没有钥匙吗？怎么还换了衣服？"

周望笑着说道："早上电力恢复了，指纹锁。"

"安……猫呢？"她不知道为什么，怎么都叫不出那个名字。

"被我送回去了。"

周望拆开买的灌汤包，递给许安仪："你要是不喜欢这个名字，我给它改一个。"

"不用，安……安挺好的。"她可不想做这个恶人。

时间已经上午十点多，她吃着灌汤包，周望什么都不做，直勾勾地看她。

"你不忙吗？"一个明星耗在她这里这么久。

"不忙，明天电影开机，我就进组了。"

许安仪："这么快？"

"嗯，取景地在北山中学。"

她一愣，灌汤包的汁水烫了下舌头。

她确实在原著里描写了很多关于北山中学的场景，没想到导演火眼金睛直接找到了。

周望看着她："慢点吃。"

许安仪道："你怎么跟变了个人一样？"

周望："想通了点事情。"

"什么？"她抬眼去看他。

周望笑着摇头："没什么。"

昨晚刚回家，周望洗完澡从卫生间走出来，头就有点发晕。

最近他为了赶档期，提上来了不少工作，还冒雨走了个红毯。

他吹完头发，回想刚刚和许安仪一起回家的路上，自己说完那句话，许安仪就真的不出声了。

她一直这样,面上扭捏,其实心里强硬得很。现在这么抗拒他,就说明她铁了心不想改变现状。

周望坐在沙发,茶几上还摆着从剧组拿回来的书,他随手拿起,翻看内页。

还是许安仪的亲签。

祝少年,成名在望。

用金色的油漆笔写的,力道快要透过纸张,周望摩挲着那几个字。

少年……

他做艺人早,慢慢在娱乐圈里打磨棱角,变成了现在这个样子——说话有分寸,做事稳重,早就不记得少年人是什么样子了。

周望也知道,许安仪的书就是在写他,他迫切想要答案,无论如何也想要挽回,然而在这个年纪好像不起什么作用。

他放飞思绪,看了眼正在沙发上舔毛的安安,心想是不是只要他变成以前那个少年,许安仪就还会念旧地多看他一眼。

当时是怎么样的呢?

意气风发、爽朗,还是莽莽撞撞、爱喝汽水?

这都是什么?

周望自嘲地笑了,扎眼的头发被他捋顺。还没等他继续顺着书看下去,整个房子陷入了黑暗。停电了?

他猛地想到许安仪,当年她发微信跟自己说,看了恐怖片很害怕。那时他在工作,将近十二个小时才回复。

少年是什么?是在她需要的时候,出现在她身边。

于是,他抱着一只猫,敲响了隔壁的门。

第二章

恒定主角

许安仪飞速吃完灌汤包，顺便把包装盒收拾干净，看了一眼周望，眼神示意：你怎么还不走？

周望把袋子拎在手上，也不多停留："我先走了。"

许安仪点头。

关门声响起，她终于松了一口气。周望像吃错药了一样，仿佛他们之间从来没断联过。

她不达标的接受能力根本缓不过来。

好在接下来几天，周望都没再找她，微信也没发过。她轻松了不少，每天的日常就是码字、看剧。

直到剧组找她，让她登录微博转发一下定妆照做做宣传，她这才点开许久都没登录的账号。

许安仪的职业是小说作家，肯定离不开宣传，只是早年间发生了点不愉快的事，她除了发广告再也不登录微博了。

今天一登录，消息如同潮水一般涌出。

她看都不看，直接搜索《成名在望》剧组的官博。

第一条就是定妆照，几个重要的主角拼凑成九宫格，最显眼的还是周望——他在第一张。

许安仪根本控制不住自己的手，点开，照片里的他像是坐着时光机来到她面前。白衬衫，领带是纯黑色的，明明是这样正经的校服，他偏偏总是把袖扣打开，把袖子挽到手肘。

许安仪对着这张照片，没意识到自己笑了。

她随手点击保存，再按下转发，功成身退，上微信和剧组的宣发说了一声。

安：我转完了。
宣发：好的，老师。
宣发：这两天在嘉望江取景，您方便来探班吗？
许安仪皱眉，她不太想去，一是触景生情，二是人太多，不知道该怎么回复才比较礼貌。
宣发：制片那边说希望您来一下，到时候拍个剧组合照，可以用来宣传。
她没想过这一茬，自己的微博粉丝虽然有百万，但是对比周望就是小巫见大巫。宣传居然还需要她出面？
不过人家都这样说了……
安：好。
江边的戏份在后天，据说要拍书里的名场面——男主角和女主角放学在江边骑单车回家。
男主角对女主角说：高考结束你有没有想去的地方？
女主角说：没有。
男主角：那就和我一起吧。
这一段被读者誉为青春的极致。
许安仪想象了一下周望骑单车的画面。她很少见到周望当众骑单车，从知道这个人开始，他几乎就一直被人围着，坐商务车、坐跑车。这段名场面恰好是书里为数不多她臆想出来的风光。

三天后，下午三点剧组就派了车来接许安仪，她穿着很普通的衣服，有些局促地坐在商务车里。
原定是开拍之前拍大合照，许安仪却堵在了路上，她到达的时候，剧组已经开始拍摄。
导演见到许安仪来，把她拉到监视器后面。许安仪礼貌地打招呼。
"女主角的替身呢？人呢？"导演问。
许安仪没搞清楚状况，不就是一场骑单车的戏份，怎么女主角还要替身？她的疑惑浮在了表面上。
导演看到她的神色解释："女主角不会骑自行车，只能找替身。"
原来是这样。
场务从老远朝着导演喊："替身老师今天不在！这场戏没给替身通告单！"
许安仪眼看着导演的脸色变黑，她也不好说话。
导演："找啊！把她叫来！为了今天的火烧云，我等了三天了！天气能等人吗？"
场务也跟着干着急，小跑过来："替身住的酒店在棚那边，过来至少两个小时。导演，现在怎么办？"
"怎么办？"导演压抑怒火，"现场找人吧！"

场务眼神飘忽,忽然落到导演身边的许安仪身上。

"这位老师可以!身材还挺像的!"

导演皱眉,回头扫了眼许安仪。

许安仪觉得大事不妙,赶忙推却:"我不会演戏的,再找找吧。"

导演放下对讲机:"安仪,你微博是不是说,这本书是根据你的故事改编的呀?"

许安仪不明就里地点头。

"那就没毛病,就当帮我救个场!"

她愣了,仍试图推却:"不行,我哪会……"

"你会骑自行车吗?"

许安仪点头,又摇头。

"那就行!"导演笑了,朝着不远处喊,"小赵!带许老师去造型车换衣服!"

许安仪还蒙着,莫名其妙被叫小赵的造型师扯走。

她边走边回头看导演,收获到导演的眼神——加油!你可以!

太荒唐了。

进了房车,许安仪更是想跑,因为周望就坐在车里,手里还拿着《成名在望》看。

见到她进来,他先是惊讶了一下,然后才说:"来探班吗?"

许安仪想向他"求救"。

小赵解释:"周望老师,女主角的替身没来,导演让作者来替一下。"

周望听到这话,先是愣了下,紧接着就笑出声。

许安仪恼了:"笑什么呢?"

周望:"没,我很高兴。"

"为什么?"她小声问。

"因为我以前就想和你光明正大地在嘉望江边骑车,现在终于能实现了。"

许安仪愣住了。

旁边的小赵像是听到了什么惊天八卦,双手挡住了嘴:"两位老师放心,人在嘴在,我绝不会说出去。"

周望礼貌地点头。

最后许安仪也换上了周望穿的同款"校服"。

她看着镜子里的自己,好多年没穿过了,如果左胸口有校徽,她肯定会恍惚。

周望看着站在镜子前的许安仪,愣了神,不自在地咳了一声:"我应该没交语文作业。"

许安仪看向他:"什么?"

"没什么。"

许安仪云里雾里的,任由小赵把她及腰的头发绑成马尾。因为是替身,不拍脸,也不用化妆。

导演那边催命似的，她就跟在周望后面听导演讲戏。

导演："安仪，你就骑车跟在周望后面，周望在那座桥会回头看你，你就说台词，然后追上他，在他旁边，一直骑到前面的大厦就可以了。"

许安仪视死如归地点点头。

火烧云可遇不可求，导演招呼着现场："快点！快快快！站位！"

许安仪被带着坐到了自行车上。

周望开拍前，安慰她："没事的，你别紧张。"

许安仪没回答。

所有准备做好，场记打板，对讲机里传来导演的"Action（开拍）"。

周望骑着单车往前走，许安仪追在他后面。

江上的晚风迎面吹在周望身上，他的发丝顺着晚风的方向飞扬，白衬衫兜着风，在身后轻轻鼓起来。

火烧云打在他身后，照出了绚丽的色彩。

许安仪有点想哭，她暗恋了周望那么多年，从来没有光明正大地出现在他身后。

她杂乱的心绪里还记得，这时候应该说台词。

许安仪喊："周望！"

按照剧情，周望应该回头，可他的车停下来了。许安仪的情绪没缓和好，眼眶还有点红，就听导演喊了一声"咔"。

她没反应过来。

周望来到许安仪旁边："你叫错名字了，我是祝万。"

对，祝万是男主角的名字。许安仪的脸一下就红了，朝着镜头的方向道歉。

周望安慰道："没关系，再来一次。"

他见许安仪魂不守舍，一只手抓着许安仪的车把，另一只手抓自己的，推着走。

许安仪根本不用动，就被周望带回了起点。

导演没生气，还促狭地笑她："抓紧时间再来一条。安仪啊！怎么没记住自己的男主角呢？"

许安仪心想，那个场面她已经完全随心了。

再来一条，还是刚刚的位置，她这次认真地喊："祝万！"

前面的周望笑着回过头来："怎么了？"

"等等我！"

周望放慢速度："你高考结束有没有想去的地方？"

许安仪加速追上："没有。"

"那就和我一起吧。"周望侧头看她的神色，实在是……演技高超。

许安仪控制不了自己，陷了进去，呢喃一声："好。"

也不知道导演听没听到，周望先愣了一下，不过当影帝的人当然情绪恢复得快，不留一丝痕迹。

导演没喊"咔",两个人就继续骑。快要到大厦的时候,周望突然出声:"这是你梦想的情节吗?"

许安仪怕被摄像机拍进去,轻轻点头。

"那好,我帮你一个一个实现。"

"咔!过了!拍合照收工!"

许安仪松了口气。

本来她要去房车把衣服还给剧组,小赵跟她说:"留个纪念吧,老师!"

她确实很喜欢,点头收下。

拍合照之前,许安仪没找到周望,就站在监视器旁边看着她和周望拍摄的回放,真的很青春。她在羡慕自己写下的女主角。

一个男人走过来:"老师,我是周望的助理,他让我叫你过去。"

许安仪先看看导演,导演大手一挥,她就跟着走了。

她走到江边的堤坝上时,火烧云开始有发暗的趋势。

周望就在那里等着,他背对着江,有些慵懒,对许安仪招手。

许安仪走到近前,周望从身后拿出了什么东西。她定睛一看,是一瓶玻璃瓶装的"北冰洋"。

她愣了。

在北城,这种瓶装的"北冰洋"已经停产了许久,连北山中学的小巷子里都不卖了。

"当年欠你的那一瓶,现在还应该不算晚吧?"

"北冰洋"是冰的。

夏日傍晚的嘉望江,吹来的风带着热气。

许安仪接过那瓶冰凉的"北冰洋",用拇指摩挲着瓶身上的水雾。

周望的胳膊架在江边的栏杆上,解释道:"这是剧组找来的,我去要了两瓶。"

许安仪点头。

瓶盖被拧松了,她打开放到嘴边抿了一口,甜得发腻,没有记忆里那么好喝。

她问周望:"刚刚你自己加词,导演不会生气吗?"

拍戏的规矩她不懂。

周望摇头:"江风这么大,肯定是要配音的。我说话那里也就是个备用镜头,不会剪进去。"

"那我喊的那声周望也没关系?"她问。

周望笑了:"不是因为说错词,你喊我的时候,我恍惚了,然后出戏。我的原因。"

原来是这样,不过拍戏这个苦差,她这辈子估计也就体验这一次了。

许安仪正在思索的时候,周望朝前凑了一步,她下意识后退,周望脚步顿住。

"这里被剧组清场了,不会被拍。"

见许安仪摇头,周望遂了她的愿,没再靠近。

"两位老师,拍照了!"小赵从上面跑过来。

许安仪应了一声，转头就走。

周望抓住了她的手腕，她脚步一滞。

"等下，还有东西没给你。"

"什么……"

周望变戏法似的，拿出来了两三根仙女棒。

许安仪："来不及了，还要拍照。"

周望笑着说："先去拍，你等会儿先别走，我带你回半山别墅。"

她刚刚确实是被"北冰洋"感动到了一点，但还没到能心态平和与其相处的程度，下意识又要拒绝。

周望正了神色："别拒绝我，许安仪。"

她将要说的话又咽了回去。

小赵又开始催："老师，就等你们了！"

许安仪甩掉周望的手往上走，周望慢吞吞地跟在她身后。

剧组工作人员已经自动站在外围，里面是主角，还有主创人员，在中间给周望和许安仪留了位置。

导演见到许安仪过来："快来啊，安仪，你这校服一穿跟主角没什么区别了，哈哈！"

许安仪礼貌地笑笑，站到了导演身边。周望也跟过来站到了许安仪身边。

"周望老师，你得去女主角旁边啊。"拍摄的工作人员喊。

周望摆摆手："我陪导演就行。"

"那时玉老师跟旁边人换一下吧。"

许安仪听着这个有些陌生的名字，想了半天才想起来，女主角的饰演者叫时玉，当红小花。

时玉开会时没来，刚刚也没出现，许安仪好奇地转头去看时，时玉已经换到周望的另一侧。

好漂亮。

久违的羞愧再次找上门，以前周望身后跟来跟去的学姐们也让许安仪有过这种感受。

"来，笑笑！三二一！"

"杀青大吉！"

导演不乐意了，朝着身后边笑边喊："才拍了五天你们就杀青大吉？"

很欢乐的氛围。

此时人多口杂，周望在许安仪耳边小声说："来房车找我。"

她无奈，看了他一眼。

天色逐渐黑了下来。

许安仪跟导演告别，朝着周望那边走的时候，被人叫住。
"是作者许安仪吗？"
许安仪回头去看，是女主角时玉。
她点点头："时老师你好。"
时玉走到她面前，微微低下头打量她。许安仪没忍住低了头。
"你跟周望很熟吗？"
"不熟，高中同学。"
许安仪总是被问这种问题，不过时玉来问这个是什么意思？不会也是周望的"粉丝"吧？她心中的小人在捂脸，面上倒没显示出来。
"噗，你怎么这么紧张？"时玉突然笑了。
许安仪愣住。
"我不喜欢周望！你别误会了！"
"啊？"
"这本书说的是你们的故事吗？"
许安仪愣了愣。
没等她回答，时玉又继续自言自语："我是你的书粉，我太好奇了，你连载的时候就在追更，你现在这本什么时候完结？"
许安仪真傻了，她愣愣地看着离自己极近的时玉。
周望走出房车时，看到的就是这样的场面：时玉本就长相艳丽，戏中穿的校服也换了，穿着紧身裙靠许安仪很近。她个子还比许安仪高不少，有种盛气凌人之感。
周望沉了脸色，上前去抓着许安仪的手腕，把人扯到身后。
许安仪愣住了。
时玉也蒙了。
"你干吗？"许安仪皱着眉头问。
时玉"扑哧"一声笑了："你不会是怕我欺负她吧？"
周望问："你们聊什么呢？"
许安仪老实回答："时玉老师问我能不能送她一本亲签书。"
周望不说话了，神色精彩。
时玉摆摆手："没意思，你们走吧。安仪改天见哦！"
许安仪微笑着点点头。

周望的助理开车，载着两个人回半山别墅。
窗外的夜幕逐渐变得暗淡，灯火也从繁杂变得稀少。
许安仪听到周望突然笑了一声。
"望哥，怎么了？"助理问。
周望："没事，我笑自己。"

车停在两栋别墅中间,两个人下了车,助理转开自己的车走了。

许安仪想回去换个衣服。

"等等。"周望从车后备箱拿出之前的仙女棒,足足有一袋子,"说好了的。"

许安仪接过一根。

周望从口袋里拿出打火机,整个人靠近许安仪,她躲了一步。

"别躲,风大。"

许安仪硬生生止住了脚步。

周望俯身,用自己的身体挡风,不甚熟练地按下打火机,点燃她手里的仙女棒。火花喷涌出来的瞬间,晃了两个人的眼。

他们像两个高中生在放烟花。

周望看着许安仪,半山的风还是大,仙女棒的火花都被吹得有些偏。她怕烫到,手伸得很长。

"这也是从剧组拿的吗?"

"嗯。"周望直勾勾地看着她,"本来导演想拍一场放烟花的戏,后来改了。"

怪不得有这么多。

仙女棒燃烧到尾巴的时候,周望从她手里接过,等熄灭后扔进垃圾桶。下一根他就没有给许安仪了,而是捏在自己手里,许安仪站在前面看。

他们一根接一根地放,许安仪看到眼都花了,赶忙说:"好了,好了。"

周望点头:"剩下的改天再放。"

许安仪回到家里,觉得身上都是一股硫磺味,进卧室洗了个澡。

她吹干头发走出来,本来想去阳台写书的,谁料站在窗口就看到了周望在对面走动。她吓了一跳,立马拉上了窗帘。

只能去餐厅。

她打开文档没写两个字,手机又响了,来电显示是妈妈。

许安仪不想接,放在一边,手机却一遍又一遍地振,没办法,她还是接听了。

谁知道,听筒那边不是雄赳赳气昂昂的呛声,而是有点隐隐约约的啜泣。

她心头一紧:"怎么了?"

"你快回来一趟吧,你妹妹病了。"

许安仪紧皱眉头。怎么这么突然?如果是小病,妈妈断然不会哭成这样。

"我知道了。"

她挂断电话,穿上衣服开始打车。已经晚上八九点了,半山别墅根本没有车来。在客厅踱步了几圈,她咬咬牙,找到联系人"W"。

安:你现在方便吗?我可以拜托你一件事吗?

W:怎么了?

安:我要去市医院,打不到车。

对面没回复。

许安仪都想着，要不自己走下去算了。

门铃突然响起，她过去打开门，是周望拿着车钥匙站在门口。

他第一句话就是："你怎么了？"

许安仪解释："我没事，是我妹妹住院了。"

不知道是不是错觉，她看着周望像是松了一口气的样子。

许安仪坐在副驾驶上："抱歉，麻烦你了。"

周望安慰："没事。"

去市医院的路上，两个人无话，许安仪每隔几分钟就能接到一通催她的电话，她不停地安抚着妈妈。好在深夜的路不堵，只用了四十分钟就到了。

"你别下车，小心被拍。"

周望："我现在不怕被拍了。"

许安仪心里着急，拧不过他，任由他去。按照妈妈给的地址，她跑到住院部。

周望在病房门口站着，许安仪推开门的时候，屋里的妈妈正啜泣，妹妹也在病床上哭。

她走到近前："到底怎么了？"

"你妹妹长了肿瘤。"

"良性还是恶性？"

"良性。"

她终于松了一口气。

"医生怎么说，要手术吗？"许安仪思考了其中关窍，问道，"多少钱？"

不怪许安仪冷血，自从她写小说赚了钱，手上的存款就是家里最多的。这个时候这么着急找她，估计也是钱不够了。

果不其然，下一秒，许妈妈说："三四万。"

许安仪不可思议地问："三四万家里拿不出来？"

"那可是你妹妹！你问这个问题？"

一句话就点着了火。

"她学美术一年十几万，做手术这么大的事，拖到我来？"许安仪的态度强硬。

因为看这病房的情形，明显不止住一天院，以她的了解，是医院催缴费了，妈妈才会急匆匆给她打电话。

许妈妈嗫嚅着："你爸炒股，家里没多少钱了。"

妹妹也跟着插嘴："为什么要我姐给钱啊？"

"你个小孩别出声！"

看着眼前的乱象，许安仪深吸一口气。说到底只是家里氛围不好，这么多年吃穿不缺她的，她也不可能冷血到什么都不管。

"在哪里交钱。"

"一楼。"

她点点头转身就走，身后还传来声音。

"为什么要我姐拿钱啊？你没有钱了吗？我不想欠我姐的！"

"你爸全拿走了！就你姐有钱！什么你欠她的，瞎说什么？"

许安仪不想听，出门看到周望靠在墙边，伸手扯着周望转头就要下楼。

身后的门猛地拉开，是许妈妈追了出来："对了，你带两瓶水上来。"

许妈妈话音一落，看到站着的周望，神色狐疑。

许安仪一僵，拉着周望就要走。

"这不是那年过年，勾搭你翻墙跑出去的那个男生吗？"

那年过年是北城最后一年允许燃放烟花。

许安仪在房间复习，还有半年就要高考，她一门心思扎在学习上，连周望很久没去学校都没太大感觉。

她家过年一向冷冷清清的，没有什么摆宴席的习惯，连春晚的声音都不如人家放得大，更别说会带着孩子出去放烟花这种事。

许安仪在晚上十一点多收到周望的消息。

"放烟花了吗？"

是一条语音，许安仪点开了好几遍，听得出他那边背景音杂乱，热闹得不像话。

许安仪也回复了语音消息："没。"

"等下，我刚从春晚分场馆出来，一会儿跟你说。"

"好。"

放下手机，许安仪只觉得莫名其妙。周望参加春晚这事，几乎全班都传遍了。就连许安仪这种不关注世事的，春晚开始的时候都站在电视前，看他穿着红色的衣服唱完了一首喜庆的歌。

周望这个时候找她，估计只是无聊了，找她念叨两句。

她收敛心神，继续投入题海，窗子外面是万家灯火，过年的氛围只有这个时候才明晰。

许安仪奖励自己，今天不用做数学题，当她抱着文言文啃的时候，窗子外面传来轻响。

她家的老房子在一楼，当时也没有防盗窗，这点响声吓得她差点跳起来。她悄悄往窗外看，什么都没有，便退了回去。

"过年好啊。"窗外突然跳出来一个人。

许安仪吓得差点尖叫，又憋了回去。

周望没卸妆，和电视里没什么区别，就是把那身红西装换成了加绒的卫衣。

"你怎么来了？"许安仪紧张得很，时不时回头看看，怕妈妈进来。

周望的手原本是背着的，猛地伸到她近前，是一束花。

许安仪对花了解不多，白色的大概是……桔梗？难不成他就是来送花的？

许安仪觉得非常不可思议。

周望下一句话就给她浇了一盆冷水。

他神色有些不自然，声音隔着窗户也有点不真切："后台工作人员送的，我拿着也没什么用，这个场馆离你这儿近，我就来了。"

许安仪有点失落，没说什么，点点头。她朝周望身后看了看，一辆自行车停在那里，问了一句："你骑自行车来的吗？"

周望点点头："过年街上都没人了，我可以放放风。"

"那你注意安全。"

许安仪把窗户拉开一条缝，准备从周望手中接过这束花。花束的包装纸擦过她的手背，她却没拿到。

是周望抓住了她的手腕。

"要不要出来玩？"

许安仪面色犹豫："我妈不让。"

"没事，你翻出来，我接着你，兜风去。"

她犹豫了半天，看着周望期待的眼神，还有他身后天地之间飞扬的细小雪花和漫天的烟花，抿了抿唇，还是点了头。

周望把花递给许安仪，双手张开，准备接住她。她还穿着睡衣、棉拖鞋，套了个厚外套就跟着走了。

她脑海里只有不久前看到的一句话——不要做任何的准备，就这样走到世界的尽头。

自行车是单人款式的，没有后座，她又犯了难。最后，她坐在周望的车前杠上，和他一起在嘉望江边来来回回地兜风。

天上时不时炸响烟花，那些火光，还有一轮圆月，照亮了他们前行的路。

江水被冰封，许安仪说话都冒着白雾："周望，你不怕被拍到？"

周望双手握着车把手，笑得开怀："过年呢，大家都在家里，不会在意我们两个的。"

她只能任由他。

这一切，在十八岁的许安仪眼里，就像一场美梦。

最后，这场梦终止在了她妈妈的电话。周望把她送回去，她挨骂结束，回到房间。那束桔梗花，开在她的书桌，点亮了她的深夜。

"怎么了？你怎么不说话？我那时候都看到了！他骑自行车把你送回来的！"

许安仪面色不好，周望也有点愣住。

她第一次呛声："妹妹治不治病？你再说下去，到时候自己去交钱。"

许妈妈终于安静下来，翻了个白眼，回了病房。

许安仪面色不佳，带着周望往楼下走："你真的不怕被拍？"

周望点头。

在电梯里,他问:"那时候……你回家去,挨骂了吗?"

"嗯。"

"抱歉。"

许安仪心情真的称不上好,语气也生硬,好在还能控制:"没事,是我意志力不坚定。"

周望:"当时,我也任性了。"

像是想到什么,他忽然自嘲地笑了一声。

"怎么了?"许安仪问。

"没事。"

周望当年说了谎。

那天他的节目结束后,看到后台摆了很多花,其中最漂亮的就数这一束桔梗。他去求了工作人员,把花要来。站在停车场的时候他就在想,那个女孩在干什么?有没有看到烟花?

他少年无畏,直截了当地问。

商务车后座有他给家里表弟带的礼物,是一辆崭新的自行车。想法滋生,他拒绝了接送,不听从劝阻,义无反顾地踏上自行车,单手拿花,朝着记忆中许安仪发过的地址骑去。

半路天上飘了雪,他怕冻到花,一手把花遮在怀里,尽力不让风吹到,一手握车把,在空无一人的大街飞驰。

来到许安仪的窗前时,桔梗还带着他的体温。

那天最后,他很想对许安仪说,总有一天,我可以带你光明正大地在嘉望江边骑车,最好还有黄昏和晚风。

但他没有说。

"后来因为这件事,她在我房间装了防盗窗。"许安仪淡淡地说。

周望站在许安仪身侧:"我当时年纪太小了,不懂事。"

许安仪没见过在那个年纪比他还懂事的人了。

电梯门开,是缴费大厅,因为是深夜,没有多少人。许安仪先看了一圈,才让周望也走出来。

在缴费的时候,许安仪递付款码出去,又被周望拦下来,似乎是要给她付钱。

她眉头都皱紧了:"我不想欠你。"

周望手一顿,收了回去。

缴了费,她才松口气,对着周望说:"要不你先回去休息?"

这是家事,周望一直在这里没必要,还平添了麻烦。

周望却摇头："你一个人回半山不安全。"

许安仪本来也想交完钱回半山,听周望一说,自然无法拒绝,两个人便朝着停车场走。

周望似乎有些累,脚步放得很慢。

空气一时沉默。

"许安仪,我以前是不是给你添麻烦了?"

许安仪皱眉。确实是有的,她从那个时候就被认为乖巧懂事都是装出来的,不过她不在乎。

"没有。"

"对了,"周望声音不大,"我在看你的书,男主角为什么叫祝万?"

许安仪愣神。

她自然不敢说这个名字有两层含义:一个是"祝万"的拼音首字母与"周望"相同,另一个是"祝你万事胜意"的意思。

没得到自己想要的答案,周望闭了闭眼。

许安仪不想再说这个话题,正好也走到了车前,她沉默着上了车。

她揉了揉脖子,近来一直不太舒服,僵得不行。她近乎逃避似的不发一言,一路无话。

第二天,许安仪是被电话铃声吵醒的。

于枝枝:"喂?安仪你在家吗?"

"我在家。"

"那你别出门,我来找你玩。"

"好。"

估计于枝枝又跟老公吵架了,而且一般这个时候她都已经到了。

果不其然,于枝枝的车停在门口。

于枝枝见许安仪出来,冲上来说:"你猜我发现什么了?"

许安仪带着于枝枝进了门:"你发现了什么?"

于枝枝一进屋就扑在沙发上,姿势慵懒:"你看微博了吗?"

"什么微博?"许安仪边说,边走到餐桌边倒水。

"周望上热搜了!"

听到这话,许安仪心里一"咯噔"。不会是昨晚在医院缴费被拍到了吧?如果真是这样,她欠周望的可就不是一星半点了。

"什么时候?"

"昨晚。"于枝枝的回答让许安仪的心凉了半截。

"给我看看。"

"我发到你微博里了,你直接上号去看。"

许安仪把水递给她,拿起手机,登录微博。她点开一看,是周望的一个粉丝发的。

都在回忆哥哥的少年时候,我的珍藏也拿出来了!之前过年和家人去放烟花,在路上看到一个人,怎么看怎么眼熟,猛地发现是哥哥!然后就录下来珍藏到了现在!(不是私生!)

许安仪松了口气,点开视频,是周望单手骑着自行车,另一只手里还拿着一束花——是那束桔梗。他冒着小雪,像是怕花被冻到,遮在怀里。

许安仪一愣,这是他去找她的那天。

于枝枝说:"我记得那年你说周望去找你了,我还不信,现在倒是信了。"

"那束花是送给你的吗?"

许安仪点头。

"真好啊,粉丝都在猜他是给妈妈拿的花。哈哈哈,谁知道是给你呢!怎么样,幸福吗?"

"他说那个花是春晚后台送的。"

于枝枝嗤笑一声:"谁家后台送桔梗啊?我印象可深了,那年有个爱情小品,台上就出现了桔梗花束,和周望送的那束一模一样!"

许安仪愣住。

"你想想,人家做道具的怎么可能送给他,肯定是他为了送你厚着脸皮要的。你不会不知道桔梗的花语吧?"于枝枝凑近,眼神里都是揶揄。

"什么花语?"

"无限的爱啊!"

许安仪呆住了。

"你别不说话!心动了吧?"于枝枝满眼笑意。

"没有。"

别开玩笑了,高中的时候她简直是班里最普通的人,而周望是什么角色,她又是什么。

于枝枝像是看出来许安仪的所想:"还有哦,那个博主在评论里说,她是嘉望区的。"

"什么意思?"

"春晚分会场在嘉仁区,我没记错的话,周望家也是嘉仁区的吧?你说他跨过半座城来这边是为什么呢?又不用上学。"

许安仪心想,原来真是为了我?

于枝枝一看她脸色不佳,关心道:"你昨晚没睡好?"

许安仪松了口气:"我妹妹住院了,我去给钱。"

"为什么你给钱?"

"我爸炒股，家里没钱了。"毕竟是家事，她多说也没用。
"你几点去的？"
"晚上十一点多吧。"
"这边能打到车？"于枝枝不可思议地问，"你真的快点买车吧。"
"周望送我……"

许安仪没理会于枝枝的一脸震惊，反而思索起来，于枝枝说得没错，是应该买辆车，不用很贵，至少有急事的时候能代步一下。
"你今天有事吗？"许安仪问。
于枝枝端着水杯，一愣："没有。"
"走，买车去。"
"啊？"

进市区的路上，于枝枝就在不停地问："周望怎么送你去的？怎么回事？"
许安仪苦着脸："我打不到车，以为我妹妹得了什么绝症呢，就求他了。"
"你行啊，一求求了个大的！"于枝枝又察觉出一些不对劲，"你怎么不找我？"
"我觉得你这个身体不能折腾。"
"好哇！我又不是珍稀动物！"
"你怀的那个是。"
"那是你干儿子！给你干活是他的荣幸！"
于枝枝开始吐槽，自从她怀孕起，她家里就把她当祖宗的各种奇葩行径。
许安仪偷偷笑了，顺利把话题带偏。

到 4S 店正好是上午十点多。
许安仪下车时被太阳晃了下眼，发现自己从昨天到今天在郊区和市区之间来回跑了三趟，有些无奈。
销售礼貌地迎上来，询问来意。
许安仪直截了当："我来看看车。"
紧接着，她就被迎进去，销售开始一款一款地介绍。
"安仪，你要是自己开就买个小跑吧，多帅啊！"
许安仪摇摇头："我的车技开不了，我最多开个 SUV。"
于枝枝开的就是那种，她嫌弃很久了，听到许安仪说话撇了撇嘴。
才绕了一圈，许安仪就看好了一辆，实用性很强，且价格也符合她的预期，跟销售一商量，直接全款提。
坐在会客室签合同的时候，许安仪还在想，这下终于不用麻烦别人了。
于枝枝忽然戳了戳她的胳膊，她疑惑地回头。
"最近是不是高中同学大聚会啊？你看那儿，那个。"

顺着于枝枝指的方向，许安仪看到一个穿着西装的男人站着和两个女孩子聊天。

"谁啊？"她搜遍了记忆也想不起来。

"你忘了？就那个买大吉岭茶的男生，叫……杨钦。"

许安仪还是没想起来。

或许是于枝枝的声音有些大，引得那边的杨钦回了头。他看到她们眼前一亮，抛下两位女孩子走了过来。

"许安仪！于枝枝！我刚就看到你们了，还以为看错了呢！"

许安仪不擅长搭话，但她和于枝枝有默契，这种时候就是于枝枝出马的时刻。

"这也太巧了，老同学。"

"你们在这儿干吗呢？"

"安仪想买车，我就陪她来了。"

杨钦朝许安仪对面的销售说："你先去忙吧，这是我高中同学，我跟她们聊聊。"

销售点头。

于枝枝瞪大了眼："你是这……"

"嗐，这店是我开的！你们早说要买车，我就来给你们看了。"

许安仪看着两个人有来有回的，嘴角抽了抽。八百年不联系，还要表现得热络，这可能是她永远学不会的社交。

于枝枝笑呵呵道："对，当时就知道你家有钱，这只是你家的产业之一吧？"

"对啊，我不想上班，还爱玩车，家里就给开了个店。没事逛逛，该玩照样玩。"

"不愧是你。"

杨钦接过销售递过来的水："看好哪个车，我直接最低价给你们。"

于枝枝笑了："免费送更好。"

本来就是一句玩笑，杨钦却当真了："行啊！老同学嘛！"

许安仪这下眼角都抽了，感觉两个人都挺敢聊的，急忙开口："没事的，我自己付就行。"

杨钦脸上僵了僵："看好哪款了？"

许安仪把合同递上前给他看。

"怎么不买个更好的？我可听说了，你现在是大作家。"

见许安仪轻笑，于枝枝立马跟上："她车技不好，用不上。"

杨钦点头，看了看合同，叫来销售："去，开最低价的合同。"然后回过头跟她俩说，"晚上一块儿吃个饭？"

许安仪刚想拒绝，就感觉于枝枝轻碰了她一下，顿时不说话了。

于枝枝："行啊，我俩请客，毕竟你给我们省了不少钱！"

合同重新被送来，许安仪利落签了。

于枝枝提议去学校附近吃，杨钦欣然同意。

几人分两辆车走。

047

一上车，于枝枝就恨铁不成钢地说："你下次遇到这样的事，我不在可千万不要拒绝啊。"

"为什么？"

于枝枝吸了一口气："人家帮忙给你拿低价，你不请顿饭说不过去，也是对他的感谢。"

许安仪扶额，社交的潜规则是真的太多。

"你跟我上几天班，这些该懂的就都懂了。"

许安仪吐吐舌头："这不是有你嘛。"

于枝枝又吸了口气："对了，我跟你说，这个杨钦应该是喜欢你。咱们吃饭是为了感谢他，但是他要有其他的想法，不用迁就他。"

许安仪根本就不知道这个事，一脸疑问。

"你眼里只有周望，这些人恐怕都记不住吧？"

"嗯。"

"你还嗯？"

事实确实就是如此，许安仪又能说什么呢？

几人选的餐厅是北山中学附近的一家火锅店，他们来的时候还是下午，没想到店里人满为患，连个包间都没有了，只能坐在厅里。

许安仪看着鱼丸在面前的锅里翻腾着，耳朵听着另外两个人不停地聊。

杨钦说："咱们班混得最好的就是周望了吧？我们店里卖的车都是他做的代言人。"

于枝枝笑了，瞟了一眼许安仪："是吧，当年混得最好的也是他啊。"

"不过，当年是真的，每天咱们班门口都得有点人，吵得不行。"

许安仪难得插了一嘴："也不能怪他。"桌子下，她又被于枝枝轻踢了一下。

于枝枝接话："她的意思是，周望也被那些人打扰，高中过得难受。"

"确实。"

许安仪懒得再聊，看向对面的时钟。时钟下面是楼梯，上面包间里的人似乎吃完了，聊着天走下来。

她分分秒秒地数着，紧接着，一个人影就走进了她的视线，也颇有些惊愕地和她对视。

那人穿着白衬衫校服——是周望。

这个世界太小了。

她注视着周望走下来，随即收起视线。

于枝枝和许安仪坐在一侧，自然也看到了周望。她瞪大了眼，回头看了眼许安仪，意思是：什么情况？

许安仪摇摇头，示意不知道。

周望和那群人走出店门,没有来打招呼,她倒是松了一口气。

杨钦一边喝着啤酒,一边说:"安仪,你最近有时间吗?我开了一家温泉山庄,可以带你们去玩。"

许安仪没吱声。

于枝枝打哈哈:"她现在可忙啦,今天都是因为买车才出来。"

许安仪附和着点头。

谁料杨钦脸色一变,叹了口气:"那安仪有没有男朋友啊?"

"没有。"

"我家里一直让我找对象结婚,但是人都忘不了初恋嘛,我就一直没答应。"

虽然他目的不纯,但是说的话倒是没什么毛病。许安仪不是傻子,再迟钝也能感觉出来他话里的意思。

杨钦见她刀枪不入的,又道:"当年你就一直看着周望,你是他粉丝吗?他现在可是影帝,咱们见一面都难。"

杨钦说完这句话还颇为自豪,观察着许安仪的脸色。

许安仪像是被吓到了一样,瞪大了眼,看着他的身后。再看于枝枝,也是一模一样的表情。

杨钦皱着眉回头,这一看吓得他的魂都快飞了。刚才自己话里话外谈论的人就站在自己身后,面上表情温和,一只手还搭在他的椅背上。谁能告诉他,为什么这种大明星会出现在这样一家普通火锅店里?

许安仪看着两个男人对视,桌下的大腿都快被于枝枝戳烂。

于枝枝轻咳一声:"周望!也太巧了!你怎么在这里?快坐快坐。"

周望顺势坐下:"剧组在北山中学取景,然后出来聚餐,我想起来之前这家店似乎蛮受欢迎,就向他们推荐了一下,确实不错。"

许安仪悄悄看了他一眼,又低头。

于枝枝递过去一套餐具:"今天安仪请客,你再吃点,老同学聊聊天。"

"你旁边那个你记得吗?咱们班的杨钦,今天帮了安仪大忙。"

周望皱起眉头,似乎真的在回想这人是谁,过了一会儿:"大吉岭茶是吧?"

许安仪愣住了,怎么全世界都知道?

杨钦僵硬的神色也恢复过来,跟周望握手:"好久不见啊。"

周望一改往日懒散的样子,而是坐得笔直,面色平淡:"嗯,谢谢你帮安仪的忙。"

于枝枝有些蒙,什么玩意?

许安仪现在立刻就想遁走。

周望转过来对着许安仪的时候,脸色就正常了:"你有什么要帮忙的?"

许安仪还没开口,于枝枝就说:"她要买车,然后那个店是杨钦开的,杨钦就给了最低价。"

周望点点头，非常诚恳："谢谢你。"
杨钦的脸更僵了。

饭局到最后，许安仪给了于枝枝一个眼神。
于枝枝非常有眼力见："差不多了，改天咱们再聚，我现在怀孕了，我老公不让我晚回家。"
杨钦一脸震惊："你怀孕啦！恭喜！"他似乎还是不放弃，"这样吧，你跟安仪带着家里人来我的温泉山庄玩，我给你们包了！泡温泉对孕妇有好处！"
许安仪当即就要拒绝。这次没有人阻拦她，于枝枝压根就没吱声。
周望突然插话："好啊，正好我这几天剧组放假，我一定带安仪去。"
另外三个人一脸蒙。
杨钦问道："你是她……家里人？"
许安仪："不是……"
她这个时候还没点眼力见，两个男人眼中都要喷出火来了。
于枝枝连忙插话："啊……对，他俩一家的。"说完，她甩给许安仪一个眼神，写满了"抓住机会"。
许安仪真的想逃跑，便找了个理由："我先去买单。"
周望："我跟你去。"
她如临大敌："你别去了，就在这儿聊吧。"
周望听话地点点头，把手机解锁，放在许安仪手里："拿这个付吧，密码是你生日。"
她真的要疯了。

许安仪还是用自己的手机付了钱。
回到桌上，她再次崩溃。
于枝枝一脸促狭："我们刚刚说好了，明天一起去泡温泉，我、我老公、你、周望。"
"什么？"许安仪没控制住自己的嗓音。
于枝枝凑到她耳边小声说："杨钦这人还挺厉害的，最开始是不太高兴，后来估计是反应过来了，一直劝周望去泡温泉。周望同意了，还让他拍照。这不免费给他打广告吗？
"我看出来了，周望要不是为了你，都不会理他。"
许安仪皱着眉，这样她更不可能同意了。
对面的杨钦喜气溢于言表，跟周望聊得欢。周望时不时地回他一句，看眼神是有点不耐烦。
许安仪："要不还是算了吧，我忙。"

050

周望思索了片刻，看了她一眼："我听你的。"

万幸，许安仪成功推辞了。她的车过两天才能提，一出店门就被周望拉进了车里。
她觉得周望今天不太正常："你今天怎么了？"
周望一愣："没怎么。"
他不会是在生气吧？气她和杨钦吃饭谈论他了？
"我今天原本不想来吃饭，于枝枝说人家帮忙了，要感谢一下的。"许安仪说完话就愣住了，她在解释什么？
周望突然笑了："我没生气。我就算再没自信，也知道不会输给他。"
什么输不输的？许安仪发现自己又和周望不在一个频道了。
"我是真的休假，也是真的想去泡温泉。"周望发动车往前开，"你那天去剧组，总是在揉手腕和脖子，你坐着写东西太久，很容易得病。"
"我没事。"许安仪心想，就算去也不能和周望去吧。
"所以我包了另一家温泉山庄，你和于枝枝，还有她家人，一块儿去。"
许安仪看着前面，一口气差点没提上来："你说什么？"
"一起去泡温泉。"
不是，她不明白，她只是买了一辆车，最后为什么是这个展开？这么多天，她一直尽力和周望保持距离，怎么他就可以这么轻松地决定？
"我有工作。"
"钱不能退。"
"多少钱？"
"不记得了，六位数吧。"
许安仪觉得自己真的需要被打醒："要不我把钱给你？"
周望又一次使出了他的杀招："许安仪，别拒绝我。"
"于枝枝老公还有工作。"
"我问过了，他休息。"

回半山别墅的路上，许安仪一直都在清理自己快要宕机的脑袋。吃火锅，先是遇到周望，然后明天要和他一起泡温泉？
这是什么逻辑？
车停下的时候，她甚至一句再见都没说，直接往家里跑，神思涣散。
周望打开车窗："明天九点走。"
许安仪无语了。

晚上把自己的工作做完，许安仪给于枝枝打电话，说完了前因后果。
于枝枝："周望是真豁出去了。"

许安仪："豁出去什么？"
"钱，还有脸。"
许安仪没说话。
于枝枝："你知道他今天跟我说什么吗？我说我老公没时间，他说让我老公请假，然后工资他给开。他肯定后悔了，进入社会发现还是你好，然后回来追求初恋。"
许安仪手一抖，洗面奶差点挤到地上去："你别乱说。"
"哦对，不是初恋。他也不是才进入社会，人家是弱水三千，只取一瓢。"
许安仪的洗面奶还是挤到了地上。她觉得自己继续跟于枝枝说下去一定会疯，所以她非常冷静地挂断了电话。
半夜的时候，她终于不再想这些有的没的，准备拉窗帘。顺着阳台，她看到了对面的卧室，周望正坐在地上，衣服都没换，和安安玩。
月色静谧，还有蝉鸣声，许安仪的心突然跳得很快。
周望似有所感地抬起头来，和她对视。
下一秒，许安仪突然拉上窗帘，躲回了屋里。明天该怎么办明天再说，她闭上眼，床头的手机亮起来，像是微弱的萤火，转瞬即逝。
梦里满是"北冰洋"和火锅。

第二天一大早，许安仪就被手机铃声吵醒。她接起来一听，是于枝枝幸灾乐祸的声音。
"起床——快点！"
她感觉自己又回到老房子，每天都要六点多起来，困得眼睛都睁不开。
"怎么了……"许安仪闭着眼呢喃。
"周望让我叫你起来。"
听到这个名字，许安仪瞬间就清醒了。睡得太沉，她差点都忘了，今天还要半强迫地去温泉山庄。
"知道了。"许安仪挂断电话，坐在床上缓神。
手机上有不少消息，都是昨天她睡了之后发来的。
大多数来自"编辑"。
她几乎不怎么和编辑联系，除非是有什么涉及版权的事情。这无缘无故的，怎么会在非上班时间来找她？
她点开微信栏，显示时间是半夜十二点多。
编辑：不要担心，我们会尽快处理。
编辑：这边你要提供一下《成名在望》的创作时间，以及这里有一份原创保证协议要签署。
编辑发来一张表格。

许安仪皱皱眉，不知道这是什么。不过原创保证书也不是什么合同，签了也就签了。

她打开链接，签署电子版，同时把能够证明《成名在望》创作时间的截图发了过去，末尾还问了一句："怎么了？"

编辑没回复，这个时间估计是还没睡醒。

许安仪写书这么多年，大事小事遇到不少，也没有太担心，说起来这个事还没有要和周望一起去泡温泉的刺激来得大。

她洗漱完后，顺便拿了一个小行李箱，把可能用到的衣服带上，最后发现自己只有一套泳衣，还是前些年和于枝枝去海边的时候买的——于枝枝亲手选中的比基尼。

泡温泉穿这个实属夸张，她身材也没有好到哪里去，更不想在周望面前穿，于是打开微信。

安：你有多的泳衣吗？

于枝枝：没有！你就穿我给你买的那个！

安：太露了。

于枝枝：一点都不！

许安仪放弃跟于枝枝沟通，灵光一闪，从衣柜里拿出来一件T恤，塞进了行李箱。

等她收拾完，周望车子的喇叭声刚好在楼下响起。许安仪一脸视死如归地走出去。

周望下车来帮她提行李，放到后座。

他今天也穿了件T恤，加上黑色裤子，干净又年轻。

许安仪一身普普通通的装扮有点不自在。

周望说："我们直接去温泉山庄跟他们会合。"

她点点头。

这次温泉之行，在他们的商量……不，应该是周望一个人的决定下，定了两天一夜。

防止被拍，周望大气包场，这让许安仪的压力也小了不少。

许安仪系上安全带："你的工作为什么比高中的时候少？"

周望一笑："我现在只拍电影，最多出席一个领奖。别人追求的我在未成年时就有，现在就不那么重要了。"

许安仪一想，也是，这话傲是傲了点，但他确实也是有这个资本。

现在的艺人争破头想拍的电影，投资方第一选择是他；很多人自降身价也要去的综艺，早就被他拒绝，唱跳出身的他，现在已经不需要舞台来证明自己。

许安仪的嘴角没控制住弯了弯："那你现在为什么不怕被拍？"

"我谈恋爱也好，其他也罢，他们不能再用舆论管束我了，所以没人来拍我。"

许安仪懂了，周望已经不需要做以前那个一言一行都在镜头下的人了。粉丝们看着他长大，看着他走得越来越远，逐渐也懂了，他的人生也应该是自由的。

她低下头，抿了抿唇："那很好。"

到达温泉山庄时已经快中午。

周望的跑车一到门口，许安仪就看到了于枝枝和她老公。

于枝枝老公叫顾渝。说来这一对也算奇妙，两个人从小学到初中都是同桌，直到高中才分开。

许安仪见顾渝的第一面，就是他面色冰冷地在她和于枝枝的大学宿舍楼下求婚。明明看起来很冷漠的人，一到于枝枝旁边就像化了一层冰。

周望下车给许安仪拿行李，她本来要帮忙，谁料手一伸过去，周望便说："去找于枝枝吧，我来。"

她居然听话地过去了！

于枝枝搂住她的胳膊，说风凉话："唉，可真好。"

许安仪不甘示弱："顾渝对你不好？"

于枝枝："你这是承认了你和周望？"

许安仪才反应过来，自己说话又有歧义了，赶紧闭嘴。

周望把行李拖过来，将车钥匙递给停车的小哥，转头带着他们进去。

这座山庄应该算是北城附近最大的，本就价格高，更别说包场。

于枝枝看着大厅里站成两排迎接的人，瞪大眼："周老板大气。"

她说完就被顾渝弹了下头。

许安仪看着他们闹，眼里也带了点笑意。

此时临近正午，周望先带他们去吃饭。

吃饭的时候，许安仪才发现周望有多体贴，餐桌上有她爱吃的不说，孕妇不能吃的东西一样没上，甚至连顾渝的喜好都照顾到了。

她偷看着周望，他很平常地坐着，时不时看一眼手机，估计也不像他说的那么清闲。

许安仪突然想到了编辑，这个时间估计早就回复她了。

点开消息，果不其然。

编辑：你不知道吗？

编辑：有个外站的作者，造谣你剽窃她的原型故事。

看到后面那四个字，许安仪皱眉，原型故事？这本书的原型就是周望，别人哪儿来的经历？

许安仪不太在乎。

安：没关系。

编辑：总之你最近别看微博了，我们法务会处理的。

安：好的，谢谢。

放下手机，许安仪看着没动筷的另外三个人："怎么了？"

于枝枝："出什么事了？你怎么皱眉？"

周望也看着她。顾渝像是很忙，拿着手机不停地回复消息。

许安仪笑了笑："没事，就是有人在微博上造谣我抄袭。"

她是看着于枝枝说的，余光却在偷瞄周望。听她说完，他的神色看起来不太好。

许安仪语气轻松："真的没事，我的编辑已经处理了。"

于枝枝松了口气："要是打官司我把顾渝借给你，他别的不行，当律师还是小有成就的。"

见顾渝瞥了于枝枝一眼，许安仪没忍住笑了。

四个人的性格都不同，饭倒是吃得融洽。

吃完饭就是重头戏，室外温泉。

许安仪拿了房卡，回房间换衣服。偌大的套房里还有私人温泉池可以泡，她甚至都想着，要不然自己就在这里泡，不下去得了。

结果于枝枝在门口边敲门边催，她咬牙换上了那件比基尼，然后把带来的白色T恤套上，挡住了所有的风光。在镜子前照了几秒，她确认无误才打开门。

于枝枝本来亮着的眼睛都暗了下来："你套这个干吗？"

"太露了。"

"就四个人！你怕周望看吗？"

许安仪冷漠地摇头："怕你。"

那年去海边，她就是和于枝枝还有顾渝一起去的。

许安仪本来想着自己晒晒太阳，任由他们小情侣玩，结果于枝枝一路都把目光放在她身上，嘴里不停念叨着："漂亮姐姐，嘿嘿……"

顾渝瞪了她一天，她是有苦难言。

室外温泉在山庄后面，大大小小各式各样的池子错落有致，里面喷了干冰，做出烟雾缭绕的效果。从一个山洞中间穿过去，许安仪看到了周望。

怎么说呢……周望穿着泳裤，身材极好，在烟雾里，头发有点潮湿，皮肤也白得不行。

许安仪瞬间就红了耳朵，怕露出什么破绽，她强忍着心跳，深吸一口气走过去："你怎么在这儿站着？"

"等你。"

许安仪机械地点了点头。她不知道自己这算不算是网上说的为色相跪服。

大学的时候，于枝枝在宿舍里给她分享了一段视频，是周望为数不多的舞台表演。

他跳舞用力,宽松的衣服掀起一角,露出了隐隐约约的腹肌。她当时的表情应该和现在一模一样。

现场版冲击更大。

周望走上前来,许安仪下意识退后一步。

这时,于枝枝喊道:"安仪,我和顾渝去那边啦,你不会水,小心点啊!"

许安仪:"知道了!"

周望抓住她的手腕:"你不会游泳吗?"

许安仪:"是,而且水深一点我就怕。"

"没关系,我在你旁边。这边最深也才一米四。"

许安仪机械地点头。

最后许安仪选中一个红酒池。她本想等周望自己走开,毕竟红酒池的功效是美容养颜,周望那张脸在这儿没什么用。没想到她前脚踏进去,后脚周望也跟着过来。

许安仪坐在池子里,不敢看旁边的人,她的腿长,伸出去会被石头卡到,不伸又不舒适。

反正是红色的红酒池,浮起来一点应该看不出来什么。

她慢吞吞地卸力。

洁白的腿被酒红色的水衬得更奇怪了。

许安仪下意识回头看向周望,发现周望的注意力并不在她身上,也许是为了尊重她,他目光涣散地看着远方的山。

许安仪松了口气,她想这么一直浮着也不是个事,白色T恤也被染成了酒红。

换一个吧。

她站起来的时候,没想到脚下有一块圆滑的石头,人一晃——这下一定摔得不轻。

腰上传来了不轻不重的触感,她朝着最不想倒的方向倒过去。

水花四溅。

再睁眼,就是她伏在周望身上。

周望先是愣怔,后是眼含波澜,耳尖都红透了。

周望只穿了泳裤,许安仪情急之下扑过去,双手都搭在了不该搭的地方。他耳朵红,她脸红,两个人不相上下。

许安仪慌慌张张地站直。

周望还坐在原地,半晌过去才轻轻咳了一声。

她皱眉,难不成自己真的撞疼他了?

"你先坐下……"周望故意避开目光,不太自在地说道。

许安仪不解,低下头看了一眼——白色的T恤被染成了酒红色,湿漉漉的衣服挂在身上,把内里的曲线勾勒完整。

她心一慌,急急忙忙坐下,把身体隐藏在水里。

周望已经闭上了眼:"我去给你拿一件浴衣?"

许安仪:"好……"

她真的没想过这件事会尴尬到这个程度。刚刚周望腹肌的触感还留在指腹,他哑着嗓子轻咳的那一声更是在她脑海里循环……性感得不像话。

踏水的声音传来,拿浴衣的周望已经回来了,他低垂着眼把浴衣递上来。

许安仪接过,套好。

这个时候,她居然想到了一个词——纯情。是用来形容周望的。

她用来写小说的脑子在这时灵光起来:"周望,你是……害羞了吗?"

她在说什么?说完,她就后悔了!

周望似乎也没想到她会说这个,愣了片刻,眼睛还是没看她。

"没有……"

许安仪沉默了,眼下这个情况,这个红酒池她也待不下去了。

好在旁边还有不少池子,她挑了一个单人的,把浴衣挂在一旁的躺椅上,坐了进去。

这下周望就不能在她旁边了。

身后是木制的屏风,许安仪听到水声,应该是周望。看不到脸就好,她都不知道怎么面对他。

"许安仪,我有点后悔。"热气蒸腾着,周望的声音悠悠地从屏风后面传来。

她抿唇:"后悔什么?"

"后悔带你来了。"

是觉得她没劲吗,还是……她的心猛地跳了跳。

"为什么……"她其实也不想来的。

"我觉得我还接受不了,你这样站在我面前,我没什么自制力。"

许安仪听完他的话,猛地瞪大了眼。周望为什么可以做到这么直白?如果说之前她还可以装傻,现在就是完完全全被剖开了,耳朵里只能听到心跳声。

周望继续说:"那个时候,其实……"

这句话就像一盆冷水,猛地把许安仪的状态打断。

"你不用解释。"许安仪再次强调,"那时候的事,起因经过我全都知道。"

屏风那边沉默了。

许安仪不是为了推诿,她真的全都知道,所以周望亲口说,只不过是让她把不愿意回忆的东西再次回忆一遍。

温泉也不能泡太久,于枝枝给许安仪打电话,说是这里有按摩,问她要不要一起去。

许安仪一想到能逃开周望,当即同意。

于枝枝在按摩室等许安仪。许安仪走进去,约了肩颈按摩。

周望说得没错,她的肩颈还有手腕,确实因为工作落了点病。

她脱了浴衣，还有T恤。

于枝枝坐在另一边打趣："漂亮姐姐……"

许安仪："又来。"

"刚刚周望有没有心动啊？"

"我哪知道。"许安仪哭笑不得，顺着按摩师的动作坐在了按摩椅上。

"啧，看来还是我错了。"于枝枝话里都带着幸灾乐祸。

许安仪不解。

"你穿着这个T恤更漂亮，嘿嘿，我为什么不在那儿？你看啊，朦胧美……"

听她的语气，许安仪觉得她口水都要掉下来了，一脸嫌弃："别闹，你更性感。"

许安仪可没说谎，于枝枝虽然个子不高，但是身材从以前就是好得不像话。

"谢谢你夸我。"于枝枝不能按腰，只能坐在按摩椅上，和许安仪一样做肩颈按摩，"我多够意思，我带着顾渝跑路，给你们留私人空间。

"你们都说什么了？"

肩上一阵大力，许安仪"哑"了一声："他想跟我解释，但我不听。"

于枝枝翻了个白眼："谁要他解释，那些事谁不知道？骂他也是因为他什么都不说。"

许安仪默认，思绪刚要飘远点，肩上的疼就把她拉了回来。

他们晚上没有像中午一样聚在一起吃，而是由客房服务直接送餐。

许安仪和周望都是各自单独一个房间，于枝枝夫妻俩一间。

许安仪看着面前的鱼，皱了眉。

她不吃鱼，换一份又太麻烦，最后一想，只是一顿晚饭而已，不吃就当减肥。

做好决定，许安仪抓着手机躺在套房的沙发上，想起白天的时候编辑发的话。

她思索一下，登录微博。

私信还是像以往一样多得不像话，她也没有看的习惯。

找到自己最新发的微博，还是周望的定妆照。

评论多了一倍。

——不解释一下吗？

——这算是借鉴了吧？

——人家的原型故事，你拿来写赚得盆满钵满？经过原型同意了吗？

——安仪别看，这群人像疯狗一样。

——安仪解释一下吧，之前你发过一条微博，说这是自己的故事改编的，但没多久就删了那条，是因为根本不是你的故事吗？

——不敢想，祝万的故事是抄来的。

许安仪拧着眉，她还以为是很小的一场风波，没想到闹得这么大。考虑到编辑让她不要看，不要回复，身正不怕影子斜，她干脆等网站的处理结果。

她正刷着微博的时候，外面响起敲门声。应该是刚才叫的客房服务，那些吃的也不能一直放在房间。她穿着睡裙，把手机扔在了沙发上，就去开门。

门一开，看到穿着白色T恤的周望就站在门口，她吓得把门又关上。确认自己身上没什么不能见人的，她又把门打开。

周望很有耐心地等。

"怎么了？"许安仪问。

周望提起袋子，晃了晃："加餐。"见许安仪还愣在原地，"不让我进去吗？"

许安仪回过神来，让开了。

周望非常自然地把桌上的鱼挪到其他地方，把自己带来的东西摆上。

是烧烤。对比起来低了好多档，但许安仪怎么看都想吃。

"我刚看到晚餐是鱼，就开车去了最近的小镇买了烧烤。你是不是没吃饭？"

许安仪点点头："你吃了吗？"

周望也一愣："没。"

许安仪有多嫌弃鱼肉他是知道的，看到餐车里是鱼后，他当即开着车导航去了最近的镇子买烧烤。这一来一回将近四十分钟，估计他房间里那些吃的都凉得不能吃了。

"那你跟我一起吃。"

周望点头，想把许安仪爱吃的东西朝向她。他刚准备动一下，手边就有什么东西硌住了他，顺着一看，是许安仪的手机，停留在微博评论。

他下意识回避，但一行字还是进了他的眼里——

融别人的原型？取关了，不关注不要脸的人。

周望的眼神瞬间凉起来。

许安仪刚吃了两口，就看到周望的眼神落在一个地方。她顺着一看，是自己还没锁屏的手机。想到手机上的内容，她急急忙忙地拿了回来，锁屏。

"没什么，我就随便刷刷微博。"她轻笑着解释了下，也不知道周望看没看到。

周望的面色不是特别好，点点头，把筷子清理干净，找到一颗牛肉丸，夹给许安仪："吃这个。"

许安仪看着套房明显五星级酒店的装潢，再看看一次性饭盒包装的烧烤，违和又熨帖，最主要的是，她心里那点因为评论产生的不愉快也被消弭了。

周望并没有久留，吃完东西，收拾了一下就离开了。

他一走，许安仪终于放松了下来。外面的山峦在黑夜里形成了一个浅浅的轮廓。她站在窗前，想着自己的大纲，准备再丰满一下新书的故事。

手机亮起，她拿起来一看，是编辑的微信。

这个时间，编辑应该早就下班了，按理来说，不可能联系她。

编辑：？

这个问号，看得许安仪心惊。

安：怎么了？

编辑：你是不是富二代体验生活？实话实说。

安：什么？

编辑发来一张图片。

许安仪点开，看到图的一瞬间，浑身血液仿佛都冲上大脑，久久不能回神。

因为在她最新的那条微博下面，除了几千条的质问，多出来一条，来自红V用户，ID叫周望。

周望V：真有原型，是我。

微博的界面就这样摆在聊天框里，许安仪反反复复打开了周望的对话框好几次，最终还是什么都没说。

不如当面问。

许安仪有一个优点，就是无论什么烦恼，都不会很执着地记在脑海里。别人说她这样是不把事情放在心上，但只有了解她的人知道，她只是很佛系，既然知道在心里想来想去没有什么作用，那就不给自己施加压力。

她拿着手机，顺着一些读者的微博，找到了"事主"。

那个人的微博账号叫"还给我"，里面只有一条微博，就是长篇大论地控诉许安仪。让许安仪在意的不是这个人写下的诉求，而是长博文的最后一段话。

说点抄袭者不知道的吧，"祝万"和我还欠了一个"北冰洋"之约。

许安仪看着没忍住笑了。

按理来说，这件事只有她和周望知道，这么多年她连于枝枝都没有告诉。这个时候这件事能被作为证据摆出来，说明"还给我"也有些门路，说不定是认识的人。

她回想了一圈，也没想到会是谁，周望高中的时候也不怎么认识人。

许安仪干脆放过了自己，躺在了柔软的床上，没一会儿就睡着了。

周望洗完澡裸着上半身坐在沙发上。刚刚他回复完微博，自己的消息就像是炸了一样，手机响个不停。为了躲避烦躁他才进了厕所，没想到一出来手机铃声就响了。

他皱着眉，看了一眼来电提示，是工作室的宣发。

这个点打电话来，估计和他的评论脱不了关系。

"喂。"周望开了外放，把手机放在茶几上。

"老板！你微博被盗号了！"

"就是我发的。"

"用申诉……什么？老板，你说什么？"

周望耐心十足："就是我发的。"

电话那边的人明显倒吸了一口冷气，又不敢多问："那这……算是电影宣传？用不用做宣发？"

"不算，"周望拨弄了一下半干的头发，"是我在为人出头。"

"可是老板，微博现在都闹起来了……总得压一压舆论吧？"

"不用，我和前公司的解约合同应该在工作室吧？准备好，总有一天能用。"

"什么？"

周望不想继续说："我先挂了。"

"哎？不是！老板……"

第二天一大早，许安仪就被于枝枝拉了起来。据说附近的山上有一家采摘园，这个季节有不少的鲜桃可以摘。

周望也没什么意见。

倒是许安仪心疼了一下包酒店的钱。半晌，她又释然了，反正是周望的钱。

还是按照来时的样子，两辆车，四个人分开坐。

许安仪不知道该怎么面对周望，怎么面对昨天那条在网上掀起"腥风血雨"的评论，几次提出要去坐于枝枝他们的车。

于枝枝打着眼色拒绝，她只好再一次坐到了周望的副驾驶。

车开出去没多远，盘山路绕得许安仪有点头晕。

周望开口："对不起。"

许安仪还没反应过来："什么？"

"昨天偷看了你手机。"

许安仪想到之前吃烧烤的时候，果然他还是看到了。不过周望居然没觉得评论有问题，只是对于看到了屏幕这件事抱歉。

她也不知道说什么好了，思索再三："其实是小事，网站会解决的。"

周望驾驶着车拐弯："不是，其实这件事和我有关。"

"啊？"有什么关联……许安仪不懂。

"高中那段时间，我签的公司知道'北冰洋'的事，"周望缓缓道，"估计有他们的影子在，我会解决的。"

"你就不担心真的是我说出去的？"许安仪反问。

紧接着，她就听到周望的轻笑声："我了解你，你不会。"

明明是很平常的一段话，许安仪就是感到肉麻。她适时岔开话题："那……评论不会影响你吗？"

"放心吧，我有分寸。"

她只能点头。

采摘园不是大众印象里的大棚，而是坐落在山谷里的一片大桃林，树上结了不少果子，视线的尽头还有观景台。

许安仪从车窗望出去，一片片桃林里，还有不少古色古香的建筑。她不经意地想，要是春天，桃花都开了，这里会是什么样的景色。

周望似乎看出来了："有机会春天来吧，桃花都会开的。"

许安仪没回答。

车是不能进山谷的，停在了入口处的停车场。

四个人下车后，许安仪被于枝枝揽住："我最近超级想吃桃子！今天要摘个爽！"

许安仪笑着看她。

顾渝走上前把于枝枝从许安仪身上扯下来，牢牢抓在自己旁边。周望又顺其自然地在许安仪旁边走着。

许安仪还担心这里会有人认出周望，没想到全天就只有他们一行人。一打听，得，周望连这里都给包场了！

进了谷中，满地都是干冰喷出的烟雾，桃树中间还被挖出一条一条小溪流，潺潺的流水声在耳边飘荡。

许安仪拿了个藤编的篮子，用来放桃子。

"安仪！我带顾渝去那边了！你们自己走吧！"

"好。"

四周又只剩下两个人。

许安仪对采摘也很感兴趣，她走在前面，张望着树上的果实，发现一颗又大又粉的鲜桃挂在前方树的顶端，马上走过去。可伸直了手也够不到，不信邪的她又跳了跳。

还是不行。

她叹了口气，心想，算了，后面还有别的。

突然，身后传来一股大力，许安仪觉得一双手落在自己的腰上，正把她举起来。她吓得发出一声短促的尖叫。

"摘吧。"周望的声音从身后传过来。

许安仪没来得及多想，伸出手把那颗鲜桃扯了下来，周望也顺势把她放下。

人是落地了，但腰上的触感仿佛还在。许安仪脸热，回过身去看周望。见到对方故作看风景的样子，她没忍住，偷偷弯了弯嘴角。

"谢谢。"语气中有点欢快。

"咳……没事。"周望从她手中拿过篮子，自然地拿着，示意许安仪把摘到的桃子放进去。

"要不还是我自己拿着吧。"

周望笑了："我有力气。"

许安仪走路都回不过神来，腰上仿佛一直都有一只手停留。她也长了"记性"，再见到自己够不到的，直接开口："可以帮我摘一下吗？"

周望一伸手就能摘下来。

没一会儿，篮子里就放满了大大的脆桃。

他们已经快走到山谷的尽头了，周望把篮子拎了一路，许安仪有些不好意思。见前面刚好有个凉亭，许安仪说："我们去坐坐吧。"

凉亭的四周有清澈的小溪围绕着，一座很窄小的石板桥搭上了入亭的路。

许安仪先一步踏上去，坐在了亭子的座椅上。周望后一步过来，把篮子放在地上，也坐在了许安仪的旁边。

许安仪的想法忽地冒出来："你好适合演那种小镇故事。"

周望一愣。

许安仪也知道自己说这句话有些不符合身份，尴尬地低下头，手指搓来搓去。

周望的轻笑传来："你写我就演。"

许安仪还以为自己听错了，这种事是演员能决定的？

"你别这样……"许安仪一脸无奈。

"我认真的，只要你写，我就演。"

"我的版权很贵。"

"我买。"

"我对演员要求很高。"

"我亲自挑。"周望有点慵懒地靠在座椅上，目视远方，"你以前就爱写东西，那时候我就决定，我要把这些变成你和我的故事。"

许安仪想到那时候自己幼稚地用纸笔写的小说，说话没过脑："所以高考之后，你是在给我找素材吗？"话里有刀锋，还带了点呛人的感觉。

周望沉默了半晌："对不起。"

许安仪觉得自己走路走糊涂了："我就随口一说……"

远处传来于枝枝的声音，估计他们也在往这边走，两个人默契地收声。

于枝枝老远就喊："安仪——我来了！"

许安仪马上说："你慢点。"

"没事！顾渝你走快点。"

在许安仪的视角里，顾渝虽然面无表情，但是绝对在于枝枝的安全距离里，也就放下了心，心里还弥漫了点羡慕。

于枝枝跳进亭子，坐在许安仪对面。

顾渝拎着一篮子鲜桃，也学着周望将其放在了地上。

于枝枝感慨："安仪——我都好久没这么玩过了，真想一辈子待在这儿。"

许安仪笑了笑："那你就逛不了街了。"

"那还是算了……"

许安仪注意到，顾渝拿了张纸巾给于枝枝擦汗。

平时这些都没什么，只是现在她旁边坐的是周望！莫名尴尬。

周望似乎看出来了，问道："下午还要回酒店吗？"

其实许安仪是想回去的，昨天温泉加按摩，她肩颈的酸痛好了不少。

于枝枝："我都行。你是老板你来定呗。"

周望思索了下："那回去吧，我可以待到明天。"

于枝枝忽然想起什么，一拍胳膊："周望，你昨天是不是评论安仪的微博了？你被盗号了，还是你喝酒了？"

许安仪愣住了。

"我自己评论的。"周望一脸坦然，"只是看不惯造谣的人。"

于枝枝竖了个大拇指："牛……"

她后面一个字还没说出来，顾渝就在旁边"啧"了一声。

"啊……牛啊。"

许安仪看乐了。

山谷里的风吹得轻柔，许安仪出了点薄汗，没一会儿就被吹散了，见时间差不多，她道："要不我们下山吧？"

周望："好。"

回去的路上，篮子还是周望拿着的，许安仪怕太重，几次想要拿回来，都被周望拒绝，只能随他去了。

上了车，许安仪来时的不自在都散了。她没忍住，对着车窗外弯了弯嘴角，觉得这样也不错，以朋友相处，时不时怀念一下高中时光，除了周望时常会说一些她应付不来的话。

回到酒店，许安仪回房间洗了个澡。

手机充着电，她拿着电脑准备看看舆论发展到了什么方向，一进去就看到数不胜数的"艾特"。

是来自"还给我"：决定把我的故事拿回来。既然对方不下架书籍，那么我就写自己的。

还附带了一个网址。

许安仪都气笑了，这么快就着急蹭着她变现？

周望昨天说的和他有关，会不会是娱乐圈的人？许安仪再善良，也不可能让别人乘着她的东风赚钱，所以她思索了一下，写了回复：清者自清，会走法律途径。

发完，她就从联系人里找到认识的律师。

前些年《成名在望》刚刚火的时候，有不少人跟风，其中有一位已经做到原句照搬的程度，于是许安仪就找了位律师，据说他是北城最会打这种官司的，叫林清屿。

安：林律师。

安：［微博链接］这种可以起诉吗？

对面没回复。

许安仪看了眼时间，确实是工作日的上班时间。等了一个多小时，对面才发来。

林清屿：可以，转发量过了五百。

安：那我还是像上次一样，填表？

林清屿：嗯。

许安仪填好律所的备案表，联系林清屿助理转账。

处理完这些事，她才松了口气，刚想安心写一会儿文，手机又响了。

她真是一个头两个大，平时在家的时候，一天手机都不会亮起来几次，一旦放松几天，铃声就像永远不停似的，响得人头痛。

是妈妈打来的。

许安仪深吸一口气："喂？"

"你能不能抽空来趟医院……"

那边的语气严肃，不像是平时的样子，估计也是真的有什么解决不了的事情。

许安仪试探着问："怎么了？"

"总之你快来吧……"

许安仪皱着眉头。她现在在离北城开车需要两个小时的地方，要赶回去费力得很，总不能还像上次一样麻烦周望开车。这两天他包温泉酒店已经够义气了。

许安仪拿着手机打开打车软件，尝试从温泉酒店打车回北城，订单发出去三分钟竟然还真有人接单。

她想都没想，把行李收拾好，先给于枝枝发消息。

安：我先回北城，我妈让我去医院。

安：帮我告诉周望一下。

于枝枝：啊？你怎么回去？

于枝枝：不告诉周望吗？

安：我怕他要送我回去。

于枝枝：好吧，那你注意安全。

许安仪发完消息，刚好车也要到了，她莫名感觉自己有点"做贼心虚"，进电梯的时候还东张西望了好久，直到坐上了车，才悄悄松了口气。

其实她不告诉周望还有一个原因，尽管周望说不怕被拍，但白天人多口杂的，不想给他徒增麻烦。

路上的时间，许安仪也没闲着，拿手机写了点更新。这几天太过放纵，存稿已经阵亡。

到达医院正好是黄昏时刻，人很多，门口熙熙攘攘的。许安仪逆着人流上楼，走到一半，手机又响了。

于枝枝的声音传来："告诉你一个不好的消息。"

"怎么了？"

"刚才周望问我你去哪里了，我就实话实说……结果他转身就走，脸色黑得不行……然后，让我和顾渝多住两天，他给钱。"

许安仪深吸一口气："怎么不拦住他？"

"我能拦住他？"于枝枝懊悔，"他那油门踩得十四楼都能听到，不知道的还以为你欠他钱呢。"

许安仪被这个形容哽住了："好吧，我跟他说吧。"

挂断于枝枝的来电，她又找到周望的微信拨通语音电话。

对面接得很快。

"喂？"许安仪小心翼翼的，"周望。"

"嗯。"

短短一个字也听不出来他的心情，只知道车上的嗡鸣声确实是大得吓人。

她实在无奈："你慢点开车，我就在医院等你，可以吗？"

周望虽然没回答，但是听筒里传来的风声明显变小了。

许安仪这才松了口气，要是因为她出了什么事故，那她可真得"以死谢罪"了。

"你来的时候戴好帽子、口罩，医院人多。"

"好。"

周望的心情给人感觉像天气瞬间变晴，许安仪哭笑不得。

许安仪再次来到住院部，推开病房门，无语了半刻。母女两个还在看着墙上的小电视，哪里有刚刚电话里那种泫然欲泣的感觉。

她忍着怒气："叫我来干吗？"

许妈妈慢吞吞地把手里的苹果放下："你能不能来照顾你妹妹几天？"

许安仪不理解："那你呢？"

照顾妹妹她倒是没什么怨言，只是她这出钱出力的，自己工作也一大堆，耗在医院真的会耽误不少的事情。

"我要回去跟你爸离婚。"

许妈妈这一句话说出来，许安仪只是皱皱眉，许安柔却吓了一跳，很不冷静地说："赵晓雅！你不是答应我不跟我爸离婚吗？我不想当单亲家庭的孩子！"

赵晓雅？对，许安仪这么多年听话惯了，从来没直呼过妈妈的名字，她都快忘了这个名字。

"你别说话,有你什么事,不缺你吃穿的。"赵晓雅说着看向许安仪,"你爸炒股,把我存的钱都偷走了,我过不下去了。"

许安仪疑惑地看着妈妈。那么多年,她爸做的糊涂事不止这一件,怎么就这次忍受不了了?

不过她没有问出口,离婚是他们自己的事。

"我不管!你要是离婚了,我就不活了!"许安柔在病房撒泼。

赵晓雅没搭理她,追问许安仪:"你就帮我照看你妹妹几天,行吗?"

许安仪一思索:"我请个护工来。"

"她是你妹妹,那护工要是不尽心怎么办?还浪费钱!你就在这儿待两天行吗?"

许安仪当即回道:"我有钱。"

"是,你就有几个臭钱,都来你妈面前显摆了!"

许安仪一向好脾气,这时也有点忍不住:"对,我就只有钱。现在的护工可以签合同,不可能不负责任。再说,安柔都这么大了,有什么事可以打电话。

"我的时间就不是时间吗?我拿什么付医药费?"

"随你便!"赵晓雅喊了一声。

许安柔夹在两人中间:"妈——你不许回去!不许离婚。"

没人理她。

许安仪实在是跟她们的思想不同,这个时代了,还保留那种看谁都是坏人的眼神。

她小时候赵晓雅就三天两头闹着要离婚,没一次成功的,这次还趁着女儿生病的时候闹,折腾人不在话下。

许安仪从来没有照顾过人,就算留下估计也会把妹妹逼疯。她不想听赵晓雅一直阴阳怪气地抱怨,转身出了病房。

网络发达,中介和护工公司遍地都是,许安仪坐在大厅里翻找,顺便等周望。她最后确定了一家最贵的,可以签电子合同。

钱给出去后,她思考思考,突然乐了。自从搬出去后,她的胆子就越来越大,放在以前她绝对不会跟赵晓雅顶嘴。

正思索着,有人拍了拍她的肩膀。

许安仪以为是周望,回头一看,不是,是一个裹得很严实的女孩,许安仪总觉得眼熟。

那女孩看着许安仪疑惑的眼神,把墨镜往下推了推。

许安仪吓了一跳,是时玉,那个只有一面之缘的《成名在望》电影女主角。

时玉蹲在椅子后面:"你怎么在这儿呀?"

许安仪回道:"我妹妹病了。你呢?"

时玉眼里都是委屈:"我最近月经不调,趁着剧组放假偷偷来医院。"

许安仪看她全副武装的，感觉这样更显眼，说："你直接来就好啊，也不是什么大事。"

时玉翻了个白眼："被拍到就要说我怀孕，我真是受不了了。"

许安仪一愣。

"你能不能陪我一下，我没一个人来过医院，不知道怎么挂号。"时玉双手合十，做出拜托的样子。

许安仪刚想说她在等周望，看着时玉却没说出口。不愧是近几年最火的小花，时玉眼睛亮闪闪的，看起来就很蛊惑人心。

许安仪点点头："好吧。"

她带着时玉去挂号，又带着时玉上楼去诊室，时玉一直小声说感谢。

最后医生说要调理，让时玉吃药。许安仪想到大厅人多，就没让时玉跟着走，而是一个人下去拿药。

手机就是这个时候响起来的。

"我到了，你在哪儿？"

许安仪看着只戴了个帽子的周望站在人来人往的大厅，叹了口气。

周望也看到许安仪，抬腿走来。许安仪看着他的步伐，闭了闭眼，就算戴着帽子，就算穿着再普通不过的衣服，他还是人群里最扎眼的那个，不论脸还是气质。

她已经看到有不少人偷偷朝这边看，一着急，也没个分寸，从挎包里找了个口罩递给了周望。

周望自然而然地戴上，调整了一下口罩的挂绳："走吗？"

许安仪想起还没给时玉送药："我要再上楼一趟。"

周望点点头，示意她带路。

许安仪带着周望回到时玉所在的楼层，出电梯的时候，周望看向挂着的"妇科"指示牌，眼神里有些许迷惑。

"要不你在这儿等我，我过去把人接出来。"许安仪想着反正一时半刻也解释不清楚。

周望："好。"

许安仪找到时玉："走吧。"

时玉笑着朝这边走："许老师——不对，安仪，我们加个微信？"

许安仪："好。"

扫完二维码，她带着时玉往电梯口走，走着走着，身边的时玉不动了。

许安仪疑惑地看向时玉，只见漂亮小花瞪大眼，看看电梯门口，又看看自己。

"他来……找你的？"

许安仪无奈："我让他在这儿等的。"

时玉："你们小心点，妇科是绯闻高发地点。"

许安仪愣了愣。

周望也看到了她们，走了过来，准备从许安仪手中接过药。

旁边的女人……不像是许安仪的妹妹，他疑惑地皱了皱眉。

还是时玉摘下口罩，朝着周望一笑。

"你怎么在这儿？"周望问。

"我遇到安仪了，正愁不会挂号，安仪就帮了我。"时玉笑得媚，话都是看着许安仪说的，"太谢谢我们安仪了。"

许安仪也笑了，但她明显感觉到旁边的周望兴致不高，回头瞥一眼，周望的眼神都能滴出冰来。

许安仪看看他，看看时玉，恨不得捂脸潜逃。

当艺人的，都这么幼稚吗？

时玉叫了专车拿着药走了。

周望开车，带着许安仪回半山。

中途她想到周望这么多天带着她玩，自己没什么表示也不对，于是问道："要吃饭吗？"

周望思考了一下："回半山吧，我给你做。"

许安仪摆摆手："这太麻烦了，不好。"

她自己是个只会洗碗的人物，要是答应周望，不就是麻烦他到底了？

周望笑了："放心吧，我的厨艺还可以。"

她不是这个意思……

很明显，许安仪从来说不过周望。车还是停在了半山周望家门口，许安仪想先回去洗个澡，医院的细菌多，她身上难受得紧。

"我先回去洗个澡。"

周望一愣。

许安仪这才发现，这话有歧义："我一会儿就过来。"说完转头就跑。

周望的视线犹如实体，追了她很远很远。

洗澡的时候，许安仪都还有点不清醒。

收拾好自己，许安仪穿着整齐出门，在周望家门口按了门铃。

门开了，却没有人。许安仪有点疑惑，一走进大门，她就闻到了很香的气味。

周望正站在厨房里，娴熟地做吃的。她有种恍如隔世的感觉，像是在家里各自有分工。

周望回头看到许安仪："自己玩会儿吧，等下就好。"

把她当小孩了。

安安也看到了她，从楼梯上跑下来，跳进她怀里。这只猫还记得她这个当了半天的主人。

许安仪抱着安安坐在沙发上，这是她第一次进周望的家，看着跟她那边差不多的构造，设计却完全不同，周望这边更加冷清。

不像她家，满满都是绿植，周望的家是冷色调的，说是久不住人她都信。

"洗手吧，好了。"

许安仪望过去，这也太大的阵仗了，桌上至少四个菜，两个人根本吃不完，而且一眼就能看出来是迁就着她的口味来的。

她去洗好手，默默坐到餐桌边。

周望把碗筷递给她，坐在了她对面："吃吧。"

许安仪愣愣地看着，发现周望的侧脸上似乎沾了一点千岛酱。她看了眼桌上的沙拉，了解了罪魁祸首，心想，原来也不是十拿九稳嘛。

她憋着笑，招招手，周望疑惑地靠近。

刚洗过手，还冰得很，许安仪用拇指在周望的脸上蹭了一下。动作结束两个人才觉得不对劲——这太过亲近和暧昧。

周望愣神之际，许安仪快速把手缩回去。

她心想，是有点放肆了。

周望轻咳一声，装作什么都没发生："吃饭吧。"

许安仪没敢看他，点点头。

果然如她所料，根本就吃不完，两个人饭量一个比一个小，菜还剩了大半。

周望久没下厨，有些无奈，准备收了。

手机铃声响起，他接听，眉头一点点皱起来。

许安仪在听筒中似乎听到了"医院""被拍""公关"……她整个人僵住了，甚至连呼吸都放缓了。

周望起身去聊。

许安仪在他看不到的角落闭了闭眼，果然还是……那一年的噩梦，在这个夜晚，再一次把她笼罩了。

永远恐惧的回忆，在这个平常的日子里，因为几个虚无缥缈的词句，以同样的方式席卷而来。

第三章

就靠近吧

高考在即，北山中学增加了晚自习，高三楼全都处在静谧的氛围中。

许安仪坐在讲台边上，许是太热，心静不下来，眼前的书怎么都看不下去。

班级里到处都是翻书声。

黑板上写着倒计时，距离高考还有二十五天。

连于枝枝都开始认认真真看书了。

下课铃声响，可以休息十分钟，许安仪这才松口气。

夏日的白天长得不像话，外头的梧桐树在四楼都能看到树冠，橙色的夕阳在窗户上反射出光晕。

不少同学从她身侧的过道路过，时不时撞到她的桌角。

于枝枝：" 安仪，要不要去小卖部买点吃的？"

许安仪摇头，她有点头疼。

昨晚家里父母大吵一架，闹得她三点才睡着，现在又困又烦，黑眼圈都冒出来了。

把笔放在手心里转，合上书，她烦躁地叹气，趴在桌子上，一动不动地看着窗外的夕阳。

最近的氛围紧张到连周望都回来上课了。

她正在发呆，手臂围成的圈里就跳进来一张小字条。

许安仪下意识回头去看，只看到周望穿过门走了出去。

这是她和周望特别的沟通方法。

三年里，她带着和周望熟识的秘密，每天都要在微信上说那么两句，无非是她说今天学校发生了什么有趣的事，周望说说剧组发生了什么，像是只有两个人知道的秘密。

最近要高考了，许安仪的手机被收走。于是，周望和她说话的方式就变成了偷偷传小字条。他每次在路过她的座位时，趁着别人不注意扔过来。

许安仪把字条展开，没忍住，轻轻笑了下。

周望的字实在和他这个人不符，歪歪扭扭的，不怎么好看。

之前于枝枝还问他："你的签名怎么写那么好看？"

周望回答："因为有人设计，又让我练了几千遍。"

许安仪当时就在旁边偷笑。

现在这张字条里写着——

　　出来，请你喝"北冰洋"。

发现"北冰洋"写得像"北二水三羊"，她又笑了。先是小心翼翼看了眼四周，确认没人注意到她，再慢慢站起来，装作散步的样子，朝着门外走。走到走廊里，刚好能看到周望在楼下朝着一个方向去。

许安仪微低着头，跟着。

一个在一楼，一个在四楼，步调出奇地一致。

她知道，周望要去超市，字条的意思是让她直接去"秘密基地"。

那是一个爬满了爬山虎的角落，还有一段没什么人去的回廊。她踩着轻松的步伐往前，头都不怎么疼了。

她走到回廊，刚找了个干净的地方坐下，周望就慢了她一步过来。

许是天色太张扬，她没敢看他，低头看着自己的鞋尖。

冰冰凉凉的玻璃瓶贴到了她的脸颊，她猛地抬头。

周望笑着看她。

许安仪接过，握在手里，就听到周望说："我看你心不在焉的，怎么了？"

许安仪不想让他知道家里那些糟心事："没什么，天太热了吧。"

周望皱眉，站在一侧，靠在回廊的柱子旁："是有点热。"

"你……"

"可能下次见面就是高考前一周了。"

许安仪一愣："为什么？"

"我要进组。"

可是还有二十多天就高考了，周望居然还有工作？许安仪诧异地看着他。

"公司接的，没办法。"周望不在意地笑了笑，"到时候我给你带礼物回来。"

"不用……但是你来得及复习吗？"

"没事，我请了家教跟我一起进组。"

周望似乎是站累了，在她旁边坐下，懒懒散散的样子。

他是闪闪发光的大明星，有无数人喜爱他，但至少在此时此刻，他只站在自己面前。

前几天班主任在班里大肆宣讲，说着青春不要留遗憾，明明是在讲高考，可许安仪就像魔怔了似的，也不想留遗憾。

甚至未来她都没有认真想过，只想要抓住现在，哪怕离开北山中学她就会变成千万个粉丝其中之一。

周望见她发呆："好好复习，等我回来。"

许安仪循着声音转头，愣愣地看着他，眼睛还是那么亮，可是面容已经比高一成熟了不少，变得更加闪耀。

本来到嘴边的话又咽了回去，所以她回答："好。"

上课铃响，她也站了起来，准备回去。刚踏出一步，就听到周望站起来叫了她一声。

许安仪："上课了……"

周望轻笑："我知道。老师不在，多坐会儿吧。"

她没有什么原则地就坐下了。

在黄昏最后的时刻，谁都没有说话，周望的白衬衫和高一的时候一样，在她的余光里晃眼。

两人硬生生坐到了夜幕降临。

到了该回教室的时候，许安仪先走，周望后走。

教室里的白炽灯开着，于枝枝一脸八卦地看着进门的许安仪。

她轻笑着回到座位翻书，奇怪，出去和周望说了说话，就像是充了电一样，背课文都有力气了。

过了十几分钟，班级门再次打开。许安仪抬头，周望也回来了，她悄悄跟进门的他对视，眼里都带着笑。

这份笑容却没有持续多久，因为许安仪眼睁睁看着他回到座位，把东西都收走。

周望把书包背好，转头离开。

路过许安仪的时候，他又偷偷背着全班人扔了一张字条。

许安仪拆开一看——

之后见，加油。

加油。

那天的晚自习对于许安仪来说就像一场梦一样，回了家，推开门又是压抑的气氛。

妹妹还小，什么都不懂，只是听到爸爸妈妈吵架就不停地哭。许安仪又要肩负起哄妹妹的责任。

老楼里每天都闹得天翻地覆。

这天她回了家也不知道哪儿来的胆子，趁着客厅里的人在吵，偷偷跑进了赵晓雅的房间把手机偷了出来。

她做贼似的，锁上门，连接好充电器，一开机就是各种消息——同学的、亲属的，都在对她说高考加油。

唯一的置顶却什么都没有，最后一句话还是她发送的：要收手机了，去学校再说。

她斟酌了半天，一字一句打出来：你到剧组了吗？

W：到了，今天大夜戏。

W：好困。

许安仪不懂什么是大夜戏，只知道周望一定很累。

安：那你好好休息休息。

对话框上的"对方正在输入"亮了，好久好久后，周望才回复。

W：怎么突然能看手机了？

安：偷回来的……

她颇有点不好意思。

W：没想到，你还会偷手机看。

周望秒回的消息没什么，可许安仪就是感觉能从中间看出来，他一定在剧组的某个地方笑着回复她的消息。

安：你别笑。

W：你从哪儿看到我笑了？

安：感觉到了。

W：好吧，你赢了，我确实在笑。

许安仪在屏幕前莫名也笑了。

终究手机是偷回来的，她再不想放回去也没办法。说了晚安之后，许安仪又偷偷进了赵晓雅的房间，把手机放回去。

这一晚她睡得安稳至极。

高三学生的早自习也提前了二十分钟，许安仪第二天早早出门，一路心里哼着歌进校门。

周望两个月前发行了一首歌，少年的音色浪漫干净，从那之后，许安仪的耳机里再没流淌过别的旋律。

迎着晨光走进学校，她就发现了不对劲——周围的目光环绕着她。她皱着眉进了教室，教室里的议论声在她到达的一瞬间终止。

许安仪有种不好的预感。

于枝枝急得不行，在座位上招手，许安仪一头雾水地走过去。

她都还没坐稳呢，于枝枝就说道："出事了！"

"什么？"

于枝枝扯着许安仪的胳膊，在她边上小声说："你昨天和周望去小回廊，被在楼上的高二学生拍到了！然后发在贴吧里，好多人跟帖呢！"

许安仪心下一惊，但她真的不知道被拍到会有什么严重的后果，大不了就说是同学，她也没当回事。

"你最近小心点吧。"于枝枝恨铁不成钢，"以前那些明星被拍到和女生走在一块儿，女生都被骂得可惨了！更何况是周望这么红的。"

许安仪愣住："可是……"

"可是什么！咱们学校有一堆周望的粉丝，他哪天是顺利走出校门的，你忘了？"

许安仪忍着慌乱点头，还是没太放在心上，只想着被骂也无所谓，也不会给她造成什么损失。

可她低估了这件事带来的影响。

中午，许安仪和于枝枝去食堂吃饭，吃完饭回来就愣在了教室门口。

午休时间，空无一人的教室正中央，她那在第一排的课桌与往常不同了，"北冰洋"的玻璃瓶碎了一地。

许安仪满脑子都是嗡鸣声。

于枝枝看着她，递过来两张纸巾。

许安仪摆摆手："我没哭。"

她沉默着，平静地归拢书桌，把书本摊在课桌上，用力抚平书页。

她突然就好委屈，没人告诉她，这样该怎么办。

许安仪不想再追究了。

只是在放学的时刻，犹如三年里周望的每一天那样，把课桌收拾得干干净净，然后带走自己的所有东西。

晚上回到家，许安仪才有了点情绪。

赵晓雅不在家，她就是觉得周望会跟她说点什么，于是故技重施，把手机偷了出来。

周望发了很多条消息。

W：别怕，我会解决的。

W：怎么样了？我听于枝枝说了，你没事吧？

W：你真的别怕。

她回复。

安：没事，我不怕。等你回学校，请你喝"北冰洋"。

可事实并非如此，只有于枝枝在她身边。

许安仪安慰自己，只想着，还有二十天，她就可以走了。然而她低估了自己对这些事的消化能力。

她崩溃了。

从那天开始，她不再能聚精会神地看书，不再能安稳入睡。只要有一点声音，她就会从睡梦里惊醒，恐慌成了她梦里的常客。

这些，她没有跟周望透露一丝一毫。

高考倒计时只剩十天的时候，赵晓雅发现了许安仪偷拿手机的事，暴跳如雷，指着鼻子骂她。

许安仪那个时候已经精神紧绷到了极致，不停地掉头发，无法集中注意力了。

赵晓雅摔了一个盘子，大声呵斥：

"我让你好好学习，你有一刻是在学习的吗？还偷手机！"

"你不考一个好大学！怎么活啊以后！"

"我这是为了你好！就十天都忍不了了吗？"

字字句句扎在了许安仪的心里。她哽咽着，想告诉妈妈，不是的，她真的好想好想考一个好成绩，她真的好想好想离开北山中学，也真的好怕好怕。

她想缩在妈妈怀里哭。

赵晓雅当然不懂，还把这些天唯一带给许安仪希望的手机锁了起来："就剩十天了，你忍忍！"

许安仪心想，好，忍忍。

她开始在学校不吃饭，时刻守在自己的桌子前，强迫自己不要胡思乱想。外面的风波似乎是被周望解决了，没有粉丝再到她的家门口打扰。

只是学校里的他毫无办法。

这样的日子一直持续到周望回来。

他是第二个来教室的，许安仪是第一个。

周望还是那样光风霁月，看着许安仪有些诧异："怎么这么憔悴？"

许安仪无力地对着他笑："没事，学习压力大。"

这个时候，是距高考还有五天。

两个人在教室里，安静无比。

许安仪没有主动说话，只是翻书，但一个字都看不进去。

看到周望的脸，她就忘了所有的事。

久违的叛逆从心里涌现。

为了不让周望发现端倪，她没一直在教室里看着桌子。

中午和于枝枝正常吃了饭。

好在，许是因为周望回来了，许安仪的课桌没再惨遭毒手。

晚自习的时候，她趁着去垃圾桶扔东西，将字条扔在了周望的桌上，又去超市买了两瓶"北冰洋"。

时隔二十天，却像是过了好几年那样远，许安仪一踏上回廊就有点发抖。这里之前被其他年级的同学扔了很多垃圾，已经不是原来的样子了。是许安仪趁着下午的课间，带着于枝枝过来，把地方扫了个干净。

周望来了，还是穿着白衬衫校服，干净得一尘不染。

许安仪把"北冰洋"递给他，他接过坐下。

许安仪吓得弹起来。

周望顿住："怎么了？"

许安仪摇头："没事……你往里面坐坐。"这里会被拍到。

周望虽然疑惑，但还是照做了。

他笑着说："我从剧组给你带了礼物，是那边的小吃。等你晚上回家，我去窗户前给你。"

"不用。"许安仪下意识拒绝，看着周望的眼睛又说，"高考之后吧，我妈管得很严。"

周望只好点头。

这几十分钟里，许安仪数次想开口，最后又把话咽回去。

腹稿打了千万次，可她害怕了，她怕自己会被疏远，连朋友都做不了，也怕周望会被自己影响。

周望看着远处，慢悠悠地说："你有想考的学校吗？"

许安仪："没有。"

去更好的地方，去更高的地方，去……

周望轻笑："我得留在北城，你要不要也留下？"

其实许安仪想去南方，想去一个冬天不会下雪的地方，但她还是说："好啊。"

"明天就放假了，在家好好复习，我们高考见。"周望又晃了晃手里的"北冰洋"，"算我欠你一瓶。"

许安仪点头。

那天两人还是没有坐很久，许安仪出回廊之前，回了好多次头。一尘不染的少年坐在那儿，看着微微有个影子的小月亮。

许安仪想，等高考之后吧。

"许安仪？"

许安仪从浑身僵硬的状态脱离出来，就看到周望已经回到对面坐着了。

见他轻松的样子，她问了一句："怎么了？"

"没事，就是今天去医院被路人拍到了。不过只有我和妇科那个大牌子，我可以处理。"

许安仪僵硬地点头。饭也吃完了，她主动拿起碗放进了洗碗机，转头跟周望道：

"我先回去了。"

许安仪是真的不敢在那里多待,那种焦虑不适的感觉又出现了。她坐在家里反省,为什么又一次和周望走得这么近呢?好像自己不知不觉间就会被吸引,然后放松警惕,纵容自己靠近。

明明高三就吃过的教训,这么多年了难道还要再吃一次吗?要时刻牢记,要保持距离,不给自己再添烦恼了。

手机铃声打断了她的思索。

"我的天,周望太牛了吧?那个时玉你怎么认识的?快说快说。"

许安仪根本不知道于枝枝在说什么:"啊?"

"你没看微博?"于枝枝惊声道,"都热搜第一了!"

许安仪把通话外放,登录微博,忽视不停蹦出来的消息。

热搜第一是"周望回应"。

她点进去,是周望在微博发的一段话——

我今年二十五岁,我有我选择做任何事的权利,包括但不限于陪我喜欢的人去医院照顾家里人。下次要拍跟我工作室预约,我可以不戴口罩和帽子给你们拍。

通篇写的都是别管那么宽。

许安仪手微微抖着看评论,确实和当年不一样了,粉丝有的是祝福,有的是好奇,不排除有不满的,但都淹没在了人海里面。

于枝枝还在电话那边抱不平:"那年他要是能这么做,你也不至于最后和我上一个大学。"

于枝枝是班级出了名的成绩差。

许安仪哽了一下:"算了,事情都过去那么多年了。"

"那你还喜欢他吗?他这明显对你有意思,要不你试试?"

许安仪摩挲着手指:"真的算了,我都这么大了,折腾不起。"

"说得跟你七老八十了一样。"

"不管了,我先去洗漱,今天好累。"许安仪挂断电话后,心情莫名好了不少。

许安仪洗漱完,躺在床上,继续翻微博。

估计是周望发的微博太轰动,联想到他那天在许安仪微博下留的评论,一群周望的粉丝跑过来,观摩疑似"周望喜欢的人"。

"还给我"博主自然也不会放过这个热度,发了一条微博。

只能说，侮辱我的故事了，一起去妇科。呵呵。

　　语气一点都不客气。
　　许安仪想起来还没和林清屿律师那边对接，看看时间已经不早了，便记到了备忘录。她当年不需要周望帮忙，现在自然也不需要。
　　她放下手机，带着疲惫的身心睡了。

　　第二天一大早，许安仪又是被吵醒的。窗子外面吵得不行，她还以为回了老房子。
　　许安仪皱着眉头，拉开窗帘往外看。
　　一辆货车停在了周望家门口，没熄火，一直有"嗡嗡"的声音，几个工人不停地往下搬东西。许安仪眯着眼看了看，是好多绿植和家具。她没有见到周望的身影，就发起呆来。
　　手机在手上振了几下，是赵晓雅的电话，她不想吵来吵去，就挂了，然后是周望的微信。
　　W：别看了。
　　许安仪吓了一跳，左右张望了一下，没看到他啊。
　　W：我在卧室。
　　W：能帮我个忙吗？
　　许安仪看过去，对面卧室的椅子上果然坐着周望，他还在看着她，眉头一挑。
　　她跑路还不行吗？转身回房间拉窗帘一气呵成。
　　安：什么忙？
　　她这才问出来。
　　W：今天人多，我怕安安害怕，能让它去你家吗？
　　关于猫猫……她刚立志要和周望保持距离的想法就被打散。
　　安：好。
　　没过一会儿，安安就被周望送过来。一进家门，它就像来到了自己家一样，东走西逛一点都不害怕。
　　许安仪："你自己玩哦，我去工作啦。"
　　"喵。"
　　安安可爱到她没忍住又摸了一下。
　　工作的时候，安安晃晃悠悠地坐在电脑旁，不挪走，许安仪的心思就被钓跑。
　　她也叫不出来安安的名字："咪咪，你饿了没？"
　　"喵。"
　　"你困吗？"
　　"喵。"
　　对话太过离谱，她没忍住笑了。

阳台玻璃门被她打开，风吹动薄薄的纱帘，一猫一人安静又浪漫地坐着。

等写完了几千字，许安仪的脖子又开始疼了，她找了片膏药贴在脖子上，站起来放松，然后拿了周望带过来的猫砂盆和饭碗，把猫粮倒满，放在安安的旁边。

安安非常高冷地"喵"了一声。

许安仪一愣："不吃吗？"

她又把饭碗往前一递，还没反应过来，手上就被安安挠了一条长伤口，有点血丝慢慢渗出来，也许是安安被突然凑近的东西下了一跳。

"喵……"安安像是也知道自己做错了，拱了拱许安仪的腿。

她叹了口气，去了厕所冲手。

周望是下午三点来接猫的。

许安仪把猫砂盆之类的东西装在袋子里递出去，刚要收手，就被周望抓住了手腕。周望看着她手上的伤口，皱了眉："怎么弄的？"

"没事。"

"怎么弄的？"

许安仪无奈，指了指在猫包里的安安。

周望的眉头皱得更紧了，脸色虽然黑，但说话倒还语气正常："你等我下，我把它送回去。"

许安仪以为他是回家去拿药，也不费力，就没劝说什么。结果没过几分钟，周望的车就停在了门口。

"上车。"

许安仪愣了："去哪儿？"

"打针去。"周望下车开另一侧的车门，"安安今年的狂犬疫苗还没打。"

许安仪哭笑不得："真的不用。"

没想到这次周望强硬到底，直接上前来推着许安仪走。

"我还没换鞋！等等！"

周望听完这句话，回身，去门口拿了许安仪常穿的鞋子出来，单膝跪地，抓着许安仪的脚踝帮她换，再把她换下来的拖鞋放回屋里，从玄关拿了她的手机，关门。

一气呵成。

许安仪眼角抽了抽，又莫名其妙地坐上了他的副驾驶。

她还是没忍住："算了吧，万一又被拍到呢？"她说得委婉，其实就是不想和周望去人多的地方。

周望很坦然："没关系，拍就拍。"

他软硬不吃，许安仪真的无奈，靠在车窗上看外面。她忽然想起自己的车应该可以取了，回来干脆自己开车，也能避免和周望待在同一个地方。

再次从半山开往市区，许安仪一路上都发着呆。

这家搬的……本来还说能半年不出门，结果没有一天是闲着的，每天坐车都得两个小时以上。

然后她看着车外的医院，沉默了。

她再也不想去医院了，真的。

周望像是怕许安仪跑，一路上都抓着她。

许安仪看了眼他帽子、口罩都齐全，心想，算了……

挂号、取药、去注射室都是她一个人做的，周望像个人形挂坠跟在她后面。

在她把衣领抓到肩头的时候他才有点反应，默默地转了头。

上次周望脸红的事，许安仪跟于枝枝说了之后，于枝枝说："纯爱战神，他爱情片都拍到别人脑子里了。"

许安仪还下意识反驳："他没拍过爱情片，《成名在望》是第一次。"

于枝枝一脸惊讶："你背着我关注他？"

现在看来，于枝枝说得真对。

打完针要观察半个小时，两个人坐在医院的观察室，一言不发。

许安仪翻了翻手机，先给4S店发了消息，说等下去取车，然后才开口："周望。"

"嗯？"

"你能送我去4S店吗？我的车回来了，可以取了。"

周望思索："你刚打完针能开车吗？"

许安仪腹诽，我又不是截肢了。

"能，没什么感觉。"

"好。"

半个小时的观察时间一到，许安仪就起身带着周望往外走。

4S店离这里不远，开过去也就几分钟的事情，偏偏周望开车慢得不行。

她忍不住，催了下："可能要快点，一会儿他们下班了。"

周望睁眼说瞎话："有点堵。"

周围的车不超过十辆。

许安仪有些无奈："你是有什么要和我说的吗？"

周望握着方向盘的手收紧了下："没，想和你多待一会儿。"

许安仪不说话了。

最终他们还是赶在4S店关门前到达，许安仪进去签了字，然后开着挂上临时牌的车出来。

她在驾驶座打了手势，示意周望在前面开。

这个时候周望就开得很快，不像刚刚的蜗牛爬。

许安仪的技术没那么熟练，眼都不敢眨地跟着，回到半山已经累得不行，精神上的那种。

　　这还是她搬过来第一次开车库的门,看着门卷着尘土升起来她就沉默了。

　　里面都是灰尘和杂物,车肯定是停不进去。

　　周望下车走过来:"停到我那儿去吧。"

　　他的车上百万,她的车二三十万。

　　上百万的跑车露天停着,她可能心中有愧。

　　"不用了……我停在院子里就好。"

　　周望:"你这是新车,今晚有雨。"

　　为了防止自己刚提车一天就洗车,许安仪乖乖把钥匙交给了周望,看着他把车停到了他家的车库里。

　　当天睡觉之前,许安仪的困意都卷到了脑海,又猛地清醒:那自己不还是要去周望那儿才能把车开出来?

　　想到了小说里的心机钓系,但又说不定周望只是随手帮忙……

　　这一觉睡到了上午十一点。

　　许安仪从困顿中睁眼,看了眼消息。

　　林律师助理发了消息过来,说可以搜集证据起诉了。

　　安:好的。

　　她把之前截好的图发过去,还添加上了最新的那一条。

　　微信里还有其他人的信息,是时玉。

　　时玉:对不起啊,安仪,我没想到让你陪我去会拍到周望。

　　许安仪也没想到,时玉这么御姐的人会用颜表情。

　　安:没事的。

　　时玉:我昨天在拍单人戏,就没看微博。我帮着澄清一下吧,虽然没拍到你,但是我看舆论都猜到你了。

　　安:可是那样不就多牵扯一个人了吗?

　　时玉:管他呢!那群人天天闲死了!我现在就发,过来转!

　　许安仪无奈,登上微博,搜索时玉,点了个关注,然后就看到时玉发送的内容。一张自拍,艾特了她。

　　　　最近月经不调,感谢@许安仪陪我去医院。连挂号我都不会,多亏了安仪了。没想到有人也跟过来……

　　许安仪按下转发。

　　这下应该没人猜什么周望让她"未婚先孕"了,不过造谣抄袭的那件事,估计还要等律师函才行。

安：谢谢你呀。
时玉：[摇头小狗.jpg]
时玉：今天周望也有戏份了，你来看看？
安：不了吧……
时玉：来嘛来嘛，我助理今天不在，我一个人无聊死了。
时玉：来吧来吧。
时玉：来吧！
许安仪受不了时玉撒娇，总有种她想做什么都行的感觉。
安：好吧……
许安仪在列表里找到"W"。
安：我要开车出门，你车库能远程开门吗？
W：来吧，我在家。
许安仪愣了，时玉不是说他有戏份吗？为什么这个时间了他还在家里？
安：周望还没去吗？
时玉：对呀，夜戏，你也别急。
安：好。
许安仪告诉自己，躲不开就别躲了，保持距离的同时也顺其自然吧。下一刻，她就意识到，她在给自己找理由。

许安仪穿了身轻便的衣服，随手拿起钥匙出门。
这个时候才午后，她约了于枝枝出门给车上保险办手续。真的在家待到晚上，谁知道会不会被周望强制性送去剧组。
她是真的不想再被拍来拍去了，因为当年的原因，她写小说这么多年都没露过脸，要是再次因为周望"翻车"，真的会疯掉。
按响门铃。
过了得有两分钟周望才走出来。
他面色不太好，有点不同于往常的苍白感。他也没像平时一样企图多跟许安仪说两句，只是沉默着带她开了车库的卷闸门。
许安仪莫名有些担心："你感冒了吗？"
周望轻笑一声，没承想，笑音传来一半就开始咳嗽，止都止不住。
这下都不用他回答了。
许安仪没多想，一只手搭在自己额头，另一只手探过去。她低垂眼眸感受着，是有点烫。他昨天还好好的，今天就发烧了，晚上还要拍戏。
"我没事。"周望的声音有点哑。
他说话的同时，许安仪感受到有一只微热的手搭在了自己手腕上，轻轻柔柔地把她的手放下来。

"之前休假欠了不少 ID 没录，昨晚被催了，就没吹干头发，有点着凉了。"

休假欠的？那不就是去温泉的原因？她有点不好意思。

周望瞧见她的神情，轻推了她一下："开车去吧，你走了我再睡一会儿。"

许安仪沉默着走进车库，又回头："你吃药了吗？"

周望极快速地点头。

许安仪略一思索就知道他肯定没吃，挣扎了一天说要远离的原则瞬间又打破了。

她叹了口气："你在这里等一下。"

许安仪转头往外走，周望在后面叫她名字，她也没理。不知道为什么，她心里总有一种埋怨和愧疚。

家里的药箱进门就拿得到，许安仪从中挑挑拣拣找到了最不会让人犯困的感冒药，拿在手里，又鬼使神差地去拿了一块糖。走出来的时候，她取笑了自己一下：怎么，还把周望当成小孩了？

回到周望家，见周望还听话地站在原地，她松了一口气。

"进屋，吃药。"她的话语简洁。

周望无奈地点头，走在前面。

这是许安仪搬过来这么久第二次来周望家，走进来她就愣了，屋里放了不少绿植，原来灰黑色系的装潢这个时候已经温暖了不少，看得人心情愉悦。

许安仪还注意到，客厅角落里的一盆吊兰花开得极盛，跟她客厅里的那盆一模一样。

周望已经去厨房倒水回来，透明的玻璃杯上面有水雾。

许安仪皱眉："生病了还要喝冰的吗？"

周望脚步顿住，不发一言回去倒掉，回来之后水杯上就是热水蒸腾的样子了。

许安仪点头认可，把手中的药递上去。

周望放下水杯接过来，微热的手指在她的手背上蹭过。

她强忍着没有躲闪，亲眼见到周望撕开冲剂，就着热水喝掉。她又装作平淡地把手里的糖递出去，没敢看他。

周望的轻笑声传到她的耳朵里，她莫名有点脸热："笑什么……"

周望："没有，就是觉得你可爱。"

许安仪的脸更热了。

这么一番折腾，时间过了将近半个小时，许安仪终于坐上了车。

于枝枝给她发了好多条微信，一直在问她出门了没。

安：被人拦住了……现在出门了。

于枝枝：周望？

安：你怎么知道？

于枝枝：一猜就是，你什么时候迟到过。
安：开车了。
于枝枝：一说周望你就转移话题！

许安仪放下手机，终于开了车，先去于枝枝家里接她，两个人再一起去车管所。走程序有些麻烦，再出来已经是晚上了。

许安仪看着时间："我要去剧组了，你晚上有什么事吗？"她想着既然一个人去有点尴尬的话，要不带上于枝枝？

于枝枝眼睛当即就亮了："能行吗？"

许安仪点点头："我问问时玉。"

很快就得到回答。

时玉：当然可以！

时玉：快来快来！

得到准许，许安仪带着于枝枝上了车。

剧组今天在北山中学取景，车开不进去，两个人在门口下车。

于枝枝一落地就感慨道："啊，好久没回来了！好怀念啊！"

许安仪笑了笑，她一点都不怀念。

于枝枝："那片绿化拆了啊，怎么变成停车棚了？"

许安仪顺着她的视线看去，那边的绿化就是之前的小回廊，现在什么都没剩下。

"拆了也好。"

于枝枝表示同意："那个破回廊，还能被楼上拍到……"

说到一半，她捂住了自己的嘴，有些忐忑地看了眼许安仪。

"没事，都过去这么多年了。"许安仪牵着她的手朝着操场走。

时玉就在剧组警戒线处等她们："哇！我是时玉，你好！"

于枝枝像是和她一见如故："你好你好，我叫于枝枝！"

许安仪在旁边笑。

三个人一起往剧组里走，时玉对她俩小声说："今天周望脸色可不好了，一条跑步的半空镜，NG了三次。"

许安仪点头："他发烧了。"语气自然到自己都没反应过来。

于枝枝一愣："你今天说的被拦住了，不会就是因为这个吧？"

"嗯，我怕他一个人在家出事，就给他找了药吃。"

时玉打趣她："很在乎嘛。"

许安仪想都没想："没有。"

剧组中场休息，时玉就带着两个人坐在自己的位置旁。

"安仪，你这本书写得太好了。"时玉突然感慨，"我当时一听到要拍这个，别的都给推了，我必须要来。"

许安仪自谦:"没有。"

"对了,我听了点八卦!"

许安仪还没回答,于枝枝先凑过来:"什么,什么?"

时玉神秘兮兮的,在两人耳边说:"那天我听到周望和助理说话,说最近造谣安仪的那个微博号跟他有关。"

于枝枝惊讶地瞪大眼。

许安仪波澜不惊:"我知道,他说过。"

时玉:"那你让他处理就好啊,省得给自己找烦恼了。"

于枝枝:"就是就是。"

许安仪摇摇头:"就算跟他有关,这件事也是针对我的。我找了律师了。"

时玉:"哪家哪家?"

许安仪思索了下:"清合的律师,叫林清屿。"

时玉:"什么?"

许安仪不解地看着时玉,于枝枝也吓一跳。

"他是我大学室友的男朋友,你早说,我帮你联系。他行业价格可贵了!我帮你找找人说不定不用花钱。"

许安仪没想到是这个展开,一笑:"没事,破财消灾。"

于枝枝神色复杂:"许安仪,你买车觉得贵,请律师给自己找清白觉得破财消灾?"

许安仪一乐。

远处导演的声音传来,中场休息结束,时玉该去候场了:"你俩在这儿歇着吧,等会儿下戏我们去吃饭。"

于枝枝已经和她混熟悉:"行啊,我知道一家火锅,就在这附近!"

时玉笑着点头。

许安仪看着她穿着类似北山中学校服的衣服,愣神片刻,之前还说不怀念,现在又怀念起来。

许安仪垂眸笑笑,觉得人真是拧巴。

于枝枝:"他们拍得还真有那味。"

许安仪难得开次玩笑:"我写的。"

"知道啦,知道啦!我们大作家真牛!"

许安仪没想到会拍这么久,她都困得迷糊了,那边拍夜戏的灯还亮得刺眼。于枝枝是孕妇,本就觉多,已经坐在那边睡着了。

许安仪叹口气,也晕乎乎地睡起来。

她感觉自己没睡多久,睁眼前就感受到一双冰凉的手放在了自己头顶。

她不舒服,皱着眉扭了下,突然想起自己是在剧组,猛地睁眼,愣住了。

周望弯着腰,手正放在她的头顶,不经意地和她对视了。

两个人都呆在原地,直到于枝枝在旁边呢喃了一句,才猛地分开。

周望不自在地咳嗽了一声。

许安仪刚睡醒,说话带着点腻劲:"怎么了?"

周望指了指身后:"时玉有人探班,要录个采访,让我帮忙来叫醒你们。"

许安仪慢慢点头,表示知道了,转头去叫醒于枝枝。

于枝枝可能还在梦里:"你别闹,下节课我帮你请假。你放心和周望去你们的秘密基地吧……我再睡会儿。"

这一句话让两个人之间的尴尬氛围更加浓烈了。

许安仪小心看了眼周望,见到他没什么反应,悄悄松了口气,紧接着,她一咬牙,大声叫了于枝枝。

于枝枝从睡梦里挣脱出来,终于醒了:"几点了……"

许安仪:"十一点多。"

"我的天,这么晚了!顾渝得疯了,我去给他打个电话。"于枝枝转头就朝旁边走。

这片空地就只剩下许安仪和周望两个人,许安仪也不知道要说什么,就假装看手机。

好在周望也没久留,见她们醒了,转头要回那边。

他走出两步又回过头来:"我工作室今晚会发律师函,你转发一下。"

"好……"

时玉的采访没过一会儿就结束了,于枝枝跟家里报备完笑嘻嘻地回来。

许安仪纳闷:"你怎么这么开心?"

于枝枝:"我没挨骂!"

许安仪翻了个白眼。

她说的挨骂许安仪早有体会,就是顾渝不轻不重说两句,然后她一番委屈敷衍。不过自己的朋友,做什么都是对的。

时玉已经把戏服换下去,穿上了正常的衣服。

于枝枝眼睛又亮了:"你的身材太好了!"

时玉:"真的吗!爱你!"

于枝枝若有所思:"我见过的人里论腿长,一个是你,一个就是安仪!我何德何能!"

许安仪都被逗笑了。

她开车拉着两个人去了之前那一家火锅店,深夜还是客满。

没办法,许安仪下车前给时玉递过去了新口罩。

三个人鬼鬼祟祟进门,上了包间。

许安仪问另外两个人吃什么。

时玉："肉肉肉！"

于枝枝："辣辣辣！"

许安仪颇为无奈，肉可以多点，辣还是微辣就好。

菜很快上来，她夹了一片莜麦菜放进锅里。

时玉正在看手机，没一会儿抬头问："安仪，之前江边那个合照要发出去了，你要挡脸吗？"

许安仪一愣，她都忘了这一茬了。

当时是赶鸭子上架拍的，完全没注意其他，她满脑子都是周望给自己的那瓶"北冰洋"。

许安仪思索了下："要吧。"

时玉点头："那我和宣发说一下，省得他们忘了。"

于枝枝一乐："这也太麻烦了，这个照片是要给每个人都过目吗？"

许安仪也不懂。

时玉烫好了毛肚，点点头："毕竟是用来宣传，怕出问题。之前有的剧出现争议了，然后'人肉'照片上的人，那个剧组直接闹得没拍下去。"

许安仪有点疑惑："为什么？"

时玉先是神色复杂地看了她一眼，顿了顿："因为主角是当红偶像，然后照片里有他带到剧组的女朋友，被粉丝发现了。"

许安仪莫名心虚。

于枝枝正喝汽水，呛得不停咳嗽，好不容易缓过来，又开始笑："安仪，那你挡挡吧。"

"不过没事，周望现在又不是偶像。"时玉耸肩，"他微博都发了，还怕被骂啊？"

于枝枝促狭："也是。"

许安仪从锅里捞起来几片肉，夹给两个人，就当封口费吧。

一顿饭吃得开心，于枝枝走出来时还打着嗝。

许安仪都不知道两个人怎么聊的，就差拜把子了，"许时于桃园三结义"这词都给说了出来。

她站在路边，看着时玉被公司的车接走，于枝枝被顾渝接走，最后自己才慢吞吞去开车。

回到半山，她下车之前看了眼天气预报，没有雨，终于不用停进周望家。

许安仪锁好车，视线朝着隔壁一瞟，灯都没开，可能没回来。

她开了家门，总觉得自己忘了什么事。

直到换好睡衣，她才想起来，在剧组的时候，周望让她转发微博来着，于是打开手机，搜索周望工作室，看到置顶就是一条律师函。她顺手转发，都没怎么看内容。

时玉还说今晚就会发剧组合照，让她也去看看，她顺手又点开了剧组官博。

这一看她就愣住了。

照片是很美，橙色的夕阳，江边的晚风吹得每个人都很潇洒，可是本该出现在她脸上的可爱贴纸，贴在另一个人脸上。

她似乎是被当成群演了，大剌剌地出现在镜头里。

许安仪"啧"了一声，放下了手里的水杯，找到宣发微信。

安：打码打错了。

没人回。现在是后半夜，估计对方睡着了。

这张照片已经发出去三个小时了，转发量过万，好多人在下面评论。

许安仪只能宽慰自己，没有人认识她，后期把她当成群演，那么粉丝也会这么想的。

然而事与愿违。手机"叮咚"一声，是粉丝给她发的私信。

刚写文那段时间，她一度只有十个微博粉丝，其中八个是僵尸号，两个是真人。

发私信这位是两个真人之一。

许安仪点进去。

祝你万事顺意：大大！那个"还给我"又犯病了！你要不要去看看？

又有一条链接，许安仪皱着眉点进去。

还给我：说点搞笑的。某抄袭剧组放照片，打码打错人了，让原著 xay 老师露了脸，打了个不相关的人脸。（提示：在第一排穿校服的人，你们的男主角旁边哦。）

许安仪握着手机的手不断用力，甚至发白。

评论区有不少人都在问：真的吗？许安仪长这样？

许安仪恍惚间又开始有点恐惧，不知道该怎么解决。在这空白的几秒，她甚至想到了找周望。过了会儿她才反应过来，她是一个独立的人，遇到问题要自己解决，于是点开转发，手都在抖。

安：所以你呢？是一个只敢窥屏造谣的老鼠吗？之前没理是觉得这些事清者自清，没想到任由你跳脚到了现在。你在偷别人故事的时候，有没有想过有一天会自食其果。

发了出去。

许安仪承认自己有点冲动，但是忍了这么久都没成效，不如自己来讨个公道。微博即刻开始"叮叮咚咚"地响，她放下手机。

电话铃声在锁屏的这一刻响起。

许安仪愣了下，是周望，这么晚？

"喂？"

周望的声音比白天还沙哑："你现在在哪儿？"

许安仪回道："在家……"

"你能来一趟我这里吗？我有事情要跟你讲。"

许安仪下意识看了眼时间，凌晨两点。

"我……"她不想去。

周望似乎叹了口气:"是关于那个造谣的人。"

"好吧。"

许安仪只好换下睡衣,去了隔壁。

周望一开门,她就看到他的脸色很苍白。他给许安仪开过门后,就靠在了沙发上。

许安仪问道:"你吃药了吗?"

周望小声说:"吃了。"

她半信半疑,不过见他没有说其他的兴致,也板正地坐在了沙发上。

"怎么了?"

"我要跟你说一件事。"周望神情严肃,"那个造谣者,是与我闹僵的前公司。"

许安仪一头雾水:"前公司?可是为什么会来造谣我?"

周望又叹了口气,轻轻咳嗽了两声:"我十四岁签的公司,然后他们一直跟我到了二十四岁。"

周望接下来的话,许安仪听得心中大震。

"你还记得之前的时候,你说我怎么总是不能及时回消息吗?"

确实有这样的事,许安仪还以为是他工作忙。

"是因为当时公司会定期翻我的手机,用来确保没有其他公司联系我,顺便监视我的私生活。"周望自嘲似的笑了笑,"所以我们的事,他们全都知道。

"我当时以为自己什么都没做,不怕查。后来我转型,公司想让我带后辈,但是后辈都算是快餐艺人,我不同意。还有其他的事情积怨已久,就闹到了解约。

"我解约之后,前公司急于推下一位艺人,但毫无起色,公司的规模也一缩再缩。

"今年你的影视翻拍了,他们就想到借助这件事,让我们做踏板,他们来踩着热度黑红,所以根本不怕你澄清或是发律师函。"

周望的神色平静,简单说完了陪伴自己十年的公司。

许安仪垂了垂眸,不知道该回答什么。周望依旧靠在沙发上,灯光昏暗到许安仪看不清他的脸色。

"所以我想,直接说我们是高中同学,说原型是我,算是损失最小的澄清了,至少不能让你背着抄袭的罪名。"

"我叫你来是想问,你愿意吗?"

明明是如此严肃的氛围,许安仪却从这句"你愿意吗"中感觉到了期盼。她叹了口气,不管是从前还是现在,遇到周望,自己总是没有原则。

她僵硬地点点头:"好。"

周望点头:"那我明天就联系工作室。"

许安仪有些麻木,站起来准备回去,走到门边又忽然回头:"为什么这么晚找我说这个?"

周望愣了下:"你一发微博我就看到了。"

他想，许安仪一定是生气了，有什么办法能哄哄她。结果，他想出来的办法似乎让她更不开心。

许安仪想的却不是一回事，她只是震惊，她发微博还没有两分钟，周望怎么看到得那么快？

"特别关心"四个字在她脑海里出现，随即又被她否决。

怎么可能？

她回过神来："那当年的事，跟你的前公司有关吗？"

周望摇头道："我不知道。"

许安仪轻笑了声，故作轻松："好吧，这两天让我缓缓吧，毕竟真正的生活要和我的事业联系到一起了。"

沙发上的周望顿住，站起身来，说的却不是一回事："我送你回去吧。"

"好。"

两个人一起走在月色下，一分钟不到的路程走得像几个世纪那么漫长。

许安仪关门之前，听到了月色晚风中传来的一句话——"晚安。"

如果世界上有预知，许安仪一定不会同意周望今晚说的，就连她也不知道看似完美的公关，在明天会发酵到那个程度。

第一缕晨光照进房间的时候，许安仪少有地在清晨自然醒了，心里的事情太多，睡觉也不安稳。

清合律所那边把律师函发给了她，刚好可以趁着今天周望发微博的时机一起发送出去。

她看着律师函上的一字一句，一时间觉得造谣的代价太低了。

许安仪想到自己昨晚冲动发了东西，这个时候上号估计就是轰炸，所以她选择登录自己几年没用的小号。一上去，特别关心就跳了出来。

她记得这个号是自己刚上大学的时候用的，特别关心只有一个周望。

这么早就发了吗？她还没做好准备。

怀着略微沉重的心情，她把目光放到了屏幕上面。

  周望V：关于"还给我"这段时间对我和许安仪作者的造谣，我在这里代表两个人正式回应。

  第一，对于"还给我"说的抄袭故事一事，实际为莫须有。许安仪是我的高中同班同学，故事里的人设是在我知情的情况下使用的，不存在抄袭；

  第二，是指出我去医院这件事。如时玉所说，我和许安仪只是陪同；

  第三，照片事件，后期失误剧组来解释。我这里只说，那确实是许安仪，真正的教养是不对他人评头论足。

  问题解决完，该我来说了。

@还给我@扬帆传媒作为我的前公司，在我已解约的情况下，用对我十年间的隐私控制诬陷我的高中同学，给这件事中所有受害者都带来了损失，我已寻求律师。

　　十年间，谢谢你们，现在已经仁至义尽。

　　还有，我确实喜欢许安仪，很早之前。

　　许安仪傻眼了。

　　前面看下来都很正常，甚至没有提出是以她和他的故事为原型，只是说借用了人设。最后一句话，却直白得让她差点摔了手机。

　　她从再次遇到周望之后，就知道他什么意思。

　　但是带着大名把这件事放到公众面前，就让她无比难做，她甚至不知道自己转发，到底是在认同前面的控告，还是认同那最后的告白。

　　周望恍惚间好像又变成以前那个少年，明知不可为而为之。

　　许安仪坐在椅子上，叹了好几口气，最终还是切到大号，按下转发，顺便把律师函贴了出去。这一番做完，她甚至觉得自己几天之内都不想看到周望了。

　　事情再多，工作也要做。

　　许安仪看到对面的卧室拉了窗帘，蹑手蹑脚地走到阳台，开始这一天的码字生活。

　　她码字的时候，感知时间的能力向来会变得迟钝，再看时间已经是下午一点多了。

　　她扭头去看，周望还是没拉开窗帘。

　　她皱了皱眉，想到昨天周望那病恹恹的样子，不会有什么事情吧？今天还那么早就发了微博。

　　思索半天，她拿起手机打开外卖软件，定了两份外卖。

　　外卖员来敲门的时候，她礼貌地问："这一份可以送去隔壁吗？"

　　她站在窗边观察着，看到外卖员在隔壁门铃前说了几句话，就把饭放到门口。没过一会儿，周望出来拿进屋。

　　许安仪松了口气，自在地回了房间睡午觉，醒来的时候，外面的天还是亮的，一看时间，居然五点多了。

　　微信有不少的消息。

　　时玉：你别上微博了，没什么好看的。我今天单人戏，先去拍了，你有什么事给于枝枝打电话。

　　许安仪只觉不对。

　　于枝枝：你干啥呢？

　　于枝枝：别上网啊！要不我来找你吧？回话啊！

　　在她睡着的这段时间，于枝枝和时玉还拉了一个群。

　　两人在群里不停呼叫她，电话打了无数个，最后实在无奈，只好说让她看到了回消息。

许安仪一头雾水。

安：怎么了？

于枝枝几乎是秒回：你今天在干什么呢？消息也不回！

安：我睡着了。

于枝枝：那就好。不是，要不我去你家住两天？

安：发生什么了？

于枝枝不回复了。

以许安仪对她的了解，八成是在措辞。果然，过了好几分钟，她发来消息。

于枝枝：你别上网就行啦，没什么事，周望刚发完微博有点乱。

有点乱和她会有什么必然联系？她一猜于枝枝就是在撒谎。

安：知道了。

许安仪转身就再次点开微博，还没等她去周望的微博下面看呢，热搜第一就狠狠扎了她的眼。

  周望 许安仪。

按理来说，微博是早上发的，绝无可能下午还在热搜上面。

许安仪心下忐忑，手指都抖着，点了进去。

看到广场上第一条，她的心就凉了半截。

一个大V发布的——高考前夕，许安仪和周望站在小回廊的照片，还有那时候的北山中学的贴吧截图。

热搜里一堆人在真真假假地爆料。即使当年的事也不会再发生了，许安仪还是会怕。

更何况周望呢？她不相信有人会免疫扑面而来的恶意。

他是艺人，在高中的时候是偶像艺人。

她苦恼至极，扭头朝着窗外看，周望的卧室还是拉着窗帘，漆黑一片，不知道他现在在想什么。

她苦着脸，点开微信，在三个人的群里发消息。

安：有没有什么好的处理办法？

时玉：我帮你问问我经纪人。

安：好，谢谢。

过了会儿，时玉回来。

时玉：我经纪人有病，算了。

安：说了什么？我可以参考一下。

时玉：说让你承认是你单方面靠近周望，等有了人气就甩了他，然后……他可以立一个深情人设。

时玉：我经纪人说的！不是我说的啊！她还说，这件事对你没什么影响，对周望影响很大，可能会丢掉代言。

许安仪深吸一口气。

她不是圣母，暗恋是她最值得骄傲的青春往事，为什么要变成故意靠近？她的少女心事凭什么被否认个干净？

她才不要这么做，所以干脆先不回应。周望自己的团队有什么处理方法，她可以配合。

微信"叮咚"一声。

时玉：周望真是疯了吧？安仪，你别着急了，让他自己搞吧。

安：啊？

时玉：你看微博。

许安仪又点进去。

短短几分钟，热搜第一变成了"周望承认"。

周望V：没早恋过，我只是一个暗恋的角色。

许安仪又震惊了，这一天的微博简直被搅和得"腥风血雨"。她彻底宕机，甩下手机，走到阳台上吹风。

什么暗恋，她真的不知道。周望为什么会暗恋她一个最普通的高中生，就因为她给他"布置作业"？还是说，他为了让这件事尽快过去？如果是后者，许安仪真的要庆幸。

手机在床上响起，铃声打破她的思绪。

她一团乱麻，根本就没走进去看。

夜色静谧，对面的卧室窗帘在她的眼前拉开。

许安仪吓了一跳，周望就在窗子后面，和她对视着。

许安仪的脚仿佛被藤蔓绑住，动弹不得，眼睁睁看着周望从卧室走到阳台，身后还跟了只猫，看起来他的病好了不少。

周望看着许安仪，说的话被风带到她的耳朵里："我微博上说的，没有一句假话。你看到了吗？"

许安仪当然看到了，可是她没有回答，还故意躲到了厕所里。

周望怎么可以这么胆大，每一句话都在告白？她深刻意识到，无论是以前还是现在，她都玩不过他，所以她躲还不行吗？这几天她都躲起来。

动心只是多巴胺作祟，她出去看看风景，念头也就散了。

当即，她给于枝枝发消息，定下了去隔壁南城待三天的计划。她顺便还看了眼，刚刚那通没接到的电话，是赵晓雅打来的。

许安仪看着镜子里的自己，怎么才没几天，黑眼圈都出来了？一件事接着一件事，越发展越荒唐，好在可以躲出去。

可惜这个愿望要落空，许安仪好不容易心情恢复得还算不错。

微信里新加的好友发来消息，是一个制片。

制片：安仪老师，我们这边有一个综艺想要邀请您，有兴趣了解一下吗？

人红是非多。许安仪根本就没有一丝参加的念头，她只想去一趟南城玩一玩。

根据那位制片的介绍，这个综艺是属于职场记录的，有各行各业的佼佼者参加节目，记录自己的一天。节目组最近刚好有作家的备案，许安仪的事情一闹上热搜，这才有了目标。

许安仪在想怎样礼貌拒绝掉。

安：不好意思，暂时没有出镜的打算。

对面好像早就料到了许安仪会这样说，没几分钟就发过来一长段话，大致意思是这次网络上的事情闹得"腥风血雨"，谣言层出不穷，如果这个时候许安仪选择出镜，那么就代表着正面面对舆论，可以用这个节目来对近期的舆论做总结。节目想要热度，许安仪借节目来澄清，双赢互惠，何乐而不为。

到底是久经人情世故的制片人，许安仪心里的天平开始倾斜。

这件事尽管周望在微博上非常严谨地解释了，可是因为许安仪没有露面，有很多人完全不相信。

许安仪有些忐忑。

安：这个节目的流程大概是什么？

制片很快发来拟定流程表。

其实就是普通的记录性录播综艺，每位嘉宾一天的录制时间，早上摄像组来架机位，从起床拍到晚上睡觉，主要是记录这一天嘉宾的生活方式，表现各个职业的不同艰辛。

她觉得可以，既然已经露脸，不如露个极致，堵住那些闲言碎语。

为了确保自己的利益，她先是在微信上问了问时玉，得到不错的回答之后，又回来敲定时间。

安：我可以，录制时间大概是什么时候呢？

制片：近期吧，不然热度会掉，可以今天就签合同，三天之后录制。我们也尽量和网站抢一下档期，把这集抬上来先播。

安：好。

节目在三天之后录，许安仪的南城之行也不会落空，她先进了市区签好了合同，然后直接载上于枝枝上了高速，三个小时就到了南城。

她之所以想来南城，是因为她和于枝枝的大学是在南城上的。

当年她高考失利，又不想复读，心灰意冷的，还是于枝枝来找她，说一起去南城上学，她才振作起来。

于枝枝坐在副驾驶吃零食，指着一处："我们要不去学校门口吃那家烧烤吧？"

许安仪有点无奈："那家店这个时间肯定会爆满，都是学弟学妹晚自习放学出来吃东西。"

于枝枝感慨："唉，我们上大学那阵这儿就很火，早知道毕业那年留在南城开烧烤店了。"

许安仪轻笑。

路过南城大学校门口的时候，于枝枝看着窗外，突然叫起来："哎呀！"

许安仪吓了一跳，看见她看着的是南大的快递站。

"怎么了？"

"那时候有人给你寄匿名快递来着，应该是高中时周望的那群粉丝。"于枝枝十分气愤，"当时那个快递特别重，你的名字和地址都写着，就是没填手机号。

"你那段时间心情颓废，完全就是青春疼痛少女嘛，我就没敢跟你说！现在突然想起来，气死我了。"

许安仪一愣。她是完完全全不知道这个事情，还以为自己上大学后终于摆脱了那些事，沾沾自喜了好久。

"寄快递的叫什么啊？"

于枝枝做出思索的样子："我想想……太久了……好像是叫……'北冰洋'！对！我要不是看到这个名字，估计就给你拿回去了，谁知道是什么东西。"

许安仪叹口气，听这个名字，估计真的是那群粉丝，看来大学四年，于枝枝把她保护得简直滴水不漏。

她俩绕了好几圈，怀旧了好多地方，于枝枝还是想吃烤肉，估计是在家被管得太严，一出来就想放纵一下。

许安仪没办法，找了一家店。店里人也很多，好在环境更好，也不怕于枝枝会不舒服。

许安仪夹了一块牛肉在烤盘上炙烤，同时听着于枝枝说话。

"太可惜了，太可惜了。"于枝枝一直念叨。

"可惜什么？"

"你的分数按理来说应该是可以上北城顶尖学府的，结果跟着我来了这儿……总有种不甘心的感觉。"

许安仪轻笑："怎么还多愁善感上了？都是我自己选的。"

肉被夹到于枝枝碗里，果然分散了她的注意力，不再提这茬了。

"安仪，要不明天我们进南大看看吧。"

"行啊。"许安仪小口小口吃着烤蘑菇，点头答应。

"于枝枝！许安仪！好巧——"一个声音从许安仪的身后传来，略微耳熟，但她是真的想不起来。

她回过头去看，是一个穿着休闲套装的男人，正朝着她们走来。她在记忆里努力抓取，过了好半晌才想起来，这个是她们的大学同学，叫沈澄，据说因为成绩太好毕业之后留校了。

于枝枝记性好，当场就凹出个笑容来："沈澄！哎，好巧啊！快来坐。"

沈澄也没推托，非常自然地坐在了许安仪旁边。

许安仪稍微躲了躲。

"你们怎么在这儿？我都差点没认出来。"沈澄笑着问。

于枝枝放下筷子："我们俩回来怀念母校呢，我也没想到能遇到你，咱们都好几年没见了。"

"是啊。"沈澄看着窗外，满是大学生在散步，"我还以为只有我去北城找你们才行了。"

这话说得就有点太自来熟了，许安仪不适应。她毕业那年，把不熟的同学几乎都删掉了，此时再谈就尴尬得不行。

于枝枝自然也看出来了她的尴尬，打着哈哈："我们刚才还说呢，明天进学校看看有什么变化没有。"

沈澄思索了下："老同学这么久不见，要不……明天我带你们逛，我明天没课。"

许安仪听完，给于枝枝使眼色——拒绝！快拒绝！

于枝枝并不知道，笑嘻嘻地点头。

"那这样，于枝枝你有我微信吧？你们明天来的时候给我发微信，现在我得先去学校开个会。"沈澄站起身来要走，还看了许安仪一眼。

"行行行，你去吧，明天一块儿吃饭啊。"

等到他身影消失，许安仪才扶着额，说道："你怎么这么热情？"

"他对你有戏啊！"于枝枝极认真，"你现在不是不喜欢周望了吗？跟别人相处试试呗，不然我都怕你离开红尘了。"

许安仪被说得无奈："你之前不还一直周望长周望短的吗？"

于枝枝不以为意："周望跟我什么关系，你跟我什么关系？我那就是调侃你。再说了！哪条法律规定的你属于周望，不能跟别的男生同框出现啊？"

"这可是大学教授！年轻帅气知根知底的，聊聊再说。"

许安仪说不过她，干脆随她去了，夹了最后一块蘑菇，嚼的过程中发泄着自己的不甘心。

《成名在望》剧组今天拍的也是夜戏，但是戏份相对简单。

周望坐在椅子上候场，病还没好全，时不时咳嗽一声。助理给他买的药明明和那天许安仪拿来的一模一样，可他就是觉得没有许安仪那个有效果。

布景架灯光要很久，他懒得动，就靠在椅背上闭目养神。

不远处是时玉的休息地，吵吵闹闹的，似乎是在打视频电话。

他皱着眉，不想去听，可是时玉口中的字眼还是传到了他耳朵里。

时玉："安仪！你们玩得开心吗？"

屏幕另一边却不是许安仪的声音。

于枝枝："我跟你说！今天我们吃烤肉遇见老同学了！巨帅！还是大学教授！我感觉啊——他对安仪有意思！我约了他明天陪我们逛学校！"

时玉瞟了一眼闭着眼睛的周望，放下心来："周望帅还是那个帅？快让我帮安仪参谋参谋！"

于枝枝乐得不行："我也不能说违心话，帅肯定周望帅！但是那人气质绝了，跟安仪绝配。"

时玉又瞥了一眼周望，看到他的眼睛转了转，当下就没忍住笑了一声，又马上装作不知道似的转回头："让安仪跟我说两句！一天不见想死我了！"

"喂？"许安仪的声音从那边传来。

时玉注意到周望动了下，又是一声笑："那个人真的很帅吗？我不信于枝枝，你说给我听听呗。"

许安仪："还行，挺帅的。"

得到了自己想要的回答，时玉也不再乱玩，认认真真叮嘱了几句注意安全，就挂断了电话。

她用余光看着周望的动静。

果不其然，她挂断电话没一会儿，周望就坐直了。因为身上还穿着剧里的校服，他看着格外少年气，就是脸色不是很好，眼神都凌厉了不少。

她趁周望站起身，拿着手机偷拍，亲眼看到周望的手机掉在地上。周望不太冷静地叹了口气，捡起来。

偷拍结束，视频发到群里。

时玉：有些人啊，听到帅气男教授之后，就变这样了。

时玉实在忍不住，笑倒在椅子上。她的笑声太大，引得周望回头看她。明明他面容平静，可时玉就是感受到了杀气，于是她笑得更开心了。

导演："别笑了！开拍！"

于枝枝看完视频，乐得瘫倒在床上："你说，他这真是对你情根深种吧？"

许安仪瞪大眼："别闹，这明显是被吵醒了，心情不好而已。"

于枝枝打量着她："啧，我看不是。"

许安仪被调侃得面红耳赤，趴在床上捂住耳朵，做出什么都不想听的样子。最后还是顾渝给于枝枝打电话，她才感觉逃过一劫。

第二天吃完早饭，于枝枝就像个挂件一样，几乎是扯着许安仪去的南大。沈澄估计是跟她联系过，笑意盈盈地等在校门口。

许安仪隔着车玻璃看着沈澄，确实很帅，但比起周望来说也就是个普通人。周望那张能够经过大屏幕检验的脸，不是一般的人能比的。

见她们下车，沈澄迎上来："欢迎回学校。"落落大方，倒显得昨天她们的想法有些低俗。

在沈澄的带领下，三个人走进南大的校门，校门口还是喷泉。

沈澄尽心尽力当着导游："现在拍毕业照都不在这儿了，都去大礼堂拍。"

许安仪附和着点了点头。

于枝枝："真年轻啊，真羡慕大学生。"

"你也很年轻，看起来还像十几岁。"沈澄转头直勾勾地看着许安仪，"安仪也是。"

许安仪尴尬得想找个地缝钻进去，她读大学的时候就被人说不像是大学生。

她真的听不来这些夸奖的话，她自认长相普通，可见过的每一个人都说她很清纯，但眼睛却总有种勾人劲。

于枝枝见她的样子就知道她有些尴尬，于是打着圆场："我们宿舍楼还在吗？阿姨还在吗？"

沈澄指着一个方向："在的，但是改成教师楼了，我办公室就在那里。阿姨还在女生宿舍。"

于枝枝"哇"了一声："你在哪一间啊？不会是我们原来的房间吧？"

许安仪一愣，心想，问这个干吗？

沈澄边走边道："二零六房间。"

还真是她们住了四年的地方。

于枝枝吓了一跳："太有缘了！"

"所以这么有缘，要加个微信吗？"沈澄这句话不是对于枝枝说的，而是对许安仪说的。

都当面提起了，再拒绝也不礼貌，更何况之前的时候，是许安仪把人家删了，理亏。

所以她拿出手机，扫了码。

走到食堂门口的时候，沈澄看着一个地方，说："咱们学校的流浪猫这两年都被社会人士收养了，所以这里只留下了学生们做的猫窝。"

许安仪朝着那边看去，莫名其妙想到了安安。

以前上学的时候，这边的小猫会蹭着学生们的腿求投喂。好多学生都被俘获了心，成了猫奴。可惜还是有好多小猫吃不饱，如今被收养了刚刚好。

"走吧，你们想吃一吃学校食堂吗？厨师都没换的。"

于枝枝："真的啊！有家店的粉丝汤我超级爱喝的！安仪你记得吗？我那个时候连着喝了一个多月。"

许安仪笑了："我记得。"

沈澄晃了晃手里的小卡片，许安仪定睛看了看，才发现是饭卡。

"走吧，教师卡畅吃。我替南大请你们吃饭。"

三个人走进了食堂。

许安仪不喜欢吃食堂，所以和于枝枝点了一样的，简单吃了几口。

快吃完的时候，沈澄看着手机，有些无奈："黄老师让我帮忙去代个课，可能不能逛了。你们要不要也去听听？多在南大待一会儿，晚上我预定一下门口那家烤肉。"

许安仪自然是不想去的。

她努力地给于枝枝使眼色，却被于枝枝一个眼神就给反弹了回来。

于枝枝笑着说："去吧，正好到晚上我们就回北城了。"

最后，情况就变成了许安仪一个毕业好几年的人，莫名其妙坐在大学的课堂上，听着大学同学讲课。

以前上课不敢开小差讲小话，这下却可以为所欲为了。

两个人坐在最后一排。

于枝枝小声问道："你真不考虑一下？这人一讲课，是真的帅啊。"

许安仪瞪了她一眼，还没完了。

于枝枝把手抬起来，作势捂住嘴，声音却没捂住："知道了知道了，没有周望帅是吧。"

许安仪又瞪了于枝枝一眼。她对这些课一点兴趣都没有，于枝枝听得津津有味的时候，她在玩手机。

时玉：你们什么时候回来呀？

安：今天晚上。

时玉：这么快！

安：有个节目要拍，第一次参加这种，我先打扫一下家里。

时玉：知道了。

时玉：我们今晚第一阶段拍完了，有个主创庆功宴，你要不要来？

安：我就不……

一句话没打完，就听到沈澄的声音，吓得她手一快就按了上去。

"最后一排穿着白色T恤的女孩，你来答吧。"

周围的学生都在窃窃私语，研究许安仪是谁，似乎从来都没见过。

她一脸疑惑，于枝枝憋着笑看她。毕业这么多年了，她哪知道回答什么。

到底是沈澄憋不住了，笑了："给大家介绍下，后面那两位是你们师姐，也就是我的同学。"

一阵起哄声。

紧接着就有人说："我的天！这不是周望的女朋友吗！热搜挂了那么多天，我还没认出来！许安仪确实是我们学校毕业的！"

声音极大，阶梯教室里诡异地静止了一阵，紧接着，所有人都开始说话。

"什么周望的女朋友！周望单相思！"调侃。

"不是吧，看错了吧？"质疑。

各种各样的声音搞得许安仪头都快疼炸了。

有个学生说得很大声："哎？那咱们沈老师跟周望抢人，可以啊！有派头！"

于枝枝乐得趴下了。

许安仪也低头，小声嘟囔："什么有的没的……"

于枝枝："你现在也好红啊，给我签个名吧！"

许安仪故意板着脸："官网买我的书，能不能有签名看你的手速。"

这场"闹剧"没有持续太久，沈澄收敛了笑意，安静下来上课。

下课之后，不停有学生来要签名，许安仪不堪其扰，跑路去了烤肉店等他们。

吃饭倒是没有什么特别的事，就是这一天发生的事情实在是太过密集了，让许安仪有些消化不来。

沈澄还对今天课上的事跟她道歉。

最后上车回北城前，她拿走了两枚沈澄用来赔礼道歉的新款校徽。

回北城后，于枝枝还说要去吃东西，三个小时的车程又饿了。

许安仪是真的一口都吃不下，看着于枝枝吃了好多："真的不会撑到难受吗？"

于枝枝："两个人在吃呢。"

许安仪亲眼看着于枝枝吃饱，又把她送回家，然后慢悠悠地往半山开，到达的时候已经很晚了。

半山今天不知道怎么了，又断了一次电，整座山都是黑漆漆的，像是座鬼域。上山时路两边的树林时不时在月光下晃动，搞得许安仪很紧张，开得聚精会神，等车停到家门口时才松口气。

她从后备箱里把行李拿下来，准备进屋。身后传来树叶"沙沙"作响，投射下来的影子笼罩着她……越想越怕。

一股大力突然在她的腰间出现，把她原本的行动路线全部阻拦，明显能感受到那人还收了点劲，把她带向了墙边。

许安仪吓得尖叫了一声，呼吸间，还闻到了点酒味。她的后背稳稳靠在墙上，因为惊吓想向下滑，却被腰间的大手死死控制。

借着月光，她看清了这人是谁。

"周望！你干吗！"

酒味也是从他身上传来的，不太浓，莫名有些勾人。

许安仪挣扎着，再次被周望按住。

周望抬起头来。她清晰地看到他的眼底有点红，不由得愣了。

周望维持着这个姿势，声音有点哑："那个教授，人很好吗？"

许安仪推着他的胳膊："什么教授啊！你先放开我！"

周望不为所动:"所以他真的很好吗?听说也是同学,这样看来我是不是也没什么特殊?"

许安仪深吸一口气,他们之间的距离近到只能用厘米形容,她一刻不放弃地推他,心跳声"扑通扑通"地响。

"没有,"她挣扎得筋疲力尽,放弃了,"我跟他不熟,就是偶然遇见了。"

周望立刻问:"真的?"

"真的。"许安仪是咬着牙说出来的。

周望不知道怎么回事,明明说话咬字都很清醒,偏偏那双手不清醒,搭在她的腰上,似乎还用了点蛮力。她腰侧都泛了疼,怎么推都没用。

周望低哑道:"没有就好。"

许安仪心里有一股无名火蹿了起来。

她这两天甚至都没跟沈澄单独相处过,周望听风就是雨过来一通质问。她和他周望又是什么关系呢?他凭什么这么对她?

许安仪深吸一口气,还是保持了冷静:"这是我家院子,你怎么进来的?"她说话的同时也没放弃推周望,双手用力,"你先放开我,啊——"

周望在许安仪说话之际,猛地一用力,许安仪刚刚离开墙面的后背又瞬间被按了回去。

周望先回答她的第一个问题,指了指他们两家中间的围墙,示意他是从那上面跳进来的。

许安仪差点被气乐了。平常的周望光鲜亮丽,喝了酒怎么就变成了梁上君子?

"你先放开我,进去说行吗?"

"不要。"周望的神色还是很平常,唯独耳尖有点微红,那是他喝酒的证据。

"那你想干吗?"

"那个教授没我好,对吧?"

许安仪再也忍不了了,手上一蓄力,当即就把周望推开:"对对对。"

"真的?"周望像个复读机。

"真的。"

"那就好。"他点点头,转头就要走,看着走的方向似乎还是那堵墙。

喝成这样还要翻墙回去?许安仪真怕他这张无价的脸就此破相了,她生拉硬拽着,把他扯到正门。

打开大门,她还叮嘱了一句:"明天会有节目组来录节目,你千万不要出现。"

周望点头。

送走了他,许安仪边上楼边想,自己脾气是不是有点太好了?是不是对周望这个人实在是太没有原则了?

这种想法在她换衣服看到自己的腰侧有两个红色手指印时达到了顶峰,仿佛那种酥酥麻麻的感觉还在。

第四章

/

他舍不下

录节目当天，早上还不到五点，许安仪就被电话叫醒了，是跟她对接的节目组，说摄像现在要来她家里架设机位。

许安仪刚起床，头昏脑涨的，看着摄影师在房间各处放了各种各样的拍摄设备就头大。卧室顶上放着三个转动式样的镜头，书房里到处都是GO PRO（运动镜头），客厅和大门也有不少。

她叹口气，已经有种窒息的感觉，平时周望也是这样录节目的吗？她根本不敢想。

摄影师临走之前，把他们团队的早餐给了许安仪一份，神秘兮兮地说："一会儿摄像头就会开，开的时候有提示音。你可以从起床开始录，然后就是工作方面，还可以展示一下厨艺，不会的话就把这份早餐放在盘子里，装作是你自己做的。"

许安仪看了一眼袋子里的小笼包……会不会有点太假了，谁家早餐会自己做一份小笼包啊？

礼貌送别了摄制组，许安仪回到卧室玩手机，这个时候摄像头还没开，摄影师说会在六点半准时开，所以她也不怕暴露什么。

看到于枝枝十分钟前还发了朋友圈，居然醒这么早，她笑了笑，拨了个视频电话过去。

于枝枝秒接，一看就是在车上，困得眼睛都睁不开了。

许安仪："你干吗去？"

于枝枝叹口气："做产检，这家医院人多，早点去就能少排队。"

许安仪点点头。

于枝枝向来不喜欢聊关于她怀孕的话题，于是转换话题："你昨晚说真的啊？"

"什么？"

"就周望啊，想不到啊。"于枝枝一脸都是戏谑的笑，"他真应该去演一个霸道总裁，居然还有'女人你在玩火这一套'。"

许安仪被她这一句话吓得差点被自己的口水呛到："谁家霸道总裁酒量这么差？"

时玉昨晚都跟许安仪说了，周望只喝了三杯啤酒。

于枝枝又笑了："你说有没有一种可能！他就是心里不爽，在那儿装醉想找你要答案呢？"

"不至于吧？"许安仪义正词严，"我和他只是普通朋友，和沈澄也是。"

说到这儿，她还看了看时间，六点十五分，最多只能聊十五分钟了。

"不知道是谁以前的耳机里永远就一首歌。"于枝枝做出思考的样子，"那首歌怎么唱的来着？"

"想不起来了，反正那个歌手好像是姓周名望吧！"

许安仪无奈："镜头要开了，不跟你聊了。"

她下了床，把床头柜上的照片扣下来，顺便去书房把签名纸铺满的桌面整理了一下。

再一看手表，都六点二十八分了。

她正准备回去演刚起床的戏份，门铃又在别墅里响了起来。是不是摄制组有东西忘拿走了？

她想都没想，顺手就开了门，开门的瞬间看清楚门外，她又下意识想关。剩下几厘米门就可以顺利关上的时候，一双昨晚按在她腰上的手就伸过来抵住了门。

许安仪盯着那只手，脸上一红。

周望穿着戏服站在门口，他像是完全不记得她昨晚说过不要过来的话。

周望给她提了一份早餐，递过来。

这时，身后"嘀"一声响，许安仪吓了一跳，回头看了一眼，在客厅死角处的镜头冒起了红光。

摄像头开了。

她心都凉了半截，往门口凑过去，希望自己能遮住周望。

周望一愣："抱歉，我昨晚喝了酒，你的腰有被我掐疼吗？"

许安仪深吸一口气，给他使眼色，让他之后再说。周望没看懂，也许看懂了不想走。

"我应该用了很大力，你真的不疼吗？"他自嘲地笑笑，"我本来想带你出去玩，但今天有我的戏，我得先去工作。"

许安仪急得不行，巴不得他赶紧走。

就算是录播节目，肯定也不会放过周望这个活顶流。别明明是为了转移舆论录的节目，最后变成了再次给舆论添砖加瓦。

"周望，你先走行吗？"许安仪恳求。

周望皱眉："怎么了？屋里出什么事了？"

"什么都没有！"许安仪后一句极小声，"我在录节目。"

"录节目？"

"对，你这个方向有个镜头能拍到。"许安仪双手合十，做出拜托的样子。

周望无奈一笑："制片人是谁？"

许安仪都绝望了，说出了制片的名字。

周望若有所思地点点头："我会跟他说的，你放心，不会被剪进去。"

许安仪愣了，原来说一句就可以，这才松懈下来："不用道歉，你就是喝醉了，对吧。"

"嗯。"

许安仪说："我没事，你先去剧组吧。这边要录一整天。"

周望点点头，还是带着点笑，转头要走。

走了两步远，他又回过头来："还有，我那边今天会发微博，要对方承诺公开道歉，永久销号。你今晚记得来转发。"

许安仪点点头。

原来自己百思不得其解的问题，周望能够解决。

许安仪没注意到，自己回屋里之后，手没控制住摩挲了一下腰侧，然后老老实实地回到床上，补了一条起床的镜头，还假得不行拉开了窗帘。她背对着镜头的时候，自己都忍不住笑。

原来她这么有演戏的天赋。

早餐的部分也不需要摄制组那份离谱的小笼包，她把周望送的粥倒进碗里，慢慢悠悠地喝，吃完饭才进书房。

平时她都是晚上灵感比较多，这下白天坐在电脑前，半天也没写一个字。好似在镜头面前，她被禁锢住了一样。无奈，也不能在键盘上乱敲，她把电脑推到一边。

还有很多签名没签，就当这个时候是放松吧。不知不觉地，她签名签了好久，外面的阳光都变成了直射。

许安仪醒过神来，看了眼手机。

制片：做点别的，你一签签一上午有点不好剪出来。

安：好。

放下手机，她陷入了难题，做什么呢？

这些看起来很无聊的事，就是她作为一个写小说的人的日常。

制片紧跟着发来第二条。

制片：出去走走也行，拿着 Go Pro，客厅里有一个。

许安仪看了眼外面直射的太阳，热得翻起空气浪来，她真的不想出去，不过似乎也别无他法。

她索性去了衣帽间，涂防晒也能作为一条内容，然后随便换了套衣服，拿着桌上的 Go Pro 走出去。

出门的时候她还在想，谁有病吧，中午出去散步。

走在半山的树荫里，热得都要化了，也没见到一个人。果然，接下这个节目的她脑子也不太好。

门都出了，她干脆去买了份米粉回家。

接着又签名了一下午。

她甚至都想到了，最后节目播出的标题是《作者许安仪无聊的一天》。

许安仪以为录节目的一天这么简单就可以混过去，还想着其实很轻松，结果刚准备点晚饭的时候，就被制片叫住。

制片：我们跟《成名在望》剧组那边对了下，你要不要去探班？这样节目才有东西剪出来。

安：不要了吧！

制片：不行，要。他们今天有夜戏，你开车去正好有东西可以拍。

安：周望在那儿呢，我怕网上……

制片：我亲自盯片子。

许安仪也不知道怎么的，稀里糊涂地就过去了。她临走之前，来了一位跟拍人员。

她看着这阵仗发誓，以后再也不会录了。

《成名在望》今天的戏是在一个小区里拍，小区门口有卖甜品的店铺，许安仪想到时玉好像爱吃甜食，就走了进去。

店里临近下班，剩下的东西不多，许安仪就全都包了起来。

到达片场的时候她才发现时玉根本就不在。

这是个精装修套房，应该是电影里男主角的家，此时正在布光，周望就坐在一边安安静静地等着。

许安仪从门口走进去，不想惊动他。

谁料，她拿着一大袋子的甜品，这个时候在人挤人的地方格外难走。

她晃晃悠悠的，生怕自己下一秒就摔倒。

突然，一双手伸过来，把她手上拎着的甜品袋子拿走。

她瞬间轻松了不少，不由得下意识地说："谢……"

周望一手拎着袋子，眼神清澈地看着她，似乎早就知道了她要来。

时间回到今天早上。

剧组今天是全天的戏，白天还要补一些校园镜头，晚上是男主角单人的。北山中学租借给他们的场地就剩一天时间了，急促得不行。

化妆师小赵远远看着周望下车："周老师快来！"

周望点了点头，快步走过去。

平时周望很准时的，也不知道今天为什么会踩点过来。

化妆的时候，小赵就问了一句："周老师今天有什么事吗？"

周望有些疑惑，隔着镜子看了他一眼。

小赵连忙解释："就是没见过您这么晚才来。"

周望一愣："我去给人送了东西。"

周望说这句话时，小赵眼睛亮了一下，心里猜测，八成是上次那位许安仪老师，于是问道："周望老师，许老师怎么没过来探班啊？"

都能大清早送东西，估计两个人早就在一起了吧。

周望看着镜子："她不想来。"

"哦哦。"小赵说完也就没再细问，只是继续做造型。

周望那边倒是起了心思。他挑眉，从微信里找到许安仪早上说的制片的名字，拨了个电话。

"你好，我是周望。"

"周望老师？怎么了吗？这个时间给我打电话。"

"许安仪的片子好剪吗？"

对面的制片语气愁苦得不行："她是真的太无聊了，你早上走了之后，她就坐在桌子前面签名，到现在也没有动线。"

周望听完轻笑了一声，说道："这样，你跟她说工作需要，来剧组探班。"

制片非常惊喜，连声音都拔高了不少："真的？能拍摄现场内容吗？没问题吗？那可太好了！"

周望下意识点点头，反应过来对面看不到，便"嗯"了一声，换了只手拿手机："剩下的配合宣传你直接和我工作室联系，他们会告诉你什么能放什么不能。"

"好好好，谢谢谢谢。"

周望挂掉电话，瞥见了小赵八卦的表情。

而制片那边更是激动，他都以为今天必然要出废片了，结果周望活菩萨转世，救了他一命。

许安仪的手腕被周望拉着，从门口带到里面，还让她坐在他旁边。

周围都是剧组的人，她哪里敢，连忙摆手，更何况手上的 Go Pro 还开着呢。

自从昨晚的事情发生，周望就像点开了什么机关一样，变得有些强硬，比如此时，他直接伸手强硬地把她扯下来，让她坐在了他旁边。

许安仪皱着眉："你干吗？"她很生气，但声音小得不行，还指了指 Go Pro。

周望轻笑："没事。"

许安仪深吸一口气，这下好了，时玉也不在，这个组里她认识的人只有周望和导演。

周望站起身，轻轻看了许安仪一眼，声音不大，但足够让人听到："许安仪老师给大家买了吃的。"

许安仪一愣。

她本来打算暗戳戳地每个人发一个,就不要打扰拍摄进度了。

想到这里,她戳了戳周望的衣摆:"我去给吧。"

"不用,人太多你走着累。"

许安仪一愣:累什么?

周望很理所当然地把东西放在一边的桌子上,许安仪动都不用动,就听到一个又一个人走过来说:"谢谢许老师。"

许安仪想要和周望说什么,此时人多口杂也不敢了。

她没坐一会儿,导演就说要开机,叫她一起去看监视器。

许安仪不是第一次看监视器了,她坐在导演身后的椅子上,看着屏幕里的周望。他似乎入戏很快,已经变成了苦闷神色,坐在了屏幕正中间的沙发上。

随着导演说了"Action",许安仪隔着屏幕看他。

此时的镜头空间里,光线灰暗,时不时还有微微晃动的光源。

周望的脸一半在明,一半在暗,手上紧紧攥着一部手机,手机的光亮明明灭灭。

许安仪的心里突然空了一块。

她居然透过屏幕真的看到了那个在她笔下鲜活了几年的祝万。她是作者,她太清楚这一场戏是哪一段。

书里的祝万,在毕业后即将和女主角分道扬镳。

许安仪当时写——

  祝万坐在偌大的客厅里,电视的光芒忽闪忽闪,手机屏幕不停亮起又暗下去。

  他不知道要怎么向许清开口。

  明明之前,祝万做好了所有的准备,此时他又一次犹豫了。

  他的手微微颤抖着按响了通话键,平时格外卡顿的网络在这个时候却很给面子。

  他听到许清说:"喂?"

  他的眼眶微红,神情依旧坚定。

  他的声音从喉咙里冒出来——

  他说:"祝你天天开心。"

祝你天天开心……

许安仪愣愣地看着监视器,周望就在那里,和她幻想的情节一样,神情坚定。不同的是,他的眼神中有一簇火苗,似乎带动着她,不停地让她回想起往事,不停地让她感觉到难过。

不过,除了这句台词,其他都只是她大学时候的幻想。

导演喊了"咔",周望坐直起来,似乎还在情绪里,朝着后面的沙发一靠,整个人颓废得不行。

许安仪看得心里一抖,她没有抬头直视现实里的周望,而是隔着屏幕看那个只属于她写出来的祝万。那是她在有周望的回忆里,唯一拿得出手的、属于她的东西。

周望忽然抬起头,直视屏幕。许安仪吓了一跳,还以为被捕捉了视线。

导演在一边看完了回放:"过了。"

周望点头,站起来走到许安仪身边,扯住她的手腕要拉她走。

许安仪不想去。她不知道这个时候周望有没有出戏。

两个人都心知肚明,这是他们的故事。她不希望周望在没有走出来自己写的故事的时候,和她发生太多的交会。

那不是真的他们。

她咬咬牙,要拒绝,可是看到周望的眼神,她又把话咽了回去。

她垂着头,慢慢走过去。

周望似乎是觉得她走得慢,轻轻握住她的手,带着她朝着一间没人的房间走过去。刚走到门口,周望连灯都没开,熟练地躲避着众人视线,把许安仪扯了进去。

她踉跄了一下,紧接着在眨眼间,身后的门就被小声关上。

许安仪有点怕,昨晚腰上的指痕还在。

可周望什么都没做,他一言不发,轻柔地揽住许安仪的腰,把她揽进自己怀里,轻柔到许安仪反应了几秒才开始挣扎。

周望的声音从她的头顶悠悠传来:"别动,让我抱一会儿吧。"

许安仪眨了眨眼,真的不动了。她不知道周望是否也回想起了以前,是否觉得她还在怪他。

可她没有。

两个人就那样抱了好久好久,久到许安仪的腿都有点麻。

这个时候,她还在想,周望居然比自己高了那么多,要弯腰才能抱住她,他的腰会不会痛?

似乎是注意到了她的分心,周望的手又收紧了一些,下巴枕在了她的锁骨上。

许安仪一颤,开始挣扎,声音很小:"你先起来,我腿麻了。"

周望不说话。

许安仪挣扎了一会儿,根本什么用也没有。

她发现周望的状态和昨晚喝酒之后没有任何分别,脑海中突然想到什么——昨晚他不会是在装醉吧?

这个想法很快就得到了确认。

周望说话的震动传来,声音低沉:"当时我对你说了那句话之后,就是这样的。"

许安仪没听懂:"什么?"

"祝你天天开心。"周望自嘲似的笑了,"我说那句话的场景,和你写下的,分毫不差。"

许安仪知道他是什么意思。

周望就是在求她原谅，但她不知道该怎么应答，因为这件事从发生到现在，真的过了太久太久，久到她都快忘掉了，也不存在什么怨恨之类。

所以她选择强硬推开周望，努力让自己的声音变得冰冷起来，然后用这种姿态说出了自己几次开口都没说出的话。

"周望，"她直视着周望的眼睛，非常认真，"你不要再提这件事，我之所以写在小说里，也只不过是有感而发，并不是什么念念不忘。我现在的人生过得非常非常好，不需要人来帮我一次又一次想起来什么。这段时间，你一直出现在我旁边，我以为我们可以忘掉所有的事情做朋友。"

"但现在看来并不是这样。"许安仪不敢看他了，话语里有点狠，"你的出现让我非常困扰，我不需要一个大明星每天在我旁边绕来绕去，你能懂吗？"

周望情绪低落，放在许安仪腰间的手慢慢落下，半晌才说："我知道了，抱歉。"

许安仪深吸一口气，还想说些什么，门就被敲响。

"周望老师您在这儿吗？下一场准备了！"

氛围瞬间被打破，许安仪想说的话也咽了回去。

她只是有些后悔，想找补一下，让周望别因为她的话影响到什么。既然没有这个机会说，就算了。

周望面色很快恢复了冷静，朝外面说了一句："来了。"他又回过头来，深深看了一眼许安仪，"我都听你的。"

紧接着，他绕过许安仪，出了门。

周望一走，许安仪就浑身没了力气，靠在墙壁上，一遍一遍地回想自己的发言有没有什么不妥的地方。

想得多了，她的脑袋就像一团糨糊，随便吧，就这样也挺好的。

最好是周望听懂了她说的话，再也不出现，他们之间恢复成之前那样，不说话、不见面、不越界才是最好的。

她缓了一会儿，走出去，神色正常。

素材也拍够了，应该可以走了，她跟导演礼貌地说了句，转身就走。

出大门的时候，她心里莫名有些空落落的。

当天晚上，许安仪跟于枝枝打电话。

于枝枝问："你真的跟周望这么说了？"

"嗯。"

于枝枝叹了口气："你是真有点狠心啊。"

许安仪不在意，从桌上拿着签名纸继续签。签到一半，这支笔写不出字了，她开始找笔。

导演组刚刚来拿镜头的时候,她为了方便,把那一箱笔扔到另一个房间。

她一边下楼梯,一边回复:"我怀疑他就是拍着这个戏,然后出不了戏了,要不然怎么莫名其妙地缠上我。之前高中的时候你看得出来吗?"

于枝枝:"我觉得也有可能……之前上学他还挺正常的,怎么说也不像暗恋你那么久,但是——"话锋一转,"他何苦呢?不出戏也应该是对时玉吧?"

许安仪就是在给自己找个理由罢了,没想到还能被于枝枝抓到逻辑漏洞。

她无奈,把手机夹在耳朵和肩颈中间,搬着箱子:"好麻烦。"

"什么?"

"不管是和他做朋友,还是其他,都会有好多麻烦。我就想当个普通人而已。"

于枝枝一笑:"行啦,怎么搞得我跟说客一样,我当然向着你啦。不过吧,你真的要想想,他可是你邻居,抬头不见低头见的。"

许安仪当然想过这个问题。

她和这栋别墅签了一年多合同,租金虽然是有朋友成分在,但总体下来也不便宜,搬走可太不划算了。

所以邻居什么的,随缘就好,之后她估计也不会出几次门。

"没事的。"许安仪把手里的箱子放下,"我无所谓,只要不总遇见就好。"

"你自己拿主意吧。"

之后的几天,许安仪有时候没办法要出门,也躲着对面的人。

不过她观察了一番,隔壁根本就没开过灯,一点生活气息的样子都没有。

许安仪估计周望也开始躲着她。生活里见不到,网络却不行。

那个"还给我"发了道歉微博,周望转发,许安仪也顺着转发。

这件事告一段落,并且周望工作室再次辟谣,她也去转。每次她转发完就下线,一点都不多看。

风平浪静的日子像是生活的恩赐。

很快就到了综艺播出的时间,许安仪很好奇自己在镜头里是什么样子,按时按点打开了投屏。

没看五分钟,她就震惊了,原来节目还有这种剪法!

起床的环节真的没有变,但是一切都在起床之后不对劲了。

签名的流程变成了在厕所里护肤。

许安仪依稀记得是制片让自己出门走走,她才去了厕所涂防晒的。

弹幕里——

她皮肤好好,看来每天都这样早睡早起。

许安仪每天几乎半夜一点才睡,上午十点能起床就不错了,护肤品也不怎么涂。

这还不是最离谱的,最离谱的是,签名三个小时,被缩减成了两分钟,画面里还用的花字。

　　　　用一切空闲时间给读者签名,早日完成任务。

真不是。
许安仪一脸复杂。
她每次都拖延,往往到最后一天得签五百多份。
她再一次佩服起了剪辑师。
之后就是出去散步、吃饭,流程没错误。许安仪刚要松口气,下一秒就看到自己走热了,站在树荫下休息的镜头。
配着特别浪漫的音乐和画外音——
"林海下,作为作者的小女孩,不会放过生活里任何一处风景。看着远方,又想起了谁呢?"
弹幕更是过分。

　　——这就是作者吗?感觉好文艺。
　　——是我我才不这么热出门,这有点非主流吧!

许安仪在想着谁?
她在想家里的空调啊,又不是她要出门的!
短短两个小时的节目,真的让她认识到了现实和镜头里的差距。不过就算是这样剪辑,她的生活也太无聊了。
后半段剧组的部分,也就是宣传部分,没有什么好看的点。
周望和她坐在一起的镜头、监视器前的镜头都不能放。
许安仪这才心理平衡一点。
她甚至都没去想,热搜上面会出现怎样的词条。

　　作者的一天有多无聊。

还是时玉笑得不行放到群里,引得于枝枝一通爆笑,许安仪才知道的。
她不知道自己什么心情。
节目那边也没有违背之前所说的,舆论风向被引导到了其他地方,不再有人揪着许安仪的私生活不放了。
随着夏天进入尾声,《成名在望》也杀青了。她甚至觉得,之前的那段时光有点不真实。

周望也合心意地没有再找她。

第一场秋雨下得十分及时。

许安仪还在夏天的余威中没反应过来,开了一晚上空调,第二天不幸感冒,起床的时候头昏昏沉沉,走一步就钻心地疼。

她只是拉开了窗帘,就继续回去躺着,把目光放在对面的卧室。

周望不知道因为什么原因,从她那天在剧组跟他说了那番话,就再也没回来过。许安仪只看到第二天他的助理来了半山,把安安接走了。

将近两个月,对面就是一幢空宅子。

她有时候坐在阳台上写书,还会发散思维地想想,之前周望买的绿植会不会全都死光了,不过也不关她的事。

躺到了下午,她还有恶心的感觉,自己摸了下额头,烫得不像话。已经将近一年没生过病了,这一下真是病来如山倒。

许安仪叹了口气,叫了个外卖送退烧药。

刚付完款,她就昏昏沉沉地睡着了。

再醒过来是被手机铃声叫醒的,对面是于枝枝:"你干吗呢?"

许安仪神思不清醒:"我发烧了。"

于枝枝吓了一跳。

她最近显怀了,没怎么见到许安仪,天天打电话聊天,也大概知道许安仪为什么发烧:"告诉你别开空调睡觉吧。"

许安仪叹了口气。

"买药了吗?要不要我去接你挂个水?"

"太麻烦了。"

经过于枝枝这一提醒,许安仪才想起来自己之前下单买了药。看了下订单,显示已送达。

她皱眉,撑着身体坐起来,打开灯,慢吞吞地下楼。

门口没有,估计是骑手找不到她人,就直接确认送达了。

诸事不顺。

她没办法,给自己接了一杯热水,坐在沙发上蜷缩着,准备再点一份,付款按钮都没按下去,门铃就响了。

她不知道是谁,透过屏幕看了眼,看不到,便小心翼翼地把门开了一个缝隙:"谁啊?"

一只手猛地伸过来,许安仪吓了一跳。见那只手上还挂着一个袋子,她仔细看了下,明显是自己之前点的退烧药。

难道是骑手又给送了一次?

她打开门,下一秒就僵在原地。

门口站着的人,身穿黑色卫衣,戴着黑帽子,不仔细看还以为是坏人。但许安仪知道，这个身影不会再有别人了。

周望。

几个月没见，周望一点都没变，神情隐藏在帽子下看不清。

想到之前的尴尬，许安仪不知道该说什么。

她轻轻咳嗽一下，接过袋子："谢谢。"

周望点头，转身往外走。

许安仪愣愣地看着他的背影，嗓子里像是被什么东西呛到，她一只手扶着门框，咳嗽个不停，眼睛里都是泪花，什么都看不清。

她只知道，在几秒之后，她听见了叹气的声音，紧接着，感受到自己被人扶了起来。

嗓子中的不适感还没消失，只是咳得没有那么剧烈了，一只手在她的背上轻轻柔柔地拍着，缓解着她的痛苦。

迷迷糊糊的，她被扶到了沙发上，眼前也不是模糊的了。

许安仪看着周望拿起她之前放下的水杯，走到厨房重新接了一杯，然后走回来递给她，这个过程中，周望的眉头就没松开过。

他拿着杯子，递到她嘴边，像是要喂她。

许安仪不想要这样，就摇了摇头，伸手去拿。

两只手触碰的瞬间，她微微感受到周望僵了下。

不会还像之前一样强硬的态度吧？

没想到的是，周望真就听许安仪的话，把手缩了回去，任由她自己拿着杯子，一口一口地喝热水。

"你怎么感冒了？"周望的语气很平常。

许安仪顿了下："吹空调。"

对面的人似乎是不知道该回答什么，也顿了顿，随即又问："要去医院吗？"

许安仪摇摇头。

气氛再一次尴尬下来。

过了几秒，许安仪咬咬牙："你怎么回来了？不是不住在这儿了？"

语气里的埋怨把她自己都吓了一跳。

周望："我只是出去录了个旅行综艺，没有不住。"

许安仪不知道这是不是托词，她不了解那些，什么旅行综艺要录将近两个月？

所以她干巴巴地回答："哦。"

周望又问："真的不用去医院？"

"真的不用，"许安仪指了指放在一边的袋子，"吃了药就好了。"

周望的眉再一次皱起来，他坐在沙发上，打量着许安仪，满脸的不赞同。

许安仪："放心吧。"

也许真的是她之前那一番话起了作用，周望不跟她犟了，只是点点头："那我先回去了。"

"哦……好。"

许安仪觉得有点失落。

这两个月她住在这里不怎么出门，平常除了外卖员连个活人都见不到。她把这种失落归结于在别墅待得太过寂寞。

她回过神来时，周望已经走到了门口，眼见着就要走出去了。

许安仪看着他的背影："谢谢。"说完就收回眼神。

过了几秒，并没有听到脚步声朝外面走，她又疑惑地回过头。

周望还在那里，似乎是在思考着什么。

许安仪："怎么了？"

周望不回答。

下一秒，他就大步朝着许安仪的方向走。

她吓了一跳。

周望走到她旁边，站定："你把药吃了我再走。"

许安仪一顿，刚才心里那点失落消散得无影无踪。

周望的眼神直勾勾的，许安仪根本不知道要怎么回望。

她一个多余的动作都不敢有，伸手拿药，说明书都不看，就从里面倒出来三粒，准备往嘴里塞。

手腕猛地被扯住，她抬眼看周望，周望的表情不太好。

他从旁边拿起药瓶，单手转动瓶身，仔细看说明书，另一只手还在控制着许安仪。

许安仪抿了抿唇，不说话。

周望看完了说明书，把药瓶放回茶几，然后把许安仪的手扯回来。

她紧张之下握着拳，把药包在手心里，周望轻柔地用手指给她掰开。动作幅度下，他的袖子动了动，露出了一截手腕。

许安仪的眼神一直在他的手上，自然不会漏下这一幕——

他手腕上方有一道伤口，还泛着红色的血丝，看着有些可怕。

她立刻抬头，不可思议地看周望。

周望自然也注意到了她的视线，颇为无奈："想什么呢？"他干脆把袖子挽了一下，"安安挠的。"

许安仪这才放下心。

周望继续着动作，从许安仪手心拿出来了一颗药，塞回瓶子里："吃两颗。"

许安仪愣愣地点头，随即就着水杯里剩下的那点水吃了药。

周望亲眼见着她把药咽下去，别的不多说，转头就走。

许安仪又说了一次"谢谢"。

感冒药的药效大，尽管许安仪白天睡了那么久，困意还是泛了起来。她甚至都觉得自己没力气上楼，抱着一个小毯子就在楼下睡。

浑浑噩噩也不知道是几点,手机铃声乍响把她吵醒。

她还以为自己是在床上,站起来的时候都没睁开眼,按照卧室的路线走,腿上猛地一疼。

"啊——"

这一下可算是把她疼清醒了过来。

手机之前放在了餐桌上,她朝着那儿走,腿上的疼忍不住,一瘸一拐的,终于在电话挂断之前拿到。

来电显示的是一个陌生号码。

许安仪看了眼时间,半夜十一点,谁啊?

"喂?你好。"

许安仪扶着凳子,先坐下。

电话那边传来了哭声:"姐——"

她愣住了。

之前赵晓雅总是在工作的时候给她打电话,不是批评教育就是逼迫的,搞得她没办法,拉黑了赵晓雅的号码,最近还以为赵晓雅消停了,准备拉回来,没想到,换个号继续折磨她。

"怎么了?"许安仪很无奈。

对面是许安柔,一直哽咽着,许安仪一个字都没听懂,但是只觉不是什么好事。

"你冷静点,慢慢说。"

许安柔的抽噎声传过来:"妈——妈妈,要不行了——"

这一句话直接打在许安仪的脑海里,她甚至都无法消化:"什么?"

会不会是妹妹不会措辞?

"具体怎么回事?你好好说!别哭了!"

这还是许安仪第一次吼她妹妹。

"今天……今天在家,妈妈突然就摔倒了,然后起来之后就说不出来话!我找不到爸爸,拿妈妈电话给你打也打不通……妈妈把我手机锁起来了。"

许安仪呼吸都窒住了。

"我打了急救电话,妈妈被送到医院,医生就说是脑梗,要住院。

"妈妈当时都缓过来了,我要给你打电话她不让,然后刚……刚才,突然她就呼吸不了,现在被医生推走了……说……说心梗,要抢救……怎么办啊?姐,怎么办啊……"

许安仪如遭雷击。

后面妹妹的哭诉她都听不清了,也不知道自己是怎么站起来,用了几秒钟就冲到了门口。

电话没挂,妹妹越哭越大声。

许安仪强迫自己冷静:"你在医院等我,别挂断,我马上来。"

她深呼吸，腿上的疼都感觉不到了，拿着车钥匙坐上车。

发动时，她才发现车没油了。

这个状况下，她几近崩溃，这个时间半山根本不可能打到车。她坐在驾驶座上，抓着自己的头发，咬了咬牙，开门下车朝着周望家跑。

门铃按响，她带着哽咽的声音也一起喊："周望！你在吗？"

周望开门很快。

他本来是慢慢走出来的，见到许安仪满脸的眼泪，慌了神："怎么了？谁欺负你了？"

许安仪一见到他，眼泪就流个不停："送我去医院……周望……求你了，带我去医院，我妈要不行了。"

周望当即一怔，甚至不顾自己头发散乱，小跑着拿了车钥匙，上车后，神情严肃："上车。"

许安仪坐在副驾驶："快点……求求你。"

周望狠踩油门，还腾出一只手拿了纸巾递给她："别哭，我在呢。"

许安仪刚刚的那些冷静都不见了，周望越是安慰她，她越是难过，哭声止都止不住，外加上发烧，头昏沉得不像话。

她不敢让妹妹听到，把听筒静音。

周望全神贯注地开车，速度极快。她又不敢打扰到周望，只能看着窗外，一边流泪，一边咬着自己的手指头。

在车上时，许安仪一直在回想着以前。

妈妈的身体其实一直都不好，家里爸爸不太负责任，经常一出门就是好久好久。

妈妈一个人带大两个孩子。

许安仪不止一次听说过，赵晓雅生她的时候难产，费了很大的力气，出了产房之后也没有人陪着。

出月子的时候，爸爸说要把她送给大伯，因为大伯年纪大了还没孩子，赵晓雅怒了，拿着菜刀抱着她，说："谁要是把我女儿带走，我就杀了谁。"

从那之后，赵晓雅就有了无穷的控制欲，觉得天底下除了自己，都是会害女儿的人。

许安仪做的每一件事她都要插手把关，把许安仪逼得喘不过气。但许安仪知道，赵晓雅很爱自己。

那些是出于爱的保护。

只是许安仪长大了之后，赵晓雅的控制欲不减反增，导致两个人一见面就要吵架。

许安仪看着车窗外一片漆黑。

好后悔，为什么要拉黑她？为什么要不理她？

小时候赵晓雅拉着她去吃冰激凌，其他人都有爸爸陪着，她问自己为什么没有。

赵晓雅说："你爸爸是个窝囊废，你有妈妈就够了呗。"

好后悔。许安仪的哭声再一次止不住了。

周望没说话，透过后视镜看她，满眼都是心疼。他再次拿出纸巾，递给许安仪。

许安仪连谢谢都说不出来了，眼眶通红地看着周望。

还有一个没挂断的电话背景音，里面是另一个女孩的哭声——上初中的女孩满是不安。

周望趁着等红灯的工夫，轻轻摸了摸许安仪的头，语气温柔地安抚："别怕，我在呢。"

平常要一个小时的路程，在周望的加速下只花了半个小时。

医院的停车场空位不多，周望先把车开到了大门口，把一件放在车上的外套递过去："你先上去，我停个车就来。"

许安仪哭得话都说不出来，点点头，手上的外套像根救命稻草一样被她握得紧紧的，转头就朝医院跑。

把听筒的静音关掉了，她问："在几楼？"

"六楼……姐，你快点……我害怕……"

许安仪深吸一口气："好。"

刚刚翻涌的情绪硬是被她压了下去。

似乎是老天爷都在跟她作对，电梯前放了一个"小心地滑"的安全提示，在维修中。

许安仪都快疯了，转头朝着楼梯跑，到达六楼的时候，气都喘不顺。

许安柔一见到她来，扑进她的怀里哭得撕心裂肺，抢救室的红灯还是亮着的。

许安仪跑得有些缺氧，此时医院长廊在她的眼里，像是看不到尽头一样，天旋地转的。

她的脸色已经灰白了起来。

从妹妹给她打电话，到她到达医院，时间已经过了将近四十分钟。感性上，她希望赵晓雅平安，但理性告诉她，这个可能性微乎其微。

她突然看着灯轻笑了下，太荒唐了，这么大的事，只有两个女儿在场。

出来得急，没带纸巾，许安仪一直用手给妹妹擦着泪。

身后的脚步声传来，许安仪看过去，是周望。

周望从口袋里拿出纸巾递给她，她接过来拆开，拿出一张给妹妹擦眼泪："许安柔，你别哭了。"

擦泪的同时，她用另一只手安抚着妹妹。

许安仪憋得眼眶通红，一眨也不敢眨地看着抢救室。

时间过得是那么慢，等到她都觉得时间是不是已经暂停了。

突然间，手术中的灯变了颜色——许安仪一激动，直接推开许安柔跑上前。

一位医生从里面走出来，面色不佳。她心里"咯噔"一下，糟了。这是她唯一的想法。

她的腿就像怎么都站不住似的,直发软,周望飞速上前搀着她站直。

医生语气沉重:"抱歉。"

许安仪如遭雷击,她的前二十年,从来没有一刻这么昏暗过,尽管被管束得很严格,可至少她是幸福的,是没有生活苦难的。

从今天开始,她就没有妈妈了。

"咚!"

身后传来巨响。

呈三角形站着的三人都猛地回头一看——

许安柔已经从椅子上倒下来,刚刚的声音是身体砸到地上发出来的。

她还在读初中,没有经历过任何的离别,猛然失去了一个最亲的人,完全接受不了。

许安仪红着眼圈跑过去把许安柔扶起来,非常冷静地让医生来看看。

周望一言不发地陪在旁边。

一楼急诊的人上来,把许安柔抬上病床,推去了病房。

许安仪不能跟着去,她得在这儿等妈妈。

妈妈还要从里面出来。

许安柔的病床一从她的视线消失,她就绷不住了。

周望皱着眉,一脸怜惜地看着她:"别憋着。"

这句话仿佛打开了许安仪的开关。

她猛地扑进了周望的怀里,把脸埋在他的颈窝,哭得撕心裂肺,声音在长廊里盘旋不下。

"周望……我没有妈妈了……"

"周望……怎么办啊……"

她哭得天昏地暗。

"有我在呢,别怕……我在呢。"周望的手一直轻轻拍着她的后背。

那天之后,许安仪都不知道是怎么过的。

她亲眼看着赵晓雅盖着白布被推出来,朝负一层的停尸间而去,每走一步,就离她的世界越来越远。她一步一步地追,就像小时候一样,可这次却无论如何都追不上。

最后,她坐在了冰冷的瓷砖上,冷白色的灯光映着她,也映着身后站着的周望。

葬礼从简了,只邀请了一些亲属,可笑的是葬礼那天她爸爸都没出现。

许安仪已经没有多的眼泪,只是搂着许安柔完成着该完成的步骤。

磕头,送灵,取骨灰。

最后,她抱着那个小小的盒子问许安柔:"妈妈不在了,你要跟姐姐一起走吗?"

许安柔点了头。

自从那天开始,许安柔就精神不大好,许安仪去了学校给她请假,把人带回了半山别墅。

好在许安柔懂事了不少,不需要许安仪多操心。

既然不住在老房子了,就要把行李搬出来。

许安仪等到许安柔心情好了点,才开车带她回去。

老房子的门一开,灰尘扑面而来。明明只是一个多月没住人,却像是过了几十年的光景了。

许安仪看着窗台上死掉的花,觉得时间过得真是快。

许安柔回了自己房间收拾,许安仪去了赵晓雅的卧室。

房间整洁,没有多少东西。葬礼的时候就把她的衣服都拿走烧掉了,这个时候也就能拿走点其他的。

许安仪知道,妈妈喜欢把东西都放在带锁的抽屉里。

她径直走过去,拉开,最上面赫然是一张离婚证。

她愣住了。赵晓雅说了一辈子离婚,没想到最后一次成功了。

也怪不得爸爸一趟都不来。

离婚证的下面是一张照片,还有一部旧到打不开的手机。

照片上是许安仪、妈妈、妹妹,光晕导致上面都有些曝光,但三人笑得很幸福。

至于旧手机,是许安仪高考前被没收的那一部。

许安仪默默把这些都装进包里,扫视一圈,确认没有别的什么了,转头出去。

她之前搬去半山别墅,还有很多东西没带走,这次正好一起都拿走,最好是再也别回来。

她的房间还是和以前一样,什么都没动,甚至窗台上的花都长得还不错。

她翻动着每一个柜子,找到有用的东西。在看到电脑桌下的空隙的时候,她顺便伸手进去摸了摸。

真的有东西,像是一本书。

她忍着灰尘拽出来,发现是一本高三的语文书,已经随着时光的变迁潮湿变黄了,内页还有些霉变的迹象。

她无比确定,这本书是她无意之间掉在这儿的。

带着好奇心,她慢慢顺着书页翻开,眼眸却一下子被吸引了。

在书的内页上,有一行龙飞凤舞的字,要不是她太过了解,还真的不知道是什么。

祝你天天开心。

肯定是周望写的。

她翻到下一页,果然有周望的签名,非常漂亮的练习了千百遍的签名。

"姐——我好了。"

闻言,许安仪从地板上站起来,抱起临时找的纸箱,顺手把那本书放在了最上面:"走吧。"

回到半山,姐妹两个开始整理。

许安柔一言不发,看到她们三个的照片还要哭,被许安仪哄了回去。

"我只给你请了一个月的假。马上中考了,不要在这个时候放弃。"

许安柔点点头:"那我要从半山去上学吗?"

许安仪一愣,她倒是没想过这回事。

大不了在学校附近租房,她跟着一起搬过去。

许安仪心里这么想,嘴上也说出了口。

许安柔:"算了吧,姐,我们学校能住宿,我周末再回来。有同学陪我呢,你放心吧。"

许安仪摸了摸她的头:"再说吧。"

晚上吃过饭,许安仪就没上楼,一直在客厅里透过大落地窗观望对面。

这一个多月以来,周望时常来看她们,也经常带些吃的玩的。当时办葬礼的时候,周望推了很多活动,一直陪她。

她也不好再赶人,最主要的是心里不希望他走。

她不停地跟自己说:给一个机会吧,就一个。

她太需要陪伴了。

隔壁的灯亮起时,她还在沉思。看到安安窜到了卧室的窗台,她拿起白天拿回来的那本书出门,按响周望家的门铃。

门很快就开启。

这个时候是晚秋,花园衰败一片,风吹得她发丝散乱。

周望站在门口,不满地说:"怎么不多穿点?"

"我就来问个事。"许安仪说着,同时挥动手里的书本。

周望看到这本书,眼眸微缩,不自然地朝旁边躲避了视线。

许安仪走过去,刚要说话就被打断。

"进来说吧,外面风大。"

"好。"

许安仪随着周望的脚步走进去,坐在沙发上,不紧不慢地把书翻开到那一页,用手指着:"你什么时候写的?"

周望垂眸:"高考前一天。"

"为什么没告诉我?"许安仪直视着他,想得到一个答案。

周望朝后面仰,有点懒散:"因为我不想你看到。"

"为什么?"许安仪继续追问。

周望的神色终于有了变化，他深深地望了许安仪一眼，声音变得低沉："因为……看到了，你就不会开心了。"

许安仪愣了："所以你是高考前就决定和我断联了吗？"

周望闭了闭眼，点头。

许安仪不可思议地笑了一声："那为什么当时不告诉我，一定要拖那么久？"

她问完这句话，周围就陷入了短暂的寂静。

刚刚逛到楼下的安安似乎也感觉到了不对劲，走过来跳上许安仪的膝盖，安抚性地蹭了蹭。

好久之后，周望才扭头看向墙上的挂钟，又把视线收回来看着内页的霉变痕迹，几次开口都没成功。

许安仪忍不住："到底为什么？"

周望的喉结动了动："我不舍得。"

因为周望这一句，许安仪想要说出口的话直接被堵住了。

其实关于这件事她和于枝枝以前聊过很多次，不外乎是高考结束周望才突然跟她断联，没想到这一翻箱倒柜让她发现端倪。

周望却说，他不舍得。

不舍得什么呢？坐在沙发上的两个人心知肚明，却又默契地不肯开口。偌大的房子里，只有安安在"喵喵"地叫。

周望思索了片刻："临近高考了，我怕因为这件事影响到你。"

许安仪没吱声。

"抱歉，"周望看着她，"不只是这件事，还有……照片的事。"

许安仪一愣。

她还以为周望当时说他会处理，就是全都知道了。

周望缓缓道："当时我只知道照片在贴吧传播，没想到会有人胆子大到真的去到你面前。"他的目光深远，似乎是在回忆。

"我后悔过很多次，为什么当时不在你的身边？"

许安仪顺着他的目光，看着窗外的夜色。

他在抱歉，可是明明不是他的错。

"不用，没影响到我什么。"许安仪顿了顿，"其实我就是想知道为什么你一直要对我说那句话。"

那句祝你天天开心。

在重新遇见之后的几个月，其实她对于这件事已经释怀。

如今更是决定"前尘尽忘"与其好好相处，就得把以前的误会都解开。

回过神来。

周望问她："你想看电影吗？"

话题为什么突然会扯到看电影上？

许安仪不知道看电影这种事和她的问题到底有什么关联,所以她愣愣地点了头。

周望去了一趟楼上,拿了一条薄毯递给她:"小心感冒,盖着点吧。"

许安仪接过。

她看着周望打开电视,把电影投屏。直到片头曲跳出来她才恍然大悟,这部电影是周望的第一部文艺片,也是自这一部电影起他开始奖项拿到手软。

许安仪老早就知道,却没看过。

因为周望在剧里饰演一位暗恋者,作为一名大学生暗恋一位三十岁的姐姐。许安仪当时看到电影简介,就感觉自己心中堵得难受,一直都没有勇气点开,后来上了大学逐渐也就忘了。

两个人此时坐在沙发上,还有些拘谨。

许安仪双腿乖顺地平放着,手也搭在上面,周望在另一边坐得一样板正。

剧情逐渐深入,许安仪还是无法入戏。

当年的周望青涩且稚嫩,唯一和现在相同的,就是演技一直高超。

有一个片段是周望站在茶餐厅的雨棚下,看着和男朋友一起淋雨的姐姐,递出了手里唯一一把伞。

许安仪呼吸一窒,那种卑微、秘而不宣的情愫,似乎真的让她共情。

被周望暗恋,一定是一件既痛苦又幸福的事情。

而随着电影的节奏加快,许安仪也越来越沉浸其中,放松了的身体不自觉朝着周望的方向靠过去。

周望的眼神却一直不在屏幕上,而是时不时偷看许安仪。

电影尾声。

她看到周望在艳阳高照的一天,收到了姐姐的结婚请柬,然后他跑过半座城市来到姐姐家。

开门的却是一对璧人。

然后周望说:"祝你天天开心。"

字幕出现。

许安仪在听到那一句话之后,被震得回不过神来。

周望的声音悠悠地传过来:"当时我拍完这部电影,心里想的是这样挺好,永远看着喜欢的人平安喜乐。

"我不希望自己是个困扰,所以天天开心才是最好的祝福。"

许安仪像是被定格了,这部电影几乎就是以周望的暗恋者视角去展现别人的爱。所以,周望仍然是周望,他却希望她和电影里的姐姐一样吗?

许安仪:"所以你在跟我说这句话之前,我发的东西,你看到了吗?"

周望一愣:"没有。"

许安仪在那天上午给他表了白,她带着忐忑的心情,在手机上敲敲打打,删了又改,最后浓缩出来了一句——

我喜欢你，不是粉丝那种喜欢。

　　他竟然没有看到吗？她无奈地笑了笑，怪不得。
　　周望的性格其实算是强势的，如果当时他看到了那条消息，肯定不会选择和许安仪分道扬镳，他一定会想尽办法找到一个最好的方式。
　　周望突然起身，站在许安仪的身前，神情严肃："你当时发了什么？"
　　许安仪仰头去看他，眼中的犹豫一闪而过。
　　"没什么，问你要不要出来玩。"完整且有逻辑的谎言。
　　周望明显不信，再次问："没有别的了吗？"
　　"没有。"许安仪笑了笑，摇头。
　　她不可能对着周望说出那句话。
　　周望似乎是放弃了，随即回到她的对面，像是想到什么了似的："原来你没看过这部电影。"
　　他是转移话题的一把好手，永远不会让许安仪感受到不适。
　　许安仪点头："我只听过歌，你唱的片尾曲。"
　　何止听了千千万万遍。
　　夏日、汽水、耳机……都被他一个人牵着朝前走。
　　周望眼神变了一下："那首歌……其实是写给你的。"
　　许安仪被吓了一跳。他说这些话还带了点理直气壮。
　　"写给我的？"许安仪只知道那首歌是周望作词作曲，歌词的含义对应电影也大差不差，她从未想过还有这样的故事。
　　"我以前看着你的背影写的。"周望轻笑。
　　许安仪在他的话语里不自觉神思飘远，就像回到了那些年，周望坐在最后一排，偷偷地看她。
　　周望回忆着："当时你总回过头来看时间，我每次都躲开你的眼神。"
　　许安仪在心里叹了口气，她哪里是在看时间，她就是在看他。
　　怪不得，当时她每次回头，都感觉周望像是在写什么。
　　她顺着话题回忆片刻，突然发现不对劲。这样的深更半夜，带着暗恋的话题，再继续聊下去又不知道会变成什么样子。
　　许安仪不自在地咳嗽一声："你不听讲。"
　　明明很正常的语气，偏偏像是撒娇，她自己都肉麻到了。
　　周望一笑："我的耳朵在听。"
　　眼睛想见你。
　　许安仪懂了他没说的话，真的刹不住了。心跳加快，她归结于之前看电影还没有走出氛围来，所以她抿了抿嘴："太晚了，我先回去了，有点困。"

结束得突然，周望也没说什么，点点头："送你。"
许安仪摇头。
她需要自己冷静一下。没被看到的告白、好多的阴错阳差……她脑子乱得不行。
走到门口的时候，她鬼使神差地回头，看到周望站在门边。似乎是没想到她会转身，周望眼神里的情绪都没收敛下去。
他好像有点失落。
许安仪想到了电影里的最后一幕，张开手："抱抱我吧，抱一下，之前的事情就都过去了。"
周望愣在了原地。
许安仪胆子大起来，直接走过去，双手揽住周望："高中毕业啦。"
她好久才感受到他的回抱，还有一声"嗯"。

回到家，许安仪的脸还有点热。
那个拥抱的本意，是许安仪想要从头开始，和周望做高中时一样的朋友。没想到他们两个的身高差，让许安仪直接埋在他的锁骨处，闻到的满是大吉岭茶的味道，惹得她脸红心跳的。
许安仪坐在床上，抱着腿，一点困意都没有。
她找到自己的耳机，播放那首歌。
已经好多年没有听过了。
周望当初还略稚嫩的声音传来，伴随着她进入梦里。

"姐——你起来了吗？"
许安仪还迷迷糊糊在梦里的时候，就听到许安柔在楼下叫她。
她起了床，皱着眉，一步一步往下面走，眼前的路都看不清。
许安柔站在家门口，还开着门。
冷风一吹进来，彻底把许安仪冻醒，她看了眼："怎么了？"
许安柔指着门外："这儿有只猫。"
许安仪赶忙走过去一看，还能有谁，当然是安安。
它又一次蹲在了上次的位置。
许安仪小声喊道："安安？"
"喵。"
"你哥哥呢？"
"喵。"
许安仪朝着隔壁看了眼，似乎没人，赶忙把安安抱了进来。
许安柔还在问："姐，你认识这只猫啊？它好可爱，让我摸摸行吗？"
许安仪点头，把猫递给许安柔："小心点，别被挠。"说完转头找手机。

她在联系人里找到周望的电话，拨通。

对面接得慢："喂？怎么了？"

"安安又跑出来了。"

对面的周望似乎叹了口气。

"你什么时候回来接它？"许安仪问。

"我进组了，要在组里待两周。"周望也很无奈，"能帮我养两天吗？"

许安仪没法拒绝："好。"

然后周望那边似乎有人叫他，就挂了电话。没一会儿，他就给许安仪发信息。

W：994929。

安：嗯？

W：我家的密码，猫粮、猫砂都在书房里。

安：好。

退出和周望的对话框，许安仪就看到编辑给自己发了消息。

编辑：这边网站作者会邀请你，你要来吗？

作者会？

之前网站倒是开过几次，许安仪去了一回。只是她不太喜欢交际，而且地点一直都是在北城，她出门没一会儿就到，没有那种出门的感觉。

她以为这次也是一样。

安：我就不去了吧。

编辑：这次是去外地，到山里采风，真的不去吗？

去山里采风？这倒是让许安仪有点心动。她一直很喜欢大自然，这段时间压抑久了，出去走走也好。

上一本书在上个月就完结了，现在也正是空闲的时候。她跟着网站作者一起出去，也不会孤零零一个人。

见许安柔还在客厅抱着安安玩，许安仪心头一动，问道："网站那边有个采风活动，你去不去？出去走走？"

"我不去，我不去。"许安柔惊恐地摇头，似乎看出了许安仪的想法，"姐，你自己去吧，我在家又饿不死。"

"我再想想吧。"许安仪说完这句话，拿起手机给编辑回复。

安：我考虑一下。

当务之急不是这件事，而是去给安安拿猫粮。

她穿着拖鞋朝着对面走，在大门处输入密码，顺利开启。

房子里面依然整洁，只是许安仪盖过的那条毯子还在客厅放着，像是给谁留着一样。

许安仪在门口顿了一下。

书房在楼上，她慢慢走上去。周望家的二楼，她还没来过。

房子的构造和她那里几乎一模一样，就是装潢的风格比较偏向冷清简洁。门都没关，走廊里很通透，她走进书房。

书房一看就是许久没用过，红木桌子锃亮，如同新的一般。

按照周望说的，在柜子里。

许安仪的目光落在了唯一一个柜子上，就在桌子后面，上面是玻璃门，放着不少周望获得的奖杯。

下面的柜子是实木门。

她轻笑，这有点像小说里总裁的感觉。

她蹲在地上，慢慢打开第一扇柜门，皱着眉找。

猫粮和猫砂是肯定没有，里面摆了好几排没开封的大吉岭茶。

许安仪一愣，想到之前于枝枝说的，周望是为了自己买的。

这儿囤了将近二十瓶，至于吗？

她关上第一扇柜门，顺着下去，开第二扇，这次开对了。

她把里面码得整整齐齐的真空猫砂取出来，里面没有猫粮。

关好，开第三扇，是猫粮。

看到这里她确定了，周望一定有囤货的喜好，里面满满放了得有十袋猫粮。都是进口猫粮，贵得不行。

许安仪扯出两袋，还挺沉。

她把带歪了的袋子整理了一下，视线里明显有什么东西掉出来了。

许安仪皱了皱眉。

为什么放着宠物用品的地方，会有一个透明的文件夹？

她拿起来，扫到了上面的内容——**南城大学流浪猫领养证明**。

她心头一惊，不敢相信，从文件夹中把原件扯出来，细细地看。

名字：学长。

年龄：两岁。

流浪区域：南城大学女生宿舍二号楼。

许安仪记得上大学的时候有一只猫非常通人性，会乖乖巧巧地讨好人，然后吃完饭再高冷离开，久而久之就有人开玩笑地说这只猫是"学长"，吃完饭就翻脸不认人。

那次去南城，她还听沈澄说，南大的流浪猫都被人给领养走了。

许安仪看着文件最下面还有周望的签名。

居然有一只是被周望领养的，怪不得第一次见安安就那么眼熟，所以周望是去过南大吗？

按理来说，周望是这么红的艺人，去南大不可能不被她知道的，但她关于这件事的记忆又确实是零。

许安仪带着一脸的疑惑，拎着猫砂猫粮走了出去，东西多，还跑了两趟。

在家布置好安安的一切，她拿起手机。

安：安安是南大的猫？

周望估计是在忙，没回复。

她觉得自己现在有点乱。

过了好一会儿，周望才回复。

W：嗯，你看到了？

安：你什么时候领养的？

W：你毕业之后。

许安仪心一跳，有种预感，果然——

W：当时于枝枝发了你喂安安的视频，后来我看到南大要做流浪猫领养，就去领走了它。

许安仪没敢回复他。

这么多年，她还以为他们两个人一点交集都没有，原来只是她单方面没有交集。

W：我没删于枝枝好友，就是想看到你。

周望太直白了，许安仪有点承受不了。

所以她果断转移话题——

安：你几号回家？

W：下周四。

许安仪思索了一下，还是非常冷静地决定遁了。

编辑和她说的采风作者会就在下周，到时候自己可以不去送猫，省得看到周望又要提起这回事。

她需要躲躲，没再回周望消息，而是直接找编辑，确认自己要去。

周望坐在片场发微信。这个剧组他是来客串的，要进山里两周。这座山的信号倒是不差，所以他格外煎熬。

因为告诉许安仪密码的时候，他就怕她发现自己的秘密，又怕她没有发现。

藏在密码里的话，是他一直想说的。

所以当许安仪问他关于安安的事情的时候，他有点庆幸。

助理从他身后路过，不小心看到他的手机屏幕。

助理："哥？安安不是你去了南大才决定养的吗？"

周望回头看了助理一眼，助理非常懂事地捂嘴跑开。

周望揉了揉眉心，自己确实撒谎了。

当年有一部戏在南大取景，为了避免轰动，对外只说拍群戏。其实周望就隐藏在群演之中，不到清场拍的戏份时候，帽子都不摘。

他跟着剧组在南大生活了一周，自然也见到了他的女孩。

他发现，许安仪总是坐在二号宿舍楼门口摸一只猫。

他像一个不能暴露在光下的人，站在黑暗的角落里，窥视着坐在光里的女孩。

她在一声一声叫着那只猫："'学长''学长'。"

他确实有点羡慕。

有一天晚上，趁着学生宿舍关门的时间到了，他就去了许安仪坐过的地方。

看着一片天空，即使是黑夜好像也很浪漫似的，那只叫作"学长"的猫，来蹭了蹭他的腿。

"喵——"

周望笑了下："你饿了吗？"

"喵。"

"真聪明。你要多陪陪今天的那个学妹，有机会我给你吃小鱼干。"

"喵！"

听到小鱼干，"学长"就激动了起来。

周望无奈，出去买了一堆猫条，趁着夜深人静的时候，放在了台阶的一边，还让助理做了个板子，写上"喂猫"二字。

第二天下午，他就看到许安仪坐在那里，用着他买的猫条喂着那只和他有契约的猫。

再之后，许安仪毕业了，周望就想到这事，便联系了南大，带走了"学长"。

回到家的第一天，"学长"就吃了三碗猫粮。

"以后你就叫安安吧。"

"喵。"

周望看着天空，颇有些无奈。

"安安。"许安仪拿着猫条，坐在沙发上喂猫。

她想了半天，又来了句："'学长'？"

安安果然回过头来，非常高傲地叫了一声。

许安仪失笑。

"你这几天跟安柔姐姐在家，我要出去啦。"她一边说，一边点了一下安安的鼻子，"哥哥回来了你就可以回家啦。"

第五章

/

心动重启

采风的日子很快就到了。许安仪还是带了一个大行李箱，收拾好必备的东西，前往机场，走之前她也没忘嘱咐许安柔。

"知道啦，姐，你比妈妈还唠叨。"

许安仪听到这句话心里一松，看来许安柔走出来了不少，她也放心妹妹一个人在家了。

目的地是一座南方城市，这个季节湿冷湿冷的，她带了不少厚衣服。这几天从编辑那儿打听到了点消息，要去的那座山有满山枫叶，赏秋景的。

许安仪还挺期待。

落地之后，她由网站安排的车接去酒店。

飞机坐得许安仪肩颈不舒服，她一进房间就躺下玩手机，顺便给许安柔、于枝枝她们都打了电话报平安。

许安柔在那边提了一句："姐，安安有点不吃饭，是不是要去宠物医院看看啊？"

许安仪一愣，她也不知道，万一是生病也不能放任不管："你等会儿，我给周望打个电话问一下要不要去医院。"

对面声音很嘈杂，还有不少走动声，一听就是在片场。

许安仪："我是不是打扰你工作了？"

周望那边有点卡顿，半天才回答："没有，我在休息。"

那就好。

她跟周望说了安安的症状，并问了下要不要去医院。

周望也知道她出门了的事，问道："你妹妹一个人可以吗？"

"她没事。"

周望的声音不知道为什么还带了点喘："那去一趟吧。"

许安仪："好，你有经常去的宠物医院吗？"
"我发个定位给你。"
挂断电话。
没过两分钟，周望的定位就发过来了。
只不过根本就不是北城的定位。
许安仪吓得不行，因为他发来的地方，是她现在所在的城市，并且精准的定位是她明天要去的那座山。
别是躲人不成反偶遇吧？
她刚要回复，周望又发来一个定位。
W：发错了。
W：是这个地方。
是北城一家很知名的宠物医院，许安仪根本没仔细看就转发给了许安柔。
W：安安在那里有卡，直接花卡上的钱就可以。
安：好。
许安仪惊魂未定，手都颤抖着。

许安仪率先退出了微信。
她还对刚刚周望发送的定位耿耿于怀，这个世界上怎么就有这么巧的事情？这也能遇到是不是有点太扯了？
一整个晚上，许安仪都睡得不太安稳，梦里总是有人追着她跑。早上醒来，她发现自己翻腾得都快要掉下床。
她洗了把脸，换好衣服，准备出门。
酒店大堂里，这次来的作者都算小有名气。许安仪好久没参与过了，所以此时看着其他人，一个都认不出来。
她正坐在一个小沙发上和于枝枝发着微信，旁边有一道声音传来："是许安仪吗？"
许安仪抬头看，是个长得很可爱的女孩。
她点点头。
那女孩笑了笑："我是小然！我特别喜欢你，给你私信了好多次啊，你都没理我。"越说越委屈。
要不怎么说可爱的女孩让人没有抵抗力。
许安仪赶紧招招手："我私信关掉了，没看过。"
小然瞬间笑道："那太好啦！我能加你微信吗？"
许安仪愣愣地点头。
两人互换过微信，小然就很自来熟地坐在了许安仪旁边，帮助她认识这次来的人："那个是写科幻的风眼大佬，那个是言情作者笑言……"

在小然的帮助下,许安仪把人认识了个七七八八。

小然:"你猜我为什么来这儿?"

许安仪:"为什么?"

小然:"为了你!我问了我编辑你来不来!她说你来我就分分钟同意了!"

许安仪不知道怎么回答,只能笑笑。好在此时大巴来了,一行人都上了车。她坐在后面的位置,小然坐在她旁边。

大巴开到那座山要两个小时,许安仪靠在车窗上百无聊赖地看着窗外的风景,时不时回答一下小然的话。

"枫山超级漂亮,可惜我不是写古言的,不然我肯定超级有灵感。"

许安仪附和着点点头。

枫山就连名字都很有味道。

可惜,刚刚开出市区,外面就下了点小雨,淅淅沥沥的,太阳也不见了,车上开始叹气声不断。

许安仪也有点失望,明明天气预报说了是晴天的,怪不得大家都说南方的初冬气候多变。

小然:"雨下枫叶更浪漫了!"

确实是个活宝,听她这么说,许安仪也莫名其妙期待起来。

众人到达枫山的时候才上午十一点左右,领头的人带着他们去吃了饭,十二点正式进山。

许安仪踏上第一级台阶的时候就在想,这么大一片山,肯定不会遇到周望的,天底下哪有这么巧的事。

山路分层,走到第一层的时候出现了岔路口。

领头的人站停:"现在有两条路,一条是往山谷里走,一条是往山上走。咱们在这儿就解散,然后下午四点回来这里集合。"

众人点头。

还挺人性化。

许安仪心想,周望剧组要拍摄的话,肯定是在能够更好取景的地方,所以山顶就是不二之选。她出门忘记带伞,好在领队发给了她一把,她慢悠悠地撑起来,略微一思考就朝着山谷走。

小然在后面追:"女神!我跟你一起!"

许安仪无奈,笑笑点头。

枫山不负盛名,漫山遍野的红,随着人走过带起来的微风,时不时就有几片枫叶飘落下来,拂过人的肩膀。山谷的路是不断向下的,走起来也不累。

许安仪看了眼四周,除了她和小然,似乎所有人都朝着上面走了。

她更加肯定了自己的想法,都是奔着山顶的景色来的,她走山谷绝对没错,只是她没想到,打脸来得这么快。

许安仪站在剧组警戒线前面,看着前面一棵非常粗壮的大树,树下站着穿着古装的周望,脑子还是蒙的。

不知道该说什么,就有这么巧。

周望穿着一身白衣,衣袂飘飘,站在那棵有几层楼高的枫树下抚琴。

导演的声音从对讲机里传来:"这个雨景太好了,简直就是老天赏的!"

小然也吓了一跳:"这里居然有剧组啊,会不会来赶走我们?"

见许安仪没回答她,她又自我肯定:"赶啥赶,又不是他们开的地方,我们就不走。"

许安仪心里都快流泪了,她想走,但是周望刚刚飘过来一眼,明显就是看到她了。走了更不好解释。

终于,导演喊了一声"咔",许安仪就看着周望接过伞,径直朝这边走过来。

许安仪闭了闭眼,心想,他不会以为自己看到他的定位才来的吧?

小然:"啊?那是周望吗?女神,你俩不会是真的吧?"

许安仪:"不是……"

小然像是松了口气:"那就好,我才跟我的女神相认,不要被别人抢走啊。"

许安仪想,给我送走吧。

周望走到了许安仪面前。

她这才发现,明明是阴雨天,周望身上却白得发光,只要站在那儿,就像是电视剧里的冷酷师尊。

旁边的小然吸了一口气:"女神,你跟他走吧,我不配。"

许安仪有点蒙。

周望挥动了一下袖子,把宽大的广袖拢好:"怎么来这儿了?"

许安仪看不习惯他这个造型,说话都有点不清晰:"我们采风就是这座山。"

周望点点头,思考了下:"应该是枫山做的活动。"

许安仪麻木地跟着点头。

周望又把视线转到一边的小然那边,身体倾向许安仪:"这位是?"

许安仪看了他一眼,怎么这么像夫妻对外?

她摇摇头,把奇怪的想法从脑海中扔出去,紧接着回答道:"她也是我们网站的作者,叫小然。"

周望了然:"你好。"

小然一脸发呆的样子:"你好你好,女神老公你好。"

许安仪瞪大眼:"什么?"

小然这才发现自己把内心想法说出去了,赶忙捂嘴:"不是不是,说错了,周望老师好。"

许安仪低下头,有点不好意思。

雨这个时候下得有点大了,许安仪手中的伞被吹得摇摇晃晃。

周望:"跟我进去吧,有帐篷,雨停了再说其他。"
许安仪也不想在这个时候被淋湿,还有那么长一段的返程。
她回头看向小然,询问意见,小然也点点头。
两个人跟在周望后面,朝着剧组的帐篷走去。
周望的助理拿着伞迎上来:"老板,这一条保了,导演说现在要抢雨景,一会儿赶紧再来一条,省得雨停了。"
周望点头示意自己知道了,也不知道是没出戏还是怎的,他神色清冷。
许安仪终于理解到了,为什么有人说周望的古装是谪仙下凡,很难有反对的理由。
甚至她都没敢碰到周望一丝一毫,生怕玷污了身前这位"仙人"。
周望去了隔壁的帐篷补妆,帐篷里就剩下许安仪和小然。
小然:"女神,你刚刚眼睛都看直了。不过不怪你,他太帅了。"
许安仪蒙了,有吗?
本来是想等雨停就快点离开的,没想到外头的雨越下越大,还时不时有点雷声。
许安仪坐在帐篷里都能听到外面场务心浮气躁的声音。
"所有人都把伞放下,不要站在树下!所有人赶紧回帐篷!快点快点快点!机器先走!都让路!"
许安仪被这焦躁的氛围带得也有点急躁。
就在这个时候,周望掀起帐篷走了进来,坐在了许安仪旁边,主动解释道:"今天可能拍不了了。"
许安仪不解:"为什么?"
不都是雨景,有什么区别吗?
"雨太大了,机器走不出去。"周望看了眼窗外,"剧组今天有可能都要露宿这里。"
许安仪瞪大眼。
周望眉头微微皱起:"雨太大,朝外走只有一条路,有可能滑坡。"
那岂不是她也走不了了?和小然对视一眼,许安仪苦涩地低下头。还好这座山信号没问题,可以跟领队那边说一说。她没继续搭话,还是抱了几分侥幸——万一一会儿雨小了她还是能走出去的。
周望:"你也不许走。"
态度非常强硬。
许安仪不可置信地看了他一眼。
周望说话时面色平静,内容却十分孩子气:"不安全,我会担心你,所以最好的办法就是你也不走。"
许安仪直接被说笑了,小然在旁边一脸嗑到了的样子。
就在许安仪还期盼着能有点希望的时候,外面的场务拿着喇叭开始喊:"所有人,出帐篷!快点!所有人!全部出帐篷,伞不要打!东西不要拿!"
氛围紧张恐怖。

周望听到声音，先是下意识扯住许安仪的手腕朝外走，走到门口的时候才想起来还有个小然："跟上。"

许安仪被拉出帐篷的一瞬间，就见到天边的一道闪电，紫色的，直直劈在了远处的山尖上。这一道紫色闪电把许安仪吓得一抖，在北城从来没有这种场景。

她被周望拉着走，雨下得大，把她淋得个透彻。这时候她才有点后知后觉地发现周围的天幕不知道何时开始，从那种雾蒙蒙的阴沉变成了黑色。明明还是下午，目之所及却像是即将入夜。

剧组众人很紧张，都在朝着一个方向走。

周望拉着许安仪，走两步看她一眼，随即把自己的古装外袍解下来，双手一挥，搭在了她头上："你先披着，别感冒了。"

许安仪看着他愣了神。

此时的周望莫名性感，戴着的假发被雨水淋湿，本来是露出额头的造型，有几根不听话的头发钻了出来，挂在额头上，湿漉漉的，时不时就有雨滴从他睫毛上仿佛坐秋千般滑落下来。

"轰——"

天边又响起一道闷雷。

许安仪赶紧收回神思，半晌又把头顶的外袍扯开，示意周望一起挡挡。

周望指了指身后，又摇头。

许安仪朝后面看了一眼，小然跟在他们身后，被风吹得东倒西歪的。

她一时懊恼，自己被周望一拉就走，完全忘记了其他。

许安仪走回去了两步，把外袍举高："小然，快进来。"

小然眼睛一亮："女神，你果然还是爱我的！"

许安仪颇有点不好意思。

剧组应该是提前踩过点，说是前方有一块平地。

电闪雷鸣的时候，路面都看不太清，时不时有一块大石头出现在脚下，需要格外集中注意力，好多工作人员一时不察就摔倒了。

许安仪盯着地面小心翼翼的，像刚刚周望做的一样，顺势抓住了小然的手腕。

周望在前面开路，她带着小然一步一步地跟着。

眼见着还有几十米就到平地，许安仪走着走着，猛地感受到一股拉力。

她吓了一跳，转过头去看，小然踩到一个坑，重心不稳往旁边歪。在小然即将倒下的那个地方，还有一块非常尖锐的石头。

绝对不能这么摔！

许安仪心下一惊，当即做出了决断。

她手用力地将小然朝自己的方向一拉，小然瞬间被扯过来，只是她没有力量再让自己站稳。

她揽住了扑进怀里的小然，然后朝着后面倒。

后面没有什么东西,她刚刚看过。

只是触地的痛感并没有传过来,她本来都闭上眼了,此时诧异地朝后面看去——周望站在她身后,一只手揽着她的腰,硬生生把她们摔倒的动作带停了。

这个时候,他还很细致地没碰到小然。

许安仪紧张地问:"你没事吧?"

刚才朝后的力量很大。

周望摇摇头:"先走。"

小然也缓过来神了,吓得不行,好在还能自己站起来。

许安仪本想着一口气走过去,结果一站起来,脚踝就传来细细密密的疼,估计是扭到了,麻劲没过。

许安仪尝试着挪动了一步。

"嘶……"

动起来疼得更加剧烈。

许安仪看了眼近在咫尺的路,叹了口气,准备继续挪动。谁知道,下一秒她就腾空了。

周望直接把她抱了起来。

"啊——"许安仪短促地尖叫了一声,然后双手紧紧地抱住了周望的脖子。

她本来还想说"你的衣服不方便,把我放下来吧",但瞄了一眼周望,他脸色非常阴沉,甚至她觉得自己只要出声,就会被周望冷冷一瞥,只好把到了嘴边的话咽了下去。

小然在旁边也挺不好意思地凑上来:"女神,衣服你们披着吧!"

周望没理,径直朝前面走。

许安仪笑了笑:"你披着吧。"

在周望怀里,哪怕是淋着大雨,她都莫名有种安全感。

她微微抬头,看向正抱着自己朝前面走的周望,他睫毛处流下的雨水有一滴落在了她的眼角。

她突然有些恍惚。这一滴雨水,很像是她的眼泪,在眼角停留半刻,顺着脸颊流下去。

许安仪想,她有为周望流过泪吗?

似乎是有的。在高中毕业后的那三个月,好几个天气晴朗的黄昏,她坐在嘉望江边哭到昏天暗地,落下的泪如同今天的雨。

那个时候的许安仪一定想不到还能有这么一天,她莫名其妙地和周望重逢,莫名其妙地任由他再次走进自己的生活,莫名其妙地在滂沱大雨之下安稳地缩在了周望怀里。

她看着周望的脸发呆的时候,周望突然看了她一眼。

许安仪紧接着移开视线。

周望:"疼吗?"

许安仪怔怔的,摇摇头。

周望:"等会儿雨停了,我带你走。"

走吗?走去哪儿?

许安仪还沉浸在情绪里,感觉这一句话被周望说出来,像是私奔。

前面剧组工作人员聚集在一起吵闹着,天地间的雨滴打在漫山遍野的枫叶上,是那样的哗然。

走到人群中间的时候,许安仪意识到,自己似乎再次不可控制地动心了。

在这片空地上,他们总共等待了二十分钟,每个人都被淋了个透彻。

周望一直抱着许安仪没松手。

直到最后一道雷电闪过去,天边的乌云猛地被掀开一个豁口,一丝阳光打下来,有那么一个场景仿若末日到来。

许安仪怔怔地看着天际那样的景色,莫名的浪漫。

雨慢慢小下来了,剧组的人陆陆续续朝着帐篷处走,检查机器有没有被水泡到。

场务拿起了喇叭:"咱们今天在山里住,刚刚雨太大了不安全!所有人都不要走!"

许安仪心下一凉,估计真的要在这里待一晚上。

周望把许安仪放在帐篷里的小床上:"你等我下,我先换个衣服。"

说完,他转头去换衣服。

许安仪一身湿透了,不舒服地叹口气。

小然也坐在旁边,给他们的领队打电话,说着情况。

没过一会儿,周望就穿着卫衣回来了,手上还拿了一件。

"这件是我的,你先穿上,小心感冒。"他把衣服递过来,"我让助理去给你朋友找衣服了。"

许安仪点头。

周望又一次出去。

她脚踝已经痛感剧烈,换衣服时抽疼了好几下,表情都没绷住。

换好衣服她也不知道该干什么,就坐在原地。外面传来类似于争吵的声音,听不太清楚,她还凑近门口去听。

"我不同意!这条路都是土路!你万一有什么意外,剧组这边怎么办?怎么这个时候拎不清呢?"

似乎是这个剧组的导演。

跟他争吵的人很冷静:"我能负责自己的安全,明天开拍之前我也会回来的。"

"我不同意!你这是耍大牌知道吗?听从剧组的调令才行,不能让所有人一起等你!"

"我知道。我会为因为我造成的损失负责,如果有什么问题,我会找人来接我这个角色,咖位不会比我小。"

导演被呛住了。

后面几句话许安仪没太听清,她还在疑惑这是谁,周望的助理就推门进来了:"我还没见过老板和导演吵架,哇,长见识了。"

许安仪猛地回头:"那个是周望?"

助理点点头,把衣服递给了小然。

"为什么要吵?"

助理思考了下:"老板想带你去医院,导演不让走。"

许安仪被震住。

偏偏小然在一旁惊叹:"我的天……女神,他好爱你。"

许安仪只顾着震惊都没回答。

过了一会儿,周望回来了,表情平静。他先是在帐篷里拿了身份证一类的证件装进随身的口袋,然后蹲在许安仪身前。

许安仪:"导演生气了吗?"

"没有。"

"要是他生气了,就算了吧,我没什么事的。"许安仪讨厌麻烦,更不想周望因为她有麻烦。

周望的轻笑传来:"没事,上来。"

许安仪不知道为什么,今天自己就是格外听他的话。

她双手慢慢地从他颈侧穿过去,然后把整个重量都靠在他身上,脸埋在了他的颈窝。

走到帐篷门口的时候,周望也没忘了回头:"小然对吧?"

"啊……对。"

"今天不安全,你跟着我助理,他会带你在剧组住一晚,然后明天送你出山。"

小然一脸蒙:"好、好的。"

许安仪这个时候在想,他一向这么周到。

两个人顺着许安仪进山的路往外走。路又窄又陡,还得走一个多小时,她只能一直紧紧抱着周望。

许安仪闷得不行:"我重吗?"

"不重。"

"周望,你之前脸色好凶。"

"有吗?"

"嗯,就我差点摔了的时候,超级凶,"许安仪不看路,伏在他背上,头一颠一颠的,

"我以为你要骂我。"

"我骂过你?"周望轻笑。

"那倒没有。"

"没有就对了。"周望把许安仪放下来,扶着她在原地休息,"我当时想着,你总是管别人在乎别人,所以有点生气。"

许安仪看着他,不太自在:"没有,小然身后有块石头,我怕她撞到头。"

周望突然笑出了声。

许安仪一愣:"笑什么?"

"没有。"周望一边笑,一边说道,"许安仪,你今天一直在撒娇。"

撒娇?

她哪有?明明在很正常地说话啊。

许安仪一脸纳闷:"我有吗?"

周望轻笑着点点头:"嗯,以前你不会说这些的。"

许安仪一想,是有点。

按照自己的习惯,应该是不会跟周望说这些的。今天也不知道是怎么了,看到周望那个神色之后,自己就一直想要解释。

她有些不好意思,脸红了红。她想,这只是受了伤之后有点脆弱。

许安仪抬头看了看,天气变得极快,天际已经有些晴朗了。

周望也观察了一下,站起来,继续蹲到许安仪前面:"走吧。"

许安仪任由他背着自己慢慢朝着山外走。

走到一棵突出的枫树下,许安仪突然道:"周望。"

"嗯。"

"山里真好。"

周望的声音传来:"是很好。"

许安仪再想不到还有其他哪个时刻他们两个人有这么近的距离了,近到连呼吸间的温热都互相交织着。

他们像私奔。

真的像。

天地间只有周望背着许安仪,一步一步朝着广阔的地方走。

许安仪觉得,自己今天似乎是太过感性了。

一个小时之后,两个人走出了山里。

停车场上停着周望的商务车,走到之后,许安仪被周望放到车上。

她顺着后视镜去看,后面有一辆大巴,似乎是她和小然来的时候坐的那一辆。

应该去解释一下的。

她抓住周望要给她系安全带的手:"我们的车在那儿,我去说一声吧。"

周望的表情不太赞同，却没有反驳。

许安仪挣扎着下车。

她的本意是周望就不要跟着了，人多口杂的。谁知道一落地，她又实在是不能走路。

周望见到她一瘸一拐的，直接再次把她抱了起来。

许安仪叹了口气，心想，随意吧。

大巴车门是关着的，里面每个人都淋湿了，似乎是在休整。

许安仪在周望的怀里伸出手，敲了敲车窗。

里面的人很快开窗："许安仪老师？你怎么在这儿？小然不是说你们今天跟着里面的剧组吗？"

许安仪不自地咳嗽了一声："我脚扭了……剧组送我去医院。"

她正说着，后面传来一声"咔嚓"。

是相机的快门声。

许安仪眉头一皱，朝着车里看。是一个作者，那人明显认出了周望，一脸吃惊地拿着手机在拍。

许安仪下意识侧过头，但因为在周望的怀里，这个姿势也只能让她把脸朝向了周望的胸口。

周望低下头看她："躲什么？"

许安仪小声说："被拍到了。"

周望轻笑："不怕。"他思索了下，"全世界不是都知道我在追你吗？"

许安仪看着他，脸瞬间通红。

她转过去又朝着大巴上的领队说："那个……我和小然就不跟你们一起了。"

领队连连点头："好的，好的。"

许安仪拍了拍周望的胳膊，周望非常自然地抱着她转身。

回到车上，周望把她放在了副驾驶上，转身去开车。

许安仪看着他发动车辆："被拍到，真的没关系吗？"

周望看向她："没关系，有什么事我都会解决。"

让人安心。

许安仪轻笑了下。

许安仪没来过这个城市，所以一切行动都要依赖着周望。

周望跟着导航，带她来到一家医院。

她感觉自己的脚已经好了不少，提出自己走的想法，谁知道周望根本不听，转头就把她抱了起来。

"等下！等一下！"许安仪喊。

周望停下看她。

许安仪挣扎着朝车边靠，在自己的包里拿出了一个口罩："你戴上这个。"

周望却不动，而是直直地看着她。

许安仪先是纳闷，随后想到他现在抱着自己，腾不出手戴口罩，红晕顺着脸颊慢慢爬上来。

也不知道是因为回到了城市的原因，许安仪已经没法像之前在山里那样自然了。

她犹豫了片刻，抿了抿嘴唇，一咬牙，给他戴上。她的手指蹭过周望的鬓角，发丝轻轻柔柔地刮过指尖，她又戾了，秒速收回了手。

周望带着她去挂号，找诊室。最后上药的时候，周望还把她的眼睛遮住了。

本来没有多疼，被他这么遮一下，许安仪突然就觉得疼得好像还挺值得。

出了医院，他们还是回到那辆商务车上。

周望问："你住在哪儿？"

许安仪愣了下，告诉了他酒店的地址，又问："那你呢？今天住哪里？"

周望："剧组下榻的酒店在山那边的镇子上，我去你那里再开一个房间。"

许安仪点点头。

两个人开着车回到了酒店，周望抱着许安仪走进去。

她尴尬得很。

周望戴着口罩还是显眼得不行，在大堂里吸引了许多人的目光。许安仪埋着头不想看。

周望抱着她走到前台，递出身份证："你好，一间套房。"

许安仪一愣，要套房干什么？

前台看着身份证："天啊！"

三个人面面相觑。

前台是个女孩，一脸激动："周望，我喜欢你好久了！你上高中的时候我就是你粉丝了！"

周望礼貌地笑了笑："谢谢。"

前台看了许安仪一眼，脸僵了，不太情愿似的说："那个……这位身份证也要……登记。"

许安仪赶紧解释："我本来就住在这里，有房卡。"

她话音刚落，就看到前台的脸色变得无比震惊，让她这句话更有歧义——像是在说，我不用房卡也能去他房间。

许安仪没说话了。

前台开好房间，把房卡递给周望。周望腾不出手，又看了眼许安仪。这次她马上懂了，是让她伸手去拿。

她不自在地伸手接过来，周望抱着她转身朝着电梯走。

前台小声说："你要幸福啊，宝宝——"

许安仪无语了。

周望没有回他的房间,而是先去许安仪的房间。

一进房间,许安仪便松了口气:"你先回去吧。"

周望还在原地没动。

"怎么了?"她问。

周望坐在了椅子上:"我帮你收拾行李,去我那儿住。"

"不是……我……你……"许安仪仿佛失去了语言功能,"我去你那儿干吗?"

"你脚不方便,我可以照顾你。放心吧,我什么都不会做,你别害怕。"

许安仪当然相信他什么都不会做,但是不害怕怎么可能?

她支支吾吾的,想要拒绝。

周望又是那种语气:"不行。"

说完,他就开始帮许安仪收拾行李。

许安仪眼见着他的手伸向了那个蕾丝的……

"等……等下!我自己收!"

周望点点头,坐回了椅子上。

许安仪费了很大劲才把衣服收进箱子,收拾到不想让周望看到的东西时,还要蠕动着挡在他面前。

全部收拾完,她呼了口气:"好了……"

周望半蹲下来,一只手推着箱子:"上来。"

许安仪不情不愿地爬到了他背上。

就算是周望单手护着她,她也没感受到什么颠簸。

套房在顶层,周望背着她进电梯上楼。

到套房门口的时候,周望说:"房卡在我卫衣口袋里。"

许安仪伸手去拿,因为什么都看不到,手伸向的位置就有些不对劲。

她依旧一脸认真,周望却浑身一僵,刚刚那股高冷劲终究是装不下去了:"摸我腹肌干什么?"

许安仪一秒钟收回了手:"我没有!"

最后,许安仪还是落了地,周望自己开的门。

"你先等我下。"

周望把她的行李箱推进去放好,然后回来抱她。

许安仪还沉浸在刚才的羞涩情绪中出不来,任由他折腾。

周望把她放到套房的沙发上,说:"去冲个热水澡吧。"

也不知道为什么,明明是很正常的一句话,在这个氛围下听着就格外暧昧。

许安仪有点羞耻:"我先进房间,把衣服拿出来。"

周望不置可否,又把她抱进主卧。

许安仪打开行李箱,拿出换洗的衣服,想要自己单脚跳进浴室里,谁承想,一站起来就晃了一下，平衡感惊人。

可这间套房只有一个浴室，她需要跳出主卧。她蹦蹦跶跶地打开门，周望就坐在沙发上等她。

见她出来，他走上前又把她抱起。

许安仪觉得自己就像是玻璃橱窗里的玩偶，一动不动的，心里还在给自己催眠，习惯就好，习惯就好……

进了浴室，周望把她放下："需要帮你调一下水温吗？"

许安仪连忙摆手："不用不用，真的不用，你先出去吧。"

周望点点头走了。

许安仪把水打开，脱了衣服，站在水下脑子还有点乱。

这一天的经历未免也太过玄幻了，所以自己上山一趟，拐回来了一个周望？

她猛地反应过来，这一天的周望，不论是说她撒娇，还是带她挂号看病，强势又细心，这种感觉她居然并不讨厌。

她感受到了久违的安心。

洗澡的这几十分钟里，她什么都没想，满脑子都是周望，她借着水流隐藏了自己的心跳。

不能否认，在时隔许多年后的现在，她再一次对周望心动了。

换好了衣服，许安仪在浴室里发起呆。

这个时候地上都是水，借她十个胆子，她也不敢跳出去。

许安仪怀里抱着换下来的衣服，咬咬牙一鼓作气："周望——"

"怎么了？"

声音从门口传来。

许安仪瞪大了眼。他不会一直都在门口吧？那自己刚刚洗澡的碎碎念，不都被听了去？

"我能开门吗？"周望的声音很冷静。

许安仪："能……"

下一秒，门开了，周望平静地走进来，只是耳朵边缘的微红出卖了他。

许安仪："你刚刚……一直都在门口吗？"

周望一愣，随即笑了："没有，我刚好过来想问你要不要帮忙。"

许安仪松了口气。

不过她有什么是周望能帮忙啊！

尴尬的氛围弥漫，还有刚刚的热水蒸腾起来的氤氲，许安仪看着周望的脸都不是很明晰。

"洗好了？"周望也在问废话。

许安仪点点头。

周望非常自然地抱起她，朝着卧室走。她的头发没吹干，湿漉漉的，垂在了周望的胳膊上。

这个画面让许安仪想到了一些小说桥段。

借着周望的动势来看，估计是想要直接把自己放到床上。他在慢慢俯身的时候，许安仪有点不稳，手放在他的颈上保持平衡，也许是她的力气大了点又突然了点，周望朝前晃了一下。

许安仪没料到还会这样，吓得闭上了眼睛。她的后脑勺在落到被子上之前，被一只手轻柔地托住了。

她慢慢睁眼。周望撑在她的身侧，和她的距离极其"危险"。两人都愣愣地看着对方。

这个角度，许安仪还能看到周望衣领下面的光景。

身材好好。她究竟在想什么啊……

她抬眸看向周望，就见上面的人脸已红透。

这还是她第一次见周望是这种神情。她有意要逗逗他，奈何有贼心没贼胆，只能小声道："你快点起来。"

她说得过于小声，听起来像电视剧里的娇嗔，赶忙捂嘴，这个场面太犯规了。

周望连忙借力支撑起来，站直，不自在地咳嗽两声："我给你吹头发吧？"

许安仪下意识拒绝："不用，我自己可以。"

"你脚不方便。"

她还没来得及说什么反驳的话，周望就转头出去拿吹风机了。许安仪无奈。

周望回来之后，手上拿着吹风机，站在床边。许安仪自觉地背对他坐着。

她听到身后的人正在调试风力和热度，过了几秒，自己的发丝就有了温柔的触感，舒服得像踩在云上。

许安仪："你的手法还挺好的。"

周望轻笑："总是吹造型，慢慢就学会了。"

本来是很正常的对话，许安仪突然就有些沮丧。

什么剧组、造型、舞台，那些都是她没触及过的世界，哪怕自己录过一次综艺，也是最无聊的那一个。

外面夜幕降临，周望顺手开了床头的暖光灯。

许安仪有种他们已经这样很久很久的错觉，困意席卷来，在吹风机的嗡鸣声中，她的眼皮慢慢合上，人也朝后倒下，落在了另一个温暖的怀里。

第二天早上，许安仪是在被窝里醒来的。刚醒过来，看到不熟悉的天花板，她蒙了片刻。

她回想着昨晚最后的记忆——好像是迷迷糊糊之间被周望塞进了被窝里，然后他还给她掖了掖被角。

许安仪扶了扶额头，觉得有点太过于亲密了。

她不知道周望还在不在套房里，于是从枕头边上拿起手机。

W：我先回片场，你别走。

许安仪纳闷，她走去哪儿？

安：走去哪儿？

对面没回复。

手机铃声响起，吓了她一跳，是个不认识的号码。犹豫了一下，她还是接了起来。

"许老师？我是我们老板周望的助理。"

"怎么了？"

对面的人似乎是在车上："我们老板说，要我把小然老师送去你那儿，然后让你不要动，他拍完就回来找你。"

许安仪蒙了下："为什么要找我？"

"他说要带你一起回北城。"

"知道了……"

原来周望在她熟睡的时候已经安排了这么多事情，心里的甜味止不住地翻涌。

周望坐在片场的帐篷里，还想着昨天的事。

他有点没想到，许安仪会在他怀里睡着。那样毫无防备的许安仪，让他不自觉地勾起嘴角。

白天看到许安仪因为别人扭到的时候，他有点生气的，本以为许安仪又像以前一样，什么都不说，一直阻拦他。没想到，她开始笨手笨脚地和自己解释。

看着她脸红，看着她眼里对自己出现了不一样的色彩，他整个心都在沸腾。

早上四点不到，周望就开车回枫山，还走了一个小时山路，终于在六点多走回了剧组。

累是累了点，但是值得，很多忙着布景的工作人员跟周望打招呼，他心情非常好地一一回应。

小然到酒店时已经是中午，许安仪饿得不行。助理带了房卡，所以不需要她去开门。小然不负她的期待，拿来了许多好吃的。

两个人坐在餐桌旁。

小然说："女神，周望对你可真好。"

许安仪的筷子停滞了一瞬间："为什么？"

小然的表情夸张："今天早上我走山路的时候，那个路简直了，走一步滑一下，我都怕摔到自己。昨天周望可是背着你走出去的！"

"更何况，你想今天已经天晴了都这样。昨天刚下完雨，肯定特别危险！"

许安仪回想了一下昨天。

她真的没有感受到路有多难走,只知道自己在周望的背上,安稳又舒适。

"也许……昨天没有那么……"她辩解。

"不可能!"小然特别震惊,"你都不知道那个路,有几个地方一踩一个坑——我和他助理差点掉下去!

"真的,女神,从现在开始,他是我第一佩服的人了。"

许安仪笑了。

小然喝了口汤,又说:"昨天还有作者在群里发了视频。"

"什么视频?"

"你不知道啊?就是周望抱着你站在大巴下说话的视频。"

许安仪心头一紧:"没传出去吧?"

"那倒没有。群里有大佬出来说话,说这是你的隐私,不应该瞎发,然后视频就被撤回了。"

那就好,许安仪松了口气。

许安仪吃完了饭,和小然一起把东西收拾好。

"你还跟着网站那边继续逛吗?"

网站安排的采风行程不仅仅只有枫山。

小然点了头:"你呢?"

许安仪一脸苦涩:"我就不去了。"

"为什么啊?"

许安仪先指了指脚踝:"周望不让……"

小然一脸促狭:"女神,你有没有发现一件事?"

"什么事?"

"怎么感觉你被管着还一脸幸福?"

许安仪缩了缩手:"有吗……"

小然下午回了自己房间,只剩下许安仪在这儿百无聊赖地待着。

她登录了许久没有登录的微博,习惯性看了看热搜,没出现有关她和周望的。

不错。

然后她久违地点开了私信。老一批粉丝还在联系,时不时会给许安仪发点生活日常,她也很喜欢看。

其中一个粉丝说——

> 安仪!《成名在望》点映你会去吗?你要是去我就抢票了!

许安仪没回这条私信,因为觉得一切都没有定数。

老话说,念叨什么就来什么。到了傍晚的时候,许安仪就收到了剧组宣发的微信。

宣发：老师，我们这边有一场点映发布会，您可以出席吗？

许安仪满脸迷惑，怎么这么快就点映了？正常电影不是应该要一年左右吗？

她也问了一句。

宣发：我们着急送审参加这届电影节，就插了个队，只点映一场，不全线上映。

安：好的，我知道了，是几号？

宣发：下周二。

安：好，我会去的。

宣发：到时候您还是联系上次的导演助理，然后她会给您通告单时间表的。

上次的助理……

提到这个，许安仪就再次想到了关于她和周望的重逢，恍恍惚惚的，像好久之前的事了。

不过这次她之所以答应会去，完全不是因为周望。

因为自从定下来了影视改编，她就想看看自己之前写下的东西拍出来会是什么样子。

这是她的作品，她最骄傲的作品。

三天后。

周望的戏份全都结束，他到酒店接许安仪回北城。

许安仪到了家门口才想起来，自己出去这一趟本意是躲周望，却变成了和他一起回来。

她没忍住，笑了。

家门从里面打开，许安柔抱着安安站在门口。

周望接过了安安，转头准备回自己家。

许安仪从后面叫住他："周望。"

"怎么了？"

"点映发布会你来吗？"许安仪一问出口就后悔了，他是男主角，怎么可能不参加。

周望轻笑一声："嗯，我听说了你也要去。"

许安仪点点头。

"等那天我来接你。"

许安仪又要拒绝，想起来什么，又点头。

回了家，许安柔喊了一声："姐！"

"啊？"

"你别笑了。"

许安仪本来是走在前面的，猛地回过头："有吗？"

许安柔恨铁不成钢地点头。

"一个月差不多也到了,你该回去上学了。"

"啊?姐——你别走啊!姐!"

许安柔怎么都没想通,姐姐怎么突然就把话题转移到她这里了。

许安仪也不是突然转移话题的。

明年许安柔就中考了,好好学习才是第一位的。之前许安仪本来打算去许安柔学校旁边买个房子,被许安柔劝了下来,她说她想要住校。

许安仪不干涉她的决定,和老师联系之后,给她办理了手续,这几天也是时候回去上学了。

第二天一大早,许安仪起来。

北城就快要下雪了,院子也需要清理一下。

姐妹两个屋里屋外地忙碌着,许安仪脚还没好,只能慢慢地挪动。

清扫院子的时候,许安仪鬼使神差地朝隔壁望了一眼。

周望正站在三楼卧室的阳台上。两个人的眼神猝不及防地交织。

许安仪心头一颤,不知道为什么,就喊了一句:"要不要喝茶?"

周望一愣,随即回道:"好。"

他话音一落,就从阳台走了回去。

许安仪有点后悔。她刚刚的想法是,这样晴朗的天,她有点想和周望见一面,哪怕喝的是出版社送来的商业茶。

反正都邀请了,她一瘸一拐地走回屋里去泡茶,再端着出来的时候,周望已经坐在了院子里的小桌椅上。

许安仪走得慢,周望就站起来迎她,接过了她手里的托盘,摆在了桌子上,两人对坐着。

周望问:"怎么突然收拾院子了?"

许安仪思考一下:"我们家以前有个习俗,初雪之前要大扫除的。"

周望一笑:"原来还有这个习俗。"

许安仪注意到,周望端着茶杯的手的食指一直轻轻在杯壁上敲打。

看他的样子,似乎是完全无意识的动作。

还挺……可爱的。

许安仪找话题:"明天的发布会,我要穿得很正式吗?"

周望:"随你喜欢。"

许安仪不信:"真的?"

"假的。"周望扶了扶额头,"我给你准备好了,你只要人出现就好。"

许安仪怔住。

恰巧此时许安柔穿着围裙从里面走出来:"准备好什么?你们要办婚礼吗?"

许安仪语气冰冷:"自己玩去。"

许安柔一脸无奈地走开了。

"对了,明天许安柔要回去上学了,我可能要打车送她。我们直接市区里见吧。"

周望皱了皱眉:"我直接送你们就好,你的脚踝还没好。"

言下之意,不要自己到处瞎跑了。

许安仪无奈点头答应。

周望喝完了茶,没回隔壁,反而留下来帮许安仪把院子里的杂物都收拾了,还顺便把院子里死掉的小树拔起来。

许安仪看着他忙碌,不知道怎么形容心里那种诡异的感觉。一个大明星在帮她打扫小院,想到这儿她自己都笑了。

许安仪根本就没想到,这院子刚收拾好,当天晚上就下了初雪。

她还在写最新一本书的更新,许安柔的声音就传了过来:"姐!下雪了——快出来看!"

许安仪在电脑前一愣。

她正在写的桥段就是男女主角在初雪的天地间放烟花棒,女主角的台词都没写完。

她放下键盘,懒得下楼,从阳台走出去。

确实是下雪了。

但不是那种大雪,雪花非常非常少,像是顺着天幕的缝隙飘下来的。

她伸出手去接,雪花落在她手里,又迅速融化。

气温下降了不少,她只待了一下就回了房间穿外套,再回到阳台的时候,就看到车灯的光亮冒雪而来。

是周望的那台商务车。

她眼看着周望从车上下来,嘴巴不受控制地喊出了声:"周望——"

周望应声抬头,两个人隔雪相望。

他似乎有些累,但在看到许安仪的一瞬间,眼睛还是亮了起来。

"下雪了——"许安仪继续喊。

周望点点头:"要放烟花吗?初雪的烟花——"

许安仪愣住了。

她刚刚在电脑里写下的情节,就这样出现在了生活中。她想起上次,周望说要和自己放烟花。

那个时候自己并不是很情愿,烟花剩了很多很多,这一次,要好好珍惜。

"好——"

周望转头进了屋。许安仪穿得厚,直接从楼上跑了下去。两个人在别墅前集合。

周望把那半箱仙女棒都拿了出来,手上还握着一只打火机。还是像上次一样,他先点燃,然后递给许安仪。

许安仪接过,眼里都映着烟火的绚丽。

天上的雪一刻不停地落在他们头上。

许安仪不记得是谁说过的,当你的生活里,浪漫这个词具象化,你就不可救药了。

她看着烟火与对面的周望,在这一瞬间,感受到了浪漫。

她想,自己不可救药了。

第二天一大早,许安仪爬起来看着许安柔收拾行李。

许安柔一脸怨气:"你们昨晚放烟花放得好开心。"

许安仪笑了,敲了敲许安柔的头:"赶紧收拾你的。"

发布会是在下午,她上午就要送许安柔去学校了。

许安柔把行李收好放在门口时,许安仪点的外卖到了。

许安柔:"姐,我不在家你不要天天吃外卖!"

许安仪嗤笑:"你在家不也天天点外卖吗?"

"这不是照例关心一下吗?"

"快点吃,吃完去学校。在学校有什么事就给我打电话,实在不行我就去你们学校旁边买房。"

"嗯。"

"别嗯,听懂了没?"

"懂啦,懂啦!"

她们吃完饭,周望的车已经等在了外面。

把行李在后备箱放好,许安仪非常自然地坐在了副驾驶。

今天倒是没见那台商务车,周望开的是他那辆跑车。

许安仪:"怎么不是商务车?"

周望发动车:"商务车在市区,去接造型师了。我们到市区去会合就好。"

许安仪点点头。

许安柔的学校就隔了北山中学两条街,如果中考发挥正常,她也即将是北山中学的一名学子。

路过北山中学的时候,许安仪指着窗外:"许安柔,你看到了吗?"

"看到什么?"许安柔在后座抬头。

"门口那个校友墙,最中间的在给你开车。"许安仪是开玩笑的。

许安柔:"你好像在显摆,但我没有证据。"

许安仪也意识到自己这段话似乎真的很像是在显摆,于是不回答了。

周望边开车边说:"前几天校长给我打了电话,说要重修校友墙。我提前看了名单,有你。"

许安仪一下瞪大了眼:"没人跟我说啊!"

"拟定的,还要征求当事人是否同意。"周望解释,"估计很快就会来找你了。"

许安仪受宠若惊。她作为一名北山中学学子,上学的每一天都会路过校友墙,那个位置时不时会有家长艳羡。

甚至以前赵晓雅都说过:"如果我女儿出现在上面就好了。"

所以许安仪骨子里觉得这是一件非常非常荣耀的事情。

得知了这个,到了许安柔学校门口,她眉眼都还笑得弯弯的。

学校不让家长进去,许安柔回头跟他们挥手。

许安仪坐在车里看着:"突然感受到当妈妈是什么感觉了。"

周望点头:"你一定是个好妈妈。"

许安仪刚要回答"那当然",猛地回过神,尴尬得不再说话。

周望开车载着许安仪去了发布会场馆,是北城最大的影院。

后台,造型师和周望的助理早就等在那儿了。

周望一路靠刷脸进门,许安仪就默默跟在他后面,到了这里,才开始紧张起来。

一进房间,她都没来得及观察四周,就被造型师一把按下。

"你皮肤真好啊!"造型师是上次剧组的小赵,"上次都没给你化妆,我亏了我亏了。"

许安仪笑了笑。她不太化妆,全靠一张素颜配护肤品,此时化妆刷在脸上扫来扫去还有点不适应。

"不用给你化太浓,你长得就是淡雅气质挂的,那礼服跟你可太配了。"

许安仪一愣:"什么样的礼服?"

小赵从里面的衣架上拿下来了一条裙子。

许安仪看着那条裙子有些失语——太漂亮了。

裙子通体是白色的,但是仔细看还能看出来银色的走线,吊带裙的款式,不会太过繁重,也不会显得太敷衍。

小赵:"怎么样,好看吧?"

许安仪:"好看……"

小赵凑近:"周望老师挑的!他亲手挑的!然后我起大早去取的!"

许安仪心一跳,他也觉得这条裙子很适合自己吗?

她很喜欢。

化好妆,许安仪就被小赵推进试衣间换衣服,也没有什么拉链拉不上的偶像剧情节,她顺利穿好。

这件衣服真的如小赵所说,从上到下都适合她。

她推开门,走了出来,她第一眼看到的,是换好西装的周望。

西装是黑色常规款,偏偏穿在他身上就好看得要命。周望今天的发型是把额前的头发全都抓了上去,显得更帅了。

两个人在人来人往的后台对视。

许安仪清晰地看到周望眼里的波动,她相信此时此刻她也一样。

小赵很煞风景:"你们这……真像结婚啊!"

许安仪的脸红了个透,因为穿着吊带裙,连颈窝、锁骨都泛着红。

发布会排在观影环节之后。

周望带着许安仪先去了第一排的观影座位,上面贴着名字。

周望和时玉挨着,许安仪在另一边。

时玉此时还没到,许安仪直接被周望按在了时玉的座位上。

"这不是……时玉不是坐这儿吗?"

周望眼睛里写着无所谓:"她来了直接去坐你的位置。"

"不好吧……"

许安仪很快被打脸。

时玉走进来的时候,看到了许安仪,一脸八卦,给了她一个眼神,然后就去坐了她的位置。

许安仪看懂了,时玉那个眼神在说"靠谱啊,拿下他"。

她感觉自己脸上好不容易消下去的红晕又浮现了上来。

等到主角、主创都入座后,后面的媒体也入场了。

许安仪听着快门声如坐针毡。

周望仗着别人看不到,抓住了她的手腕:"别紧张,你今天很漂亮。"

许安仪看了他一眼,又去盯着什么都没有的银幕。

她的手没收回来,周望的手也没松开。

这个季节哪怕开了空调还是有点冷,许安仪往回缩了缩。

周望看她:"冷?"

许安仪摇摇头。

周望朝着侧门招了招手,小赵跑了过来,许安仪也没听清周望说了什么。

再回过神,就是小赵一脸无奈地给她拿了一件披肩。她披上果然暖了不少。

媒体入场结束了,还有十分钟就要正式观影。

许安仪突然感觉肩膀被人拍了拍,便回过头。

是一个记者,话筒都快碰到她的脸了,说话也毫不客气:"许安仪您好,请问您为什么坐在女主角的位置上?是您带头排挤女主角吗?"

这个记者似乎并没有顾及许安仪的旁边还坐了一个周望。

许安仪没有经历过这种场面,近乎质问的谈话内容直接让她蒙在了原地。

见她一时没有回答,记者又问:"不回答是否代表默认了呢?"

许安仪深吸一口气,刚要说话,周望开口了。

"观影之前不回答问题,这不是行业规则吗?还是说……"他的目光在记者的麦牌上飘过,"你们新锐娱乐要开先例?"

那记者本就是挑着软柿子捏,肯定也不敢跟周望对着来。

"不好意思,周望老师。"他说着就转头退到一边了。

许安仪小声问周望:"这样说话可以吗?不会得罪媒体吗?"

周望看着前面一笑:"得罪就得罪吧。"

"啊?"

"他们也不敢得罪我。"

周望说这话的时候,语气里还有些隐隐约约的傲气。

许安仪略微一想也明白了,周望在圈子里待了这么多年,虽然年轻,但也算得上是真真实实的老资历了,这种三流媒体犯不上跟他对着来。

许安仪点点头:"那你可以给我当靠山了。"

周望听到这句话立刻偏头看着她。

她也意识到这话似乎太亲密:"我是说……"

"靠吧,给你挡风遮雨。"

许安仪看着他的脸,愣住。

"挡风遮雨"这个形容词可太贴切了。

她没忍住,又想起来之前在枫山的时候,自己缩在周望的怀里才没有被雨水打得太过狼狈。

她轻笑了笑。

全场灯关闭,点映即将开始。

许安仪也收敛了神思,认认真真看着银幕。

画面展现,她好像看到了好久之前的北山中学。

实话说,她并不怀念高中时光,只是有一些遗憾的事情没有完成,比如说:没有和周望光明正大地走过北山中学的操场,没有和周望一起上过课间操……

许安仪想到这些就有点想笑,周望人气太高,开学第一次出现在操场的时候,整个学校都骚乱了起来。

那天之后,他就再也没有去过操场了。

许安仪写祝万的时候,给了他一个还没有成名的身份,他还是一个自由的人,可以出现在任何地方,所以叫作《成名在望》。

剧情进行到中间,许安仪看到了那场戏。

她作为替身,骑着单车和周望一同出现在江边。

电影里肯定是不会出现她的脸的,所以没人知道,在那一个画面里藏住了她年少时光的暗恋。

"祝万!你高考后有没有想去的地方?"

也许是昏暗的环境更让人感伤,许安仪的眼角都有泪珠在滚。

她曾经也被问过这个问题。

坐在许安仪身边的周望似乎是感受到了她的情绪,抓着她的手,轻轻地敲动,就像昨天院子里的那个茶杯。

许安仪想,自己在被安抚。

她的情绪缓和了不少,电影也进行到结尾。在一片黄昏之下,祝万和许清分头走向了各自的远方。

导演很会拍。

许安仪在书里写得很细致,说祝万和许清各有各的远方。

可是在电影的结尾,两个人只是回了头。

周望在镜头的左侧,身后是虚影的女主角。火烧云的颜色发散下来,明明是温暖的颜色,看起来又极引人悲伤。

下一刻,白色狂放的字体出现在了画面上——

恭祝你,成名在望。

紧接着屏幕变黑,一段清唱传了出来,只听一个字许安仪就知道了,是周望唱的。

一艘艘船从此刻开向对岸
启航之后再不能回头看
是否有哪一个瞬间
你偶尔也会想念
写不完的歌藏在我的青春里面
风筝吹远从天际飞向海面
我的夏天找不回入场券
信里写不到的诗篇
你会不会也听得见
说不出的话也一并跟随风吹远……

周望的歌声近乎喃喃细语,配合着吉他声,让听众好像与剧中人物一起走过了很长很长的旅程。

许安仪内心复杂,她趁着灯还没开,看向周望的侧脸。

他还是那么平静地看着银幕。

明明都已经跳演员表了,难道还有什么吗?

见周望认真的神色,许安仪也没忍住,继续把目光放回前方。

在演员表滚动到尽头和歌曲停止的一刹那,银幕上出现了四个黑底白字——

我喜欢你。

许安仪知道这是电影的彩蛋,可她还是有些心动,久久不能出神。

忽然,耳边出现一道声音,和大银幕的声音重合:"写给你的。"

许安仪猛地回头去看周望。他的眼里带着点笑,像星星。心脏在胸腔里翻涌,许安仪不知道此时还能不能控制自己的表情。

她努力平复着呼吸,问道:"歌词也是你写的吗?"

"是。"

"真的有一封信吗,还是意象?"

周望的表情凝固了一瞬,被许安仪很快捕捉到。

"真的……有?"

她从来都不知道。

周望像是在思索,没有回答。

她的目光紧盯着周望。

片刻,周望像是做了什么决定,可还没等他开口,灯亮了。

氛围不再。

媒体的镜头已经架起来,许安仪只能咽下了追问,听着身后长枪短炮的"咔嚓"声,还有不少人看完电影的啜泣。

主持人站在银幕前:"请我们主创人员来到台前。"

周望起身,递给许安仪一只手。

许安仪没敢抓,身后还有直播,她不能那么任性,便轻轻摇头拒绝,把披肩放下,跟在周望身后。

站在前面面对那么多镜头的时候,她很没出息地腿软了一瞬间。

这个时候她自然不能夹在周望和时玉中间,她被导演拉了过去。

主持人:"媒体老师们可以向主创提问题啦,先从我们的男主角开始吧。"

周望点点头,点了一个方向。

那个记者站起来,接过话筒:"周望老师好,当初您接下这部戏的原因是什么呢?据网友统计,您从来没演过校园爱情剧。"

这个记者问完一脸期待地看向周望。

周望看着镜头:"不演不是因为不想演,是因为没有遇到喜欢的剧本。"

"好的。那周望老师是以什么样的心情拍摄这部电影的呢?"

"我有关于学生生涯里很遗憾的事情,也算是在这部电影里圆了一个心愿吧。"

"方便问一下是什么遗憾的事情吗?"

周望点头,不知想到什么,面带无奈:"没有和人在嘉望江边的晚霞下骑单车吧。"

十分具体。

在场的都是人精,一下子就听懂了——重点不是骑单车,也不是嘉望江边,而是一起骑车的那个人。

这个记者也很懂事,没有继续问下去。

换了下一家媒体:"周望老师,片尾曲是您自己写的吗?感觉曲风和您之前那首《心事》很像，是同一个心境？"

《心事》就是许安仪最喜欢的那一首歌。

周望点点头："算是吧。"他瞟了一眼许安仪，"当时更戻一点。"

全场都笑了。

许安仪抿了抿唇，她知道周望说的什么意思，低下了头。

记者又问："那这首歌叫什么名字？"

周望一顿："《994929》。"

其他人都很疑惑，只有许安仪瞪大了眼。

这不是周望家大门的密码吗？为什么会用在一首歌上面？

在人群面前，她不好多看他，只好带着满肚子的疑惑。

紧接着，媒体开始采访女主角，时玉就回答得很官方了，还被媒体调侃滴水不漏。

到导演的时候，他随手点了新锐娱乐的一个记者。许安仪一看，正是之前开场时把话筒递到自己面前的人。

"我想问一下许安仪老师。"

许安仪点头，有点不好的预感。

"网传周望老师在追您，您同意了吗？今天坐了女主角的座位，也是因为这个而有恃无恐吗？"

尖锐，刁钻。

许安仪看着乌泱泱的镜头一时失语，她拿起话筒，却被抢了先。

周望："不是网传。"

新锐娱乐的记者一愣："什么？"

周望神色并不温和："不是网传，是真的。"

"所以抢了女主角座位也是真的？"

时玉也开口了："说笑了，是我想结个善缘，有情人终成眷属多好啊！我让给许安仪老师的。"

他们本来已经够客气了，没想到新锐的人还是咄咄逼人："您是被逼迫这么说的吗？众所周知，周望老师咖位比您大。"

这句话已经不是尖锐了，而是难听，全场的媒体都在窃窃私语，没想到会有人这么大胆。

由于问题是问的时玉，其他人也没法插嘴。

导演以和为贵："怎么可能呢，我们剧组一直相亲相爱的。"

这个记者不依不饶："时玉老师也这样觉得吗？"

时玉的手捏紧了话筒："我和安仪关系非常好，不需要这样阴谋论啦，就是一个座位而已。"

紧接着，许安仪看到时玉给主持人使了个眼色。

主持人点头，走到台侧，掐了麦。

既然这么咄咄逼人,就直接不让她说话好了,再问下去,一个不慎可能网上就要有风波。

后面的程序都进展得很顺利,偶尔有问题问许安仪,都被周望给拦了下来。

散场的时候,新锐娱乐的人还企图钻进后台。

许安仪跟周望肩并肩走着,被突然钻出来的摄像头吓了一跳,周望赶紧叫了保安把人拖走了。

回半山的路上,周望接了电话,在车上外放的。

"老板,那个新锐娱乐是新成立的,注册不到三个月,法人……法人是……"

"是谁?"

"陈建……"

"我知道了。"周望平淡地回答,随即挂断电话。

许安仪没听过陈建这个名字,就随口问了一句:"陈建是谁?"

周望单手打方向盘:"我前公司老板。"似乎是他自己都觉得有点荒唐,笑了。

许安仪皱眉,怎么这个前公司还没完没了,得不到就毁掉?

周望瞥了她一眼:"没事的,放心吧。"

一路开回半山。

许安仪一直想着那个记者的问题,连自己想问的歌名和密码都忘记问了,还是站在卧室换衣服的时候才想起来,不由得颇为懊恼。

没有了那个氛围,问什么都会让人觉得奇怪,她只好带着疑问去洗澡。

吹好头发走出来的时候,她的手机响了,一看来电显示,是于枝枝。

"许安仪,你今天真好看啊。"

许安仪轻笑。

"这周望是真霸气,问你什么都让他挡回去。你看了弹幕吗?"

"没啊。"

"弹幕说,一切关于许安仪的解释权都归周望所有,哈哈哈。"

许安仪一愣:"去,别闹。你天天这么玩手机顾渝不说你啊?"她发现于枝枝自从在家养胎开始,高强度上网,别的孕妇不能做的,她是一样不落。

于枝枝丝毫不在意:"他敢,再说了,玩手机怎么了?我又不是出去蹦极。"

许安仪点点头,还挺羡慕。她以前见过亲戚家的孕妇,这也不让吃那也不让做,光是看着她都觉得窒息,她还担心过于枝枝会不会也被逼成那样,还好。

于枝枝没跟她继续这个话题:"你知道吗,今天周望耍大牌本来都上热搜了。"

"什么耍大牌?"许安仪问。

"就是有家媒体放了一段后台视频,视频里周望皱着眉头叫保安,大家就说他耍大牌来着。"

"后来呢?"

"就有粉丝把现场的录屏发出去了，就是那个嘴贱的记者，然后都去骂那个记者了。"

许安仪想了下，很可能热搜是周望前公司买的，结果糊弄不过大众。这个前公司也挺有意思，每次都拿她开刀，柿子就要挑软的捏。她又没出道，不懂他们圈内的规则，不能乱说话。

"没事，周望那边都会处理。"

"许安仪——"于枝枝突然喊了一声，"你现在怎么这么依赖周望？你陷进去了？"

"我没有！"

"你有！平时这种时候，你都是自己想办法的！"

许安仪一僵："好吧……是有那么……一点，只有一点。"

"呵，我就知道，我不在你身边，你的魂就又被勾走了！"

许安仪笑着打哈哈。

又闲聊了两句，于枝枝问："那你什么打算？"

"什么？"

"你不是也有那么一点点心动？"

许安仪叹了口气："我不想谈恋爱。我还有妹妹要养，还要赚钱，还要到处旅行呢。"

"那周望怎么办？"

"不知道。"

于枝枝笑了："他真可怜。"

第六章

/

994929

那天许安仪和于枝枝聊到了很晚,许安仪困得不行才挂了电话。
她想起来于枝枝说的热搜,看了一眼。
什么"耍大牌"的词条已经不见了,取而代之的是"不是网传"。
许安仪一脸纳闷,点进去之后,差点吐血。
广场上第一条是现场的视频,周望说:"不是网传,是真的。"
下面就是网友们的自由发挥了。
△我最讨厌香菜,不是网传,是真的。
△我爱你周望,不是网传,是真的。
△我最讨厌讨厌香菜的人,不是网传,是真的。
诸如此类……套娃行为。
还有最离谱的——周望不敢主动一点,不是网传,是真的。
评论高达三百条。
许安仪还算是经常上网,一般的梗她都懂,偏偏这个没懂。
评论里:
△周望尿死了,喜欢人家那么久只敢"口嗨"。
△嗑死我了行吗,许安仪什么时候答应他?我以前的梦想就是看他谈恋爱。
△妈妈教你@周望,你把她按住掐腰,说:命都给你。
许安仪一脸黑线,这都哪跟哪,周望的粉丝是不是已经疯了?
掐腰是掐了,要是说后面那句,许安仪可能现在已经收拾行李离开北城了。
她退出这条,继续顺着广场往下面翻。
有一条评论——周望是纯爱战神,不是网传,是真的。(九宫格、歌名、懂?)
下面评论区一水的"懂"。

许安仪不懂。

她把键盘调整到九键,输入"994929",当文字跳出来的时候,她的呼吸都暂停了一瞬,随即有些苦涩地笑了。

"我喜欢许安仪。"这几个字那么直白、那么正式地出现在手机键盘上,许安仪觉得自己急需冷静,不能被这些甜蜜炮弹冲昏头脑。她做贼心虚一样把键盘切换回二十六键,还在庆幸自己还好没有问出口。

她看着手机屏幕陷入沉思。

说没想过吗?不可能,周望在她的生活里无孔不入,她每天都会有一些动摇,偶尔也会跟自己纠结。可她真的暂时不想恋爱,心动和恋爱完全是两码事。

一到连载期,她可以十几天不出家门。而周望呢,工作更是忙得不行。与其谈了恋爱之后一地鸡毛,不如就保持着这样的状态最好。

不远不近,不亲不疏。

第二天一大早,许安仪就起来了。

于枝枝快到预产期了,要提前住院,无论如何她都要去看看。

她约了时玉一起。

九点多出门,刚好可以一起吃顿午饭。

许安仪出家门,准备进车库开车,一个声音响起:"去哪儿?"

她顺着声音抬头,看到周望站在阳台上,回道:"去看于枝枝。"

"我送你。"周望说着就要下楼。

"不用不用,还得去找时玉呢。"

周望点点头:"昨晚下雪了,下山的时候小心一点。"

许安仪:"好——"然后上车出发了。

她一向不看天气预报,果然如周望所说,下山的路上堆积了不少雪,应该是还没来得及清扫。这让本就车技不够高超的她每走一段路心里都要抖三抖。

进了市区之后就好走了不少。

她和时玉约在一家饭店,两个人在停车场会合。

许安仪看到时玉:"你不冷吗?"

时玉戴着副墨镜,上身是短款的卫衣,下面穿着破洞牛仔裤。对比许安仪的加绒外套,两人仿佛不在一个季节。

时玉一根手指把墨镜搭下来:"女明星基本素养!"然后揽着许安仪的肩,"上午跟我室友逛街,她穿得才少呢,这天穿吊带。"

许安仪又一次被震惊:"她也是艺人?"

"哦,不是,她纯臭美。"时玉笑了。

许安仪一时无话。

"改天介绍你们认识,应该有点渊源。"

"什么渊源?"

"林清屿律师的女朋友。"

世界真小……

两个人上楼吃饭,还颇有些不好意思。因为吃的川菜,于枝枝不能吃特别辣的东西,所以没带上她,她一直在微信群里控诉。

许安仪和时玉只好加快了速度,边吃边聊。

时玉突然提起:"昨天那个媒体被周望工作室封杀了。"

许安仪抬头看她:"什么意思?"

时玉:"就是以后只要和周望有关的场合,这家媒体都不能进。

"明眼人都能看出来,这公司就是专门针对周望的。"

许安仪似懂非懂地点了点头。

吃完饭,两个人前往医院看望于枝枝。

她们给于枝枝买了不少打发时间的玩意,就是没买婴儿用品。

许安仪:"是不是给孩子买点?"

时玉:"走那个过场干吗,浪费钱,于枝枝最重要。"

许安仪有点无奈,孩子长大了有三个不靠谱的"妈",估计得疯。

于枝枝的待产房很大,她们进去的时候,就看到于枝枝坐在沙发上玩手机,腿还搭在坐着的顾渝身上。

"你们来啦!"于枝枝笑了,顺手把顾渝踢走,伸手拍了拍身侧,示意她们坐下。

许安仪和时玉坐过去。

"我正有事找你说呢。"于枝枝扯着许安仪。

"什么?"

"我昨天收拾行李,突发奇想就回了趟娘家,把以前的东西都收拾了一遍。"

时玉:"等等,你确定是你收拾?"

"顾渝收拾也一样。"于枝枝傻笑,"我们大学毕业回北城不是搬了行李嘛,当时我就把东西都装在一个箱子里。"

"回家之后我就想纪念一下青春嘛,就把整个箱子的东西都倒了出来。"于枝枝一脸神秘,"你猜我发现了什么?"

许安仪和时玉都忍不了她卖关子,齐声问道:"什么?"

"当当当当!"于枝枝从身后拿出来一个光碟一样的东西。

许安仪凑过去看,是一张周望的专辑。

"这是你的吧?"于枝枝问。

许安仪完全不知道有这个东西,说实话,她根本就不会买:"不是。"

于枝枝也惊奇了:"那是谁的?"

许安仪:"宿舍其他人的?"

"不能吧，除了你根本无人在乎周望。"

许安仪陷入沉思，带动着于枝枝也沉思起来。

时玉接过专辑翻到背面："破案了，安仪的。"

许安仪凑过去，看到专辑背面写着：TO 许安仪。

许安仪和于枝枝仍有些蒙，还是不知道这个东西从哪里来的，完全没印象。

正在回想之际，于枝枝一拍大腿："我知道了！"

"知道什么了？"许安仪看向她。

于枝枝神色复杂："你记得吗？当时我给你取快递，你说这个快递是周望的粉丝寄的，专门刺激你，你就让我扔了。我当时不知道被什么事情耽搁了，就一直忘记扔了。"

许安仪听她这么一说也想起来了。

当时总有人给许安仪寄快递，似乎是高三那场闹剧的余威还没结束，她时不时拆到不好的东西，每次都会导致心情变得极差。

所以后来再收到跟周望有关的快递，她要不就是扔了，要不干脆不取。

那次于枝枝不知道，给她取了回来。

她拆开之后，发现是一张专辑，还写了"TO 许安仪"，不知道寄快递的人意欲何为。那字体好看，根本不可能是周望的亲签，所以她就让于枝枝帮忙扔了，没想到留存到现在。

于枝枝把专辑递给她："你拿走吧，就当留个纪念。"

许安仪求之不得，接过来放进包里。

之前是因为那些破事耿耿于怀，现在这张专辑近乎绝版，周望也没怎么写歌了，留下也不错。

三个人聊了好一会儿，到了于枝枝要去做产前护理时，两个人才离开。

于枝枝刚才撒泼打滚地说害怕，生孩子那天她俩还得来。

许安仪和时玉边走边聊，路过妇产科诊室时，她一个侧头的瞬间，看到了不想看到的人。

坐在妇产科外面椅子上的焦头烂额的男人，正是她那窝囊废爸爸。

许安仪看到他，他没看到许安仪。

她都不敢想，赵晓雅刚走没几个月，这人怎么就出现在了妇产科门口。

"许志！"许安仪喊。

中年男人一下子抬起头。

他看见许安仪的第一反应竟然是躲闪，把脸避了过去。

许安仪看到他就气不打一处来："你怀孕了？来妇产科干什么？"

或许是许安仪的声音有些大，许志赶紧走了过来："你怎么说话的？我是你爸！"

许安仪直视他："我怎么不知道你是我爸？"

"你！"许志似乎是想到什么，立刻变得讨好，"爸爸找了个阿姨，她怀孕了，陪她来产检。"

许安仪上下打量他："那你还挺骄傲是吗？"

许志笑笑。

许安仪只觉得不对劲，许志什么时候对她这样过，在家里从来都是大呼小叫的。本来她还愿意叫他一声爸，结果赵晓雅人没了，他都没出现过。

葬礼办完，她马上就给老房子换了锁，拉黑了许志。

没想到这人这么不要脸。

"安仪呀，爸爸跟你商量个事行吗？"

见许安仪没个好脸色，时玉拍了拍她，示意自己去电梯口等。

许安仪："干什么？不陪你家人？"

许志谄媚地笑："不是，这不爸爸要跟你这个阿姨结婚，我看你和安柔也不住老房子了，把老房子给爸爸呗。"

许安仪被气笑了："房本是我妈妈的，凭什么给你啊？你们婚都离了。"

许志："那你给爸爸点钱，爸爸最近手头紧，股市那边不太好。"

许安仪根本就不会给："做梦更快。"

"我听说安柔有不少钱，那我去他们学校跟她要。"

许志的话简直是刷新了许安仪的三观，但她知道许志绝对不是说说而已，因为他不要脸的程度有目共睹。许安柔马上中考，绝对不能被打扰。

她咬牙："要多少？"

许志伸手比出来一个"二"。

"多少？"

许志："两万。"

许安仪深吸一口气："你连两万都没有！还敢生孩子？你真不是个东西！"

许志"你别管了，给爸爸就行。把爸爸拉出黑名单吧，我也得关心点你们姐妹俩。"

"我警告你，别再打那个房子的主意。我妈不在了，房本上现在写的是我的名字。"许安仪给他银行卡转钱，"别再跟我要钱，我不是我妈，你装可怜我也不会给，懂了吗？"

许志收到了钱，就不跟许安仪搭话了，转头继续到椅子上等着。

许安仪跟过去："你敢去找许安柔，咱们试试看。"

许志摆手，不想多说的样子："知道了，知道了。"

许安仪带着一肚子火离开了医院。

时玉也不多说她的家事，只是让她放轻松点，别在意那些，两万块钱不多，当买个安稳了。

许安仪想了半天，还是不放心，算着许安柔下课的工夫给她打了个电话，告诫她不要出学校。

许安柔答应得很干脆。

回到半山的时候，天已经黑了。进了家门，许安仪却越想越烦。

她翻着包，猛地看到了那张专辑，心不在焉地打开外壳翻看着，还是光碟的款式，泛着一点年代感。

她左右翻动着，却感觉不对，似乎跟现在手里这张不一样。

她是见过周望这一版专辑的，高三那年有不少学妹拿着专辑来找周望签名，无一例外都被拒绝了。

该不会还是个盗版吧？

许安仪摸着内壁，突然摸到了一个凸起。

什么东西？

她伸手过去，把里面那一层翻开，凸起的东西露出了真容。

是一张字条，已经完全发黄。

展开看，又是那一串数字——994929。

许安仪惊得差点把光盘丢掉，不可能有粉丝知道这个东西。

那么只有一种可能，这个专辑就是周望送的。

许安仪急急忙忙拿起手机，给于枝枝打电话："你说当时给我寄快递的人叫什么？"

于枝枝一头雾水，想了半天才回答："'北冰洋'。"

当初于枝枝跟她提起的时候，她并没有在意，只当作是粉丝看了照片之后的恶作剧。这下想想，原来真的跟周望有关系。

她神思不清地挂了电话。

这个时候，最好的选择就是去找周望。也不知道周望今天有没有工作，但许安仪管不了那么多了，甚至连手机都没拿，就冲到了周望家门口，按响门铃。

门很快打开。

她一脸认真地走进去，惹得周望看了她好几眼。

"怎么了？"

许安仪把专辑放在桌子上。

周望愣住："这个……"

"你送的吗？"

周望闭了闭眼，点头。

"你怎么知道我宿舍的？"她毫不犹豫地发问。

周望不紧不慢地给她倒了一杯水，笑了笑："我去过南大。"

"什么时候？"

"你大二的时候。"

"我为什么不知道？"

许安仪今天的心情本就不好，乱得不行，此刻语气也很冲。她就像被蒙在鼓里，什么都不知道。

越是跟周望相处，就越像探案一样，发现一件又一件被她遗漏在时光里的事情。这对她一点都不公平。

周望似乎是在措辞，不是那种面对镜头的游刃有余，许安仪难得在他脸上看到了些挣扎。

"我当时去拍戏，为了不被发现，一直藏在群演里。"

南大时不时就有剧组去取景，许安仪一直知道这件事，只是无论哪个明星艺人来，都会在半个小时内传遍学校。

"所以你当时看到我了？"

"嗯。"周望站起身，非常认真地注视许安仪，"我也知道了你的宿舍楼，于枝枝在朋友圈发过你们的门牌号。"

许安仪没说话。

"对不起，"周望解释，"我没有窥视你的意思，我只是……"

后面的字句他没有说下去。

许安仪眼眶都红了，看着周望："只是什么？"

"我只是很差劲，一边说不能给你找麻烦，一边却离不开你。"

离不开她？最后还不是离开了。

许安仪侧开目光。

有那么多机会，他可以出现在她眼前亲自解释，可他没有。

许安仪深吸一口气："然后呢，你还寄过什么？"

周望垂着眸，站在她面前像罚站："玻璃瓶的'北冰洋'停产了，我就找人搜罗了一箱，是你爱喝的橘子味。"

许安仪语气很冷："我一点都不爱喝。"

喝"北冰洋"也是因为你第一次请我喝的是"北冰洋"。

"还有呢？这个专辑怎么回事？"

周望："这是第一版样品，我很喜欢，可公司不喜欢，所以我寄给你了。"

许安仪懂了，她有些替周望难过，她只是一个普通人，不配，也不值得。

许安仪："我想听你亲口跟我说当时删好友的原因。"

周望的神色终于有了些波动。

高考结束。

"周望！周望！周望！"

考场门口都是粉丝，挤得周望喘不过气。

公司的商务车就在咫尺的地方停着，他却无论如何都走不过去，最后还是学校的保安来了，粉丝才让出一条路。

上车之前，周望到处巡视着，也不知道许安仪考得怎么样。

"下午进组了，高考完舆论肯定控制不住。"经纪人坐在副驾驶，"你把手机交上来。"

以前也有这样的时候，周望没太在意。

他还可以趁着这个时间问问许安仪，还没等他登录微信，经纪人问："之前跟你说的和那个女孩断联，你弄好了没有？"

周望表情平淡："嗯，已经断了。"

"你别想着瞒过去，我们的合同写着不能谈恋爱，你谈恋爱是违约知道吗？"

最近这些话，他听得耳朵都生了茧子。

"我没谈恋爱。"

经纪人冷哼一声："是，被拍到，还要公司给你收拾烂摊子。"

周望不想出声，趁着经纪人不注意，给许安仪发微信。

W：考得怎么样？

没回。

经纪人又一直催着他交手机，无奈，他只能关掉消息提醒，删除聊天记录，把手机交了。

这次的拍摄地在深山里，周望未来一个月都要在那儿住。

他时不时偷偷拿手机跟许安仪说话，小心翼翼的，不能被发现。经纪人查手机的时候也看不出什么端倪来，似乎一切都很正常地前行着。

周望当时信奉网络上的一句话——少年就是不可为而为之。

他想自己也大概是这个模样。

不可为：不知道为什么连朋友都不可以跟许安仪做；而为之，他瞒天过海也不要和她断联。

说实话，那个时候的周望从来没想过什么恋爱，他只是想要一直和许安仪保持着三年以来的状态。

只是偷偷拿手机终究不能够长久，终究还是被经纪人发现了，刚巧那个时候周望在回复许安仪。

公司为此要召开紧急会议，周望跟剧组请了假，被接回了北城。

周望坐在会议室的一侧，另一侧都是公司的人，像审问犯人一样。

公司的人唱红黑脸。

一个说："周望！你是偶像，能谈恋爱吗！这件事可能会影响到公司！你不懂吗？"

周望还是回答："我没谈恋爱。"

另一个说："周望，你还年轻你不懂，你现在这么红，同年龄段里一骑绝尘，你是要做大事的！"

周望不回答。

"周望，你别不知好歹！公司是为了你好！要不然就按照违约处理，你直接不要出通告了，什么时候想通了什么时候再出现吧！"

周望猛地抬头，有恃无恐："好啊，你们别给我通告好了，反正我累了，你再找一个，在公司里接替我。"

他当年的红，是整个娱乐行业都眼红的那种，公司根本不可能让他有一丝歇息。他是摇钱树啊，要不然为什么高考之后就进组。

"你！"

"周望，你听我一句劝，谈恋爱都是小孩的事情，你说要是被粉丝发现了，你没事，那个小女孩得被骂成什么样？"

周望一字一顿，再次重申："我没谈恋爱。"

这样的对话持续了四个多小时。

"周望！你别自己找不自在，你信不信，你要是不把那个女生删了，明天我就找营销号把她的照片放网上！到时候你后悔就晚了！所有人都会知道你这个偶像失德！那女孩也会被网暴！"

周望忍了一下午，拍桌而起："你敢！"

当时的周望实在是太过年少轻狂了，少年人似乎总胜券在握的，对于威胁不当回事，所以会议结束之后，经纪人拿着许安仪的照片出现的时候，他不知道该用什么反应去应对。

那是一个普普通通的下午，经纪人重新把手机还给了他。

周望："她有给我发什么消息吗？"

经纪人不耐烦道："没有。"

他松了一口气，在对话框里写下了那六个字——祝你天天开心。

"就是这样。"

许安仪有些不可思议："那你之后为什么不找我？"

周望无奈地回答："我大学毕业之后才解约的。"

在那之前，他的一切行为都不能自己决定。

许安仪整个人僵在那里，她以为曾经北山中学最明亮的那颗星星，无论做什么事情都是随心而来。她从来没有见过那么洒脱的人，原来洒脱的人也会身不由己。

许安仪看到周望的神色，心下微动。她站起身，走过去，张开双手，抱了抱周望。她今天胆子很大。

周望的身体明显僵了一下。

"其实我大概知道当时是为什么。"许安仪默默说，"我只是不知道中间还有这么多的关窍。"

周望的情绪散得很快："过去好久了。"他伸手回抱许安仪。

两个人在周望家的客厅里沉默着拥抱了好久，像是要抱回错过的那几年一样。

误会解开，是个还算完美的结尾。

过了几分钟,许安仪从周望的怀里挣脱出来。

周望:"所以你还要躲着我吗?现在不管是网络还是其他,都不会再发生以前的事情了。"

许安仪直勾勾地看他:"不躲了。"

顺其自然吧。

终于弄清楚了这些积年旧事,许安仪回家之后心情都松快了不少。

北城的暖气烘得人昏昏沉沉的,她窝在被窝里,很快就睡着了。

第二天,许安仪是被冷醒的。

她皱着眉头,缩了缩手脚,昨晚还那么热的暖气,今天早上屋里就像是冰窖一样,也不知道什么问题。

她打电话给之前签合同的人,对方的说法是,半山的暖气经常这样,因为每间房子面积过大,温度会上下浮动。

许安仪向来是最怕冷的人,只能熬一段时间是一段。

许久不穿的毛绒睡衣也被她从柜子里翻出来,外加上棉拖鞋,活生生地把自己裹成了一只熊猫。

为了防寒,她吃饭也选择的热汤面。

她正吃着的时候,放在一旁的手机响了。

"姐。"一接通就是许安柔的声音,好像特别委屈。

"怎么了?"

"爸爸来我学校了,我不敢出校门。他一直在学校门口站着,我连午饭都没吃。"

许安仪听着都感觉到了许安柔的无助。

之前她就告诉了许安柔自己被要钱的事,让许安柔千万小心。

可是再小心也不能不吃饭啊。

许安仪火从心生,冲上楼去换衣服,当即决定开车回市区。

到达许安柔的学校是一个多小时之后的事情了。

她隔着老远就看到许志在那儿站着,老神在在的样子。

"你在这里干什么?"许安仪下车走过去。

许志看着校门口的校训:"我来看我女儿啊。"

这话把许安仪恶心到了:"你女儿不还没出生吗?"

许志一笑:"你别管爸爸的闲事,爸爸不找你。"

这是死皮赖脸到底了?

许安仪走过去拽他胳膊:"快点走,别在小柔学校门口站着。"

许志纹丝不动,反手甩开许安仪。

"你别蹬鼻子上脸!"他压低嗓音,"我都打听到了,老房子你给许安柔了!还骗我!

"那房子当初就是我买的！你妈一分钱没出！这么多年要不是她一直赖着不离婚，哪有你们拿房子的道理！"

许安仪也来了火气："我妈这些年给你的钱，早就比房子钱多多了！"

许志看着人模狗样，兜里平时一个子都没有，全靠赵晓雅。

"那也行，"许志琢磨着，"你按照市价把钱给我，房子就归你们。"

许安仪瞪大了眼："你要不要脸！"

"你们两个小姑娘总归都是要嫁人的，留个房子有什么用？你要真喜欢那个房子……你不是赚了不少钱吗？你给我折现！"

"你这是敲诈勒索！"

"我是你爸！"

许安仪啐了他一口："你才不是我爸！我没你这种爸！赶紧给我从这儿滚！钱没有房子也没有，跟你现在的老婆去要！"

她神情激动，语气更是不好，声音大到路边都有人来围观了。

许志四处观望了下，咬咬牙。他好面子，怎么能让自己生的当街对他大呼小叫？

他一只大掌伸得高高的，对着许安仪挥下："轮不到你教训我，你妈就是这么教你的？"

许安仪只感到了一阵风声，紧接着脸颊就被打偏到一旁，火辣辣的。

往来还有不少路人和学生，都惊奇地看着这一幕。

许安仪牙都咬紧了。

"你别打我姐——"

许志本来还想再来一下，长长他的威风，只是手刚碰到许安仪，就被一阵大力推出去。

许安柔出来了，身后还跟着一个高高瘦瘦的男孩。

"你回去！许安柔！"

许安仪深知，一旦被许志缠上，许安柔绝对无能为力。

许志看到许安柔，马上哄道："小柔，你跟爸爸走呗，去跟爸爸签个字，爸爸要用咱家房子。"

"滚。"许安柔道。

许安仪瞪大眼。虽然之前许安柔脾气暴躁，不过经历了赵晓雅去世，她已经变得消沉娴静。

许志愣住了："你说什么？"

许安柔："我说——滚！"

许安仪没出声，她怕许志对许安柔动手，一直集中注意力。

"你在哪儿学的这么不三不四？没妈就是不行，爸爸带你走，好好教教你！"许志说完，上来就要扯许安柔。

"你听不懂吗？我要你滚！"许安柔还在骂。

许志伸向许安柔的手被许安柔身后的男孩子攥住，许志用力挣扎也挣脱不开。

许安仪不想跟许志纠缠，万一许志破罐子破摔，她们一定处于劣势。

她上前去握住许安柔的手："上车，先走。"

许安柔又扯了下那个男孩的袖子："一起走。"

那男孩甩开了许志。

许安仪一直把注意力放在身后。

许志果然追了上来："你们给我站住！"

许安柔又回头："你听不懂人话是吧，有多远滚多远。"

"好了。"许安仪把许安柔拉过来，打开车门，让他们赶紧上车，忽略了还在喋喋不休的许志，锁好车门先开走。

她其实不是不想骂许志，刚刚人群里已经有人举起手机录像了，她现在算是半个公众人物，一旦牵扯上了舆论，会变得非常麻烦。

报警？

再怎么不想承认，他们之间还是有血缘关系的，就算报警也是家事，浪费时间不说，还得让他们多相处一些时间。

这件事肯定会有更好的解决办法。

她得再想想。

"姐，你没事吧？"许安柔在后座问。

许志那一掌估计用了好大的力气，许安仪脸上到现在都还在发麻。

"姐，都红了……"

许安仪耳朵上有一枚耳钉，刮了一下，耳后薄薄的皮肤渗出来了点血丝。

"没事。我一会儿帮你请假，先回家。你这个同学还回学校吗？"

"他能跟我们一起吗？"许安柔问，"他住校的，现在回去进不去校门了。"

许安仪思考了下："好。"

回到半山，许安仪发了愁。家里房间是不少，有床的却只有两间，她和许安柔分开睡的，这个男同学来了住哪儿还是个问题，关键连床上用品都没有多的。

"我出去一趟。"

许安仪戴上口罩准备出门去买，留下两个人在家，也不用开车，山腰上就有大型商超。

"你去干什么？"是周望的声音。

许安仪在关门，听到声音扭头去看。周望穿着一身运动服站在家门口，似乎准备出去走走。

她下意识侧了脸，不想让周望看到脸上的伤口："我去买四件套，家里来了客人。"

"男生？"

"嗯。"许安仪回答得很快，音节都吐出去了，才发现周望话语中的探查，连忙解释,"不是你想的那样,是我妹妹的同学。"

周望松了一口气:"有多余的房间给他吗?"

"没有……"

"那怎么办?"

许安仪道:"我准备让他在客厅将就一晚上。"

周望"扑哧"一声笑了:"让客人住客厅?"

许安仪不服气:"那你说怎么办?"

"来我这儿吧。"周望看着她,"我家空房间多,随便住。"

许安仪愣住:"你不怕被拍?"

"小孩子不懂这些。"

可她以前上学时的那些小孩子怎么就懂呢?她就是觉得周望不想让那孩子在她家待着。

"行吧……"

随了他的心愿吧。

周望点点头:"那正好就不用去买东西了。"

"好……"许安仪求之不得,准备回去。

她刚一转身,手腕被抓住了。

周望的手温热,暖和着她,只是刚刚语气里的笑意完全消散:"先告诉我,脸怎么弄的?"

许安仪听到问题,当即把头扭到另一边,含糊道:"没事的。"

她不想过多讲述有关于自己的负能量,这些东西她羞于说出口。其实她自己也清楚得很,她因为这些事情在自卑,在对周望一个人自卑。

从前上高中的时候,她就从各种小道消息里听说过,周望家庭和睦,条件优越,本人也优秀,是最闪耀的天之骄子。

而她不管是从前还是现在,充其量就只能说是一个还算有出息的普通人。她和周望相处的点点滴滴,无一不透露着她的不自信,甚至恐慌。

周望说喜欢她,她都不敢相信。

周望走上前,许安仪就扭头躲,两个人一下子形成了僵持的态势。

她躲得狠了,周望就伸出手,捧住了她的下颔。

许安仪的伤口被碰到:"嗞——"

刺痛。

周望神色一沉,轻柔地把口罩从她的脸上取下,然后就看到了还泛着红的侧脸,还有耳下的血丝。

不知为何,许安仪有点委屈。她被迫仰着头看周望,眼眶还有些泛红。

"疼……"

她说话的声音小到忽略不计,但周望还是松了手:"怎么弄的?"

周望可能是怕许安仪转头跑了，放下来的手紧接着去抓她的手腕。看脸色，他明显是不开心。

许安仪："我爸打的……"

周望听完，什么都没说，拉着她走。

许安仪："干吗去？"

周望也不吱声，硬生生地把许安仪扯到了自己家。平时许安仪进去都是要换鞋的，今天却连门口都没停顿一下。

周望把她安置在沙发上，去找药箱。

许安仪实在是不喜欢看他这种表情，没有由来地让她感觉怕，所以她张望了下，想着自己跑回家里的可能性有多大。

没到两秒，她就放弃了。

周望把药箱放在茶几上，人坐在许安仪旁边，从药箱中拿出一根碘伏棉棒，拆开了包装。

"有点疼，"周望没看她，"疼的话跟我说。"

那出了血的口子在耳后，也就指甲长短，许安仪心里想，能疼到哪儿去，她又不是三岁小孩。

周望一只手轻捏着她的耳垂，缓缓靠近。

许安仪慌乱不堪，目光都不知道往哪里放，没忍住动了一下。

"别动。"

她立马板板正正地坐好。

碘伏凉凉的，一下一下点在她的伤口上。许安仪觉得痒，躲了躲，周望捏着她耳垂的手就用了力。她脸红，又不敢动了。

"疼吗？"

"不疼。"

其实有点。

本来不问还好，周望这么一问，痛感和委屈就涌上来了。许安仪发现自己眼眶又开始有点酸，赶紧往上看，把已经涌到眼角的湿意压回去。

碘伏的凉意散去，许安仪以为结束了，松了一口气，下一秒就僵住了——

有丝丝凉风顺着耳后吹来，哄小孩似的，吹拂着她的伤口。他俩的距离近到连彼此的呼吸声音都听得到。

她吓了一跳，立刻挣脱转头。

许是距离太近，她这一扭头心跳就乱了拍。

她吻到了周望的嘴角。

那是怎样一个轻柔的吻，像他的手一样，温温热热。

窗外的雪积起来，反射着日光，光线又通过巨大的落地窗打在了两个人之间，还时不时有雪压断树枝的"噼啪"声传来。

窗边周望买的绿植没有过冬的烦恼,还在肆意生长着。

"喵——"

安安的叫声惊醒了两个人。

许安仪连忙撤开,眼睛里亮晶晶,脸上红扑扑,却先发制人:"为什么吹气?"

要不是周望给她吹伤口,她也不会回过头去,更不会得到意外的吻。

周望也有些愣怔,耳尖微红:"抱歉。"

一时之间两人就这样静静对坐好久。

许安仪:"你就当拍戏吧……也别……太有心理负担。"

周望回答得干脆:"我没拍过吻戏。"

话题一下引开,许安仪惊讶:"你没拍过?"

"嗯,"周望已经变成了平常的样子,"从来没有。"

许安仪一直以为她没关注周望的那几年,周望早就感情戏接得满满当当了。

"这是你的……初吻吗?"她大着胆子问。

周望点头。

这下好了,谁也不吃亏。

许安仪倒是松了口气,可这一放松,嘴上就没个把门的:"我也是……所以你不用抱歉。"

许安仪话音一落,就开始唾弃自己,她在说什么啊?

周望也是一愣。

半晌,他突然笑了:"那挺好的。"

许安仪深刻意识到,绝对不能再继续这个话题:"我先回去了,许安柔和她同学还在我家呢!"

语速极快,跑路效率极高。

就在她走到门口的时候,周望在身后不紧不慢地说:"伤口不要碰水,明天来找我上药吧。"

她差点被门槛绊倒,回到家都没缓过神。

看到许安仪,许安柔的第一句话就是:"姐,你脸怎么这么红?"

许安仪:"有吗?"

"当然有!"许安柔一脸疑问,"你不是去买东西吗?怎么手上什么都没有?口罩都丢了?"

"啊……那个,我戴着不舒服。"许安仪尴尬地笑,"你同学今晚去隔壁住,我跟周望说好了。"

许安柔不知道姐姐为什么魂不守舍的,还能把话题从口罩过渡到这个事,见她没有要多说的样子,许安柔傻傻地点了点头,任由她跑上楼。

"宁让,你说我姐怎么了?怎么出去一趟,人都不聪明了?"

"她刚去了隔壁。"

"那又怎么……等下！不会吧……她脸那么红是被周望哥打了？打得神志不清了？"

宁让一口气差点没上来，舌尖顶了下腮帮："你真傻还是假傻？"

"我姐打他？"

"啊……对，你说得对。"宁让放弃了。

许安仪坐在床上，神思却飞到天外。她想做点什么来分散注意力，但一坐在电脑前面，屏幕仿佛都变成了当时的慢镜头。

她情不自禁地摸了摸嘴唇，瞬间清醒。

左手抽了右手三下。没出息。

她腹诽，不小心碰到了嘴角也叫吻吗？自己都这么大年纪了，为什么要因为这点小事心神不宁？是不是因为自己没谈过恋爱，所以总是害羞？

她甚至想了想，于枝枝遇到这种事会怎么办。

于枝枝一定当场就挥挥手，说"你占到便宜了，恭喜你"，然后满不在乎。

她怎么就不行？有些被气到。

许安仪仰面躺下，看着天花板，满脑子都是周望。

无懈可击的五官，嫩得像是小姑娘的嘴，他当场道歉时的表情……上次掐她的腰他就没道歉。

不小心吻到的时候，她看到窗外的树被雪压弯了腰，下次要提醒周望，走路的时候注意安全。

耳后还有点痒，是不是周望吹的原因？许安仪知道自己肯定会喜欢他，却不知道因为一个吻能到这个程度。

"啊啊啊，别想了——有什么好想的！"

她欲哭无泪。明明写了那么多本小说，里面的亲吻从纯情到法式都有，怎么到了现实生活就能变成这样？

实在走不出自己的思维迷宫，她顺手拿起手机，点开视频软件乱看。

推荐第一条——朋友！见过内娱全能顶流的好身材吗！

封面赫然是周望。

许安仪脸又红了，赶紧点击刷新——周望到底有多帅？一个视频告诉你！

刷新——我宣布，周望穿白衬衫封神了，想看他的接吻戏！

都是什么啊？

许安仪觉得大数据一定在监控她，不甘心地关掉手机，继续看天花板发呆。

过了三分钟，她又拿起手机，翻动软件，找到第一次推荐的视频，点开。反正只有她一个人知道自己在干什么，就当找灵感好了。视频里的周望应该是在某一个舞台，拼盘演唱会的配置，满满当当的应援。他戴着耳麦唱歌，穿的也就是西装白衬衫。

有什么身材能被看出来吗?
她迷惑。
突然,弹幕上飘来了一堆字。
△前方高能!
△口水收回去!
△妈粉提纯女友粉!
许安仪凑近去看。
周望的耳麦连接线没有固定好,从衣摆那儿掉下来了,正好线的抖动之间,把他宽大的白衬衫掀起来了一点,露出了半截腰线和腹肌。
视频里的尖叫声巨大。
周望不慌不忙地重新别好麦,一只手就把衣服扯平整了。
许安仪看完这一幕,深吸一口气,瞬间把手机倒扣下去。
他身材有这么好吗?
怪不得之前他背着她那么久都感觉不到累!
她捂住眼睛,在床边踢了几下。自己到底在想什么?
以前怎么没发现,自己这么沉迷……男色……
无限挣扎之中,手机"叮咚"一声。
是一个好友申请——许老师,想找您合作。

许安仪同意了好友申请。自从她的书红了,来联系她合作的人就不少。
但也不是每次合作签约都能顺利进行,所以她也没把这件事放在心上。
最重要的是这条好友申请提醒了她一件事——之前书出版、影视让她存下来了不少钱。
许安柔在成年之前,自己肯定是要管着她一点的,今天的事以许安仪对许志的了解来说,肯定还会再发生。
她住在半山,万一下次没这么幸运,不能及时赶到,不敢想许志会不会揪着许安柔去签字转让房子。
不放心啊。
许安仪躺在床上思考,其实她的钱买房有点不够。老房子她已经本能上排斥了,不想住下去,但那是赵晓雅留给她们姐妹两个的,也不能轻易卖掉。
想了一会儿,她就开始头疼。
实在不行,改天去看看房子行情。

当天晚上,许安仪请许安柔和宁让吃了大餐。
故意没带上周望,她怕自己看到周望就会控制不住情绪。
吃完饭,他们顺着山路慢慢走上来。

走到家门口的时候，许安仪带着宁让去敲了周望家的门。

周望开门的瞬间，许安仪就一脸迷惑。

明明已经算得上是大晚上了，这人的头发上还抹着亮晶晶的发胶，身上穿得也很正式，是出了门就能够直接上舞台的那种。

许安仪："你……这是？"

周望脸色一僵："啊……录了个视频。"

原来是这样。之前她就知道，周望会有很多要自己录的东西，所以他家客厅里有一片专门用来拍摄的区域。

周望把门口的位置让出来，示意宁让跟他进去。

"太晚了，你先回去，"周望对许安仪道，"放心吧。"

许安仪点头，又朝宁让说："这是周望哥哥，你有什么需要跟他说，或者给我打电话都行。"

"好。"

周望关上了门。

许安仪带着疑惑回了家，总觉得哪里奇怪。

"哥，我睡哪里？"宁让一进门就问。

周望："我等下带你上去，稍等我下，我去把设备关掉。"

"好。"

紧接着，宁让就看到周望走到一架相机前面，非常虚假地按了开关。

他从小就喜欢摄影，了解相机的型号，这架相机的开关键根本不在那里。

为什么要骗人？

宁让的脑袋转不过弯来，干脆直接说出口："哥，你按错了。"

周望脸色一僵："是吗？"

宁让非常认真地点头。这一瞬间，他的脑海打通了关窍，联想到今天下午许安仪的状态，当即就懂了什么。

"哥，你不会是怕我个初中生……"

后面的话宁让没明说，可周望一下子就懂了。

周望从小到大什么场面没经历过，无论是金牛奖的领奖现场，还是演唱会上，他从来都没有这么窘迫。

现在被一个初中生质问，语气中还明显透出嘲笑。

周望："怎么可能。"

宁让："那当我没说。"

周望觉得这个话题真是诡异，大晚上，他和一个初中生在这里打哑谜呢？

为了转移话题，也为了问出自己的问题，周望有点严肃："今天发生了什么？"

宁让一愣："安仪姐没告诉你？"

周望："没有。"
宁让坐在沙发上，跷着二郎腿说出了前因后果。
周望听得眉头紧皱着。
"今天吃饭的时候，安仪姐说要回市区买房，天天接送许安柔，但我觉得没必要。"
周望思索："其实还挺有必要的，有的大人什么都能做出来。"
宁让不认同："我可以保护她。"
周望猛地愣住，他以前也这么想过，最后的结果却是失败。
他笑了："没事，你在学校保护她，我们在学校外，这样更全面。"
他自动把自己划成了我们。
宁让似乎也觉得有道理："也对。"话锋一转，"哥，你化妆是为了安仪姐？"
周望挑了挑眉："嗯。"
宁让："不用，哥，我喜欢比我小的，你不用担心。"
"我不担心。"周望有点无奈，是不是真的年纪大了，没办法跟小孩沟通了？

许安仪回了家就在研究买房的事情。
刚才吃饭的时候，她和许安柔说了下想法，许安柔最开始还说不用。
许安仪说："我也该买房了，总不能一辈子租房住吧。"
许安柔就同意了。
两姐妹商量了一下，其实老房子是不用卖掉的。老楼现在已经很古旧，再放几年估计就会拆迁，所以买房的话，许安柔那边有赵晓雅给她们留的一笔钱，虽然不多，但是加上许安仪的钱就差不多可以买了。
这几天避风头，许安仪给许安柔请了假，刚好可以回市区看房子。
商量好这件事，她就回房，努力工作。
一想到自己钱包里白花花的钱即将从指缝中流走，她就心痛得不行。
写完更新都好晚了，手机里有几条消息。
其中一条是下午加的合作方。
。：许老师您好，我这边是飞讯的，想找您合作一下呢。
许安仪知道这个公司，多方面发展，算是国内数一数二的。
安：什么合作呢？
。：我们这边娱乐子公司马上要开启了，想请您写一本定制文。
定制文？
这许安仪听过，都是行业里的大神会被邀请，根据甲方的需要写文章，起到两方宣传的作用。
不过娱乐公司的定制文，岂不是写娱乐圈？
安：是艺人题材吗？
。：对的。

。：然后我们这边预算报价,还有一些大致的要求在这张图片里,您可以看下。
许安仪其实不是很想接。
她写文一向是灵感型,比较怕写自己不擅长的东西,更何况自己对娱乐圈的全部了解仅限于一个周望。
但她在点开那张图片时,被上面的预算报价震惊了。
不接是傻子。
要求也很简单,要每天去子公司,类似于上班,这对她也不是什么难事。
安:我可以。
。:那太好了,我们可以商量一个时间面谈。
最终约在下周三。
许安仪瞬间不为房价发愁了。
这一个合作赶上了她写两年,要不怎么说互联网是把双刃剑呢。
她开心地躺下睡觉。

第二天一大早,许安仪就爬起来点早餐,顺便送了一份去对面。她和妹妹向来不爱吃早饭,但有客人借住在周望家。
许安柔从楼上下来,看到许安仪坐在客厅:"姐!你还能七点起床?"
许安仪看了许安柔一眼,困得一句话都不想说。许安柔秒懂,立刻闭嘴去洗漱。
"今天咱们两个看房子去,"许安仪朝着厕所喊了一声,"不然心里不踏实。"
"好!"
吃过早饭,许安仪先去敲了隔壁的门。
周望开的,明显也是没睡醒的样子。
"我来接宁让,回市区那边。"她简单解释。
周望:"好,伤口还疼吗?"
一听他提起伤口,就想到昨天的亲吻,许安仪瞬间都不敢看他了:"我……没事。"
周望的轻笑声传过来。
"宁让,你安仪姐姐来接你。"周望似乎心情不错。
许安仪腹诽两句就回去开车。
回到市区第一件事,就是把宁让送回了学校,然后姐妹两个直奔预约好的售楼中心。
这是她们昨天选出来的最符合心中期待的小区——离学校近,户型大,绿化也很好,最重要的是闹中取静,适合许安仪住。
她们看好的是其中一栋的顶楼,这栋算是这个小区的楼王,顶楼的户型是跃层,姐妹两个甚至可以互不打扰,非常符合心意。
中介说:"顶楼一共两户,都还是空着的。为了方便都是精装,可以拎包入住。"
许安仪眼睛都亮了,还有这种好事。

她对装修没有什么好感，能拎包入住最好。

"现在能看房吗？"

"当然可以。"中介带着她们在小区里穿梭，"咱这里挨着嘉望江，还有各个学校，出入方便，隐私性好，还有不少明星业主。"

许安仪点点头。

明星，她现在的邻居不就是吗？没多罕见。

她偷偷在心里笑。

走了几分钟，就到了楼下。大厅的环境确实不错，卫生清洁也到位。

"为什么其他楼层都卖出去了，顶楼却没卖？"

中介笑笑："咱们这顶楼不是三十层嘛，好多人觉得太高了不喜欢，外加上这两间贵。"

许安仪倒没有觉得有什么，三十楼的高度看风景岂不是更好。

贵是真的。

说话间，电梯就到了三十楼。

据中介说，两间的装修不一样，许安仪决定看过了再说。

先进的是左手边。

许安柔："这跟半山也太像了吧！"

都属于那种温暖的装潢，配合着高层的阳光，满屋子都是暖洋洋的。窗子还是落地窗，视野开阔，望出去就是嘉望江的人来人往。

这让许安仪喜欢得不行，她觉得自己应该已经有了选择。

中介："去隔壁看看？"

许安仪还在看着江景发呆，闻言："啊……好。"

隔壁就不那么吸引人了。

黑白灰的商务色调，布局倒是都一样的。她看着内部，莫名就想起来了周望，觉得这应该是周望会喜欢的。

她想着想着，心里的不舍蔓延出来，她搬到这儿的话，估计和周望就没什么机会再见了。

这几个月估计会成为梦一样的存在吧。

房子总体来说还是让姐妹两个很喜欢。

许安仪算了下房价，其实全款她也可以，只是会把存款消耗干净。她在售楼中心犹豫了好久才做的决定，大不了再努力两年，也就能赚回来了。

她非常果断地签了字。

出大门的时候，许安柔说："姐，这太狠了。"

许安仪："我没钱了。"

"啊？"

许安仪轻笑："以后你自己管自己吃饭吧。"说完就笑着上车了。

许安柔拉开后车门："姐，别啊，要不你学学做饭呢？"

许安仪还真的考虑了一下，做饭这件事对她来说太具挑战了，说不定烧掉的厨房比外卖还贵。

她看了眼后视镜，很认真地说："要不你做饭吧。"

"啊？"

许安仪没憋住，"扑哧"一声："逗你的，还有钱。"

许安柔捂住胸口，一副"吓死我了"的表情。

房子买下来了，许安仪心里的大石也落下了。为了庆祝，她带着许安柔去了烤肉店吃烤肉。

不是饭点，店里的人不多。她吃了两口就饱得不行，看着许安柔像只小仓鼠一样。她们坐在窗边，许安仪正发呆呢，就感觉整个人被一阵阴影笼罩了。

许安仪疑惑地看向窗外，是一个意想不到的人——沈澄。

他站在窗外，穿着一身西装，笑着和她打着招呼。许安仪愣住，他不是生活在南城吗？为什么会这个时间出现在北城？

再说回来，上次她就跟着沈澄逛了一圈南城大学，回来腰被周望掐得红了两天，导致她现在看到沈澄就PTSD（应激后遗症）。

不过毕竟是老同学，许安仪装作客气又惊喜地招了招手，示意沈澄进来坐坐。这就是客气一下，她没想到，沈澄真的走进来了，还坐在了她旁边。

许安仪朝着窗户的方向挪了挪。

沈澄笑着问："这个时间，怎么在这里？"

许安仪尴尬地笑了一下："我带我妹妹出来走走。你呢？怎么不在学校？"

沈澄回道："我调任了。"

调任？北城的大学倒是不少，不过这个也是可以调任的吗？

沈澄似乎看出了她的疑惑："我调到北城大学了，以后我们就在一个城市。"他顺势伸出手，"请多指教。"

许安仪笑着伸手和他握了一下，又快速收回来。

"其实应该第一时间告诉你们的，但是学校那边有点忙，就忘记了。于枝枝呢？我们改天可以一起吃顿饭。"

许安仪不禁在心里感慨，自己总会在这种场合感到尴尬，于枝枝在就好了。

"于枝枝要生了，在医院呢。"许安仪喝了口水，"等她坐完月子可以一起吃饭。"

"好啊。"沈澄看了一眼手表，"我还有个会要开，微信联系，改天见。"

许安仪点点头："改天见。"

等到沈澄走了，她才松了口气。

许安柔问："姐，这是谁啊？"

"我一个大学同学。"

"他绝对对你有意思。"许安柔一脸坏笑,"我要告诉周望哥。"

"告诉什么告诉?你不懂,吃你的吧。"

告诉周望?许安仪可不想让他再发疯了。

不对啊,她为什么这么怕让周望知道?本来就是单身男女,就算真的有什么,为什么要怕周望知道?

她想着想着就嗤笑了一声。

许安柔:"怎么了?"

许安仪:"我又不怕。"

许安柔翻了个白眼。

吃完烤肉,两个人就回了半山。

许安仪初步定下的是这周六手续办完,然后周日就搬进去。周一许安柔上学她正好也能送一送。

就是这两天要辛苦一下,在家里收拾收拾。

半山的租期还有半年多,那些比较大件的东西可以慢慢搬。

她和许安柔在客厅里,慢吞吞地收拾着零碎的东西。脑袋一空下来,她就忍不住一直想着周望那边应该怎么说。

她以后再也不是他的邻居,按照他工作的繁忙程度,估计他们也不会再见面了。

许安柔看出来了她的困扰:"姐?你想什么呢?"

"不知道怎么和周望说。"

许安柔一脸无语:"搬家为什么要跟他说?"

"毕竟这么久了,他帮了我们不少的忙呢,突然搬走不说不大好吧。"

"真的因为这个原因?"

许安仪眉头一皱:"不然呢?"

"啊……对,你说得对。"

许安柔不说话了。

收拾到晚上,收出来了四个大箱子。

许安仪累得不行,叫了外卖。

许安柔突然又提出要吃甜品。

最后外卖来的时候,几乎摆满了桌子。

许安仪:"我有说过吧,我没钱了。"

许安柔:"你说那是逗我的。"

许安仪:"其实真的没钱了。"

再有钱也经不起这样吃。

许安柔谄媚地笑了笑:"姐,我这不是给你想办法吗?"她把一份甜品递给许安仪,"你不是不知道怎么跟周望哥说嘛,你就带着一份甜品去。"

"吃人嘴软，懂吧？"

许安仪瞥她一眼，又顺着落地窗看了一眼隔壁。

灯是亮的。

"那我就……去一趟，反正我们也吃不完。"

许安柔赞同地点头。

捧着那一份甜品走到周望家门口的时候，许安仪都没措好辞，结果自己的手不听使唤，直接就把门铃按了。

周望打开门的时候，安安顺着门冲了出来。

许安仪被那个黑影吓了一跳。

周望："安安！回来！"

许安仪把甜品放下，准备帮他抓安安。安安身手太过敏捷，怎么都拦不住。

"'学长'！回家了。"她喊了这个名字。

没想到安安听到这个名字，就乖乖巧巧地往回走。

可是许安仪说完，她和周望就诡异地沉默了下来。这个名字简直就像是开启时光的暗号，只要叫出声，就能瞬间联想到之前错过的好几年。

周望无奈："进来吧。"

许安仪这时候才注意到，周望戴了一副金丝边眼镜，显得文质彬彬的，和平时完全是两种风格。还挺帅的。

她把手里的甜品放到了桌上。

周望看起来刚刚应该是在忙，电脑还摆在桌上，上面显示的是一份类似方案的东西。

许安仪："你要开演唱会吗？"

周望点头："之前和粉丝说好了的，会给他们开一场演唱会。"

她知道这回事，是周望刚上大学的时候和粉丝约好的，偶像出身的他现在去演戏了，却还有一大批粉丝在等待他唱歌。

她点点头："那挺好的。"

周望问："怎么了？突然过来。"

"给你送东西，"许安仪指了指那份甜品，"顺便和你说点事情。"

周望轻笑："你说。"

"我可能要搬走了。"

许安仪一边说，一边注意着周望的神色。她觉得周望不会太开心，没想到这人居然一点反应都没有，像是早就知道了。

"你怎么……这个反应？"

"宁让昨天就告诉我了。"

许安仪都忘了这茬，她昨天和许安柔商量的时候，宁让也在旁边。

"你要搬到……"哪儿去？

周望话都没说完，突然，许安仪面前就一片黑，把她吓得一抖。

她和周望的附近就只有一个电脑屏幕亮着。

周望的声音传来："别怕，应该是又停电了。"

许安仪并不是很怕。

半山别墅区总是有这个毛病，时不时断电，一般情况下十分钟就会来。

她看到周望拿起手机翻看，觉得有些无聊："要不我……"先回去。

又是没说完，周望突然抬头看她。

借着屏幕的亮光，许安仪清晰地分辨出了，他似乎不太高兴，总之脸色不太好。

"怎么了？"

周望又看了她两秒："你今天见了你那个老同学了吗？"

许安仪瞪大了眼。这也能知道？从哪儿传到周望耳朵里的？许安柔没有周望的微信啊！

她有点僵，在周望眼里就变成了不知道怎么回答。

"我就是偶遇……"

"许安仪。"

她的话被打断。

周望非常严肃地朝着许安仪凑近了一步。

窗子外只有月光，屋子里只有电脑蓝光，周望的眼睛里映着她微微的窘迫。他非常有压迫感地凑近。

许安仪是坐在椅子上的，也不知道要怎么后退，此时此刻，心跳如擂鼓："你……"

"我没有资格阻拦你的任何社交，没有资格加入你生活的任何点滴。"周望一只手搭在椅子上，一只手环在她的椅背上，像极了把她圈在怀里。

她呆呆地看着周望凑近，脑子无法处理周望说出的话语。

周望接着说道："我知道你以前对我是什么感情了。"

许安仪心一惊。其实这件事是人人都知道的秘密，但这样子光明正大地被说出来，她还是有些无法面对。

"不知道我来得晚不晚，不知道你还喜不喜欢我，但我这一辈子，第一次这样争取。我希望你能给我一个机会。"

许安仪身子朝后面仰了仰，装作不在意："你是大明星，我就是个普通人而已，我们的身份、地位完全不一样。"

"那大学教授和你的身份呢？"

许安仪不是这个意思，她真的不知道周望是听谁说了什么，这样会让她很尴尬。她不知道真的说开了之后，她和周望到底要怎么相处。

之前的状态永远保持着就很好啊。

周望推了下眼镜："地位、身份这些对我来说都不重要。"

"我年少的遗憾,只有一个你。不过我不是要你现在答应我什么。"

许安仪不解:"那你什么意思?"

周望自嘲地笑了笑:"我在追你,我喜欢你。"

"你给我一个追你的机会,不要躲着我、不要怕我。

"许老师,这个机会可以给我吗?"

这个机会……许安仪心情复杂得不像话。

周望摆足了低姿态,不是要强迫她做什么,只是问她可不可以给个机会。这是她不曾料想过的。

半山还在停电,两个人在黑暗里对峙,她不敢给出回答。

周望把眼镜摘下来:"可以吗?"

可以吗?许安仪不知道。

"如果我说不可以呢?"许安仪有点冷漠。

周望神色一动:"不可以的话,我也会做我应该做的。"

那还来问她?这不就是通知她吗?

许安仪有点气闷:"那你还问?"

周望轻笑一声:"与其说是问,倒不如说是我想告知你。"

理直气壮。

许安仪微微凝滞,她记得自己只是来送甜品,顺便跟他说搬家的事情,怎么就发展到了这个程度?

"你怎么知道我今天见到了沈澄?"

"原来他叫沈澄吗?"周望答非所问。

许安仪气鼓鼓地看着他,不满意这个回答。

周望做出一副"不逗你了"的样子:"有人给我打小报告。"

许安仪下意识问:"许安柔?"紧接着又自己否认,"不对,许安柔没你微信。"

周望还是轻笑着看她。

许安仪灵光一闪:"宁让?"

周望轻轻点头。

为什么宁让会知道?许安仪想明白了——许安柔跟宁让说了,宁让又转头告诉了周望。

想明白了之后,她颇为无语:"你给了什么好处,让人家心甘情愿地传话?"

周望坐到了她旁边的椅子上:"没好处。"

"嗯?"

"我就是跟他说,许安柔有什么事就跟他说一声。"

许安仪气笑了:"还盯上我妹妹了?你们两个同伙!"

可能是因为真的急了,她说话的语调都在不自觉撒娇。

周望忽然恢复了正经:"我很认真,许安仪,我不希望让你察觉到我有一丝一毫的敷衍。这是我应该做的事，不是吗？"

许安仪看着他："这是男朋友应该做的，而不是追求者应该做的吧？"

她说到"追求者"三个字的时候，心头一颤，表面上还是强撑着不暴露出来任何情绪。

"我也想要告诉你，"许安仪目光没放在周望身上，"我真的不想谈恋爱……"

觉得有点生硬，她又换了个说辞："我今天买了房子，现在存款消耗干净，我只想认真工作。"

从断联之后，她的人生目标第一位真的就是工作事业。浪漫会饿死人。

周望不在意："没关系，我有钱。"

"你有钱不是我有钱。"

"我的就是你的。"

许安仪深吸一口气："你真幼稚。"

周望不知道为什么，又把眼镜戴上了，这么一戴气质就变了。许安仪看他的时候心跳加速，她其实一直是个眼镜控。

周望看起来很满意她的反应："我会追你到你允许的那一天。"

绕来绕去还是这个话题。

许安仪懒得跟他继续这个话题："你不是不近视吗？怎么戴了眼镜？"

周望把眼镜取下来，放在了许安仪手里。

许安仪这才发现这副眼镜轻得不像话，明显是平光镜，只能起到装饰作用。他自己在家，闲着没事为什么戴一副平光镜？

周望拿起了手机，不知道翻看什么。一时间，四周都安静得不行。过了两分钟，他把手机递到了许安仪面前。许安仪适应了黑暗，猛地闪现的光亮还把她晃了一瞬。

屏幕上赫然是她的微博。是大概在大二的时候，她发送的碎碎念。

安：好喜欢金丝边眼镜，好喜欢好喜欢好喜欢。

她一下子就窘迫了，自己都不记得有这条微博，周望还一条一条翻过去？

"你翻了多久啊？"她回去就要设置"半年可见"。

周望摇头："没翻，你当年发的时候我就看到了。"

许安仪瞪大了眼。

当年？什么意思？周望一直关注她的微博？那岂不是她那些碎碎念、吐槽，还有各种小作文都被尽收眼底了？

周望说："很可爱，不用感觉不好意思。"

谢谢了。许安仪觉得如果自己的表情能够具象化，一定有三条黑线顺着额头垂下来。

趁着她僵住，周望又把眼镜取回去，戴上。

他一只手撑在桌上，眼睛眨也不眨地看着许安仪，虽然只有电脑的光亮，但依旧能看到他眼中浓烈的爱意。

许安仪为了让自己不落下风,也不挪开视线。

两个幼稚的人。

"你脸红了。"周望说。

她瞬间败下阵来:"我先走了,拜拜。"

走到门口时,她想起来,回神:"我周六搬家。"

算是给追求者的消息通知吧。

第七章

/

相邻相依

周六一到，许安仪特意起了个大早。

她没打算搬很快，就领着许安柔先带了点生活用品，自己开车回市区。

出半山别墅之前，她颇为感慨地回头看了看这个她住了半年的家。这半年发生了不少事情，她也已经习惯了在这里生活的日子，还有对面的邻居。说是追求，估计以后见面都难了。

到市区取好钥匙，姐妹两个先带着行李上了楼。许安仪今天才发现，光买了房子不买停车位，她的车只能停在小区外。

车位的价钱也贵，估计要等她再攒攒钱。

穿过小区的花园，她抱着东西逐渐走不动了。因为箱子遮挡了她全部的视线，也许是支点没有找好，最上面的箱子忽然朝前面倒去。

她又不能伸手去扶。

"啊——"她已经做好了摔散开的准备。

谁知道，千钧一发之际，突然有人在她面前伸手帮她扶住了箱子。

许安仪有点狼狈："谢谢。"

"不客气。"

这声音她可太熟了，除了大明星周望还能是谁的？

她瞪大眼顺着箱子的缝隙去看，果然是周望。他穿了一身黑，还戴着帽子，这样的打扮又配上了那副金丝边眼镜。

"你怎么在这儿？"

许安柔见势不对："姐，你把钥匙给我，我先上去。"

许安仪把钥匙给她，见她转头就跑了，又把视线转向周望。

周望不紧不慢地说："还没自我介绍，我是你的新邻居。"

许安仪一愣，什么意思？她还没搬进去，这人就自称邻居了？

"什么意思？又是宁让告诉你的？"

周望把她手里的箱子接过："不是。"

"那是什么？"

"这个小区的开发商和我有过合作，这两套房子说是要给我留一套。本来我没想要，结果他说前几天卖了一套。"

"那你就知道是我买的？"

周望摇摇头："我估计了一下，买房的时间差不多，离你妹妹学校又近，外加上价格，我就赌了一把是不是你。"

许安仪："所以你都不确定是我，就跟人家要了房子吗？"

"我没要，"周望往前走，示意她跟上，"我买下来了。"

这更荒唐，都不知道邻居是不是她，就花好几百万？

"不用担心，要是错了我就来直接问你。"

周望空出一只手挡住电梯门。真是奇怪，明明许安仪拿都拿不动的箱子，他抱起来异常轻松。

许安仪在电梯里怎么想怎么不对："这么短的时间，你就买了，不走手续？"

周望愣了一下，随即自然地说："昨天买的，这钥匙早就给我准备好了。"

她还是不想相信，刚刚还在半山门口为了这件事伤感，一转眼像是什么都没变。

"那你工作呢？怎么发现你最近很清闲？"

周望："休假准备演唱会了。"

岂不是以后每天都能见到？许安仪这个想法一冒头，瞬间被自己按下去。什么每天都见面，她根本就不会怎么出门。

周望这人一股子玩票感觉，她在出电梯之前，实在是没忍住，说："不要这么挥霍了。"

周望笑了："你是在替我省钱吗？"

许安仪只是心疼那些钱，半山也是他买下来的，虽然买房子没什么问题，但是周望这⋯⋯

"放心吧，我的钱暂时还没见底。"

许安仪敲门，心里腹诽，他是演员，比自己有钱得多。

许安柔开了门。

许安仪从周望手中接过箱子："你可以回家了，邻居。"

周望一愣："不请我进去坐坐吗？"

"改天，"许安仪把箱子放在门口，去抓门把手，"今天家里乱。"

"砰——"门关上。

许安柔站在客厅里："姐，你好凶。"

"有吗？"

"有啊！你跟周望哥说话可呛了。"

许安仪皱着眉，回想了一下，也不知道什么原因，周望这样出现，住在她隔壁，她总有一种所有事情都被瞒着的感觉。

不爽，非常不爽。她宁愿周望直接来告诉她，也不要这样。

许安柔还在等着许安仪回答，她一摆手："我今天头疼。"

两个人收拾东西收拾到了下午，来新家的第一顿饭就是外卖。

许安柔颇为怨念地看着姐姐。许安仪没理妹妹，她有更重要的事情——之前合作那边联系她，问时间能不能提前。

许安仪当然可以，这样早签合同早拿钱，她又不吃亏，就和对方约了明天。

退出消息列表，周望的消息也进来了，是一条语音。许安仪点开。

"我有车库空着，你把车停进去吧。我的车还在半山，暂时不会开过来。"

许安仪不想欠他的，但是想了想，这几天要接送许安柔，走出小区太费力了，不用白不用。

许安仪回道："好，我很快就会买车库，不会用很久的。"

搬进新房子的第二天，许安仪就久违地早起。不熟悉新家的构造，她差点在楼梯上一脚踏空。这一番折腾，直接把她吓醒了。

她们分配房子是按照楼上楼下来分的，许安仪住在楼上，许安柔住在楼下。

许安仪下楼第一件事，就是叫许安柔起床。今天是周日，明天许安柔就要去上学了，得趁今天还有劳动力把该采买的东西买好。

这附近其实离老房子不远，算是回到了她熟悉的地方。

两条街外就有附近最大的商超。

许安仪收拾好准备出门的时候，许安柔还在房间里。

"你快点——我下楼等你——"

"好。"

许安仪拿好钥匙，推开门按电梯。

她今天穿了件方便行动的背带裤，透过电梯门反射的影子来看，像高中生。

电梯在一楼，估计还要等会儿。她拿着手机刷个不停。注意力还在手机上，她就没太关注外部的环境。身后传来关门声，她还以为是许安柔出来了。

正好电梯到了，她就先一步进了电梯，没抬头。旁边的人久久没说话，许安仪这才感觉到不对劲，抬头去看，不禁吓了一跳。

旁边赫然站着周望，他就靠在另一侧的电梯壁上，似笑非笑地看着她。

许安仪心头一抖："你怎么在这儿？"

问完她才发现自己问的是傻话，都说是新邻居了，遇到也没什么不行的。

周望重新摆弄了一下帽子："我今天要去训练。"

"训练？"

"演唱会流程。"

许安仪没懂，为什么演唱会要训练？她一向不了解这些。

周望也看到她的神色，解释道："会有一些唱跳的环节，要我提前练一下。"

许安仪懂了，点了头，然后就看向前面，没话题了。

电梯里瞬间变得很安静。她其实有好多话想问，比如他也没有正式搬家，昨晚是怎么住的；比如安安怎么办。

但是她问不出口。自从周望说过要追她，她就诡异地有点拿起腔调来，总是觉得这些事应该是周望主动告诉她。只要她问了，就哪里都不对。

电梯眼见着要到一楼，周望的车也不在，估计他要下去。

"安安在楼上，你要去看看它吗？"周望忽然问道。

许安仪一愣，这人能听到我的心里话？

"有时间去吧。"许安仪颇为矜持。

周望又笑："我那边这两天可能有点吵，还得请新邻居多担待了。"

"搬家吗？"

周望点头："可能会搬来电子琴之类的。"

许安仪畅想了一下，周望在家弹琴，悠悠的琴声传到她这边来，好像还不错。

她的嘴角没控制住，弯了一下。

一楼到了，周望先一步走出去："之后见。"

许安仪点头。

许安仪在车里等了十几分钟，许安柔才走下来。她也不浪费时间，发动了车就朝着商超走，周日人多，停车位都找了好一会儿。

一进去，许安柔就说："姐，我去买点零食。"

许安仪："你别跑太远。"

"知道了——"

她一个人朝着生活用品区域走去，卫生纸要买，还有一些必要的东西，都一件件放进了购物车。

她正沉思着还有什么东西要买的时候，一个声音响起："好巧。"

她顺着声音看过去："沈澄？好巧。"

沈澄穿得很休闲，也推着一辆购物车。

"你怎么来这里了？"沈澄非常自然地走到了许安仪旁边。

许安仪看到他就想到周望，总有种心虚的感觉，便默默拉开了一点距离。

"我搬家了，来采购点东西。"

"恭喜。"

许安仪笑了笑："客气了。"

她本想就此和沈澄告别，没想到沈澄十分自来熟地站在一边："我帮你推车？"

许安仪赶紧摇头："不用了，不用了。"

也不好意思赶人。

接下来买东西，许安仪走到哪儿沈澄就跟到哪儿。许安仪有点不耐烦，想问他到底要干什么。

沈澄突然问:"你有男朋友吗?"
许安仪愣了:"没有。"
"那我可以追你吗?"
她总感觉这句话她都听过好几次了,十分无语。
"算了吧,"她礼貌地回答,"我没有这个打算。"
沈澄听罢也很洒脱:"那好吧。"他摊手,"怪我来得不凑巧。不过也可以做朋友吧?"
许安仪:"当然。"
"那朋友帮你推下车,这很重,没有让女孩子推的道理。"
许安仪又是一番拒绝,可惜依旧没拧过他。
"于枝枝现在怎么样了?"
许安仪说:"她还在待产,应该就是这两天了。"
沈澄双手各推了一辆车:"提前恭喜她,等她身体好点,我请你们吃饭。"
许安仪:"应该是我们请你才对。"
她一点都不想吃饭,但是人情这个东西……
买好东西,她怕许安柔看到又跟宁让说,传来传去到周望那儿估计就变味了,于是非常客气地和沈澄告了别。
把东西都装上了车,她带着许安柔回了家。
她还要去谈合作,没时间收拾,就跟许安柔道:"你先在家收拾收拾,我出去一趟。"
和合作方约定的地点在一处西餐厅,她为了不显得自己太过随便,换了身还算正式的衣服。
到达餐厅的时候,合作方已经坐在那里等了,见许安仪到来,站起身:"许老师,您好。"
许安仪也伸手:"你好你好。"
纷纷入座了之后,合作方拿出了合同:"许老师,您可以先看下合同。"
许安仪捧着合同开始读,字数多得眼睛都有点花。
她看到了一条要求。

合作期间,乙方需要每日到达甲方公司,配合宣传。

合作方解释道:"您需要每天去我们子公司,算是观察生活,然后我们这边会拍摄记录,最后做成纪录片宣传一下。"
这就是要出镜的意思。
许安仪早就没了之前对出镜的抵触,综艺也拍了,剧组也去了,采访也采了。
她现在比较"佛系"。
其他的条款都很公平,她又多问了一句:"去公司是要像上班一样打卡吗?"

合作方摇头："只要每天上午十点之前到就可以，没有硬性要求。持续时间就按照合同上写的，三个月。那时候这本书也可以完结了。"

许安仪了解了，签上名字。合同签好，合作方还和她吃了饭，聊了聊需要在文里出现的情节。

总体来说，这本书就是要许安仪抛弃感情线，类似于升级爽文，讲一位艺人从底层爬到顶层。

她还算有把握，不会自砸招牌。

最后走的时候，合作方站起来又跟她握手："子公司那边已经打过招呼了，明天您就可以过去了。"

"好。"

合同签好了，钱就会在近期打过来。

许安仪瞬间心里又有了底，脸上的笑意挡都挡不住，回家的时候惹得许安柔吐槽了好几句："姐，你怎么笑这么开心？"

许安仪："要有钱了。"

许安柔不解。

和许安柔在家收拾好东西，许安仪就窝在了书房，开始写大纲。以经验来看，去公司观察什么的就是个噱头，要写什么还是得看她的前期准备，心中的一块大石头放下，许安仪睡得都格外香甜。

第二天一大早，许安仪就爬起来叫醒许安柔送她去学校。

"中午不要出来吃饭了，安分吃几天食堂。"

"知道啦！"

许安仪看着妹妹进了校园才放心。

接下来就是她自己的事情，虽然说十点之前去就可以，但她还是决定早点去，毕竟要和那个公司的人相处。

到达公司门口的时候正好是九点钟。她已经和人联系过，对方在公司楼下等她。

许安仪停好车朝公司里走。

"许老师，我们给您安排了一个工位，安放了机位，您轻松自在一些就好。"

许安仪点点头。

这时候她已经走到了办公区，有不少人站在一块玻璃前，满脸激动，不是她印象中的上班氛围。

"这是在干吗？"许安仪有点好奇地问。

"您不知道吗？"

"啊？"她应该知道什么？

"周望老师是我们公司的合作方，"那人解释道，"他的演唱会是我们公司承包的，然后这几个月他会在我们公司训练。

"这两天他才过来，我们同事小伙伴还没习惯，就喜欢凑热闹一点。"

世界上真的有这么巧的事？昨天周望才告诉她要去训练，今天自己就出现在了同一个地方。

有点像她自己跑过来的。

"许老师？许老师？"

许安仪回过神，装作自然地说："不用叫我老师，叫名字就好。"

"啊……好，许安仪老师，叫我橙子就行。"

"好。"

许安仪在橙子的带领下参观了整个公司，公司分为五个部分，分别是办公区、练习区、前台区、休息区，还有一个棚。

这个棚据说是用来给练习生拍摄的。

她的工位被安排在办公区，她每天的任务就是坐在这里玩玩手机，写写更新。就这样还管饭，她都有种找了个长期饭票的感觉。

顺着她的工位朝着练习区看的话，就能看到那块巨大的玻璃以及里面的人，只是此时员工都挤在那儿挡住了。

许安仪看着手机，耳朵听着那边的声音。

"我的天，周望也太帅了！"

"他在这里三个月，我会鼻血流干吧？"

"我们公司有赠票吗？这还没弄妆发呢就这么帅，感觉那演唱会不去我得亏死。"

许安仪听着，又想起了那天看过的视频，莫名脸热。她不看了，打开自己带的电脑，开始继续顺着大纲写。

她一工作起来就异常专注，以至于那些员工猛地从练习室门口散开都没有注意。

没过几秒，她听到自己桌前"咚咚"的敲击声。

她抬头去看，神情一愣。

周望穿着运动装，出了点汗："怎么在这儿？"

许安仪老实回答了。

周望一笑："那太好了。"

"好什么？"

周望从旁边无人处扯了一把椅子，坐在她旁边："我们就能天天见面了。"

许安仪："在家不也能……"

话说一半她就咽了回去，在家也不能天天见，更何况这话说得有歧义。

周望似是完全不在乎周围的眼神："许老师，可以蹭你的车上下班吗？"

"啊？"

周望有豪华商务车，还有跑车，这样还蹭她的？

许安仪找借口："我得送许安柔上学。"

意思是不能。

周望："那可惜了。我可以送许老师上班吗？"

许安仪一愣："我可以自己开车。"

她感觉自己特别没有眼力见，杀气氛的一把好手。

周望一只胳膊搭在许安仪的桌子边："开玩笑的，别怕。"

许安仪松了口气。她光顾着和周望说话了，也没注意四周的目光。这个时候抬起头，她才发现周围的人都是一脸八卦地看着他们。

她猛地转头："你去训练吧，不要打扰我工作了。"

紧接着，她看着电脑屏幕不再说话了。

周望在她旁边，带着笑意说了一句："好。"

接下来的时间她就在看着电脑，时不时写几句话，其实脑袋里一团乱麻。

橙子趁着人少的时候来找许安仪："安仪老师，我想八卦一下。"

许安仪心头一紧："八卦什么？"

"您和周望老师是真的吗？"

许安仪吓了一跳，摆手："只是朋友而已。"

当天下午，公司的内网就流传着许安仪和周望是在公费恋爱的传言，只有许安仪自己不知道。

许安仪卡着时间从公司离开，去接许安柔。

校门口的人多，她就把车停在比较显眼的位置，等着许安柔出校门。

许安柔上车之后："姐，第一次上班感觉咋样？"

许安仪："不怎么样。"

"为什么？"

"周望也在。"

"啊？"许安柔的反应让许安仪很满意。

她就说，任何人经历这个事情，第一反应都得是吃惊吧。因为心中微妙的平衡，她请许安柔吃了一顿大餐。

回家之后，许安仪整理了一下自己这一天的灵感，刚洗好脸准备睡觉，就被手机铃声打断了睡意。

她看了眼，是于枝枝。

这个时间，按理来说于枝枝应该睡觉了才对，更何况，没有急事的话，她们一般都是微信电话联系。

她带着一肚子的疑问接起来："喂？"

"许安仪？"

是顾渝的声音，她眉头一皱："怎么了？"

顾渝："于枝枝进产房了，她说害怕，想让你来。"

许安仪一愣，当下道："我马上就到。"

"好。"

许安仪用最快的速度收拾好自己，顺便给时玉打了个电话，然后抓起车钥匙就冲下了楼。

开车的时候,她还有点哭笑不得。她和于枝枝高中的时候就说,以后生完孩子第一个看到的要是对方。

许安仪还没反应过来,这一天就到了,甚至有点手忙脚乱不知道怎么应对。

到达医院后,她跑上了楼。

见顾渝正在走廊里坐着,许安仪问:"怎么样了?"

顾渝双手攥得通红,语气还算冷静:"在里面。"

许安仪整理了下自己,坐在了另一边的椅子上:"她之前疼了多久?怎么一直没给我打电话?"

顾渝眼神完全黏在病房门口:"她说你最近忙,不想让你大晚上跑过来。"这句话说完,他有点无奈,"后来疼得说胡话了,才让我给你打电话。"

许安仪也攥紧了包。她有点怕,她好朋友不多,从来没经历过这种事。

时玉没过多久也到了,帽子、口罩捂得严实,坐在许安仪身边。

时玉:"我有点怕。"

许安仪回握她的手:"我也有点。"

生产室里应该不只有于枝枝一个孕妇,惨叫声此起彼伏的,时不时还有护士的呵斥声,让孕妇不要喊。

许安仪手心都被汗浸透了。

等了两个多小时,一个满头大汗的护士走出来:"谁是于枝枝家属?"

顾渝猛地站起来。

"产妇出血了,现在要输血。"护士语气很急,"今天急诊那边有车祸,A型血都用完了,你们快点都去验下血。"

许安仪一下子瞪大了眼。

于枝枝孕期的时候就总被说营养跟不上,顾渝天天看着她吃喝也没补回来,六个月的时候还不太显怀。

许安仪当时就觉得不太对,没想到真会遇上像是电视剧的事情。

护士:"跟我来。"

顾渝急急忙忙就要跟过去,被许安仪拦下:"你是什么血型,不要浪费时间。"

顾渝一愣:"B型。"

许安仪不是A,又看了眼时玉,时玉也摇摇头。

顾渝像是终于缓过来了一样:"我也不是A。"

急切都摆在了脸上。

许安仪焦头烂额,想了好久,突然想到高中的时候,她跟风写过同学录,偷偷在"秘密基地"让周望填了,周望写的血型是A。

关键时刻她想不到那么多,赶紧给周望打了电话。

那边接得也很快。

"周望!"她急得不行。

周望也是一愣:"怎么了?"

"你是 A 型血吗？"

"对。"

许安仪咬牙："你能现在来医院吗？于枝枝大出血，我们血型都对不上。"

"你别急，"周望那边传来窸窸窣窣的声音，"我马上到，几楼？"

许安仪："四楼。"

"好。"

三个人都急得不行，在走廊转着圈。

没想到周望五分钟后就到了。

许安仪的眼神一直黏在电梯上，周望从里面走出来的时候，她还吓了一跳。

来不及多说，顾渝在这儿继续等着，许安仪带着周望跟着护士一块儿走了。她脑中一片空白，直到针扎在周望的胳膊上，有红色血液蔓延出来的时候，她才回过神。

护士急急忙忙带着血走了。

许安仪坐在周望旁边，紧张得不停攥拳头。

周望看了许安仪一眼，用没扎过针的手去握她："别怕。"

许安仪的眼神才回了点焦距："你疼不疼？"

周望摇头："放心吧，不疼。"

也不知道是让她放心什么。她这个时候已经顾不上什么距离感，手一直和周望抓在一起，任由周望把她的手隔开，防止她力气太大把自己伤到。

他们还不能离开这个屋子，许安仪给于枝枝家里打电话，让他们都过来。周望已经不能再抽血了，亲人过来也能有点保证。

过了好一会儿，护士走了回来："没事了。"

许安仪松了口气。

周望："我就说没事的。"

许安仪这个时候才认真看周望，他的脸色有点苍白。

"你没事吧？"许安仪问，"要不要吃点东西？"

周望点头："我从练习室过来的，晚上没吃东西，你陪我去吧。"

许安仪不知道怎么回事，莫名从他的神色中看出来了一些可怜，不由得心软得不像话："你等我会儿，于枝枝出来我得看看她，然后我带你去吃饭。"

周望点头。两个人又原路返回到了楼上。

从护士站得知于枝枝已经被推回了病房，许安仪又急匆匆跑过去。

于枝枝还昏昏沉沉的，没什么意识。

周望坐在了沙发上。顾渝看他脸色有点苍白，从旁边找了块巧克力，递过去。

周望接过巧克力，含在嘴里。

许安仪去旁边看了看她没谋面过的干女儿，小小一个。

坐了十分钟左右，她走到于枝枝旁边说："我等会儿回来陪你，周望没吃饭，我带他去吃点东西。"

于枝枝点头。

"时玉，你去吗？"许安仪问。

时玉："我就不去了，省得被拍到。我多陪她一会儿。"

许安仪点点头。她攥着周望的袖子朝外走，像是生怕周望站不稳，惹得周望笑看她："我没那么脆弱。"

"你刚刚脸色超级白，都没有什么血色了。"

周望闭了闭眼："为了让你可怜我。"

许安仪一脸疑惑："这还能演？你别忽悠我了，想吃什么？"

"我是影帝。"周望语气里还带了点小骄傲。

许安仪无奈："好的，影帝，吃什么？"

周望这才笑出声："就近吧，这么晚了。"

许安仪记得医院门口有一家面馆，地方不大，味道却还可以，就带着周望朝那边走。

刚出医院大门，她就发现天空飘落了不少星星点点的雪花。

她急着给周望补充能量，没太在意。

反而是周望有些惊喜："下雪了。"

"嗯。"许安仪脚步不停，扯着周望的袖口的手受到了一股大力。

许安仪被扯到了周望的怀里，她被这突如其来的动作吓了一跳，不知道该作何反应。

周望的声音从头顶传来："你打电话来的时候那么急，我以为是你出了什么事，还好。"

许安仪心情复杂。她本来不想跟周望说的，要不是情况危急，估计周望到现在都不会知道。想到这儿，她就觉得有点对不起周望。

周望的声音又传来："以后有什么事记得第一时间叫我，不论我在哪儿，都会来的。"

许安仪有些动容，双手搭在他的背上："知道了。"

在漫天大雪里，两人抱了好几分钟，许安仪几次想要挣脱都以失败告终。

"松手啦，吃饭去。"

周望不松。

"快点，我饿了。"许安仪只好用这个理由。

周望秒速松开了手，变成了他走在前面，拉着许安仪。许安仪在后面憋不住，笑出声。

周望疑惑地看她。

"没事，"她笑着摆手，"走吧。"

到了面馆，他们牵着的手都没松开。

许安仪坐在他对面："吃什么？"

周望："跟你一样吧。"

最后她点了两碗牛肉面。

在等待面好的间隙里,她看着周望:"今天真的谢谢你。"

周望摇摇头:"不管怎么样,这种事我都会帮忙的。"

许安仪笑了:"好像每次需要你的时候,你都来得特别快,完全不像个明星。"

周望:"我的驾照要扣分了。"

"为什么?"

"超速了。"

许安仪没憋住笑:"好吧,那罚款我帮你交。"

周望一只手支在桌子上,脸搭在手上看着许安仪,眼睛一眨不眨:"那倒是不用。"

"许老师可以明天送我去训练吗?感觉我不能开车了。"

许安仪一愣,怎么突然绕到这个话题:"我觉得你在装可怜。"

"也许是。"周望还是盯着她。

许安仪先败下阵来:"好吧,明天我先送许安柔,然后回来接你?"

"好。"

她怎么觉得周望今天晚上变得绿茶了起来,这是什么追人的新型方式吗?可惜老板端着面上来,打断了她的沉思,她决定还是先吃点东西。

两个小时前。

周望还在练习室跟着舞蹈老师抠动作,一个动作反反复复练了五十多遍,舞蹈老师劝他休息。

他没听。伴舞们都坐在一旁开始聊天了。练到第五十六遍的时候,音响没电了,周望才停下。

这些伴舞都是他以前做偶像时候熟悉的人,算得上是圈内好友了,他自然地坐在了人堆里。

一个男生打趣他:"周望,听说你追人家小姑娘呢?"

周望一笑:"是。"

"追上了吗?"

"没有。"

一圈人起哄:"你这不行啊!要不我们教教你?"

周望神色比较认真:"我不想唐突她。"

"嗨!什么唐突!"最开始说话的那个男生道,"你知道我怎么追到我老婆的吗?"

"怎么?"

"我就装可怜啊!"

"那年咱们去拼盘演唱会,不是升降台出问题了吗,我轻轻摔了一下,回家我就跟我老婆卖惨,卖着卖着就在一起了。"

"牛啊!"

"哥,你挺会!"

周望也不太信:"就这样?"

"嗯呢！这招可好用了！但是你得真心喜欢人家，别拿这种骗人家。"

周望一笑："我只有她。"

"哟——"

"望哥牛啊。"

一群人聊得正欢，周望的手机就响了。

看了眼来电显示，他"嘘"了一声，周围瞬间静了下来。

他挂断电话跑出去的时候，伴舞们还在喊："别忘了卖惨！"

周望没理。

周望吃完了面，看着吃得慢吞吞的许安仪。他没想到这招还真的挺好用。

许安仪吃完最后一口的时候，他说："你今晚睡哪儿？"

许安仪思索了下："还是得回家。"

周望："那我等你，我们一起回去。"

"不行。"许安仪拒绝，"你要是不舒服就快点回去躺一躺。"

周望也很认真："太晚了，你一个人不安全。"

许安仪犟不过他，又带着他回了医院，还顺手给顾渝打包了一份面。

进病房的时候，于枝枝已经缓过来不少，说话还是有点虚弱。

"顾渝……你真的一点都不会来事，人家给我输血，你就拿块巧克力……我得跟你急死。"

"那要不是我姐们儿未来老公，我得丢死人……"

顾渝不回话，一直抓着于枝枝的手。这话让门口的许安仪和周望听个正着。

许安仪尴尬得不行，推门进去："你说什么呢？"

"我……什么都没说啊。"于枝枝还露出了一个很轻的笑，显然是累坏了。

许安仪问："时玉呢？"

顾渝帮于枝枝回道："她还有工作，就让她先走了。"

许安仪点点头，先让周望坐在了沙发上，自己坐到于枝枝旁边，问："你不看看你女儿啊？"

于枝枝没好气地说："别让我看……疼死我了，现在看到她，我可能控制不住自己。"

"控制不住什么？"

"骂她……"

许安仪没控制住，笑了。

于枝枝还在抱怨："我妈赶不过来，我都要想死她了，她生我的时候肯定难受死了……真的，你以后别生小孩了，我把这个给你得了。"

许安仪："你舍得吗？"

"不舍得。"

"那你还说？"

于枝枝又装委屈："'口嗨'也不行？我差点死了。"

许安仪看到在于枝枝说"死了"那两个字的时候，顾渝的手攥紧了病床。

"你少说两句，安慰安慰你家那个，我看他要吓死了。"

"啊？我以为他可冷静了。"

成功引开话题，许安仪根本不想在周望面前和于枝枝聊这些。

坐了一会儿，她说："我先回去，明天过来看你，我得送许安柔上学。"

于枝枝大手一挥："走吧走吧。"

许安仪这才带着周望出了门。

周望也是开车来的，她也开了。

本来应该各自开着车回家的，谁知道许安仪把自己的车解锁，周望就坐到副驾驶。

许安仪吓了一跳："你的车怎么办？"

周望无所谓地说："明天我让助理来开，反正你也要送我去训练。"

许安仪有点累，不想跟他掰扯，当即发动车回家。

到家门口时，许安仪在包里翻遍了都找不到钥匙。许安柔这个时候估计都睡熟了，叫她起来明天上学肯定不舒服。

许安仪想着，要不出去住酒店。

周望在她身后说："来我家吧。"

许安仪猛地回头："不好吧。"

"想什么呢？"周望伸出一根手指敲了下她的额头，"太晚了，别出去了。你住一楼，我住楼上。"

"可以吗？"

许安仪也是真的不想折腾了，她权衡了一下利弊，最后点头，跟着周望进了对门。

还是和她看房时一样的装潢，不同的是一开门安安便冲了过来。

周望说："等下给你吃的。"

许安仪："什么？"

她的神经从进门开始就高度紧张。

周望无奈轻笑："我跟安安说呢。"

安安两个字让他说得缱绻，许安仪听着总觉得是在叫自己，耳热。

她简略点头。

周望打开旁边的鞋柜，拿出了一双粉色拖鞋，放在许安仪面前："穿这个吧。"

女生的拖鞋，不是吧……许安仪想到了些不该想的事。

"别乱想。"周望道，"我那天买拖鞋时，觉得这双很适合你，就买来了。"

许安仪被噎了一句："那你还挺未卜先知的。"

"去洗漱吧。"

周望说这话，总给许安仪一种要发生什么的感觉。

"毛巾都是新的，就在一楼的卫生间里，直接用吧。我还有东西要录，先上楼了。"

许安仪松了口气，点头。

她在厕所里洗漱的时候总觉得羞耻，好在衣服是新换的还能继续穿，洗漱好就钻进了卧室里。

她躺在床上半天，都合不了眼。

明明自己的家就在对面，自己却在这里辗转反侧，门外毫无声音，她却总觉得能听到周望来回的脚步声。

她想着想着，这个时候又开始后怕，自己幸好给周望打了电话，不然于枝枝要是出了什么事，她恐怕又要崩溃。

窗帘没有拉严实，一丝月光透进来，打在她脸上，最后的困意也消失了。

她决定出去喝口水。

她蹑手蹑脚地走出门，客厅一片漆黑，便摸索着走。

就快走到厨房的时候，脚下突然踢到了什么东西，毛茸茸的，她没反应过来，吓了一跳："啊——"

整个人重心不稳，一下子坐在了地上。

她随后反应过来，应该是安安，也不知道安安有没有被她踢到。

她坐在地上，摔的这一下有点疼，准备缓一下再坐起来，谁知道灯忽然开了。她的眼睛还没有适应，被晃得一片花。

周望朝着她的方向快步走来："怎么了？"语气有点急。

"没事，"许安仪还在地上坐着，"就是……绊了一下。"

周望蹲下，和她平视："疼吗？"

许安仪点头，又猛摇头。

周望叹了口气，一只手伸在许安仪的腿弯下，另一只手扶着她的腰，把她抱了起来，放在了一边的椅子上："怎么出来了？"

许安仪小声说："我想喝水来着。"

周望点头，转过身去拿了一个水杯，接了水递到她手里："喝吧。"

许安仪捧着水杯默不作声地喝水。

周望问："真的不疼？"

许安仪抱着水杯摇头："就是太黑了，没看清楚。"

周望："要不然你明天别去了。"

"我真的没事，还得送许安柔上学呢，"许安仪宽慰他，"要是真的有事我就告诉你了。"

周望似乎还是不放心。

许安仪喝完了水，把水杯放下。周望自然而然走上前来，继续抱起她朝着卧室走。

许安仪默不作声地搭着他的脖子，其实心里小鹿乱撞。在这个空间，除了她，似乎全都是周望的气味，她近乎贪婪地呼吸着。

周望把她放在床上，这次没再发生上次的事情了。他非常认真地给她盖好被子："有事一定要叫我。"

许安仪点头。她走到门口，听周望又重复了一遍这话。

许安仪听得耳朵都要起茧了，机械地继续点头。

终于，周望给她关好了门。

她在被子里揉了揉摔到的腰，还是有点疼的，过了最初的麻劲已经好了不少。

这一番折腾她也累了，不知不觉就靠在枕头上睡着了。

也许是认床，第二天许安仪起得非常早。看了眼时间，距离许安柔起床还有一个小时，她百无聊赖地靠在床头上玩手机。

这段时间也没登录微博，攒了不少的宣传要她转发。

她先是按照官方一个一个搜索，把宣传都转发了，又把认识的作者需要宣传的微博都转了，转头就去看热搜。

她眼睁睁看着热搜第一——"周望超速驾驶"后面跟着一个爆字。

点进去，广场上都在骂，说他作为公众人物带头不遵守交通规则。其中一个黄V账号在最上面，ID叫陈建。

又是这人？

许安仪看着他的发言。

陈建V：不相信周望会做这种事，以前在我们公司的时候，把做人的道理都教给了他。如今还发生这种事，要不就是堕落了，要不就是有其他的事。总之不要再来问我，我不知道。

一番回答，"绿茶味"十足。

满满都是我相信他，但是他现在什么样我不知道，红了就飘了，跟我们公司没关系。

许安仪气得牙痒。

热搜上都是质疑的声音，许安仪想要辩解，又不知道该怎么做。她知道周望工作室一定会有他们的解决办法，自己如果轻易发言，说不定会扰乱他的计划。

不过她看出来，这件事百分之八十又是不怀好意的人爆料出来的，昨晚已经临近深夜，路上车都没有几辆，怎么就那么巧，周望的私人车被拍下来发到了网络上？

许安仪想着头疼，突然听到外面有走路的声音，估计是周望醒了，她便走了出去。

周望正在厨房，看样子好像在做些什么。

见到许安仪出来，周望转身："醒了？去洗漱吧，我做了点早饭。"

完全不像一个还在热搜第一挂着的人。

许安仪："你看到热搜了吗？"

周望："看到了，没关系。"

许安仪："那要不要我用大号解释一下？"

周望轻笑："没事的，我会解决。而且本来我就超速了，我做错了事情肯定要道歉的。"

他云淡风轻，许安仪心里更不好受。这件事都是因为她。按照他的说法，估计就只是道歉，然后做点什么可以挽回的事情。这一定会给他添上黑历史。

许安仪不情愿，面色也没控制住。

从周望的视角来看，她嘴巴微微噘起，眼神里都写着不开心。

周望走到她面前，笑了声："好了，快去叫你妹妹起床吧，我做了三人份的早餐。"

他一个没忍住，伸出两根手指捏了捏许安仪的脸。

这一捏倒是把许安仪从神思中捏出来了，她震惊地抬眼看周望，一只手捂住自己被捏了的脸颊。

周望又笑了一声。

许安仪脸热得不行，秒速跑回自己家，敲门进屋一气呵成。

许安柔还在睡梦里缓不过来呢，就见姐姐一阵风似的冲回了楼上。

这突如其来的亲密接触打断了许安仪的思索。她站在卫生间，脑子才从刚刚的混沌中清醒过来。

热搜的事绝对不能就这么算了，她不能让周望承受这些。

洗完脸，她犹豫半天还是拿起了手机，登录自己的微博大号，编辑了一条。

　　许安仪V：热搜的事情，我想说两句。昨晚我的闺蜜生产大出血，医院的血库没有这个血型的血，我偶然得知周望先生是这个血型，便打电话要求他立刻赶到医院。

　　他为了救人，在几乎没有行人和车辆的路上超速，这点确实是我们错了，但是热搜上面的辱骂本不该如此激烈。

　　一切道歉我都会一起参与，还是非常感谢周望先生救了我的闺蜜一命。

匆匆忙忙的，她的措辞也不完整，一按下发送键，她都不敢再看，立刻退出了微博。

洗漱好，她就带着许安柔去对面吃饭，周望已经坐在椅子上等她们了。

桌子上摆着烤过的吐司、煎蛋，还有圣女果。

许安仪嘴角抽了抽，她一直比较习惯中式早餐来着。这看着很高大上，实际上吃起来很痛苦。

她坐在周望旁边。

周望有点无奈："怎么发微博了？会挨骂的。"

许安仪根本不接这个话题："怎么做的西式早餐？"

"我真的可以解决。"周望给她递了一块吐司，"我不想你因为我被网上那些人评论来评论去的。"

许安仪："改天我请你吃豆腐脑吧，那个做早餐才好吃。"

周望拿她没办法："新搬来这里，什么都没有。"

许安柔坐在对面，嘴里塞得鼓鼓的："你俩在说什么啊？真的是在对话吗？"

"吃你的饭。"许安仪白了她一眼。

吃完饭之后，许安仪要先送许安柔去学校，她本来打算让周望在家里等，她开车回来再接他，没想到周望已经穿好衣服，在走廊里等她了。
　　于是三个人一起上了车。
　　许安仪先把许安柔送到学校，像以往一样目送她进学校，然后掉头朝着公司的方向走。
　　周望坐在副驾驶："你在担心我吗？"
　　许安仪极浅地"嗯"了一声，她都不知道自己为什么回应。
　　周望没听清："嗯？"
　　许安仪不再说话了，听没听到是他自己的事情。
　　到公司之后，周望没下车，许安仪疑惑地看着他。
　　"这次还是我那个前公司搞的，不过很快，他们就没有这个精力再搞这些了，别担心。"
　　许安仪装作一副"你在说什么"的表情，下了车，只是在周望看不到的角落里，嘴角弯了弯。
　　两人在这种公共场合还是要避避嫌的，周望先一步进了楼里，许安仪走到了旁边的便利店，准备买杯饮料。
　　她拿了一瓶咖啡，想了想，又拿了一瓶，结好账，转头朝着公司里走。
　　路过练习室的时候，她余光看到周望已经跟着舞蹈老师和伴舞开始做伸展。
　　旁边的员工都在窃窃私语，她怎么觉得是因为昨晚的事情。她坐到位置上，摄像机对着她，也不好做什么说什么。
　　她打开了手机，找到周望的微信。
　　安：你一会儿休息的时候出来一下。
　　她发完还做贼心虚般看了眼练习室，周望还在训练，短时间内应该是看不到。
　　她打开电脑，继续进行构思。
　　要写一本书，前期的准备肯定是要充足的，她这两天翻阅了许多关于娱乐圈的小说，还跟时玉了解了不少，今天总算是可以下笔尝试一下第一章了。
　　她闷头去写，没注意就到了中午。
　　放在桌边的热咖啡也变成了常温，周望还是没休息，微信消息就停在那里，一动不动。
　　午饭时间都到了，员工一个两个结伴走出去，也没见周望出来。
　　许安仪觉得自己就是望眼欲穿。
　　等到她已经不想等，开始觉得自己脑子有病的时候，周望在大玻璃窗里的身影终于停了下来。
　　许安仪就像见到了曙光，视线黏在了手机上。
　　果然，没一会儿就收到了回信。
　　W：我好了，你饿不饿？
　　安：还好。

W:去茶水间等我吧。

许安仪收起手机,拿起咖啡,进了茶水间。进去之前她还四周观望了一下,有些心虚。她内心还有些矛盾,但按照网上的舆论,其实她和周望已经不需要再躲着人,全世界都知道他们认识且相熟。

员工都在吃饭,茶水间空无一人,许安仪坐在沙发上,手指摩挲着咖啡杯静静地等。

没一会儿,周望推门走了进来,手里还拿了两个饭盒:"吃这个吧,我让助理订的。"

周望把饭盒放在桌子上,许安仪看着里面的菜色,似乎是她很爱吃的一家店里的。

"他们吃完饭会进来的吧?"许安仪说的是那些员工。

两个人都不是这个公司的,她比较担心又会有什么传言传播出去。

周望一愣,随即笑了笑,走回门边,"啪嗒"一声,锁上了门。

许安仪一怔,禁忌感更浓了是怎么回事?

周望:"这样就进不来了。"

许安仪:"那要是他们敲门呢?"

周望终于没忍住笑了:"放心吧,这个茶水间归我的团队,他们不会来的。"

许安仪这才发现,自己被这个人逗了。

她气鼓鼓地把咖啡放在了桌上,发出了不大不小的闷响。

"给我买的吗?"

"嗯。"

"谢谢。"

"嗯。"

她也不知道自己是怎么了,说话有点赌气。

周望:"别生气,不逗你了。"

许安仪这才看了他一眼。

这时候她才发现,周望换了一身衣服,一件白色的卫衣,让他看起来像干净的高中生。

周望自然地坐在许安仪旁边,把饭盒拆开,递到许安仪面前。

许安仪:"你不吃吗?"

"等你吃完,我回练习室吃。"

她这才接过周望给她拆好的筷子。

吃第一口的时候,她突然反应过来,自己貌似……被周望宠得太娇气。

筷子是拆好的,饭盒是打开的,甚至自己还会不经意间冒出些小脾气。

"你对我太好了,我有点不习惯。"

周望:"有吗?"

"有。"

他眼睛一眨不眨地看着许安仪:"这是追求者应该做的事吧。"

许安仪瞥了他一眼，想说点什么，最终还是咽了回去。

周望等她慢吞吞吃完，伸手把她吃剩的东西都扔掉，转头把她给的那瓶咖啡拧开，递过去。

"怎么了？"许安仪还以为咖啡有什么问题。

"你喝吧，"周望道，"我的都给你。"

"这是我给你买的。"

周望："我要管理身材，不能喝。你喝掉我就不眼馋了。"

像哄小孩子。

许安仪鬼使神差地拿起咖啡，抿了一口，喝完还问："你真的不要吗？昨天你睡得那么晚，起得又早。"

周望一笑，作势伸手来拿："那给我吧。"

许安仪才反应过来，她都已经喝过了！这不就是给周望递上一个调戏自己的机会吗？她把手收回来，头也不回地离开了茶水间。

出去的时候，外面的员工已经都回到自己的工位上面了，许安仪做贼心虚似的溜回自己的位置上。

她拍了拍自己的脸颊，脸又红了，怎么这么不争气？

下午，许安仪终于把这本合作文的前两章写完。

她抬头的时候刚好是下班时间，员工们开始陆陆续续朝外走。她看了眼旁边的镜头，都关机了，只有练习室里面的人还处于训练状态。

她打开手机看了一眼，周望下午的时候给她发了消息。

W：不用等我，等下要开个会。

许安仪默默腹诽，谁要等他？

她拿着车钥匙下楼，打算去接许安柔，然后去医院看于枝枝。

其实"上班"这两天，她感觉还不错。

至少有个地方能让她不再拖延，虽然氛围肯定没有家里好，但是能够把她的拖延症解决。

她今天到许安柔学校时晚了一点，许安柔正站在校门口等着她。

宁让也跟在许安柔旁边，目送着许安柔上车。

"不是跟你说我来了你再出校门吗？"许安仪说。

许安柔："宁让在我旁边呢，我跟他说了，许志只要来他就带我跑。"

许安仪不太认同，皱了眉。

"放心啦，姐，之后要是他没怎么来了，你就不用来接我了。你那么忙，还得过来。"

许安仪一乐："我哪儿忙了？"

"你天天都和周望哥在一块儿，我看你忙得不行。"

许安仪被许安柔逗笑："我要去看于枝枝，你是回家还是……"

"我跟你一起去。"

许安仪点头，发动车子朝医院开过去。

她们到病房的时候，于枝枝正在指使顾渝干这干那。

她一见许安仪来了，脸上的激动藏都藏不住。

"我都快无聊死了！"她说话明显比昨天有力气了，"别人都是第二天就能出院回家，我却不行！"

"你多养养，省得落下病根。"许安仪劝道。

于枝枝噘着嘴："医院太难受了，我真的住够了！话说回来，沈澄今天给我发微信，说要请我们吃饭，他不是在南城吗？"

许安仪这才想起来，自己忘记跟于枝枝说沈澄来了北城的事。

一番解释，她又不免提到周望。

于枝枝不敢大声笑，怕崩到伤口："他真那么说的啊？"

许安仪点头。

"哈哈哈，他也有今天，还追求者，啧啧啧。"

许安仪："别闹。"

"行行行，你家周望不让说，你俩个顶个的幼稚！"

许安仪懒得继续这个话题，于枝枝也见好就收："过几天你问问周望有没有时间，我得请他吃顿饭。"

"他……"许安仪思索，"应该没时间！"

"你怎么知道？不管，这是我救命恩人！在沈澄和周望之间，我现在无条件支持周望！"

话题又绕回来了。

许安仪叹了口气："我暂时没那个想法。"

"安仪——你真不喜欢周望？"于枝枝像是看透一切，"你就是害怕，觉得他是大明星，你是个普通人。"

许安仪没回答。

"你怕什么啊？他那点名望生不带来死不带去的，你们互相喜欢就得了呗。"

"不是一回事。"

许安仪最知道自己在想什么了。她认同于枝枝的话，却不希望自己真的露怯。她像一只虫，给自己套上了厚重的外壳。

成年人只需要安全感而已。

"好吧，不聊这个。"于枝枝道，"快看看你干女儿吧。"

许安仪走到一边，看了看婴儿。

这才一天的时间，她就像是长开了，不像昨天那种皱皱巴巴的样子。

许安仪："真可爱，真乖。"

"要不你抱回去养两天吧。"于枝枝打趣她。

"算了算了。"她知道于枝枝就那么一说。

于枝枝自己像个小孩似的,都没反应过来自己当了妈妈,估计还得缓两天。

许安仪又在医院陪于枝枝待了一个多小时。

她走之前,于枝枝问:"你今年过年去哪儿?"

许安仪才恍然想起都快到元旦了,元旦一过,农历新年也快了。

"不知道,应该是和许安柔在家过吧。"

"我还想着,要不你来我家?"

"算了,你爸妈他们都在。"

"好。"

说完这段话,许安仪带着许安柔走了,回家之前她还问许安柔:"什么时候放假?"

许安柔:"元旦,但是我和同学约好出去跨年。"

好吧,看来她要自己在家待一天。

回了家,她收拾收拾,把今天写的章节修改了一下。

桌上放了一本日历,她数了下,距离元旦还有一周,到时候她就点个外卖大餐好了。

手机"叮咚"一声,她点开微信。

时玉在群里艾特她。

时玉:快看微博!

安:怎么了?

时玉:你快点看!

还配上了几个迫切的表情包。

不会出什么事了吧?许安仪心下一抖,赶紧点开微博。等待刷新的过程,她甚至捂住眼睛,做了最坏的打算——无非就是自己被骂到死机,没什么大不了的。

刷新的那一刻,她不由得瞪大了眼。

热搜词条第一是"周望道歉",第二是"周望收购前公司"。

许安仪一头问号,昨天那个公司的负责人还在网络上阴阳怪气,怎么今天就被收购了?收购公司有这么快的吗?

她点进去才发现是周望持有了这家公司的最高股份,陈建已经被解雇,公告上说,他挪用公款。

居然还有这种展开?许安仪震撼得不行。她以为周望的解决办法是和前公司商谈也好,还是其他也好,唯独没想到这个。

周望的粉丝上午还在广场吵架,下午就在广场欢呼。

△恭喜哥哥!原负责人总犯贱,这下好了!

△我不跟你们掰扯,我直接把你买了,年度爽文!

△给路人解释一下——这家公司在周望解约之后,骚操作不断。昨天半夜负责人还买通稿说周望不遵守交通规则,结果是为了救人超速,红绿灯也没闯。最好笑的是,那负责人蹦跶得那么欢,没想到上面股东股份都卖给周望。陈建△这人第一

时间就被解雇，笑死谁了。

许安仪也有点想笑。这人也算是搬起石头砸自己的脚，本来可以好好和平共处，却非惹周望，不知道发了哪门子疯。

她回到微信群。

安：这个公司终于不会再惹事了。

时玉：我真笑死，周望太狠了。

于枝枝都冒了出来。

于枝枝：话说，周望之前被这公司搞了那么多次都不生气，最近牵扯到安仪了，立刻收购公司。

于枝枝：鼓掌。

时玉：他好爱你。

于枝枝：他好爱你。

安：打扰了。

关闭手机，许安仪躺在床上看着天花板，本来是在发呆，结果想着想着就笑出了声。

真的有点爽文的感觉。

一直到平安夜的那一天，许安仪心情都不错。

她维持着每天去公司然后回家的作息，周望也没有让她送，自己开车。她偶尔在公司写写东西，就抬头看一眼练习室里的周望。

真是让她理解了什么是高强度训练。周望从早上开始就一直练，中间休息都可能不到一个小时，再到晚上。

她看着都累。

橙子带她去过两次练习生的练习室，那里都没有这种强度。

跨年当天，她早起送许安柔上学。

许安柔说："姐，晚上不用接我，我要和朋友去嘉望江边看烟花。"

许安仪想了一下，也不能时时都把许安柔放在身边，便答应了。

到了公司之后，她发现公司里满是圣诞氛围。

周望今天到得更早，在练习室里面已经练了好久。

许安仪觉得自己可能是被圣诞的氛围感染了，没有心情写东西，看着那一块大玻璃窗发呆。

周望举着话筒，似乎是在唱什么。

许安仪的心"怦怦"跳，觉得他在唱《成名在望》的片尾曲。

她原本看得出神，周望唱完歌忽然朝她看过来。

他目光灼热，烫得她瞬间躲避。

下一秒，微信进来。

W：许老师，今天有约吗？

安：没有。

W：那晚上等我。

对话莫名旖旎，她已经快要习惯了，继续完成工作。

晚上离开的时候，许安仪路过周望的练习室，可能是开了空调，玻璃上有不少雾气，看不大清里面了。

走到玻璃旁的时候，她听到了敲击玻璃的声音。她带着疑惑转头，透过雾气看身形应该是周望。也不知道他要干吗，说不定没看到她，只是敲了下玻璃。

许安仪觉得自己想多了，打算继续走。

玻璃又响了两下，她又看过去。

周望在那一边，用手指在玻璃上写字。许安仪只能看到反着的。

字歪歪扭扭的，果然还是周望。从以前到现在，他写字就没好看过。

她没忍住，笑了下，定睛去分辨——周望在玻璃上写着"等我"。

许安仪也想伸手去写，最好是写个"才不"。手指都摸上去了，她才发现雾气只有里面有。她划拉得再用力，周望也看不到。

她有点失望，刚准备回到她自己的位置上等等周望，玻璃就发生了改变。

周望在里面，用袖子把附近的雾气都擦干净，两个人隔着唯一一块看得清的地方对视。

许安仪掩饰不住心动。

她站在已经关灯的黑暗办公区里，周望站在亮光里。

两人遥遥相望。

也不知道是周望，还是他身后的灯，在这一刻晃了她的眼，她匆忙回神，指了指一边，示意在那儿等他。

落荒而逃。

周望没有让许安仪等很久，十几分钟后就走了出来。

"坐我的车吧！"周望带着她下楼，"明早我送你。"

"那许安柔怎么办？"

周望温柔地笑："我送你们。"

他的重音在"你们"上面，许安仪听罢感觉自己的心都要空了。

"好。"她跟着周望上了车，"我们去哪儿？"

周望："才想起来问吗？"

许安仪腹诽，刚刚被你蛊惑到了。

"去看烟花。"

许安仪："去嘉望江边？人很多吧？你会被发现的。"

"放心吧，不去那儿，我带你去别的地方。"

她一头雾水，只能跟着周望。

车开了得有半个小时，停在一处类似于郊区的地方。许安仪来过这里，这里以前是北城最大的游乐园，后来废弃了。

周望把车停在一片荒草地旁边，这里黑得连路灯都没有，唯一能照明的光亮就只有一轮月亮。

她穿少了点，下车的时候被冷风吹得一抖。

周望见状，变魔术一般从后座拿出来了一件卫衣递给她。

许安仪不想感冒，乖巧穿上。

周望穿着正好的卫衣，到了她身上就变得宽大起来，袖子长了不少，她的手缩在里面，领口还有大吉岭茶的味道。

趁着周望不注意，她悄悄嗅了两口，真的挺好闻的。

草地上的积雪踩起来"嘎吱嘎吱"，许安仪看不清路走得慢，周望就抓着她多出来的袖口走，走了十几米才放开。

"烟花在哪儿？"

周望神秘兮兮地朝另一个方向倒退："等下。"

许安仪没明白。

她看着周望走到一丛灌木旁，蹲下去不知道弄了什么，非常迅速地又跑回她旁边。

"怎么了？"

周望指着天空："看。"

许安仪愣愣地看过去，什么都没有。

正准备问，下一秒，"嗖"的一声——一束火光直冲天际，在天边炸开，变成了颗颗流星落下。

是烟火。

许安仪才反应过来，不是嘉望江人人都能见到的烟火，而是只属于她一个人的烟火。

天边闪现的光漫进了她和周望的眼睛里，还有些硫磺味飘过来，被领口的大吉岭茶香气隔绝在外。

她有点想哭。好多年，她都没看过这样的场景，像是整个世界只有他们两个，在荒芜之上，燃起了她全部的心火。

那样明亮、那样无瑕、那样浪漫。

许安仪眼眶有些红了，趁着烟花的光亮，看向旁边的周望。

她的目光撞在周望深深的眼神里，他那眼神死死地抓住了她，半分都没给烟花。

她的心在说——你完了。

许安仪，你真的完了。

烟火再美也有燃尽的时刻，当天上光亮不再，许安仪有些落寞地垂了眸。

"喜欢吗？"

许安仪有些嗫嚅："喜欢。"

"还想看吗？"

"还有吗?"

周望轻笑,又跑到那个位置,蹲下去点火。

许安仪看着他跑回自己的身侧,又希冀地看向天空。

"嘭!"

"嘭!"

五束烟火同时飞向天空,他们所在之处亮如白昼。许安仪没见过这样美的烟火,散尽之时还有点意犹未尽。

周望说:"这次真的没有了。"

许安仪笑了:"已经够了,很漂亮。"

"先回车上。"周望拉着她,顶着冷风回到车上。

她的眼神一刻也没有离开过周望。今天是平安夜,就让她自私一次吧。

她坐在副驾驶,看着周望开门上车,又伸手去后座拿东西。

许安仪莫名有些期待。

一个非常漂亮的小盒子被递到她的眼前,盒子四周透明的玻璃纸里是一个红彤彤的苹果。

周望:"我去了很多家水果店,买了很多苹果,这应该是最红的那一个。"

许安仪很认同,她从来没有见过这样红的苹果。

"嗯?别哭啊。"周望道。

他才发现她哭了,几滴眼泪顺着眼角滑下来,还有一滴落到了盒子上,有些止不住。

周望抽了一张纸巾,左手捧着许安仪的脸,右手拿着纸巾细致地擦拭着:"哭什么?"

许安仪声音有些哽咽:"这可能是我这辈子最好的平安夜了。"

"不会的,"周望给她擦完泪,双手捧着她的脸,和她对视,"明年会有,以后都会有,直到你不需要我的那一天。"

许安仪别扭得不行:"你这是画大饼……"

周望乐了:"不是大饼。你想要,就会有。"

许安仪抽泣得停不下来。

"好了好了,别哭,带你回去吃好吃的。"

许安仪点头。

周望开车,两个人重新回城里。

许安仪的眼泪止住了,车停在了北山中学门口的一家西餐厅前。

她颇为意外:"怎么是这儿?"

周望:"我记得你上学的时候和于枝枝说这里太贵,从来没吃过。"

她有点窘迫,没想到这话也能被周望听到。

"现在吃得起了。"

"知道,但我想带你来。"周望带着她进去。

里面空无一人，最中心的桌子上摆着蜡烛和玫瑰花。

许安仪又有想哭的感觉了，哽咽着："有点土。"

周望把椅子拉开，让她坐下："我第一次追女孩子，还希望许老师多教教我。"

许安仪破涕为笑。

服务员来上菜的时候，她才发现为什么没有其他客人，原来是周望包了场。烛光晚餐、玫瑰花，加上包场，许安仪想到小说里的霸道总裁三件套，觉得更土了。

但她好喜欢。

"周望。"

"嗯？"

"谢谢你。"她由衷地说出口。

周望看着她，眼波流动："不用谢，是我要谢你。"

"谢什么？"

"谢谢你当年当了语文课代表。"

"什么啊？"许安仪不服气，"那是语文老师赶鸭子上架。"

周望："不哭了？"

原来是在逗她。

她咬牙去吃牛排，不理周望。

吃完饭已经很晚了，许安仪把周望买的玫瑰花抱在怀里，两个人开车回家。

进了电梯她都还有些恍若隔世，刚才的一切都像是梦一样。

进家门之前，她想了想，猛地回头把花放在地上："给你一个机会。"

周望一愣："什么？"

"你可以抱我。"许安仪张开胳膊，别扭至极。

她没敢看他的表情，只是感觉自己被一阵大力拥在了怀里。

"给你两个月时间。"

"两个月？"

许安仪把脸埋在他的领口："两个月考查时间，看你表现，表现好了就选你。"

周望僵了一下，随即抱得更加用力。

"勒到我了。"许安仪的声音闷闷的。

周望的轻笑声传了过来。

"你对两个月有什么意见吗？"

"没有，只是两个月之后我的演唱会，你愿意来吗？"

许安仪当即回答："嗯。"

"姐，你回……你们干吗呢？"

两个抱着的人瞬间分开。

许安仪脸上红得比手上的苹果更甚："没……没干吗。"

"那你脸怎么这么红？"

她气急败坏："你别管！快回家！"
"哦……"许安柔关上了房门，"我先回去了。"
许安仪恢复了平时的样子，转头往回走，手腕却被周望抓住，一瞬间被扯了过去。紧接着，她的嘴角就感觉到了一个蜻蜓点水的吻。
一触即离。
她脑袋里"嗡"的一声，伸手挡着嘴，看着周望。
"提前收取一下。"
许安仪："我还没说选你！"
周望笑了："回家去吧，冷。"
许安仪不情不愿地进了家门，忽略许安柔咋咋呼呼的询问，丢了魂一样走上楼。
她没答应呢！怎么可以亲？
她翻来覆去，最后又坐起来看那个苹果，想象着看烟火时周望亮亮的眼睛。
不管，主动权在她这儿。

第八章

/

重新开始

第二天一早,许安仪顶着黑眼圈起床。

昨天睡梦里都循环着烟花和吻,她近乎一夜没睡踏实,一想到今天要坐周望的车,她就有点尴尬。

许安柔被她粗暴叫醒,有些不耐烦:"姐,你今天吃枪药了吗?"

许安仪瞪她:"少说话。"

许安柔捂着嘴,表示知道了。

出门的时候,周望又一次等在了电梯前,许安仪不说话,任由他和许安柔打招呼。

下电梯的时候,周望突然凑在许安仪耳边问:"你生气了吗?"

许安仪强撑着:"没有!"

"什么没有?姐,你说什么呢?"许安柔插话。

许安仪又僵住:"没事……"

三人上了车,还是按照惯例,先送许安柔去了学校,接下来两个人前往公司。

许安仪和周望分头进去。

她坐在座位上,一上午都没写出来一个字。中午吃饭又被叫到了茶水间,周望给她点的菜都是她平时爱吃的,还附带一瓶"北冰洋"。

许安仪喝着汽水,有一搭没一搭地和周望说着话。

周望:"你跨年有什么安排吗?"

许安仪:"应该没有。"

她还以为周望要带她出去,小小期待了一下。

结果周望说:"我要去一个拼盘晚会,你可以在直播里看我。"

许安仪蒙了一瞬。

她正想说什么,手机就响了,是个不认识的号码。

许安仪接起来:"喂?"

对面是一个不认识的女声:"是许安仪吗?"

"嗯,你是?"

"我是许志老婆,我联系不上你爸了,你知道他在哪里吗?"

许安仪的筷子掉落在地。

许志的新婚妻子把电话打到她这里找许志?

她语气有点冰冷:"我不知道。"

"你能帮阿姨找找他吗?阿姨三天联系不上他了,我这要去产检,没人陪啊。"

许安仪紧皱眉头:"我和他断绝关系了,你找别人问吧。"紧接着,毫不留情挂掉了电话。

她的神色都落在周望眼里,周望把掉落的筷子捡起来扔掉,又拆了一副新的递给她。

许安仪小声说:"吃不下了。"

周望:"再吃两口,明天点个别的。"

她听到许志的名字就反胃,但是周望都那么说了,她还是又吃了两口。

"别挑食,你最近又瘦了。"

许安仪一愣:"有吗?"

周望煞有介事地点头。

"那太好了!我不吃了!继续瘦下去吧!"许安仪带着笑,看着周望。

周望没办法:"怎么样你才能再吃两口?"

许安仪:"你吃几口,我就吃几口。"

周望无奈,从她手里接过筷子,看也不看就吃了两口,又把筷子递给她,示意她说到做到。

许安仪也吃了同样的分量。

不是她作,周望为了管理身材,已经很久没有吃过碳水了。

他是艺人,本来就瘦,加上高强度训练……

虽然表面看不出来什么,可是许安仪总觉得他会不舒服,只能用这种方式让他吃两口。

周望也不是任由她的:"我们俩用的一双筷子。"

她的注意力不在这个上,周望说了才发现。

她还把筷子尖含在嘴里呢,闻言浑身一僵,瞬间把筷子拿出来,脸也很红:"不吃了不吃了,我来灵感了,我去写东西。"

一下就跑得看不见影子了。

回到自己的座位上,她的心跳才缓过来。

感觉说完两个月考查期之后,周望就有点肆无忌惮了是怎么回事?

她拿着一支笔,一下一下地在白纸上戳,心里也嘟嘟囔囔的。

正想得出神的时候,手机"叮咚"一声,她拿起来看,是许安柔发的微信,言简意赅。

许安柔:姐,他又来了。

许安仪无语,许志老婆找不到他,结果他是在二女儿的学校堵人!

安：你没事吧？
许安柔：我没事，我根本没出去。你不用来，我就是跟你说一声。
安：那就好，我晚上来接你，我没到千万别出校门。
许安柔的微信发得不是时候。
今天是圣诞节，一早合作方就跟许安仪说了，今天的素材非常重要，她没办法提前走，唯一能做到的就是不让许安柔出校门。
她在公司里面干着急，一个下午都坐立不安。想了半天，她总觉得这么躲着许志也不是个事，一时间又想不到好的办法，烦得不行。
她扫视一圈静静办公的工作人员，又看了一眼还在训练的周望，过了十几分钟才静下心来。
兵来将挡，水来土掩吧。
今天从公司离开的时候，许安仪没有等周望，她昨天没开车回家，今天要把车开回去。
说到开车，停车位也要在计划本上添一笔，昨晚周望把车停在了车库是因为她没开，今天她开回去，周望的车就得停在外面。
一肚子的事情压着，她面色也不太好。
到许安柔学校门口的时候，她观察了一下，许志不在，估计是等不到人就先走了。许安柔按照惯例是被宁让送出来的。
一上车，她面色也不好："姐——烦死了！他到底要干什么？"
许安仪："别理他，估计是又买股钱买没了。"
"那也不能由着他一直找我们吧？要不把房子给他？"
"不行，"许安仪拒绝，"那是妈妈留下的，凭什么给他？就算我们卖了，也不可能给出去。"
许安柔闻言也打消了念头："好吧，不管他，大不了报警。"
许安仪点点头。
其实报警就是安慰许安柔，他们还是名义上的父女关系，就算闹起来也没有什么办法。
车缓慢行驶，开回了家。
许安仪看外面圣诞氛围那么浓重，也不想许安柔感觉到无聊，准备带她出去逛逛。
两姐妹都穿好衣服了，许安仪的手机响了。
"喂？"
"你在家吗？"是周望打过来的。
"嗯，在呢。怎么了？"
周望那边有些吵："我今天临时有个活动，回不去了，你能帮我喂一下安安吗？"
"好。"许安仪透过门看了眼隔壁。
安安真可怜，小猫咪不能过圣诞。
"密码还是之前那个，直接去吧。"

217

"好……"

那串密码的含义她没有在周望面前点破,就当作不知道。电话没挂断,她一只手拿着手机,另一只手按密码。

找时间她也打算把家里的门锁换成密码锁,这样还挺方便的。

许安仪打开周望家门,一进去就吓了一跳。

客厅里放了好多纸箱子,箱子上面写着"北城苹果"。

她想到了昨晚,周望说跑了很多地方才找到那一个最红的苹果。

许安仪心说,他这是要在家里开水果店吧,箱子都快摞到一人高了,还没算上横排。

"周望,"她对着电话道,"你是要开水果店吗?"

周望很明显沉默了一瞬。

"我打算把这些给公司里的人分了,"他还算冷静,"今天太忙,忘了。"

许安仪看着那么多的苹果,一时无言,她觉得自己要浪漫过敏了。

不再执着这个话题,她绕过箱子根据周望的指示找到猫粮,然后给安安倒上,转头准备离开了。

谁知电话那边,周望忽然道:"你先别走。"

"怎么了?"她站在原地没动。

"你上楼去书房看一下。"

不知道周望又在打什么哑谜,她慢慢走上楼,推开书房的门。

在书房中央的桌子上放着一个红色丝绒盒子,和整间房子冷清的装潢不同,看起来热烈又显眼。

"到了吗?"

许安仪说不出话,半晌才"嗯"了一声。

周望的声音里带着笑:"桌子上的盒子看到了吗?"

"嗯。"

"拿起来。"

许安仪听话地走上前,把盒子拿了起来,紧接着就没再动了。小小的丝绒盒子,看起来里面应该是一条项链。

"打开吧。"

周望的声音在她的耳边响起,一跳一跳地撞进她的鼓膜,让她一时分不清是自己的心跳还是其他。

许安仪慢慢把盒子打开——黑色的内饰上面摆着一条闪闪发光的项链。

是烟花的形状。

不同于她以前见过的项链,那烟花吊坠看起来真的像在绽放,银色的链身,明晃晃的。

很漂亮,好喜欢。

这是她的第一感受。

周望在电话里问:"喜欢吗?"

许安仪点了头,半晌又反应过来,周望根本就看不到,于是又"嗯"了一声。

"你先别戴,本来我准备亲手给你的,结果工作太突然了。等我回去给你戴上,好不好?"

许安仪突然笑了下:"你什么时候买的?"

周望含混道:"还在……半山的时候吧。"

"骗子。"许安仪看着盒子后面配的鉴定卡,明明已经好多年了。

周望也笑了:"大学时买的。"

大学。

那个时候许安仪应该想不到,有一天会有这样一条项链戴在她的身上。

她喜欢烟花,因为别人有烟花的时候,她没有,周望就把最漂亮的烟花给她买下来了。

"你什么时候回来?"她问。

周望思考了下:"可能要后半夜。"

"那算了。"周望看不到的地方,她的神色有些促狭。

"嗯?"

"本来打算给你一个奖励的。"

"奖励什么?"

"你猜吧。"她说完就毫不留情挂断。

她站在周望家的书房里,久久挪不动脚步。这种幸福感,让她感到恍惚。

书房的窗外是城市灯火通明的黑夜,她却从来没有像这一刻般,感觉到这座城市的冬天有这么温暖。

项链被她捏在手里,一路捧回了家。

"周望老师?周望老师?"

周望回过神,手里的电话早已经挂断。

"嗯,怎么了?"

工作人员站在一边,她是新来的实习生,被临时指派到后台做艺统,没想到上任第一天接待的艺人就是影帝。

此时她说话都有些结巴:"我们这边要先去走台了,您……您方便去吗?"

周望点头:"马上就来。"

他又看了眼手机,才递给助理。

实习生站在一边搓手等待着,一句话也不敢说,她怕这位影帝因为她的催促生气。没想到周望立刻站起来。

实习生在前面开路,周望在后面跟着,心情看起来还不错。

他们走到台边的时候,遇到了另一位艺人。

实习生亲眼看着那位最近势头很猛的男偶像走到了周望的旁边。

"周望老师，好久不见。"

"好久不见？"周望皱着眉，似乎在思索这人是谁。

"周望老师贵人多忘事，您当练习生的时候不是和我一起的吗？我也是北山中学的，您忘了？"

闻言，实习生心惊肉跳。

这人说话用词客气，但透露着一种说不出的阴阳怪气。哪儿来的这么大的胆子？周望什么身份，他是什么身份？

"周望老师，我们来不及了。"

周望点头，没打算理，继续往前走。

他没有仗着身份欺压别人的习惯，更何况这人是谁他真的想不起来。

走了两步，周望突然灵光一闪，回过头："是你？"

翌日。

许安仪送完许安柔上学，接到了北山中学的电话，是以前的班主任打来的。

"许安仪吗？"

"对的。"

"我是你老师，咱们学校要重新建校友墙，想问问你愿不愿意放照片。毕竟你现在是大作家嘛！咱们学校沾光了。"

许安仪想起来了，周望之前跟她说过这个事："我可以的，老师。"

"那太好了。"班主任在那边吸了口气，"咱们准备趁着学生寒假动工，然后呢……"

听出班主任似乎有些犹豫，许安仪一愣："怎么了？"

"高三要开动员会嘛，想找你们这些优秀学生回来讲讲话，给动员动员，就是不知道你想不想来露个脸。"

许安仪想了下，她高考分数不好，也没有什么鼓励作用，还是不能误人子弟。

班主任似乎也感觉到了她的想法："你就来吧，周望也来。咱们班就你俩，还能搭个伴。"

周望也去……

她有点想去了，主要是想看到周望和那些高中生站在一起的样子。

"好，那什么时间？"

班主任回道："元旦之后。"

"好，我会来的。"许安仪礼貌地说了再见，挂断电话。

她想了想，上次去北山中学还是《成名在望》拍摄的时候。拍的夜戏，她都没时间仔细看看。

这次回去就能光明正大地好好看看了。还有周望在，他们可以找找以前生活的痕迹，前提是不要惹起学生的骚动就好。

她到现在还记得，高三的某个晚自习，同学都撒了欢一样在走廊玩闹、狂奔，尖叫声响彻高三楼。

她安安稳稳坐在桌上，收拾书本。

后排坐着周望。

教室里仅剩的两个人，隔着好几排书桌遥遥相望。

外头的晚霞是橙色的，透过窗子打到了许安仪的脸上，照得她的校服都变成了橙色。

她看到周望在跟她无声说话，口型很明显：你看外面。

她顺着看过去，一道火烧云飘在天空上，呈现出心形。

她也回过头去，做口型：看到了！

两人相视一笑。

许安仪把车停稳，心想，回去的话，一定要和周望回一次教室，偷偷看看也好。

时间一闪而过来到跨年。

今天仍然是工作日，许安仪得按照合同要求去公司坐着。不过工作人员安静坐班的不多，许安仪听了几句，说是练习生有不少的物料要拍，作为跨年特辑。

人都在棚里。

周望今天没来，之前他就说了，要参加一场跨年的拼盘演唱会。

许安仪扫了眼练习室，连平时的伴舞都不在，灯光熄着。

她莫名有些不开心。

她已经有点习惯抬头就能看到周望了。周望不在，她自然也没必要去茶水间吃饭，于是跟着几个工作人员朝着食堂走。

食堂在楼下，她跟在人后面，低着头看手机。

"您好，请问许安仪小姐在这儿吗？"

电梯口传来声音。

许安仪听到自己的名字，疑惑地抬头。是一个外卖员，手里拎着一份外卖。她记得她没点啊？

"我是。"她上前两步，走到了外卖员跟前。

"您的外卖。"

许安仪接过，看了眼单子，懂了。

这当然不是她点的，电话号都不是她的，那十一位数字怎么看怎么眼熟。

许安仪有点无奈，看着手里明显超过她饭量的外卖，沉默片刻，逆着工作人员回了座位。

周望给她点外卖也不提前说一声，她要是走了，这不就白白浪费了吗？

许安仪找到周望的微信。

安：你给我点太多了，吃不完。

周望没回，估计是在忙。

许安仪也没一直干等，趁着这个时间，拆开了外卖。是她爱吃的拌包菜，荤素搭配得很好，还有一瓶罐装的"北冰洋"。

她慢条斯理地吃着，都快吃完了，周望的回复才来。

W：怕你饿。

W：多吃一点。

许安仪斟酌了一下。

安：你晚上是不是不回家？

她一直念着周望给她买的项链，不能总是单方面收周望的礼物，她也该回一份才好。

两天前，她就去了商场，给周望买了一枚袖扣。

他出席活动总是穿西装，虽然大多数都是品牌的衣服，但许安仪就觉得她挑的这枚银色袖扣一定很适合。

W：应该不回。

她叹了口气，看来礼物今天送不出去了。

安：好吧。

许安仪下午待到了三点多就回了家，许安柔和同学出去吃饭，也让她轻松了不少。

坐在家里沙发上点外卖的时候，她突然抬头扫视了一圈。

感觉这个房子真的买大了。她一个人坐在这儿，外面是热热闹闹的，自己看起来真的有些孤单。

晚上八点。

跨年演唱会准时开始直播。

许安仪坐在沙发上，跟于枝枝开着视频聊天，同时准时点开了周望会参加的频道。

开场白亘古不变，等了好久都不见周望。

于枝枝问："你等什么呢？"

许安仪看了眼镜头："周望。"

"啊？"于枝枝正在吃她许久都没尝到的辣鸭脖，"你都不遮掩一下。"

"遮掩什么？"

"当然是对周望的关注呗。你不是说自己不在乎吗？"

许安仪面色僵了下，这段时间她充实得不行，确实没跟于枝枝说。

"周望在追我。"

"啊？"

"我给了他两个月考察期。"

"啊？"屏幕那边的于枝枝猛地坐起来，"这么大的事你都不跟我说，没爱了！"

"我忘了。"许安仪看她一眼。

于枝枝瞬间绷不住了，笑出声："我就说吧，你等什么两个月啊？你从以前到现在，一直被他吃得死死的。"

"没有。"

"你嘴硬。"

许安仪懒得犟这个问题:"我已经不想看了,他到底什么时候能出来?"

"你去微博行吗?"

许安仪心下一跳,以为又发生了什么事:"怎么了?"

于枝枝看她的样子,咬咬牙:"微博有节目单,周望这种咖位,一般都得在最后吧……"

许安仪恍然大悟,登录微博找到官方,看到了节目单。

那么长的图片,怎么翻都翻不到底。

她皱着眉,甚至觉得自己看错台了。

直到图片再也拖拽不动——周望赫然在倒数第四个。

他头像前面的时间线上,刚好写着"零点零一分"。

是真的压轴。

许安仪无语地看了一眼现在的时间,九点零四分。

她思考,自己是对这些节目完全不感兴趣的一个人,到底怎么做才能熬过这三个小时?

于枝枝应该也是看到了节目单:"要不你去工作一会儿,十二点再出来看?"

"跨年夜,我不要。"许安仪委屈巴巴的。

平时强制性"坐班"就足够摧残她了。

"那这样吧,"于枝枝建议,"你去嘉望江边散个步,快到零点再回家。"

许安仪算是看出来了,这于枝枝就是在出馊主意。

跨年夜的嘉望江附近全都是人,她散个步回来可能鞋子要被踩废一双。

"我等会儿再给你打吧,我妈来电话了,"于枝枝笑了,"你先孤独一会儿。"

许安仪也笑了:"去吧。"

挂断电话,家里又只剩下电视的声音。

她觉得奇怪,明明之前自己很适应这样的安静,如今倒是变得难捱起来。

真的被惯的。

电视里知名歌手在唱着成名曲,许安仪走到窗子边往外看。

这里能看到嘉望江,堤坝上面人山人海。

她叹了口气,觉得还不如在家待着。

她又在沙发上坐了一会儿,手机响了,是许安柔。

"喂?姐——"她那边吵得不行。

许安仪把手机拿远了一点:"怎么了?"

"你能来接我吗?江边打不到车!"

这真是瞌睡到了有人递枕头,许安仪正愁无聊,当即答应下来,拿上车钥匙出门。

因为跨年夜,嘉望江边堵得不像话。许安仪缓缓挪了一个多小时,才终于走到了许安柔旁边。

透过车窗,她有些诧异地看着许安柔旁边站着的两个人。

一个是宁让,这不足为奇。

问题是另一个人是沈澄。

许安仪降下车窗，不得不又挂上礼貌的笑："你怎么在这儿？"

沈澄一笑："我看这里人多，你妹妹说在等你，我怕不安全，就陪她等着。"

"没什么不安全的，"宁让突然开口，"我跟着她呢。"

他话音一落，就被许安柔用手肘狠狠撞了一下。

许安仪说："上车吧，这里不能停太久。"

许安柔点点头，跟身后两个人道别。

许安仪对着沈澄道："下次见。"

沈澄问："好，你大后天有空吗？我请你和于枝枝吃饭。"

这顿饭终究是躲不过去，她就想了下大后天是什么日子，随即灵光一闪："可能不行，我得回我高中去。"

"那太可惜了，大大后天呢？"

"可以，到时候我和于枝枝请你。"

"好，慢点开。"

许安仪点头，合上了车窗，透过后视镜一看，宁让也跟着上了车。

"宁让，你去哪儿？"

宁让报出一个地址。

许安仪专心开车的途中听着后面两个人对话。

许安柔："你怎么上车了？你不是说自己回家吗？"

宁让冷言冷语："周望哥说，外面那个男的再出现的话，我不能离开安仪姐半步。"

"你怎么那么听他的？"许安仪颇为无奈。

"他……"宁让表情不变，"秘密。"

许安仪笑了，估计又是周望说了什么，自己干吗跟初中生计较。

把宁让送回家，两姐妹也回了家。

停车之后，许安仪看了眼时间，十一点四十分，正好把时间都消磨干净了。

到家打开电视。

刚刚好，主持人要准备倒计时了。许安柔换好衣服坐在了许安仪旁边。

"五——四——三——二——一！新年快乐！"

许安仪有点愣怔，她好久都没看过这种节目了。

许安柔的声音炸在耳边："姐！新年快乐！"

许安仪笑了："嗯，新年快乐。"

外面烟花乍响，数不胜数的烟花飞上天，飞到和三十楼一样的高度。

许安仪垂下了眼眸，心里默念，妈妈，新年快乐。

电视里已经开始邀请周望出场，许安仪盯着屏幕，看着周望穿着白色的西装从升降台出来。

他只是坐在椅子上，就足以成为舞台的亮点。

他不像其他艺人直接开始表演,而是举起话筒说:"新年好啊。"

台下一片热情,隔着电视都感觉得到,像是开成了他自己的演唱会。

许安仪从听完那句话后就神色呆呆的,她自作多情地感觉,周望看着镜头说的那句话,是说给她听的,哪怕有再多的人看,她还是这样觉得。

周望开始唱歌了。

奇怪的是,他没有像以往跨年的压轴一样劲歌热舞,反而是非常安静平和的曲调,非常浪漫的翻唱。

许安仪看着屏幕,轻声呢喃:"新年快乐。"

再好的节目都会结束,周望下台之后,许安仪就去换衣服洗漱了。

她再走出来,许安柔也回房间睡觉了,外面刚刚的热闹仿佛一场梦,城市陷入寂静。

她还有点怅然,又长大一岁,又是一年。

坐在窗台边,她看着外面的灯火发呆。

不知过了多久,急促的门铃声忽然响起,吓了她一跳。

她走过去,顺着可视屏幕看,是周望。

他穿着表演装扮,带着一束看不清的花。

隔着一道门,摄像头并不清晰。

"新年快乐,许安仪。"

不得不承认,在从可视门铃里听到这句话的时候,许安仪有些发蒙。

她像是被塞壬(古希腊神话中的怪物)引诱的人类,由着自己的意识打开门。

周望站在门口。

从刚刚他的表演结束到现在,也不过两个小时。

许安仪记得他前两天提了一句,录节目的地方在南城,也就是说他必须一下台就上车,然后片刻不停地往家里赶,才能在新年的第二个小时内站在她的面前。

他发丝上还有舞台喷出的彩带。

许安仪愣愣的:"你怎么回来了?不是说不回来了吗?"

周望把手里的花递给她:"看到这束花就觉得你一定很喜欢,所以它带着我回来了。"

许安仪接过。

刚刚花束被抱在周望怀里看不清晰,此时再看,是桔梗。

白色的桔梗开在了冬季,外围还带了一圈绒毛边,精致又浪漫。

许安仪把花捧在怀里,又朝着周望道:"这束花也是后台送的吗?"

周望一笑:"不是。"

"那是什么……"

许安仪还心平气和地问着呢,谁知手腕上传来一股大力,她整个人一晃,就被拉到了门外。

周望的手还抓着她的手腕没有松开。

"怎么了?"许安仪问。

周望没有说话,凭借着高度差俯视着,眼睛里浓郁的感情都快要溢出来。

许安仪尝试着推了他两下,换来的却是更加收紧的抓握。

她看到周望的喉结动了一下。下一秒,自己就被力道拖拽着再次向前——跌进了周望的怀里!

他身上有点寒气,冰得她抖了一下。这个小动作被周望注意到,他稍微拉开了点距离。

"今天的跨年演唱会,你看了吗?"

许安仪"啊"了一声,没反应过来。

"你看了吗?"他再次重复。

她不知道周望卖的什么关子,也存了逗他的心思,不回答,只是问:"怎么了?"

"我希望你看了。"

许安仪一愣。

她回想了一下节目的过程,没有什么特别的,周望这是希望她看到什么?

她的好奇心大过一切,只好说:"我看了的。"

周望眼睛有些亮了:"那句'新年好',是说给你听的。"

许安仪没想到,自己的猜测是对的。

那句话隔着镜头,隔着几百公里,准确无误地传到了她的面前。

她笑了:"那我的新年快乐和所有人听到的都一样吗?"

"不一样的。"

许安仪抬头去看他。

她只是看气氛太过暧昧,从而想通过这句转移话题,没想到周望竟然真的……回答了。

周望保持着拥抱她的姿势,声音闷闷的:"你想听一千遍一万遍都可以。"

别人没这个机会。

许安仪:"那我想听一千遍。"

她本是开玩笑的,没想到周望真的带着笑开始说:"新年快乐,新年快乐,新年快乐……"

许安仪听得头晕,连忙说:"好了好了。"

"新年快乐,新年快乐……"

许安仪止不住他,只好从他怀里挣脱出来,伸出手搭在他的嘴唇上。

周望的声音还没发出,生生被她拦下。

随即一阵轻轻的震动从她的指尖传过来,声音慢了半拍,是周望的轻笑。

"一千遍,还要说吗?"

许安仪连忙摆手。

周望道:"好了,快回去睡觉吧。"

许安仪还以为他这么急匆匆回来还有其他重要的事情,没想到仅仅只是为了一束花。

她有点不是滋味。

周望已经有回头的趋势了，许安仪的动作停滞了一瞬，随即伸手扯住了他的袖口。
"你等等。"
周望看向她。
"你在这儿等我，我有东西要给你。"
她随即转身跑回去，上楼拿上了之前买的袖扣。
还以为送不出去了。
周望在门口站着，一动不动，许安仪把手里的盒子递给他。
"给我的？"
她点头。
"我能拆开看看吗？"
她又点头。
不是她不想说话，是因为实在是有些……紧张，也不知道周望喜不喜欢。
周望在她面前把盒子打开。
许安仪一刻也不想错过他的神色，借走道的灯光仔细地看着，她清晰地看到了周望愣了一瞬间。
是不喜欢吗？也对，他平时接触到的珠宝都比这个袖扣精致一百倍。
她小心翼翼地问："是不喜欢吗？"
周望随即回过神来，摇摇头："我很喜欢，非常喜欢。"
许安仪松了口气："那就好。"
"可惜，"周望看着她，"我今天没有穿西装，不然……"
"不然什么？"
"肯定让你亲手帮我扣上。"
许安仪笑了："那条项链你也没有亲手帮我戴。"
说完她就有些愣住，这实在是……太亲密了。
周望说："等高三动员大会的那一天吧，你上台之前，给你戴。"
"你知道了？"
许安仪还想着找机会告诉他。
"嗯，所以快点去睡觉吧，太晚了。"
许安仪听他的话，准备往回走。
刚走了一步，她的手腕就又被扯住。
"怎么……"
她整个人被扯回了一大步，慌慌张张的一秒里，被周望揽住腰，一个浅浅的吻印了下来。
许安仪发现，具象化的记忆真的很有趣。
这个吻落下的时候，眼前炸开了烟花，即使是昏暗的楼道，也那么明亮。
仅仅几秒钟。
亲吻结束，周望放开了许安仪，伸出手擦擦她的嘴角。

"新年快乐，这是第一千遍。"

许安仪没回过神："剩下的九百多遍呢？"

"在心里说的。"

他把许安仪轻柔地推回了家，贴心地给她关好了门。

许安仪回到房间的时候，顺势照了一下镜子，瞬间被自己吓到。

她的脸红得不像话，身上的睡衣也有点皱皱巴巴。要不是她知道只是一个比贴面礼亲密一些的吻，还以为自己经历了什么事。

她仰面躺在床上，神思远游。果然有些事再一再二就有再三，之前她还能谴责些什么，这次就只有害羞了。

她心里嘟囔着，明明还有两个月的，怎么就这么忍不了吗？

她想着想着就睡着了。

第二天醒来，许安仪还下意识要叫许安柔去学校，结果发现元旦放三天的假，于是她又躺下了。

这三天，她几乎什么都没做，之前存稿足够多，她只要躺在床上按下发送就好。

一晃眼，假期结束了。

开学的第一天，许安仪早起差点失败，火急火燎地把许安柔叫起来，送她去了学校，然后自己回家收拾。

北山中学的动员大会就是今天，总归是公共场合，她也要穿合适一点。

她正在愁穿什么，于枝枝的电话就打过来了。

"怎么了？"许安仪问。

"你今天不是去北山中学吗？穿什么去啊？"

许安仪一笑，真是解了燃眉之急："不知道呢，你帮我想一想吧。"

"我猜就是，你有一条白色的长裙，穿上！再加一件长款的毛外套。"

"啊？这可是一月份。"

"啧，美和温度不可兼得！把光腿神器穿上！"

"真的冷……"

"你信不信，那套衣服周望看见绝对眼前一亮。"

"那行……啊不，"许安仪提出质疑，"我让他眼前一亮干吗？"

"你就说穿不穿吧？"

"穿……行了吧。"

许安仪最终还是听于枝枝的，找到了她说的那两件衣服。外套是驼色的，一直到小腿肚，保暖性还算好，长裙的裙摆也大，不会看出来不自然的光腿神器。

许安仪想着，万一只有自己穿这么正式怎么办？

半晌，她拿起包准备出门。

尴尬就尴尬吧。

出门前她还不忘拿上周望给的项链。

今天北山中学的动员会看起来十分隆重，请来了不少社会精英，因此车辆都可以开进去。

许安仪好不容易找到了停车位，下车就被寒风吹得一抖。

她看着路面走。

下一刻，身上就一暖，她看了一眼，多了一件衣服。

顺着看过去，除了周望还能有谁。

许安仪看着他的穿着，就只是简简单单的卫衣，连西装都没穿，也不知道冷不冷。

不过哪怕是这么简单的装扮，在一群西装革履的人面前，还是完胜。

许安仪小声说："你不怕被看到吗？"

"不怕。"周望面色自然，"你怎么穿这么少？"

许安仪一僵，真正的原因她死也不会说。

"不好看吗？"

"好看，"周望笑了，"你是这学校里最好看的小女孩。"

许安仪脸一红，不理他了，径直朝前走。

大礼堂就在前方，台阶很高，她小心翼翼地迈步。

周望就跟在她身后。

一个男声从她头上传来："周望老师？又见面了。"

来者不善的语气。

许安仪抬眼看了看，这人的面容也算精致，只是比起周望还是差了点。她并不认识这个人，但总有种熟悉的感觉。

许安仪想着，既然出现在这里，应该也是北山中学的学生了。

可她并不知道，周望在北山中学得罪过谁，或是和谁交好过。

她停在原地，周望从身后走上来，把她挡在后面。

"真巧。"周望道。

那男子也笑了："是巧啊，咱们不都是北山学子吗？学长。"

"嗯，确实。"

"那就不跟学长叙旧了，"男子轻蔑地看了眼许安仪，"学长还真是……长情。"

许安仪的眉头皱了起来，不知道这人是什么意思。

对方也没有要理她的意思，转身走了。

"这是谁啊？"等到人走远了，许安仪才问。

周望说："可能是当年拍到我们的人。"

"什么？"

许安仪清晰记得，是一个高二学生拍摄的照片，那件事闹大之后也不了了之了，谁都不知道照片的来源。

周望不欲在此停留，扯了扯许安仪的手腕，示意她一边走一边说。

许安仪扫了一眼四周，人不多，才放心地走在他的旁边。

周望顿了顿，说："他叫于川，是和我一起进公司的练习生，但是在照片的事情出现之后，他被公司解约了。"

许安仪一愣："这和照片有关系吗？"

周望点头："当时照片的事情一出我就找了公司的人处理，他们说会调查，最后结果就是开除了他。"

"那你们一起进的公司，他为什么……没出道？"

"因为我是突然红的。"这个时候他们已经走到了礼堂门口，人多了起来，周望的声音被杂音压下去了。

许安仪不知道周望以前的事情，所以此时她听得一头雾水，什么叫突然红的？难不成是跳过了出道这一步吗？

优秀校友都在门口站着，等待进去寻找座位。周围乱哄哄的，不是说事情的好机会。

许安仪收了声。

看向前面的时候，她就看到了于川的背影。

刹那间，许安仪脑袋里灵光一闪，这个背影她真的见过！就在最近。

她费力回想，看向周望。

周望、艺人、跨年！对！跨年演唱会！

她在最开始那百无聊赖的一个小时里，确确实实是看到了于川！他也是个艺人！

许安仪赶忙扯了扯周望的袖口："他也是艺人吧？"

周望看着许安仪的神情有些顿住，过了一会儿才有些不开心地说："你不是从来不关注这些，怎么还知道别的艺人？"

许安仪哭笑不得："因为……因为那天想看你的跨年节目，等的时候瞟到了一眼。"

周望像是满意了："对，他也是艺人。圣诞节我去彩排的时候遇到他了。"

"他跟你有仇吗？"

前面的队伍已经开始进场，她还看着周望。

"回家告诉你。"

座位是按照高中班级排的，他们班就来了他俩，两个人很自然地坐在了一块儿。

"你等下要去讲话吗？"许安仪凑近小声问。

后排是一些学生，她不敢太过凑近。

周望点点头。

本来是所有优秀校友都要发言的，结果请来的人太多，最后上台的只有周望和另一个人。

许安仪没记住那人是谁。她正打算凑在周望旁边问问，后面就传来了一个声音。

"望哥！我超喜欢你！可以给我签个名吗？"

许安仪和周望同时回头看，是一个女生抱着本子蹲在后面，似乎在躲避老师们的目光。

"我喜欢你好多年了,望哥。"

许安仪之前见到的粉丝叫周望,不是"妈妈"就是"宝",活生生把他叫成了古惑仔。

女生没忍住,眼角弯了弯,其实还挺配的。

周望有点无奈:"抱歉,我不能签名。不过你今年高三吗?"

女生委屈巴巴地点头,许安仪看得都于心不忍了。

"这样,明年高考的时候,如果你的分数过了本科线,就把分数发到超话,我会让工作室给你寄一份。"

女生似乎是愣住了,脸也有点红:"我……成绩很差的。"

"没事,"周望的距离感保持得很好,"我相信你。"

女生一脸感动地说:"知道了,我会努力的!"

许安仪奇特地看着周望,这人还真是……

等到女生跑远,她才问:"为什么不签名?"

周望侧头看她,语气中还带了点笑:"签了一个人就要签一千个人,校长可能就气疯了。"

许安仪心想也对,周望这样处理,既给了女孩子动力,也不会伤到她的心。

"你好娴熟。"许安仪下结论。

"在北山中学里,我只给你签过名。"

许安仪想了想,确实。那本被她尘封了好多年的书上,都是周望轻易不会签的名字。

"你刚刚笑什么?"周望忽然问。

"啊?"许安仪没跟上话题,"我没有笑。"

"笑了的。你的卧蚕笑起来很好看。"

许安仪这才反应过来,是说她脑补古惑仔那一截。

她笑了:"望哥这个名字很像古惑仔。"

周望一顿,深深看着她:"叫什么?"

"望哥。"

许安仪不懂,她说的话应该挺清晰。

"什么?"

"望哥!"

她不知道周望怎么了,但看向他眼睛的时候发现,那里面分明带着笑意。

在逗她!

"你!"许安仪声音有点大,不少人朝这边看,她又紧急降低声音,"小心再给你延后一个月。"

"我错了。"认错态度积极。

许安仪转过头不理他,半晌就感觉到自己的小拇指被触碰,一下一下的,极其轻浅。

"你生气了？"周望的声音很近。

"没有！"

他的轻笑又传来。

校长已经上台，为北山中学高三动员大会致辞。

周望也不闹了，安静坐着。

流程过得很快，许安仪趁着校长带着全体学生宣誓的时候，偷偷地问："你一会儿能陪我去一个地方吗？"

她的私心。

"嗯？去哪儿？"

"我想回去看看教室，听说我们的那栋楼废弃了。"

周望也不问为什么，只说："好。"

许安仪心满意足，继续看向台上。没过一会儿，就开始由主持人邀请优秀校友上台讲话。

许安仪正好奇另一个人是谁，就听台上叫："有请林清屿学长！他作为北山中学优秀毕业生，当年以北城状元的身份考入北城大学法学院！"

许安仪有些吃惊。她是委托过林清屿作为代理律师的，但是只能算得上纯网友，这个时候一见才发现这人面容清冷，一副生人勿近的样子，一身西装革履走到台上，轻轻扶了下麦。

她看得认真，手被狠狠扯了下。

"怎么了？"她吓了一跳。

"不许看。"周望的声音传来。

她哭笑不得："你怎么……"

"不许看。"

她投降了："好，我不看。"

为了避免自己的目光再次投到台上，她干脆拿起手机玩。这一刷，完全听不到台上说什么。

再回过神就是身边的周望站了起来。

站起来干吗？

她看了眼台上，原来是林清屿已经讲完话，轮到周望了。

许安仪的目光追随着周望，看着他穿着和别人截然不同的卫衣，气质上一点不输，拿着麦站在了台边。

刚刚安安静静的台下瞬间爆发了尖叫声。

原来过了这么多年，周望在高中生心里还是这么受欢迎啊。

这架势比起以前，有过之而无不及。

周望拿起麦："这算是我第一次正式演讲，毕竟以前都是在唱歌。"

许安仪看着舞台上的灯。那灯本来是平面灯，只是为了照明，她却总觉得有一束光追在周望的身上，让她目眩神迷，眼神都移不开。

周望讲了什么她都听不进去,只看着他的一举一动恍神。

"希望明年的时候,大家都可以有一个好成绩。几年之后,都能在前排的座椅上看到大家,听大家像我一样在这儿讲话。"

他讲完了,其实就是中规中矩的讲话,偏偏台下的骚动不停。

许安仪身后的声音乍响:"学长!我想问问题!"

这一声炸起了一群人,都在各种问。

周望本来都走到台边了,又拿起麦:"什么问题?"

最初喊起来的那个学生继续问:"学长,你谈恋爱了吗?我替粉丝问的。"

这话一出,台下都安静了,都想知道答案。

但是前排的老师们脸都绿了,纪律老师站起来:"坐下!别起哄!再起哄扣你分数了!"

学生讪讪地坐下。

许安仪看着周望,心里突突直跳,总觉得他要做点什么。果不其然,周望把麦举起来了。

下一刻,他的声音传遍了礼堂:"还没有。"

许安仪松了口气。

"不过快了,还有两个月。"

台下的学生都开始尖叫,快要把礼堂的顶棚掀飞。

许安仪隔着阶梯座位,和周望对视。

周望回答完了问题,也不理那些轰动了,迎着所有目光慢慢朝着许安仪的方向走。

许安仪眼睛亮亮的,注视着他走到自己的身边。

"你胆子太大了。"她说。

虽然话是在责备,却听不出任何的不悦。

周望轻轻笑道:"总是要说出来的。"

八字都没一撇,他就昭告天下,真的是……许安仪默默在心里扶额。

优秀校友讲完话,几乎整个动员大会就结束了。他们又在原地听了结束语,才跟着散场的大部队默默朝外面走。

"走吧,去教室看看。"周望走在前面带路。

许安仪点了点头。

高三楼在比较远的地方,此时高三学生都在回教室的路上。周望和她走了几步,发现根本走不通,到处都是手机在拍照。

没办法,两个人索性在礼堂的后门处等一会儿。

"我们班的教室为什么不用了啊?"

许安仪有点好奇这个问题。

她之前就知道,自从他们毕业,那间教室就彻彻底底荒废了,可能她的课桌都还完好无损地保留在里面。

周望目光闪动了下:"因为我。"
"因为你?"
"嗯。"他站在面前,寒风吹不动他的衣摆,"我们毕业之后,我给学校捐了钱,盖了新的教学楼,这边就暂时留下了。"
许安仪很震撼。
她以为学校里的事情,他在毕业的那一天就应该通通忘掉了。
周望:"不过也没留下什么,就是黑板报上的三个字。"
她怎么不知道周望写过什么黑板报?
许安仪露出了疑惑的眼神。
周望看着她笑:"班主任想让我写几段话,结果才落笔两个字,她觉得丑……就不让我继续写了。"
"哈哈哈。"许安仪笑了。
确实,周望的字……
"别笑了。"周望似乎还有些不服输,那种隐隐约约的少年感又出现了。
许安仪不敢和这样的他对视,转头去观察。
上课铃已经打响,校园里没什么人了。
"走吧。"她说。
顺着北山中学的林荫路,薄薄的雪在脚下"嘎吱嘎吱",常青树依旧提供着庇荫,有暖洋洋的光线顺着松针之间的缝隙洒下来。
两个人肩并着肩慢慢晃荡,许安仪想起之前那个于川还没理清楚。
她刚想开口问,看着前方的风景,又咽了回去。两个人默契地不说话,一步一望,直到这条路到达尽头。
前面豁然开朗,左侧是高三的教学楼。
周望和许安仪顺着楼梯向上爬,他们的班级在顶层,那一层楼都已经不用来做教室了。
许安仪多年不曾爬楼,只是到达三楼就有些气喘。
周望领先她两级台阶。
许安仪:"等……等下,我有点累。"
周望朝她伸出一只手来:"要我背你吗?"
"不要!"
许安仪总感觉自己被轻视了,咬咬牙继续向上攀登,然后这股子精气神,只爬了三个台阶就荡然无存。
周望又停下来,向下踏了两级台阶:"你先走。"
许安仪一肚子疑问,却没有力气去问。
她慢吞吞地走在前面,每当觉得自己走不动的时候,就总会有一双手在身后扶自己一把。
踏上四楼的平台时,她还有点茫然,自己才这个岁数,上四楼已经困难到这个程度了。

周望在许安仪旁边虚虚扶着她,朝着教室的方向走。

许安仪喘匀了气,就开始"自力更生"。

高三(3)班。

许安仪伸出一只手推门,厚重的门带着灰尘在她的眼前打开,里面的一切好像都被叫作时光的摄影机定格。

一切都没变。

她的座位好像是高考前最后一次上课时,她自己收拾的。

周望伸手挥了挥,把扬起来的灰尘散开,径直走进去,坐在了许安仪的座位上。

"许安仪同学,我今天没有交语文作业。"

许安仪心头一颤:"不交就不交吧,我不会帮你向老师求情的。"

即使是这样普通的对话,他们也没有在高中班级实现过。

周望笑了。

"许安仪同学?"

"你好幼稚。"她忍不住吐槽。

周望轻笑着去看许安仪曾经用过的课桌,还看了眼桌膛。

许安仪本来还笑着任由他,突然间脑海里想到了什么——

"等等!你别看!"

她赶忙过去,身子伏在课桌上,把桌膛的口子挡住。

周望一愣。

"你去你自己的座位。"许安仪心里发虚,说话都没有底气。

周望反而不听:"是有什么秘密吗?不能被我看到?"

"不是!"

"关于我?"

"不是!"

周望一边说着,一边企图把许安仪推起来:"那是,表白吗?"

"不是!"许安仪有些急了,"真的不是。"

她的力道终究抵不过周望,最后还是被周望窥见了端倪。

他的视线一离开桌子,神色就沉了下来:"谁干的?"

许安仪不敢看他:"不知道……"

周望有些生气了,扯开了许安仪,桌子轰然倒下,回忆时光的温柔光景也荡然无存。

许安仪的头发晕,不知道要做什么。

她不想周望看到,真的不想。

"你别看了。"

"你别看了。"于枝枝站在课桌边,手上拿着刚在食堂买回来的烤肠。

许安仪看着桌膛里油腻腻的笔迹，心里的怒火达到了极点。

"都是些假的，不用信！"于枝枝着急，"你千万别怪自己，我等会儿就去帮你找老师！"

"别怕别怕啊。"

许安仪很难说出那一刻自己是什么感受。

桌膛里都是来自高中生最大的恶意。那个时候偶像的定义还太过单薄，没有人去告诉心智还没有成熟的粉丝什么是该做的，什么是不该做的。

字迹满满当当的，扎着眼睛。

许安仪从回忆里挣脱出来，其实这个红色油漆笔写的字对比其他的实在是不算什么。

见周望面色还是很深沉，于是她淡淡道："没什么的，我已经不太在乎了。"

"当年为什么不告诉我呢？"

许安仪不想过多纠结这个事情："你是闪闪发光的大明星，我就是一个普通人而已。这些只是小事情，我可以解决。"

"解决办法就是这些字一直留到现在吗？"

许安仪叹了口气："你冷静一点。"

这话一出，周望就像是被点到了什么开关，真就冷静下来："我只是不希望我喜欢的女孩因为我而遭受这些。"

"这没什么，我也活到现在了啊。"

"许安仪，你根本还在你的思维里面。在你心里，我还是以前那个不能在班级里跟你说话的人，是那个被无数人关注着的艺人明星。你真的没有想过，我只是一个喜欢你的男人。"周望站起身朝外走，"哪怕你说两个月，可你问问你的心，你是因为什么说出这两个月的呢？"

许安仪朝前走了一步，没接话，只是问："你去哪儿？"

"我冷静下，你也好好想想。我想要的是你也喜欢我，不是因为我为你做了多少。"

周望说完这话，转身离去，只留下许安仪站在原地，一动不动。

半响，教室内回归平静，仿佛连一丝灰尘都不曾掀起过，她的肩上还披着周望的外套。

周望说得没错，说两个月的考查期只不过是因为她害怕。

我是普通人。

我只是普通人。

高三那年对她的影响远比她想的深刻。

她叹了口气，有些难过，看着天花板，顶回眼里的酸涩感，随即蹲下身扶起倒下的课桌。

如果于枝枝在这儿，只会说周望莫名其妙。

可许安仪知道不是的，周望一定是想了这件事很久很久，直到今天才爆发出来。

许安仪坐在椅子上，看了看自己沾到了些灰尘的衣角，随即朝着桌膛里望过去。

她怕的不是周望看到这些字,而是在那些红色的字迹旁边,有她用黑笔写下的——

我就是喜欢周望怎么了。
我就是喜欢怎么了。

这些字小了太多,不仔细看根本看不到,可那也是一个女孩子最大的勇气。

许安仪自嘲地笑。

她怕的是周望看到这些字,回想她当年的心理,揣摩她的一切行动。这些都是她青春时候最珍贵的宝藏。

周望会不会因为看到这个,觉得她不值得喜欢呢?毕竟,她表面上平和,私下里却永远不认输。

许安仪发着愣,窗外的铃声又响了。

她不知道自己接下来要做什么,好像是要给周望道个歉,可是她道歉什么呢?

回家吗?回家做什么呢?

最终,她还是站起身,朝着门外走。走出这一步的时候,她包含着私心,从过道朝着后门走。

路过了最后一排周望的课桌。

那课桌上面千奇百怪,有数不胜数的人的表白,善意、恶意的话语都有,就像是如今微博的简略版。

她摸过右侧桌角,那里的几句话与其他的格格不入。

小到离远了就会看不见。

那是她偷偷画下的一颗心,还有"喜欢你"。

正沉湎在过去的许安仪背对后门,完全没有集中注意力。

下一秒,一双手搭在了她的腰上,把她整个人抱了起来,转了一圈之后贴在了后面的墙上。

许安仪还没来得及看清眼前发生了什么,就陷入一片黑暗。

此时她正被按在教室的墙上,有不少灰尘随着巨大的动作飞扬。她和墙面之间隔了一只手,所以那些灰尘都碰不到她的裙摆。面前人的气味在她鼻尖不断扩散,大吉岭茶的后调盈盈飘洒。

她的眼睛被另一只手遮住,感官都随着那个人的动作而动。

"周望,你要干……"

她话都没说完,剩下的话音就融进了一个厚重的亲吻里。

她的眼前一片黑,所有的感官都高度运作起来,她感觉到捂住自己眼睛的那只手微微有些抖。

还有亲吻着她的那双唇,如同被投入冰水中的滚烫,不停摩挲着她。她在目眩神迷中,只觉得自己像是要被融化的冰山。

喉咙里那点冬日的寒气，都被炙热的爱意温暖了起来。

她总是描写情感，知道要借景抒情、把爱具象化，可从没有人告诉过她，原来一个亲吻会这么让人难过。

许安仪借着喘气的机会，轻推周望，企图摆脱那些窒息感。

结果没想到，这倒是让周望抓到了空当，他把原本遮住她眼的那只手，换过来捉住了她的手腕，并牢牢控制在身侧。

许安仪逐渐没了力气，任由周望作为。

这个吻持续了好久好久，不仅仅只是浅尝辄止。

过了好久她才被放开，语气都带上了些哽咽，还因为气不足有些微弱："你干吗呀？"

周望没回答，只是继续看着她，眼中翻滚出汹涌的情绪。

"你……你不是走了吗？"

她不知道，自己此刻脸颊绯红，耳尖粉嫩，眼中波光粼粼。她只看到，周望在和她对视的一瞬，喉结滚动，移开了目光。

过了几秒，周望转过头来："许安仪，我也给你时间，演唱会那天你给我一个答案。"

许安仪下意识反问："什么答案？"

"你是喜欢我，不是因为我做了什么或者我是谁而喜欢我。"

许安仪头脑发晕，听这一段像是绕口令，缩在墙边有些困惑。

"还有，刚刚对你的语气不好，抱歉。"周望松开她的手腕，"到那一天，我们再见面。"

许安仪以为他说的是气话，明明就住在对门，怎么可能演唱会那天才见面？

周望伸手把许安仪穿着的外套整理好，转身离开，留下她在原地愣神了好久。

许安仪没想到，周望说演唱会见，就是演唱会见。

那天她回家之后，周望的助理抱走了安安，她透过缝隙看了周望家好几眼，里面像是好多天都没有人生活的样子。

当天晚上，她又收到消息，说是素材已经足够，可以不用去公司体验了。

她的生活仿佛又一次回到了高三毕业的状态，处处都是周望的影子，但处处都找不到周望。

周望有的时候会给她的朋友圈点赞，然而也是仅此而已。

他们一句话都没说过。

许安仪最开始是平静，后来是委屈，到最后变成了懊悔。她不该那样的，不管是课桌里的东西，还是其他，自己都不应该给周望错觉——错觉她只是觉得他对自己好，所以会选择他。

就这样，到了农历年当天，她和许安柔在家过节。

按照她们的习惯，上午去超市买速冻水饺，剩下的时间都和平时一样，在家里各干各的。

许安仪更是从中午一直睡到晚上。

春节联欢晚会都开始了，北城四面八方都是烟花的硫磺味，许安柔在卧室打电话。

许安仪坐在客厅，听着那些热闹，不由自主地想，如果周望在的话，自己应该会很开心。

周望在做什么呢？也许是陪着家里人吃饭？又或者是在哪个会场等待上台？

她一旦离开了周望，就什么都不知道了。

所以当她听到门铃声去开门的时候，确确实实吓了一跳。

门外站着闪送员，手里端了一个大箱子。

"您好许女士，这是周先生给您的闪送，您的收货码请给我一下。"

她哪里有什么收货码？

她只好让闪送员稍等，去取了手机，打开锁屏才发现，周望在三个小时之前给自己发了一串数字。

除此以外，别无他言。

应该就是收货码了，她报给闪送员，把箱子拿了回来。

她刚刚坐在窗边欣赏烟花，因此并没有开客厅的灯，借助着电视微弱的光才把箱子拆开。

里面只有两样东西，一盘饺子和一个红包。

许安仪端出饺子的时候，上面还有微弱的一些热气，看不出也闻不出是什么馅的。

红包上面写了四个字——"万事顺遂"。

拆开之后是一千元纸币。

许安仪叹了口气，强压下心中的波动，把红包放在一旁，饺子放进了冰箱里。

谁知道，周望就像是已经预判了她的行动。

W：饺子是我妈包的，热一下再吃。

W：红包是我给的，祝你新年快乐。

许安仪手里捏着红包，又一次坐在了窗前，此时的心情却完全不同。

外面的万家灯火都是每个人的喜悦和幸福，她本以为这个年就和以往的每一年一样，宛若平常的一天，没想到，她收到了礼物。

真的会万事顺遂吧。

可为什么这一天，她的心跳却不听使唤呢？

她坐了一个多小时，许安柔也打完了电话。

许安仪把饺子热了热，端上了桌。

姐妹两个吃着周望送来的饺子，有一搭没一搭地看着春晚。

吃到一半的时候，春晚里面新年的钟声敲响了，许安柔凑热闹似的去了窗边看烟花。

许安仪还是坐在那儿发呆。

"姐——快来看！"骤然，许安柔的声音传来。

许安仪疑惑："怎么了？"

"外面！我的天！这个烟花就在我们窗边！好漂亮！"

许安仪也来了兴趣，走到许安柔的旁边。那烟花确实如同许安柔所说，正好绽放在三十楼的高度。

火树银花就在眼前，仿若伸手就能够到。

她的眼睛被照亮，按照大小来看，这个烟花应该是整个小区飞得最高、最亮的那一束。

许安仪似有所感。

会是吗？

烟花消散，她从晃人的光晕中朝下看，准确捕捉到了那辆她所熟悉的跑车。

一个小小的影子钻进跑车里，那烟花弥漫的硝烟仿佛是天地之间给他的滤镜，让他带着所有朝着许安仪走来。

这是周望给许安仪的第二场烟花，也是陪许安仪过的第二个年。北城从明年就开始禁止烟花燃放了，这也许是最后一次。

当她意识到，那一刻自己无比想要冲下去，让他不要走，不要不跟她见面的时候，她知道，自己真的是个薄情人。

许安柔在烟花散了的那一刻就离开了，剩下许安仪把手覆在玻璃上，温差生成了隐约的霜。

演唱会的那一天，她应该做些什么的。

她想。

第九章

/

我保护你

年后没几天，许安仪就收到周望助理寄过来的两张门票，助理还说可以带个朋友一起去。

许安仪心里隐约有个计划，但是不知道要怎么实现。

最后还是于枝枝毛遂自荐，说要给她出出主意。

许安仪欣然同意。

当天上午，于枝枝就来了许安仪家，给她精心挑选了一身漂亮裙子，还附赠了一双高跟鞋，美其名曰拿下周望轻轻松松。

演唱会是下午五点进场，六点开始。两个人还格外有闲心地吃了一顿饭。

许安仪一直心不在焉，扒拉着面前的沙拉。

"你是不是尿了？"于枝枝问。

许安仪摇头，又点头。

"不知道是谁信誓旦旦地和我说，一定要在今天和周望把话说开！"于枝枝气鼓鼓地看着她。

许安仪从除夕那天和周望有简短的微信沟通，之后再也没有一丝一毫的交流。

她太久没见过周望，不知道他是不是还在生气，还在不开心，虽然已经打好腹稿，但也不知道要怎么开口。

于枝枝恨铁不成钢："他就是个普通人，你想说什么就说什么啊！不要觉得自己会给他带来困扰！"

"好，我知道了。"

许安仪不想再继续这个话题，低头闷不吭声地戳着沙拉。

吃完饭，两个人慢慢悠悠到达场馆时，门口已经排起了长队，还有很多粉丝在发放自己定制的应援物。

许安仪站在 VIP 席的队伍里，也被塞了一个有着周望头像的暖手宝。她在等待进场的过程中,手不停地搓来搓去,暖手宝上周望的照片也跟着变形。

"你说,你不会被粉丝认出来吧?"于枝枝声音很小。

"应该不会。"许安仪嘴上这么说,其实还是扯了扯口罩,低下了头。

"看你那样!"于枝枝无情嘲笑。

哪怕是 VIP 席位,她们也排了将近一个小时才进去。

场馆非常大,门口的介绍上写着可以容纳四万人。许安仪她们的位置在最前排,算得上是整场最好的位置。

看台上的粉丝进场还没结束,许安仪无聊得不行,就东张西望了一下。

她身边坐了两个非常漂亮的女孩子,其中一个说:"你为什么非要拉我来看演唱会?"

另一个回道:"我哥哥可能是最后一次开演唱会了,我买这两张票花了很多钱,你赚了好吧。"

"你哥哥?你到底有几个哥哥啊?"

"你别管,我墙头多。"

两个女孩子又聊了好多许安仪听不懂的粉丝用语,听得她头昏脑涨,赶忙收回来注意力专心看着手机。

四面八方的粉丝都在说话,心情激动,许安仪仿佛也有些被带动起来。

就在她放下手机等待开场的时候,她前面的灯忽然亮了起来,吓了她一跳。

紧接着就传来震耳欲聋的尖叫。

这尖叫持续了将近十秒,现场传来声音:"大家少安毋躁,现场在进行灯光调试。"

这才熄灭了粉丝的热情。

"吓死我了,手机都差点吓掉!"于枝枝凑过来,"我就是太久没看过演唱会了,今年一定要都给补回来。"

许安仪笑了笑:"行。"

之后又等了将近半个小时,许安仪甚至都有些犯起困来。她靠着扶手,轻轻打了个哈欠,只是刚打到一半,馆内的灯光忽然全部熄灭。

她朝着后面看,只有粉丝们的荧光棒和灯牌是闪亮亮的,汇聚在黑暗里,就像是一条一条的银河。

还不知道要发生什么的她,忽然听到了声音。

"周望!"

"周望!"

"周望!"

一声比一声巨大,那是粉丝的呐喊,仿佛这样呼唤了之后,周望就会立刻走出来。

许安仪心里有点不是滋味。

这里有这么多人喜欢他,甚至不比她的喜欢少,自己又凭什么呢?

她是再普通不过的人了。

于枝枝激动地凑过来："你怎么看起来不高兴？"

"没有啊……"

"你有！"于枝枝捏了捏她的手，"别紧张了，先看完演唱会再说！他马上就出来了！"

"你怎么知道？"许安仪反问。

只是她的声音淹没在了呐喊之中。

下一秒，舞台上的聚光灯大亮，尖叫的音量暴涨。

许安仪被突然亮起的光晃了眼，慌乱之间用袖口遮了遮，等到适应了看过去，舞台中间已经站了一个人。

周望穿着白色西装，站在聚光灯下，距离近到许安仪可以看清楚，他戴着她送的袖扣。

周望似乎朝着她的方向看了一眼，紧接着举起了话筒："晚上好。"

回应他的是声音巨大的"晚上好"，来自各个方向。

"我看到网上在说这是我最后一场演唱会，其实是真的。"周望独自一人站在那里，"所以我没有请主持人，想多站在这里，多看看你们。"

"不要啊！"

"不可以！"

周望似乎听到那些声音："我只是以后都不会开演唱会了，不要这么伤感。"

许安仪目光近乎灼热地看着他，也许是跟粉丝共情，她也开始有一种不想要周望离开舞台的感觉。

她见过穿着校服的周望，见过节目里的周望，见过银幕里的周望，还见过在家里的周望，见过摸着猫的周望……但她从来都没有看过站在舞台中央的周望。

那个粉丝之间用的词叫"蛊"，许安仪觉得此时此刻自己也中了蛊。

周望的说话环节并没有进行很久，很快，四周就再次陷入了一片黑暗。再次开灯就是周望和一群伴舞站在中间，随着音乐唱跳着，哪怕是西装也影响不了他的发挥。

许安仪听到旁边的粉丝说："天啊，这么多年他的偶像基本功一点也没落下！我没粉错人！"

许安仪腹诽，因为他这两个月几乎都在练习。

"他全开麦啊！一声都不喘的！这可是唱跳啊！"

许安仪又想，这确实，周望亲她的时候，气息比这还绵长。

"救命！他这脸看起来还是十八岁的样子，没有'爱豆'能比了吧！"

这下不用许安仪腹诽了。

旁边的人道："这可是顶流啊！别瞎碰瓷！他就算不唱跳也是顶流啊！"

"你说得对！"

许安仪不知道为什么，自己心里会有种虚荣感，她好像特别喜欢听粉丝们夸奖周望。

不过粉丝都比她了解周望，这样的她又怎么配得上呢？

"我想找我爸！让他带我去和周望吃顿饭！"

她正心乱的时候，听见旁边那两个女孩子的声音。

"你别吧，再有钱也不是这么用的！"听起来像是谁家的大小姐，许安仪心头一紧。

"我真是太喜欢他了，我想办法追他吧！"

"别了，你爸爸知道肯定要骂你。再说了，他有什么好？"

许安仪想，哪儿都好。

"我不管！"

"你别闹了！不然下次不陪你来了！"女孩子的同伴无奈，"你想想，他除了那张脸和顶流的身份，你还喜欢他什么呢？"

许安仪也想听到回答。

可是被问的女孩子不说话了。

"如果他不是顶流明星，不会唱歌、跳舞、演戏，没有粉丝，空有一张脸，你还会喜欢他吗？"

被问的女孩子气势明显弱了不少："那还是算了……"

问题的答案在许安仪的心里。

她看着正在台上唱歌的周望，唱的是她高中循环播放的那一首，音符熟悉到她几乎能够背下来。

如果不会唱歌、跳舞、演戏，那些很重要吗？许安仪还是会喜欢他。

不是顶流明星？那些对她来说更不算什么，还是会喜欢他。

如果周望只是个普通人，过着正常的人生呢？许安仪愣愣地看着台上沉思。

过了许久得出结论，她喜欢着周望。

无论怎样，许安仪都喜欢周望。

她总是把自己类比成粉丝，可她总是忘了，她从来没有对粉丝们喜欢的他有清晰的具象化。

换而言之，她不知道做明星的周望是什么样子。

她只知道，周望是一个普通人，他会难过、会不开心、饿了吃饭、渴了喝水，唯一不同的，大概就是他拥有她的喜爱吧。

许安仪自己在脑中想了一番，就好像打通了什么关窍，顿时浑身轻松。周望说得没错，之前是她的心态作祟，导致周望所有的爱意在她心里都会转化成其他。

许安仪激动地扯了扯于枝枝的胳膊："我想清楚了！"

于枝枝正在兴头上，跟着粉丝尖叫："想清楚什么了？"

许安仪胆子大了起来："我要跟周望告白！我要告诉他！我喜欢他！只喜欢他！"

她说得极大声，之前的顾虑几乎荡然无存。其他人听到又怎么样，其他人看到又怎么样，在这一刻，她是为了爱最勇敢的人。

于枝枝也眼睛一亮，回过头来看她："真的啊！你出息了！"

许安仪坚定地点点头。

她刚想问问于枝枝自己应该怎么说，全场的光再次熄灭。

许安仪的目光不自觉再次被吸引到了台上，灯再次亮起的时候，周望已经换了一身衣服。

她笑着对于枝枝说："这件好看！"

于枝枝无奈："他都换了六套了，你不会只看了这一套了吧？"

许安仪一愣。

刚刚她想得太过入神，完全没有注意。

而于枝枝说的话也不是没道理，这件衣服其实和开场的西装几乎没差多少。

周望拿起麦："最后一首了。"

"不行！多陪陪我们！"

"不要啊！"

不舍的情绪蔓延，可能整个场馆只有许安仪高兴。快些结束，她就可以去找周望了。

台上的周望亲手拎了一把吧台椅和麦架，走到了最前方。

从许安仪的视角来看，周望离她几乎只有几米的距离。

他把东西放了下来，下一个动作没有任何人想到——他脱掉了西装外套！

就连许安仪都愣在了那里。

因为周望的外套里面，穿着挡掉了 Logo（标志）的北山中学校服。

是她记忆里的白衬衫，扣子板板正正扣到了第一颗，猛然看去，真的像是一个高中生。

许安仪的眼神在周望身上就没有偏移开。

周望也在台上深深看了许安仪一眼。

紧接着，他调整麦架："最后一首歌，算是我的私心吧。出道快要十年了，我自认为是一个还算及格的偶像。"

"所以想要透支我这十年的信誉，任性一次。"

"在这最后一场演唱会，我想留下一首歌给我的女孩。"

粉丝们的情绪许安仪听不出来，回荡在她耳朵里的只有尖叫声。

周望坐了下来，前奏慢慢响起。

是《成名在望》的主题曲，许安仪很喜欢的那一首。

没有之前节目花里胡哨的灯光，只有干干净净泛着轻微黄色的暖光打着他，他镇定自若地抓着麦架，然后慢慢唱着歌，歌词一句句吐出。

之前许安仪听的时候还没有那么深刻的感受，这个时候亲眼看着周望，只觉得自己真的太过胆小。

此刻，她心中只剩下一个念头。

她喜欢周望。

她真的很喜欢周望。

周望还在唱，北山中学的校服像他一样闪闪发光。在唱到最后一句的时候，他的视线锁定了坐在第一排的许安仪。

许安仪的心，一下一下跳得剧烈。

在无数人的目光下，他们正在相爱。

最后一首歌结束，周望就像来的时候一样，亲手拿着麦架和椅子朝着后台走。

"安可！"

"安可！"

"安可！"

大家都在喊，就连于枝枝都受到感染喊了起来。周望已经走进了后台，看不到身影。

许安仪也有点不舍了。

她承认，在舞台上的周望，是最闪耀的周望。

忽然，音响再次响起，是周望带着笑意的声音："不要等了，没有安可了，停在这里是最好的结尾。"

"回家路上注意安全。"

许安仪低下了头，还能听到附近的粉丝隐隐约约的哭声。

散场的时候，是看台的观众先走，许安仪两个人坐在原地。她还没缓和过来，拿着手机漫无目的地在屏幕上滑来滑去。

手机忽然进来了一条微信。

W：来后台。

许安仪心虚地看了四周一眼。

犹豫半天，她戳了戳于枝枝："周望让我去后台，你陪我吗？"

于枝枝瞪大眼："不要！我不要去当电灯泡！"

许安仪装无辜："那好吧，我去找他，你要在外面等我吗？"

于枝枝摆手："顾渝来接我，我先回家。"

"好吧。"

于枝枝临走前还再三叮嘱许安仪，到家发微信，有多不放心似的。

许安仪见人走得差不多了，才朝着后台通道走，有两个工作人员拦在那里。

工作人员见到她就问："是许安仪吗？"

许安仪点头。

"进吧。"

就这么进去了？她以前看小说，女主角必定会被拦住，男主角必定会出来"英雄救美"。

等等，她在想什么没用的。

之前的豪言壮语，这才是她可以决定的事情。

演唱会结束，工作人员都吵着往外面走，许安仪戴着帽子逆着人流，边走边想，到底要怎么样做呢？

不知不觉间，她就走到了周望的休息室门口，也由不得她再退缩了，深吸一口气，给自己鼓劲，敲门。

周望的声音传来："进。"

休息室的门被许安仪推开。

她先是小心翼翼看了下里面，只有周望一个人坐在椅子上，身上的校服还没有换下，胆子便大了不少。

周望看到许安仪进来，也站了起来。

"周望，你能过来一下吗？"许安仪把门关好，靠在灯的开关旁边。

"怎么了？"

他回答的同时也朝着许安仪的方向走过来。

许安仪在他还有一步到达自己面前的时候闭了闭眼，像是做了什么决定。

在周望到达的一瞬间，她眼疾手快按下了开关，休息室瞬间变得一片漆黑。

紧接着，她摸索着，找到了周望的衣角，然后用力一扯，让周望弯了腰。

周望："怎么……"

她视死如归一般吻了上去，没有多余的动作。

仅仅只触碰了一瞬，她就像碰到了烫手的东西，猛地推开。

"周望……"

"嗯。"

四周陷入黑暗的这几秒，她什么都看不到，只觉得周望的嗓音有些嘶哑。

"我想清楚了。"许安仪闭着眼低着头。

"什么？"

许安仪一吸气："你想知道，我们两个断联之前的那天上午，我给你发的微信是什么吗？"

周望的呼吸明显一滞："是什么？"

"我说'我喜欢你，不是粉丝的那种喜欢'。"许安仪不知道周望会有什么反应，还继续说着，"《成名在望》的主角是你，你课桌上的字也有我的笔迹。

"还有，我不应该胆小……所以今天我要亲口跟你说，我喜欢你，不是粉丝的那种喜欢，我真的很喜欢你。"

她把措辞逻辑都不大通顺的话语说出去，只觉得一身轻松，然后默默低头，在黑暗中等待周望的回应。

半晌，对面的人都没有声音，许安仪鼓起勇气："周望……"

下一秒，她就觉得自己被抱到了旁边的柜子上坐着。她还没来得及发出惊吓的尖叫，周望的气息就靠近了过来。两个人的接触，直接让她脑海里炸出了烟花。

不是第一次接吻了，但这一次最为强烈。许安仪的呼吸全都被夺走，吻到她溢出些许喘息。

她用手轻轻推周望，示意他真的不可以了，周望才让开。

这个时候目光适应了黑暗，许安仪看到周望正贴着自己，似乎意犹未尽，几秒之后，他再次凑了上来。

"唔……"她眼波潋滟，"好了，好了……周望……"

尽管这样，她还是被周望衔着唇腻了好久。

"许安仪。"周望终于出声。

"嗯？"许安仪迷糊着回应，丝毫没意识到自己此刻太像撒娇。

周望腾出一只手，猛地按开了灯的开关。

光线重新充盈在房间里，许安仪被光刺激得闭上了眼："怎……怎么了？"

她的勇气已经耗费干净了。

周望："看着我。"

许安仪慢吞吞地睁眼。

周望的眼眶有点红："两个月到了，你要和我在一起吗？"

许安仪没想到他会问这个，明明刚刚她说的话已经代表了一切。

她抿了抿唇，没想到这个下意识的动作疼得她一激灵："嘶——"

周望伸手过来，在她的下唇点了一下："破了，回去给你涂点药。"

许安仪有些嗔怒地看着他。

"你还没回答我的问题。"周望依旧把她困在柜子上，颇有一种她不回答就不让她下来的感觉。

许安仪咬牙："嗯。"

"什么？"

"我说！嗯。"

她羞耻得不想看他，把视线投到别的地方。

周望的轻笑声传来："那就好，太好了。"

许安仪回神来看他，决定还是不在这个时候矜持："嗯，你等到这一天了，男朋友。"

似乎在热恋中的人总有无数的话想说，无数的事想做，无数的吻要接。

周望哪怕得到了回答，也依旧没有放过许安仪，只是碍于她嘴唇破了，不好太过用力，只能一下一下地轻触。

许安仪的脸红得不像话："好了，让我下去。"

周望笑了，最后还是把她抱了下来。

两个人正打算聊聊，门口就传来了敲门声："老板，要还衣服！"

周望皱着眉头，有些气闷。

许安仪看到他这个表情，没忍住笑了。

周望说："等我，马上就回来。"

许安仪点头，目送着周望拿了好几套衣服走出去。

她独自在休息室里，对着休息室的镜子看，唇非常红，下唇的位置甚至被咬得露出了点血丝来，疼得根本不敢碰。

她无奈地叹气。

后台她不熟悉，不敢随意走动，只是坐在原地等着周望。好在没有等太久，周望没一会儿就回来了，身上的衣服也换成了卫衣。

"走吧，回家。"

许安仪一愣："你不是搬走了吗？"

周望这可算是搬起石头砸自己的脚："我怕我看到你就会心软，所以回半山住了，现在当然可以搬回来。"

"你除夕也心软了。"

周望一笑："对，我心软了。"

"放完烟花就跑，你这人，心一会儿硬一会儿软。"许安仪吐槽着，像是要把自己这两个月的内心活动都说出来。

"好，是我的问题，我应该放完烟花立刻上楼。"

"嗯，就是这样。"许安仪一本正经，结果说到最后一个字，也没忍住"扑哧"笑了。

周望静静看着她，神情又变得深沉起来。

许安仪赶紧躲避："不亲了，我嘴疼。"

"想什么呢？"周望笑道，"走吧，回家。"

深夜十一点，周望开车带着许安仪回家。

一下电梯，许安仪刚想去开自己家的门，就被周望扯进了对面。

她吓了一大跳，赶忙道："不行，许安柔在家等我呢。"

周望也不说话，把她拉进家里，换上拖鞋，按到沙发上坐下，从抽屉里拿出来药箱和棉签。

原来周望是要给她上药。

药膏冰冰凉凉的，周望离许安仪极近，惹得她的心跳声都听得到。

她不敢到处看，只好低头，结果视线投进了周望的领子里……

许安仪干脆闭眼。

等到唇上的触感过去，周望也没下一步动作，她迷惑了，微微睁眼去看。

周望离她也太近了！

两人的呼吸都交织在了一起，距离近到她能看到周望瞳孔的变化。似乎就是在她睁眼的一刹那，周望吻了上来。

不似在休息室里的轰轰烈烈，他只是温柔地安抚般地一下一下轻碰着，像是怕碰坏了什么宝贝。

许安仪被药膏染得冰凉的唇瓣瞬间变得温热，吻后都没缓过神。

周望语气中有点遗憾："药好像要重新涂了。"

许安仪这才想到她嘴唇上还有药！周望就这么吃下去了？

她震惊："那药能吃吗？你快去……漱漱口。"

周望掐了掐她的脸颊："没事，这是红霉素，少量服用没事的。"
那就好。
她也用红霉素当过唇膜来着。
周望去了厨房，给许安仪倒了一杯水来，许安仪就着他的手喝了两口。过了几秒她才开始反思，这是不是有点太过自然。
周望坐在她旁边，一时片刻两人都没有说话。
许安仪又搓了搓手指。
周望忽然问道："你害怕舆论吗？"
许安仪说："有点，但不是特别怕了。"
周望点头，随即拿起手机，点了几下。
然后许安仪的微博就响了，是特别关心的提示：您的特别关心周望发微博啦。
她转头看向周望。
他发了什么？
然而周望什么都不说，只看着她。
许安仪觉得这架势，绝对是会让她吓一跳的东西，赶忙打开微博准备看看。登录微博的时候，她发现关注页面不太对。
她猛地想到，自己现在登录的是小号！里面都是自己的碎碎念！
她做贼似的切换，登上大号，看到了周望一分钟前发的内容。
周望V：演唱会结束代表着新的开始。@许安仪
许安仪真的吓到了。
配图是她送给周望的袖扣，被舞台的光芒照得闪闪发光。
△这么勇！
△演唱会粉丝都没到家吧？粉丝的心都要碎了吧？这不是花钱参加婚礼吗？
因为发送时间不久，几乎都是这类评论。
接下来的几分钟，许安仪就亲眼看着周望的粉丝开始回复。
△问号什么啊？周望半年前就发微博表白了，隔了这么久居然才追到……我都快急死了。
△勇啥啊……半年前才勇呢，周望家不少女友粉那一波都给赶走了……懂不懂什么叫勇？
△演唱会粉丝在此，最后一首歌估计就是在表白。我的评价是，有人这么跟我表白，我愿意为他死去活来了行吗？
许安仪松了一口气。
还好，以前那样的事没有出现。
许安仪问："那我要转发吗？"
周望却忽然凑上前来，从许安仪手中抽走了手机："等等再说。"
吻又落下。
这个吻又是以许安仪被吻到轻微窒息结束的。她不知道周望是怎么回事，仿佛

对这件事上瘾一样，一遍又一遍，直到被手机铃声打断。

许安仪嗔怪地看了一眼周望，拿起手机接听。

"姐？你怎么还没回家！你看微博了吗？我是不是有姐夫了？"

许安仪不自在地咳嗽了一声："嗯。"

许安柔着急："这么大的事我居然不知道！你在哪儿呢？"

"我在隔壁，"许安仪看了眼周望，"马上就回去。"

她说完这句话也不等许安柔反应过来，就赶紧挂断了电话。

她羞耻得不行。

微信也"叮叮咚咚"跳个不停，不用看就知道是朋友们满屏的恭喜或者是问号。

许安仪本来不想看手机，结果一抬头就是周望灼热的注视。

嘴唇好疼。

她现在纠结得不行，既想多跟周望待一会儿，又不想被他欺负，索性就装模作样地看手机。

先是于枝枝的信息。

于枝枝：**厉害，真厉害。**

然后是时玉的。

时玉：**便宜周望了。**

后面大多是不怎么相熟的人，包括但不限于《成名在望》的导演、综艺节目的制片等等。

她眼尖地看到沈澄也发了微信。

周望让她思考两个月的时候，沈澄约她和于枝枝吃饭，期间又提出了想要追她的想法，被她义正词严地拒绝了。

可能从那个时候开始，她的潜意识里就已经决定了要站在周望的身边了吧。

许安仪想到这儿笑了一下。

周望问："笑什么？"

许安仪想到周望那个性格，如果看到沈澄发来的微信估计会占有欲直接爆棚，上次腰被掐她都有阴影了。

所以在周望探过来的时候，她朝后躲了一下。

周望挑眉："躲什么？"

许安仪："没……没事。"

周望的力气比她大得多，当即凑了过来，不由分说就要看。

许安仪越是躲，周望就把她箍得越紧，最后还是被他看到了。

沈澄：**祝你幸福。**

周望看完之后立即又朝向许安仪。

她这个时候被周望控制在沙发上，整个人动也不能动，仿佛不给他一个答案今天就别想走。

许安仪支支吾吾："不是……就是之前谁让你不理我的。"

周望神情严肃:"那你就去跟他见面了?"
许安仪呼吸一滞:"你怎么知道?"
"不知道,"周望忽然笑了,"逗你呢。"
许安仪一愣,这到底是生气还是……她疑惑的表情出现在了脸上。
周望忽然说道:"许安仪,你不要对我小心翼翼,我是你男朋友,你想说什么都可以。"
也对,她有什么不能告诉周望的呢?都已经在一起了。
她思索了一下:"我怕你生气。"
她话音一落,周望猛地笑了,伸手揉了揉她的头发:"我不生气,你已经是我女朋友了,但你也有交朋友的自由。"
"并且,既然他发来了微信,那就代表我赢了,不是吗?"
许安仪想着,哪有什么赢不赢,你就是内定的冠军啊!
她面上表情不显:"其实就是和他吃了顿饭,老同学聚会,于枝枝也在。"
"嗯。"周望若有所思地点点头。
许安仪这才松了口气。
就这么一个放松的劲头,便被周望找到了空隙,随即许安仪的周身溢满了大吉岭茶的香味。
还有些麻木的嘴唇,再次刺痛了一下。
又被乘虚而入了。
许安仪一边被动承受着周望的亲吻,一边想着,还说不生气,这不是很生气吗?

那天最后是许安柔来敲门,许安仪才得以逃脱。她甚至有一刻觉得,自己有可能会被憋死在那个沙发上。
她回到了家才有心思来理清思绪。
她就这样和周望在一起了。
别人说的爱需要冲动真的没错。
站在镜子前面,许安仪用手去触碰唇瓣,刚刚之前周望又给她涂了一遍药膏,现在看起来亮亮的,像是涂了一层唇蜜一般。
许安仪还没忘了,登录微博,发了一个爱心。
她明明是个写小说的,这个时候却词语匮乏,唯有这一个表情才能浅显地表达她的心情。
当天睡着之后,她的梦都是散发着"北冰洋"气味的甜梦。

"许安仪!"
许安仪早上起来,就接到了时玉的电话。她似乎很着急,语气迫切。
偏偏许安仪还迷迷糊糊的,说话语速很慢:"怎么了?"
"你快点去看我给你转的视频,你跟那个于川有什么仇吗?"

"啊？"许安仪一时间都没反应过来于川是谁。

时玉："圈里都传开了，说周望当年设计于川让他不能出道。于川直接参加了访谈，明里暗里都说是因为你当时不喜欢他才让周望……"

这都哪跟哪啊，许安仪一脸蒙，真的会有人信吗？

"这个神经又把照片发出来，就你们之前高中的照片，说是因为他拍到了周望想去公司举报，结果还没等把照片发出去就被开除了。"

许安仪："照片确实是他拍的。"

"好恶心。"时玉道，"我经纪人说他就是想给你们泼脏水，别管这件事多扯淡，只要能蹭到你们官宣的热度就好。"

许安仪对于官宣的热度没什么感觉，但是遇上这种事谁都会觉得晦气。

她赶忙点开微信，时玉给她发了一条微博链接。

里面明显是一个访谈。

记者问："听说你以前和周望是同期练习生，那么为什么没有出道呢？"

于川一瞬间愣住，紧接着低下头："我当时做了错事。"

"什么错事？"记者追问。

于川："周望老师是我们那一批练习生中最优秀的，所以空降过来直接出道，我们都觉得这是一件很好的事情。

"我也是北山中学的，我当时看到了周望老师和许安仪在约会，决定拍张照片提醒一下周望老师。没想到这张照片传了出去，我就被公司开除了。"

许安仪很震惊。

这真是比小说还小说的绝世"好绿茶"。

记者又问："那么对于周望和许安仪公布恋情你怎么看呢？"

于川笑了下："当然是祝福了，毕竟从以前相爱到现在，很不容易。"

后面的问题就远离了这件事。

对娱乐圈迟钝如许安仪也感觉到了，怎么可能他们昨天公开，今天就有这场访谈。

记者也十分不专业，蹭热度蹭得毫无脸面，句句话都把周望往一个不遵守规则、不珍惜粉丝的人设上引导，还试图锤死他们早恋，把之前的解释全部推翻。

评论也是千奇百怪。

△怜爱周望粉丝……

△偶像失德的事，就算是已转型演员也不行吧。

△我就说怎么选在最后一场演唱会公开，敢情是无所畏惧了是吧。

许安仪简单扫了一眼，这些评论者大多数都不是周望的粉丝，而是路人。

周望粉丝零星的评论都是在说：等周望回应。

这个时间，周望应该还没起来。

昨天演唱会高强度，她离开周望家之前，周望就告诉她可能会起来得晚一点。

许安仪不想因为这件事打扰他。

一群周望的粉丝已经涌入了她的微博，问是不是真的。她为了缓和粉丝的情绪，只好发送一条——无稽之谈。

许安仪从楼上走下来,眼见着时间快到十二点了,于是走出楼道敲了敲对面的门。

周望没来开门。

也许是在卧室里没听到。

许安仪没办法,给他打了个电话。响了好久周望才接起来。

"你快起来,给我开个门。"

"好。"周望的声音低沉沙哑,明显是刚睡醒。

挂断电话,她只等了几秒,门就从里面打开了。

许安仪心急,都没进门就问:"微博上的事情怎么解决?"

"什么事情?"

周望还不知道。

许安仪站在原地把视频找出来,放到他的面前。

周望却不急着看:"走廊冷,你先进来。"

说罢,他便抓着许安仪的手把人拽进来。

"天大的事也不用慌,我在呢。"周望道。

许安仪这才有点被安抚下来。

周望接过许安仪的手机,从头开始看视频,这个间隙还不忘给许安仪拿了牛奶喝。看完了视频,许安仪看着他的神色没有多大变化,也跟着平静了下来。

那天他们在北山中学的礼堂因为人太多没有说完的话,这个时候正好可以问出来。

"这个于川到底怎么回事?"

周望坐在许安仪旁边,先是不紧不慢地说了声:"喝完。"

许安仪嘴里衔着吸管点头。

周望说起于川与自己的矛盾,后来于川因未达到公司要求被开除,又顺便说了说那几年他当练习生的日子。

许安仪不想聊这个什么于川了:"所以当时的其他练习生都不喜欢你吗?"

周望点头。

她有点难过,那么好的周望,怎么会有人不喜欢?通过这些只言片语,她好像就看到了一个在练习室独自训练,看着别人嬉笑打闹的孤寂的周望。

要是早点认识他就好了。

周望忽然一笑,伸手敲了下她的额头:"心疼男朋友吗?"

许安仪诚实地点头:"心疼。"

"那你多陪陪我。"

她又顺着点头。

总有种被周望带沟里的感觉。

周望回复正经:"好了,这些没什么,我能够解决的。"

"那个于川现在在什么公司?"

"他被业内龙头带走了,估计也是有他们在后面撑腰,这次才能这么有底气。"

原来是这样,许安仪又一次刷新了自己对艺人的感受。

周望拿着自己的手机,看了看微博:"怎么先发微博了?"

许安仪吓了一跳:"不可以发吗?"

"可以,"周望说道,"想发什么都行,我只是很高兴,你在保护我。"

许安仪心头一颤。周望又一次靠近过来。

"不行不行,绝对不行!"她躲得远远的,"我还疼!"

周望只好作罢。

一整天,许安仪都在周望家里窝着,她看着周望打电话,似乎在解决这件事,她听得一头雾水。

"嗯,好久不见。"

"你们公司的人最近造谣我,我想问问你怎么处理呢,我不太想亲自下场。"

"嗯,好,等你的消息。"

许安仪看周望这副气定神闲的样子,好奇心达到了顶点:"怎么回事啊?"

"我认识他们的高层,"周望把玩着她的手指,"所以打个电话就可以了。"

许安仪眼睛里都带了点崇拜:"看来没有我的时候,你一步一步走得好远。"

"也不是。"

许安仪不解。

周望眼神看向她:"亲一下就告诉你,怎么样?"

明明是在说这种话,偏偏他的神色极正经,消掉声音还以为是在商务会谈。

许安仪是真的好奇,几秒之内在害羞和得到回答之间摇摆不定。

都在一起了!这有什么害羞的!

许安仪攥了攥手指,下定决心,就有些恶狠狠地追了过去。她的唇齿之间还有点奶香味,轻轻碰了一下。

"好了,告诉我吧。"

周望扫了一眼她的唇瓣,她瞬间抿嘴不让看。

"我还没跟你说过,我家境还不错,所以那个高层之前求过我让我父母投资。"

许安仪惊了。她知道周望家的条件非常好,但不知道有这么好,居然还涉及投资一类,她心里那点自卑感又不知不觉冒了出来。

"我妈很喜欢你。"

"她早就知道你了。"

许安仪真的被吓到,似乎怕见家长是每一对热恋情侣的通病。

"不用怕,"周望靠在沙发上,"其实高中被拍到的时候她就知道了。"

"啊?"

"周望,你过来。"周妈妈一脸好奇地把周望叫到小花园里。

周望刚从片场回来，累得不行，不知道妈妈又有什么鬼主意。外加上这段时间的舆论，他一想到许安仪一个人在学校，就想马上回去，所以他有点不情愿地走过去："怎么了？"

周妈妈拿出手机，眯着眼睛找出一张照片："你是不是喜欢这个女孩？"

周望一愣。

为什么会被家里人知道？这是他的秘密，从来没有对任何人说过。

"你看你那个眼神，啧啧啧，我就没见你那么看过别人。"

周望还在嘴硬："我没有，就是同学。"

"你别骗我了。"周妈妈把脸上的面膜撕下来，"你在学校跟别的同学根本都没靠近过，要我说你就不该去当什么练习生……现在好了吧，喜欢人家小女生，得，根本没戏！"

周望觉得自己当时的表情一定十分一言难尽，被自己亲妈嘲讽了。

"你别乱说了。"

"我跟你说啊，这女孩长得乖，我喜欢。你现在就好好学习、好好工作，以后把她带回家啊！"

从周望口中得知周妈妈和他的这一段，许安仪也有点一言难尽。

她没想到那么早就被周家人认识了。

"当时过年，我本来是只给了你红包，我妈说一定要你吃我们家的饺子，新年才有福气。她还说，今年不把你带回家，我也别回去了。"

许安仪愣了愣："那阿姨……不会觉得我……很普通吗？"

周望猛地用双手捧起来了她的脸："你一点都不普通。"

她溺在周望的眼睛里，下意识点头，过了半晌反应过来："你还没说怎么解决微博的事情呢。"

周望平静地说道："证据齐全，我的粉丝看得出来。"

许安仪也不懂这些，只好点头，反正只要周望不受影响就好。

当天晚上，许安柔说要和同学出去吃饭。

周望就留下了许安仪，两个人都只会弄些简单的吃的，所以还是许安仪干脆利落地做决定，点了外卖。

"你最近没有活动吗？"许安仪一边小口喝椰奶，一边问。

周望说："我觉得我以前足够忙了，谈了恋爱就要陪在你身边才对。"

"那你有点'恋爱脑'。"许安仪道。

她因为告白的事情，直接两天没更新，她不少嗷嗷待哺的读者都在文章下呐喊，说她不可以"恋爱脑"。

所以许安仪说起这三个字的时候，是有点心虚的。

没想到周望丝毫不在乎："嗯，我确实是。"

吃完饭，她想收拾残局，被周望拒绝了，所以坐在沙发上无聊地刷手机。

微信消息进来。

时玉：太牛了，你们家周望要是真的专心谈恋爱，能不能把他的公关团队租给我？

安：什么？

时玉直接甩过来了两张截图。

时玉：第一张是那个于川的公司，第二张是你老公工作室。

许安仪还没来得及看，就被"老公"两个字震撼到，她和周望一直都是连名带姓称呼对方，没有什么特别的称呼。

她晃了晃头。

现在想这个干什么。

她点开截图——

　　我司经纪人和艺人同谋造谣，已查清事实，完全是无稽之谈。经纪人开除，艺人在走解约流程。触及底线的事绝对不能做，我司将引以为戒。
　　同时对周望先生和许安仪小姐诚挚道歉。

许安仪本以为就是澄清并警告一下，没想到是直接解约和开除！她猛地转头看着餐厅的周望："直接被解约了？为什么？"

没道理啊，于川是给他们公司赚钱的人啊。

周望似乎早有所料："他的名气不大，一旦我这边证据公布，会成为整个公司黑历史。"

"而且他们公司头部艺人多，不在乎这一个。"

许安仪问："会不会有点太严重？"

周望摇头："不会，我不想他把你扯进来，也不想有人借着我们的恋情作秀。"

许安仪一想，确实是这么一回事，省得以后于川再发表什么言论影响到周望。

那个词怎么说的来着？越级碰瓷。

许安仪收回目光，去看第二张图：里面是长文和九宫格，提到她的时候还亲切地称呼为老板娘，看得她脸热。

她又想起来刚刚关于称呼的发散。

图片是证据，从当年发图片到练习生评级一张不差，完美证明了于川是在造谣。只是信不信只能靠网友自己来评判。

许安仪见这件事落定，心里也轻松不少。

周望走到她旁边，非常自然地把她的手牵起来，静静地坐着。

"周望，"许安仪出声，"我们像在一起好久了。"

事实上他们才在一起第二天。

周望捏她手指的手顿了一下："我已经想这一天很久很久了。"

在他心里不是第二天。

许安仪以前也想过很多次，其中具象化的场景就包括现在，两个人坐在一起，哪怕什么都不做，也幸福得很。

她巡视一圈，找话题："安安呢？"

周望回道："在助理那边，我后面可能没有太多的时间。"

"你不是休息吗？也可以放到我家。"许安仪疑惑。

"过几天有点事情。"

周望含含混混的，许安仪也没有多问。

周望似乎是怕她无聊，打开了电视，找了动漫给她看。

是一部恋爱番，他们和屏幕里都弥漫着恋爱的氛围。

男主角叫了女主角一声"乖乖"，许安仪又不由得想到称呼，她也想和周望有只属于对方的叫法。毕竟谈了恋爱，就要认认真真谈。

周望一直注意着她，在她的视线盲区笑了笑，忽然道了一声："乖乖。"

"什么？"许安仪以为自己出现幻听了。

"乖乖。"周望的目光一点都没有离开她。

动漫里男女主角开始接吻了，背景音乐浪漫得不像话，氛围已经被烘托到了顶上。

"接吻吗？"许安仪问。

这一句已经耗费了她全部的勇气。

周望："嗯。"

紧接着，他的气息就缓缓地靠了过来。

许安仪闭上眼睛，心跳如鼓，在迷蒙之间，说："大吉岭茶……给我几瓶。"

她好喜欢这个味道，不是因为香水，而是因为周望。

周望根本没离开她："好，我的都是你的。"

过了好几天，许安仪和周望同时收到了《成名在望》即将院线上映的消息。

她还有点感慨，她和周望在开机重逢，上映时在一起。

周望问："院线上映路演你要不要跟我去？"

许安仪不懂什么是路演，就问了一声。

周望解释，路演就是要到各个城市的电影院接受采访、和观众互动，也算是电影宣传的一种方式。

许安仪问："要多久啊？"

周望思索下："一个月左右。"

许安仪惊了，她以为只要几天就好，没想到要这么久。那样的话，自己岂不是要开始和周望异地。

这几天两个人都腻出了惯性，本来许安仪还天天接送许安柔，后来周望把这个任务光荣地交给宁让之后，她每天的日常就是睁眼来周望家，困了回家睡觉，所以她根本没办法习惯周望不在家。

"我去。"她回道。

周望点点头:"嗯,机票剧组已经给你订好了。"

许安仪一愣:"你是不是早就料到了我会去?"

"嗯。"周望轻笑,"你就算说不去,我也会想办法让你去的。"

"为什么?"

"离不开你。"

真是"恋爱脑"到了极致。

许安仪腹诽,脑海中却忽然灵光一闪——

"安安是不是因为你要带我去路演,才没被接回来?你说的没时间,是这个事情?"

"对。"

周望看起来完全没有心理负担。

许安仪只好认了,谁让这是她男朋友呢。

路演的第一站是南城,现在的气候已经逐渐暖和起来,外头的树都有点发绿。

许安仪没有带很多厚衣物,还被于枝枝友情赞助了不少漂亮裙子。

周望拎着她的箱子,坐上他助理的车前往机场。

许安仪起了个大早,上了飞机就开始犯困。

周望把胳膊伸到她那边,示意她靠着点,另一只手伸过来,给她挡着眼前的亮光。

许安仪逐渐进入梦乡。

隐隐约约间,她听到一个女孩的声音:"请问是周望吗?"

身边的周望没出声,她迷迷糊糊地睁开眼,发现周望的手还挡在自己眼前。

许安仪轻轻把他的手拿下来。

周望先回头:"还困吗?"

她摇头。

女孩扫视一眼,眼睛亮得不行,又问了一遍:"是周望和许安仪吗?"

许安仪轻轻点头。

"太好了!我是许安仪老师您的书粉!"

许安仪一头雾水,还以为是周望的粉丝,这人刚刚不是还问是不是周望的吗?

"你不是周望的粉丝吗?"

女孩连忙解释:"不是不是,我不想吵醒你,所以先问了他……"

许安仪哭笑不得。

周望也笑了。

许安仪看着女孩:"谢谢你喜欢我。"

女孩摆手:"快点更新就行!还有!不要被男人抓太死!"

说这话的时候,女孩看了眼周望,暗示许安仪。

许安仪瞟了一眼周望,他没什么反应。

"我会的。"许安仪笑了,"你要签名吗?他的比较值,让他给你签吧。"

"我不要,"女孩回道,"我是娘家人,只要你的。"

许安仪无奈,觉得她的读者真的很可爱,然后从女孩手里接过纸笔,签了一个。

女孩说了"再见"就回到自己的座位上去了。

许安仪存心逗周望:"你现在人气下滑了。"

周望看她一眼:"嗯,所以劳烦乖乖养我了。"

什么啊?许安仪一下子红了脸。周望这人说起肉麻话,每次都让她不知道怎么回答。

后半程许安仪就没有再睡了,一直靠在周望肩上看着窗外。

下了飞机,剧组的人来接他们。

车上还有熟悉的小赵化妆师,一见到他们就说:"恭喜恭喜!周望老师记得发喜糖。"

周望笑着点头:"好。"

许安仪在旁边偷偷地戳了戳他,这人自从确定关系之后就对这些吉祥话格外在意。

商务车飞驰到酒店。

剧组那边给众人分房间,周望不方便下车去大堂,他太过引人注目,许安仪就陪着他一起等在车上。

过了一会儿,小赵带着房卡回来:"老师,你们的房间。"

周望看都没看,非常自然地接了过来。

许安仪却愣了一下。

房卡只有一张。

他们两个自从在一起之后,亲亲抱抱都做过,唯独没有住过一个房间。周望有的时候就算失控,也会先让许安仪回家,所以她也下意识觉得来了酒店他们会住两个房间。

"这……"她开口。

周望却道:"走吧。"

周望都这么说了,她也不好再挣扎,跟在周望身后进了酒店。

进了房间她才发现里面只有一张床,房间是极大的,床也极大,但改变不了只有一张的事实。

周望把箱子放下:"你睡床,我在旁边。"

许安仪顺着那个方向看,是一个看起来就躺得不舒服的皮质沙发。

周望这么多年都住着套房,住最好的房间,怎么跟自己在一起反倒要委屈睡沙发了呢?

她思索了下,下定决心:"你跟我一起睡吧。"

周望看着她:"确定吗?"

"就只是睡觉!"

"好。"周望笑了。

路演是明天开始,今天许安仪就和周望一直窝在酒店。

晚上的时候,她收到了时玉的微信。

时玉:听说你和你老公住一间?

这剧组的风声还真是……

安:剧组就给了一间。

时玉:你别信周望的,他就是骗你呢,他一个男主角多要一个房间不行?

是哦。

安:我没想这么多。

时玉:可怜我那么大一个安仪就被周望拐跑了!

许安仪和时玉闲扯了几句,看了眼旁边的周望。

周望正在打电话,似乎和工作室沟通宣发内容,说的名词她根本就听不懂。

过了一会儿,周望挂断电话,走到许安仪旁边。

许安仪正靠坐在床上,被周望揽过后颈,接了一个急促的吻。

周望:"我妈说想跟你视频。"

许安仪才顺过来气,猛然间收到消息,赶忙逃离。

"不行,我现在很憔悴。"

为了不落下更新进度,最近还有工作的对接,她的黑眼圈都钻出来了。

她东躲西躲,还是逃不过周望的手,他扯着她坐在了电脑前面。

视频电话拨通。

许安仪已经尬到坐立不安。

也不知道会不会被周妈妈喜欢,周望家会不会有什么规矩……

周望在桌下攥了攥她的手。

电话被接通的那一瞬间,她紧张得差点没上来气。

"喂?我这边卡不卡呀?"

周望回道:"不卡。"

"呀!安仪呀!长得太漂亮了!阿姨早就想见你了,周望不让!"

许安仪尴尬地笑笑:"阿姨好。"

"哎哎,你好!"周妈妈似乎是在外面,镜头晃动的幅度很大,"你什么时候回家来吃饭呀?"

许安仪说:"最近工作有点忙,等有时间了我去看您。"

她能说出这句话已经算是发挥了很大的努力了,还是跟于枝枝学的。

"好好好。"周妈妈话音一转,"你们两个住一个房间啊?"

许安仪猛地攥住了周望的手,阿姨不会很不赞同吧?

周望偷偷笑了一下。

"对。"许安仪脸上的笑都僵住了。

"你记得让周望滚去睡沙发啊,不能让他干坏事。"

周望有点无奈:"妈,我能干什么啊?"

"你自己知道。也不知道是谁,从以前就喜欢人家,结果一问就说'我不是''我没有'。"

"妈——"

"安仪啊,我跟你说,这人初中毕业连毕业照都没拍,就怕有人卖照片,结果高中毕业之前,他公司不让他去学校。"

许安仪没听过这一段:"然后呢?"

"妈——别说了。"周望有点后悔。

"然后,他说什么都要去学校,说什么这么多同学,都是美好的回忆,必须得拍张照纪念。"

许安仪一下子愣住,转头去看周望。

周望侧脸对着她,无奈地看着屏幕:"别揭我的底了。"

"行行行,"周妈妈那边的网络有些卡顿,"我不说了,你看就是不让说,跟他爸一样一样的。"

"我这里太卡了,安仪啊!"

许安仪回神:"哎。"

"工作不忙来家里啊,阿姨给你做好吃的。"

"好。"

周妈妈挂断电话非常干脆。

许安仪的尾音都没落下,视频就已经显示挂断了。

她觉得周妈妈真的很好相处。不过现在不是想这个的时候,她转头去看周望,问道:"毕业照怎么回事?"

周望轻咳一声:"就是你听到的那样。"

他不肯自己说,许安仪就开始猜测:"所以你为了和我有一张合照,然后不顾公司反对去拍了毕业照吗?"

周望点点头。

"然后呢?"

"然后,毕业照就被参与的学生挂到网站上卖,卖得非常贵。"

"他们舍得吗?"

周望摇头:"所以很多人把我裁剪下来卖。"

"噗——"许安仪一下没忍住笑出了声。

真是够惨的。

"那你的照片呢?"

周望靠近她,浅浅地亲了一下:"在家里,裱起来了。"

"没有把谁裁剪下去吗?"

"没有,因为你就在我下面站着,不用裁剪了。"

许安仪回想了一下。

当时拍照是高考之前,她有私心就靠近了周望,明明以她的身高不足以站在第三排的。

现在看来,缘分是真的很奇妙的事情。

她朝着周望靠近,周望也在朝她靠近。

许安仪笑了笑,凑过去继续和他接吻。周望一只手圈着她的手腕,慢慢摩挲。

也不知道怎的,这个吻慢慢变了味。

许安仪被压在桌子上,周望双手撑在她两侧,从浅啄到彻底掠夺她的呼吸。

再后来她也记不得了,自己好像说了一句"硌得疼"。

周望就把她托起来,走了几步抱在了床上。

她想,也不是不行。

她做好了一切准备,做好了爱周望的准备。

到关键时候,反而是周望停了下来:"好了,你先睡觉。"

许安仪眯着眼看周望,他的眼眶都有点红。

许安仪就刚刚那一个念头,瞬间戾了,把被子蒙在头上。

如果是平时,周望肯定要伸手来给她把被子整理好,今天却没有。

她偷偷撩起来了一道缝隙,看着周望进了卫生间。

也不知道怎的,害羞着害羞着,她就睡着了,临睡前还在想,周望什么时候能从卫生间出来。

第二天一早,门铃响起。

许安仪在周望怀里醒来。

小赵的声音在门外响起:"两位老师!到时间了,得做造型了!"

许安仪回头去看周望,明显是早就醒了的样子。

周望看着她。

"快起来。"她没敢跟周望对视。

周望点头,起来的同时把许安仪抱了起来。

门口小赵催得越来越急,许安仪推他:"快点去开门!"

许安仪轻轻推了两下周望的手臂,周望才不紧不慢地去开了门。

她从床上坐起来,找到要穿的衣服进了更衣室。隔着一扇门,她都听到小赵的大喊:"快快快!来不及了!都进来!"

许安仪蒙了一下,外头的脚步声很杂乱,这是来了多少人?

她换好衣服走出去才发现,小赵带来了四个人。一问才知道,这四个人有的是他徒弟,有的是助理。

"为什么这么多人啊?"许安仪好奇地问。

小赵一笑:"这是周望老师公布恋情之后第一次出席活动啊!热度肯定爆炸般的高,昨晚导演给我下了死命令,坚决不能出问题。"

许安仪似懂非懂地点点头，环视一圈，发现周望并不在这里。

"周望呢？"

小赵叹气："洗漱去了。"紧接着他就减小了声音，"安仪老师，你能去帮我催一下吗？我不敢。"

许安仪看他的样子，"扑哧"一笑，随即朝着洗手间的方向走过去，站在门口轻敲："快点，小赵着急。"

小赵："我没有！"

洗手间里有水流声，周望没回答她，可能是没听到。

许安仪准备耐心地在这里待一会儿，没想到几秒之后，门就开了。她被周望抓住手腕直接扯了进去。

"你干吗？"许安仪不想让小赵他们看见，只能很小声地问。

周望："和我一起洗漱。"

许安仪无语。

牙刷已经被周望挤好牙膏，交到她手里。

两个人嘴边都是泡沫，许安仪看着镜子，忽然傻笑了一声。

周望疑惑地看她。

"长胡子了。"她道。

周望无奈，漱了漱口："嗯，也很漂亮。"

许安仪还是没学会怎么应对这种对话，索性也漱口："快点，都在等你呢。"

周望："再等一会儿。"

许安仪没懂："等什么？"

下一秒，两人就交换了一个薄荷味的吻。

她红着脸推他："不能再等了，快点去吧。"

周望这才走出去。

按照之前说好的，许安仪只做嘉宾，坐在位置上看着他们互动。周望也不想让她过多暴露在镜头下，所以小赵就只给她提了提气色。

反观周望那边，明明素颜就帅得不像话，一经过小赵的手，原本就立体的五官更加立体，平时还算乖顺的发丝也变成了有些攻击力的背头。

小赵一边化，一边嘟囔："我最擅长舞台妆了，结果这次进组是青春剧！不能看出化妆痕迹！我已经憋了很久了！"

只有许安仪捧哏似的笑了两声。

周望做好造型，几人就起程去了这次路演的电影院。

还要等媒体和路演观众看完电影才能出场，这之前的时间他们就在休息室里等。

许安仪没怎么看过周望这个发型，所以一直盯着看，连自己被发现了都不知道。

周望："喜欢这个吗？"

许安仪下意识心虚一躲。

可她是他女朋友，有什么好躲的啊？想明白这一点，她点点头："嗯，特别好看。"

"那我把小赵请到我工作室吧。"

许安仪瞪大眼,这也可以?不过她听说小赵是业内有名的,许多节目都请过他,他说不帅的人不化。

周望要是真的请得到,肯定很好。

许安仪:"那你请吧。"

周望一笑:"逗你呢。"

"什么意思?"

"他有自己的工作室,只做甲乙方,不会来我这里的。"周望解释道,"不过你要是真的喜欢,我可以让他和我签长约。"

许安仪一想,这不是断人财路吗?

"算了算了。"

两人坐在休息室的沙发上有一搭没一搭地闲聊,周望捉了她一绺头发,在指尖绕啊绕。

过了没一会儿,就有人来敲门:"周望老师,该过来了。"

周望点了头:"走吧。"

许安仪不用上台,就顺着场边的阴影跑到了给自己留好的座位上,看着周望站在银幕前,像从电影里走出来的人。

开头是主创介绍电影创作历程,跟之前媒体点映没什么区别。

许安仪聚精会神地听着,还有些连她都不知道的电影彩蛋被说了出来。

有点神奇,她亲自见证自己写出来的东西拍出来后再被人喜欢。

终于到了媒体提问环节,许安仪看着周望点人。

"这部电影的氛围非常纯洁,就是少年人最令人感动的那种。那么周望老师和许安仪老师以前也是电影里的样子吗?"

来了来了。

无论如何都不会绕过他们的感情。

不过也确实需要这样一个途径,毕竟他们忽然在一起了,也需要给网友一个交代。

周望思索了下,拿起话筒:"不是的,我和她在班级里几乎没什么交流,只是会偶尔约着喝汽水。"

在场的观众明显不信,都是一副调笑的样子。

"那你后悔吗,当时没有跟许安仪多说话?"刚刚那个人继续问。

周望不慌不忙:"后悔,但是现在只回答和电影有关的问题。"

许安仪腹诽,那你不还是回答了……

她也有点后悔,当时为什么没有怎么光明正大地和周望多说些话。

下一个提问的观众也拿起来了话筒,说:"周望,我是你的妈妈粉!这场票太难抢了!"

周望:"谢谢。"

"你千万不要'恋爱脑'啊!要工作养老婆!不要几个月不出现!"

周望有点无奈:"只是休息期,放心。"

粉丝抚了抚心口,好像放心了。但她看了一眼坐在第一排和周望对视的许安仪,发现也没有那么放心。

第三位提问者明显是媒体了,但媒体也没有放过他们恋情的热度。

"电影里有很多地方都在暗示'一见钟情',我想问周望老师,也是对许安仪老师一见钟情吗?"

许安仪一愣,她都不知道周望为什么喜欢她,是慢慢相处,还是一见钟情?

所以在这一刻,她非常非常期待这个答案。

周望顿了顿,看了一眼坐在第一排的许安仪:"是。"

"那么是怎样的场面呢?和电影一样吗?周望老师可以分享一下吗?"

"不一样的。"

"不一样的。"

周望路过坐在第一排的一个女孩旁边时,听到女孩这样说。

女孩的同桌:"有什么不一样?你自我介绍都说完了,再想也没用了!你的可爱劲真的很像湘琴啊。"

周望想到了妈妈很爱看的剧,又回想了一下刚刚女孩赶鸭子上架的自我介绍,可爱还可以,但跟他印象里的湘琴并没有什么关系。

紧接着,女孩说:"别说了别说了,过去了过去了。"

碎碎念的。

周望没有继续停留,走回了最后一排自己的座位上。他怕有麻烦,之前就和班主任说好了,他不要同桌,也不会进班级群。

所以看着前面的同学,短短几个小时就可以熟悉到这个程度,他却像个外人。

班主任叫到他自我介绍的时候,他也有点吃惊。

让他站在讲台上面倒是习以为常了,只是他可能会引起班里的骚动,班主任是自己给自己找麻烦。

他也没办法,只好走到上面,做了一个略带狂妄的自我介绍。

下面同学鼓掌的时候,他扫视一圈,那些视线有好奇、有不屑、有喜欢。全都是对周望的,没有对同学的。

看来他融入学校的愿望又一次要破灭。

有一道掌声微弱,但确确实实让他听到了。他顺着声音去看,发现是坐在第一排的"湘琴"。

那女孩眼睛亮亮的,脸上没有露出对他任何的感受,只是眼睛里仿佛写着,这人好厉害。

周望觉得自己都能解读这个女孩的心声——我的自我介绍怎么那么笨,他说得好好,人比人气死人。

他在讲台上就没忍住,弯了弯嘴角。

趁着低头掩饰的瞬间，他又瞟了那个女孩好几眼，随即得出结论，嗯，确实很像那个湘琴。

从那天开始，周望就开始无意识地注意那个女孩。比如她总是在课堂上犯困，每次都被吓醒；比如她爱喝"北冰洋"，桌子上面总是放一瓶；比如她总是偏科，理科摸底成绩不佳。

直到他高中第一次请假进组，语文老师说想选个语文课代表给他发作业内容，问他有没有推荐的。

周望一下子就想到那个女孩。

那个语文成绩非常不错，就算他推荐了，也不会有纰漏的女孩。

他正式地在屏幕上一个字一个字地打出了"许安仪"。

第二天，就收到了一个好友申请。

头像是一只很可爱的猫，名字是一个可爱的表情，申请原因里写：你好，我是许安仪。

三年的序幕就是这样拉开的。

第十章

永远不变的夏天

许安仪听着周望讲完,情绪都绷不住了。她也是那一天,和周望认识的第一天,一眼万年。

周望的话筒放下,观众们都在鼓掌,似乎为燃烧最后一点青春的余韵。

甚至还有人喊:"比电影还浪漫!"

周望又道:"问电影有关的吧。"

只有他从那种情绪走出来,很难想象,这么多年他回想了那个场面多少次。

而这也是他的底气。

他一定有很多次,想让这个故事被大家知道,所以在心里预演了很多很多次。

许安仪想起了那句话——他想让他们收到所有人的祝福。

周望回答完问题,关于他的提问名额就没有了。

许安仪又聚精会神地听时玉的采访。她本来以为路演应该是很麻烦的事情,没想到几乎快进似的,似乎媒体把所有的注意力都放在了周望身上。

不同于之前的送奖,这一次当然是热度怎么大怎么来,她听到蹲在一边的宣发说已经上了三个热搜。

导演在银幕前乐得都要合不拢嘴了。

许安仪好奇,也点开了手机。

热搜第一是"周望暗恋",原来刚刚提问的媒体已经剪辑了一下发送出去了。

评论里算是褒贬不一,有说周望"恋爱脑"的,有说绝世好男人的。

许安仪看了直想笑。

她又刷了一会儿手机,这一场路演就结束了。媒体、观众都陆陆续续朝着外面走,周望也退场了。

她就顺着那个黑暗的角落也溜了出去。

周望在门后面等她,一见到她就说:"走吧。"

许安仪现在满脑子都是什么一见钟情的故事,她看着周望:"我怎么不知道那个故事?"

周望往前走的脚步一顿:"那是我的秘密。"

许安仪笑了下:"好吧,那我也有个秘密告诉你。"

"什么?"

许安仪都要脱口而出了,看到陆陆续续走进来的工作人员,还是咽了回去:"回酒店告诉你。"

周望点头。

他们没有在休息室停留多久,周望把她的包拿好,就坐上剧组的车回酒店。

许安仪和周望一起坐在后座,她凑到周望的耳边:"我的秘密是……"

周望也认真听着。

"我也是那一天,喜欢上你了,"许安仪笑了,"只是没那么浪漫,我只觉得,你穿白衬衫很好看。"

周望忽然捉了她的手,又开始攥着她的手指,小声回应:"那我多买几件,穿给你看。"

"当睡衣吗?"

"嗯。"周望笑了,"你喜欢的话,怎么样都行。"

车行驶在路上,许安仪朝外面看,南城的春天比北城来得要快一点,三月份外面已经是盈盈绿色。

"我们回去的时候,估计是春天了吧。"

周望摇头:"应该不是。"

"为什么?"许安仪问,"雪还没化完?"

周望神情依旧冷静:"我们明天就回去。"

"什么?你不是说要一个月?"

"确实是一个月,只不过是每一场都从北城出发,中间的时间我们都可以在家。"

许安仪这才反应过来,她又被周望给诓了。

什么一个月,根本就是想跟她在一块儿的理由。

"你骗我。"

"没有,这工作的跨度确实是一个月。"周望丝毫没有愧疚感。

许安仪不禁想,这哪是什么"恋爱脑",这明明是把她一步一步都算得死死的,这要是"恋爱脑"都怪了。

车停到酒店的地下车库,两个人下车,周望提着她的包走。

她在电梯里忽然想起一件事,于是立刻问:"我那个必须要去公司写文的商务,不会也是你托人请我吧?"

按照周望的性格,这实在是有可能。

周望点头,看起来毫无心理负担。

许安仪在心里画了三道黑线,她就该猜到,语文课代表是他选的,商务车是他请的，路演是他诓的。什么尊重祝福，她要是没有选他，估计他也会有各种方法。

不过许安仪也就是在心里吐槽，她没有感到生气，甚至有些可怜周望。

接下来，她看向周望的眼神都亮晶晶的。

走到房间门口，周望打开门走进去。许安仪把门带上的一瞬间，他忽然道："别这么看我。"

许安仪一愣，她怎么看了？

"和我们第一次见面时的眼神一模一样。"

许安仪脑海里瞬间蹦出来了一个词——可爱的湘琴。

不能想这些！

她赶紧把眼睛挡住："那你别看我。"

周望的轻笑传过来："好，不看了。"

许安仪刚松了一口气，要把手拿下来。下一秒，她的手被重新按回眼睛上，另一只手被控制在后腰处。

她整个人被死死控制住。

周望的呼吸打在了她的手背上，她什么都看不到又怕自己摔倒，只能靠着周望的力道稳住自己。

周望也感受到了她的"顺从"，逐渐靠近。

刚吻上的时候，许安仪发现今天周望的唇有点甜味，她不知道是从何而来的勇气，还抿了抿。

她本来想再探究，可能是周望发现了她的出神，终于放过了她背后的那只手，改为掐住她的腰，只是没用太大的力气。估计是上次她说自己的腰红了，周望就格外注意起这件事来。

这个吻持续了不久，许安仪和周望的手机同时响了。

周望放开许安仪的瞬间，她还晃了一下，被周望揽回来。

她这才发现，那甜味是周望上台前被小赵按着涂的润唇膏。估计她现在嘴上也全都是了。

周望找到她的手机给她。

许安仪看到来电显示是许安柔就有一种不好的预感。

"姐——那男的又来了！"

许安柔的语气异常气愤，但没有紧张的感觉。

许安仪："怎么回事？"

那男的除了许志还能有谁？

"他藏在我学校门口的巷子里，我都没看到他就走出来了！然后他突然跳出来吓了我一跳，拉着我就要走。"

许安仪心头一紧："那你没事吧？"

她还没等到回答，周望那边的对话也传到她耳朵里："你们先回家，我家的密码是 994929。我们尽快回去。"

许安仪一皱眉,难不成是宁让?

这让她对这件事疑惑更多,心底焦躁得不行,不想给周望找麻烦。

许安柔那边继续说:"他扯着我走,我不想走,正好宁让跟着我出来了,二话不说就给他推开了。"

许安仪一口气差点没上来:"没事吧?"

许安柔摇头。

"结果呢?"

许安柔道:"他最开始吵着要报警,宁让让他报,他不知道为什么又害怕了,转头就跑。"

许安仪这才松了口气,不过也不知道许志会不会继续在附近等许安柔落单。

许安仪道:"你跟宁让说一下,你让他陪你回家,我给你俩多转点钱,点个外卖吃。"

许安柔语气里还不服气:"好。"

"有什么事一定要给我打电话。"

"知道啦。"

许安仪挂掉电话,头都开始疼起来,她就离开北城不到两天,这许志也不知道怎么回事。

周望也挂了电话。

许安仪问:"是宁让吗?"

"嗯。"周望看起来不在意,"我让他俩先回我家。"

许安仪一想,是这个道理。许志也不知道到底蹲了许安柔多久,知不知道她家的地址。

"那我们……"

其实周望刚参加完采访应该很累,她想说她自己先回去一趟。

周望一下子就看出来了她的想法:"我们一起回去。"

紧接着,他走到了旁边给助理打电话,机票是没有的。助理找剧组借了一辆车,他们准备直接开车回去。

许安仪收拾好东西,车正好被送了过来。

周望坐在驾驶座上,伸手过来抚平她的眉心:"别担心,我让助理先去我家给他们弄点吃的。"

许安仪这才点点头。

她不想让周望知道太多关于许志的事情,这个男人可以算得上是她的耻辱,是以前连家长会都不想让他出现的程度。

"我明天去一趟学校,跟他们保卫科提一下。"许安仪倒是想联系许志直接说开,就算给他钱也不能让他天天来。

"不用,"周望想了下,"我可以给学校打个电话。"

"你认识?"她诧异。

"不是我,我妈跟学校关系很好,打个招呼在校门口多注意一下没问题。"

"还是不要……麻烦阿姨了吧。"许安仪不想刚跟人家认识就添麻烦。

"我说了,我的都是你的。"周望目视前方,"就算他找到家里,我也可以带着你搬家。"

什么搬家?怎么就扯到这些了?

许安仪:"你想跟我住啊?"

周望点头:"所以你要跟我一起吗?"

她倒是没想过这个,谈了恋爱大大方方没什么,只是会可惜她花了那么多钱买的房子。她想了想:"等这件事过了再说吧。"

"好,安安已经期待有个女主人很久了。"

许安仪抿了抿唇,看窗外,如果注意观察后视镜,还能看到她嘴角不受控地弯起来。

到家之后。

周望把车停在小区外面,这辆车进不去停车场。两人穿行在小区里,许安仪总觉得许志可能蹲在哪个地方。

周望见她东张西望,直接把人揽在怀里。

"没事,我力气应该比宁让还大一点。"

本来焦虑的许安仪被逗笑了。

"那你也不能为了我打人,永远不能。"她极认真地说,周望做艺人这么久,几乎没有污点。

如果因为她发生了什么,她可能会自责到崩溃。

谁知周望也一样认真:"如果你有一天真的被欺负,不管我的生涯后面如何,我也会选择保护你。"

肉麻。

许安仪有点感动,又不想让周望看出来,便扯着他:"快走快走,我担心他们。"

许安仪的担心到了家才彻底放下。

宁让和许安柔正坐在餐桌旁吃外卖,可能因为是在周望家不够熟悉,所以两人略显拘谨。

许安柔一见到许安仪进门就冲了过来:"姐,要不我不去学校了吧?"

许安仪:"不行,马上中考了。你安心学习,我来想办法。"

她也不想变成那种令人窒息的家长,可是许安柔一直成绩不错,不能在这个关键节点因为别人而放弃。

许安仪不知道这件事如何解决,但是目前唯一的办法应该就是她恢复之前的状态,每天送许安柔上学。

她让许安柔继续吃,自己和周望走到了沙发边商量办法。

周望:"要不然把我的商务车和助理叫过来。"

许安仪知道他的意思,每天用商务车接送,外加上助理的存在,保护安全是绰绰有余的。

但她苦恼的不是这个。

她们姐妹两个没有做错任何事情，她不想一直这样。

"不行，"许安仪思索一会儿，"我还是要找机会见他一面的，你别担心。"

周望的眉头皱起："我不放心。"

许安仪勉强一笑："怎么说他都是我爸对吧。"

其实她知道，许志以前因为赵晓雅的存在才不敢跟她们大呼小叫。

她想不出个好办法，时间也不早了，走到餐桌边："宁让，今天谢谢你。"

宁让跷着二郎腿："小事，不用谢。"

许安仪笑了："你回家吗，还是在周望这儿住？"

说到这个话题，宁让脸色不太好："我回家吧，有什么事你们可以找我。"

许安仪莞尔，本来她想亲自送宁让，车钥匙刚拿起来，就被周望拦住。

"我去吧，你在家待着。"

许安仪还有点恍惚，似乎这里真的是她的家一样。她也不推却，任由周望，反正宁让看起来和他更熟悉一点。

许安仪带着许安柔回了家。小姑娘今天被吓了一跳，洗了澡早上床睡觉了，剩下许安仪一个人坐在客厅里思考。

许志的目的无非是把老房子要走，如果她把老房子卖掉呢？

这肯定不行。

房子是赵晓雅留下的，她现在经济富足无所谓，等到许安柔成年，还要靠着老房子生活。

那么给许志一笔钱？

凭什么呢？

许安仪想着这些气得不行，看了看窗外，已是夜深，不知道周望回来没有。

谁知这个想法刚一出现，就像心灵感应似的，敲门声忽然响起。

她顺着猫眼朝外看，果然是周望站在了门口。

许安仪打开门："怎么了？"

周望："宁让被我送回家了。"

许安仪不明所以地点点头。

"你……"周望冒出了一个字音就顿住。

"到底怎么了？"许安仪还以为出了什么大事。

"我们在一起住了两天，现在分开不太习惯。"

许安仪不知道周望怎么说出来的这句话，她生怕许安柔听到，把手指竖起放在嘴边。

之前那么多年，也没见他不习惯。

周望一笑："跟我回家吗？"

跟他回家？

"那许安柔怎么办?我怕她一个人在家不安全。"许安仪下意识问。

"没事,电梯只有刷门卡才能上来。"

许安仪猛地一愣。她先前太过担心,直接忘了这件事。

周望朝着她伸出了一只手,完完全全是交给她选择的样子。

许安仪想了想,在周望怀里睡确实很暖和。她犹豫片刻,还是把手搭在了周望的手心。

周望扯着许安仪就要走,许安仪赶紧挣扎:"我还没洗漱!等下。"

"家里都有。"

她被扯去了对门。

只是按照作息,她现在还不困,刚刚明明打算工作一会儿的,结果被周望蛊惑了过来。

周望见她没有困意,从冰箱里拿出各种水果,洗干净放在茶几上,又打开电视:"想看什么?"

许安仪吃了一颗葡萄:"什么都行。"

周望翻找了半天,选了一部动漫。他坐在沙发上,许安仪蜷缩着坐在地毯上。

"上来坐,下面凉。"

许安仪摆摆手:"这里舒服一点。"

周望说不动她就直接上手,一手揽在她的膝窝里,一手扶着背,硬是把她抱到了沙发上。

她的腰一直不太好,所以才要靠着沙发坐,上来之后也像没骨头似的,靠在靠背上。

周望见她实在是不舒服,伸手把人拉过来,让她靠在他的肩膀上。

许安仪怕他承受不住自己的重量,一直收着劲,没过一会儿就累得不行。

周望也发现了,于是他扶着许安仪,让她躺在自己的腿上。

她吓了一跳,又不敢乱动:"你干吗?"

"这样不会腰疼。"周望神情认真。

"好吧。"

两集动漫,她一点都没看进去,光想周望去了。

"我困了。"她觉得总不能一直这样。

周望笑了下:"那睡觉吧。"

许安仪点点头,她终于有机会起身,走向卧室。

她从来都没在周望的卧室住过,一进房间就是大吉岭茶的味道,顺着房间进入厕所,里面也干干净净的。

周望跟着走进来,指了指洗漱台:"都是给你买的。"

许安仪看了一眼,牙刷、杯子、洗面奶、护肤品应有尽有,甚至只要是能凑一对的东西,都和另一边周望的东西是同款。

"你是不是早就计划好了?"她问。

"是。"他坦然承认。

许安仪无奈,赶紧把人赶出去,自己认认真真洗漱起来。

洗漱好,她走出厕所,见到周望似乎是在打电话。

"嗯,帮我留意一下。"

许安仪只听到了这句。

周望挂断电话,站在床边。

许安仪问:"你在干吗?"

周望说:"我跟你妹妹学校的老师打了个电话,让他们留意一下。"

许安仪点点头,真情实感地说:"谢谢。"

周望走过来,一只胳膊抵着许安仪的腰:"不要跟我说谢谢,这是男朋友应该做的。"

许安仪笑了:"不觉得我是'扶妹魔'吗?"

"不觉得,这是很正常的事情,你妹妹是初中生,需要照顾。"周望亲了她一下,"睡觉吧。"

许安仪点头。

她埋进被子的时候,就感觉到被子里都是周望的气味,这让她前所未有地安心,刚刚的焦躁感都不见了,唯一剩下的想法就是她想亲亲周望。

于是许安仪侧身,一只胳膊揽住周望的后颈,人凑过去。

周望非常配合,一动不动,眼神死死地看着她,一时间让她的手都开始微微发抖。

她缓慢靠近,好几秒后两人之间都还有距离。

周望凑近得迅速,瞬间反客为主。

许安仪的呼吸被掠夺干净。

也不知道怎么,亲着亲着就撩起了火,许安仪的衣服勒着锁骨的位置,有点上不来气。

周望也变成了双手支撑,覆着她。

还是像之前的许多次一样,到这个程度他就不再继续了,撑起身准备去厕所。

许安仪被亲得头晕,两条胳膊搭上周望的肩膀,瞬间把人扯了回来。

周望眼底有点红,一顿:"别闹。"

"没闹。"许安仪被亲得说话都没力气,她听着自己这句话怎么都像娇嗔。

"我不害怕,周望,"她微微眯着眼,"我喜欢你,很喜欢你。"

周望撑在她颈侧的手瞬间攥成了拳。

再露骨的话语,许安仪也说不出来了,但她知道周望能懂。

周望还是没有任何动作:"你确定吗?"

像是在问,确定是我吗?

许安仪毫无顾虑地点点头。

下一秒,她就感觉到一股大力,那亲吻再次落下来。她这一晚上心乱得很,下意识地回应,把这份心烦也宣泄在了亲吻之中。

第二天许安仪是在周望的怀里醒过来的,她全部的记忆都回笼,甚至还有一丝后悔。

周望平时什么事都为她着想,偏偏昨晚她怎么说都不听,她的腰不好,这么一茬下来就差点散架。

最后被抱进厕所的时候,她站都站不住,结果这个澡居然还洗了两遍。

她想到这些,埋怨地看了一眼身侧的人。没想到周望居然早就醒了,躺着眼睛眨也不眨地看着她。

许安仪小声说:"热,你离我远一点。"

周望完全不介意:"我去给你买几张膏药吧。"

许安仪的脸一下子涨红了:"你快出去,送许安柔上学,我不去。"

周望笑了:"好。"

他起身穿衣服,许安仪避开视线不去看。

打开门,周望又问:"想吃什么?"

许安仪把头闷在被子里:"我要吃虾饺。"

"好。"

门关上。

许安仪在被子里窝着,四处都是周望的味道,没过一会儿就又睡着了。

她再睁眼的时候已经是中午。

房间里静悄悄的,她睡得昏天黑地还反应了好一会儿。

也不知道为什么,周望没有来叫她。

许安仪慢慢从被窝里出来,站起身子去洗漱,还有点不适应。

进到厕所里后,她发现台子上还有几个塑料包装袋,周望忘记收拾了。

一看到这个她就想起昨天晚上本来是没有这个的,两个人都很窘迫。周望干脆直接叫了外卖,还给外卖员加钱让人家有多快来多快。

她当时被亲晕了,也没注意这件事有多羞耻。

周望怎么能那么自然?

现在想起来,她的脸都要红得烧起来了。

洗漱好之后,她又扶着楼梯扶手慢慢朝楼下走,走到客厅的时候发现周望正坐在沙发上。

许安仪问:"你怎么没叫我?"

周望见她"蹒跚"的样子,走上前来,抱小孩似的把她抱起,朝着沙发走:"想让你多睡一会儿。"

许安仪将头埋在他的颈窝:"我的虾饺呢?"

"凉了,我再给你点一份。"他把许安仪放到沙发上,伸手去拿一个袋子,"先贴一个膏药。"

许安仪:"别点了,我热一下吃,好饿。"

话音落了的时候,她很自觉地转过身去。这个时候什么害羞都是没用的,她的腰就像是老旧的机械零件,走一步都要颤抖一下。

周望说:"等这段时间忙完之后,我带你去医院看看。"

许安仪一激灵:"我不去,我这就是常年坐着工作的毛病,缓缓就好了。"

"那总不能每一次都要缓一整天吧?我心疼。"

周望这是在说昨晚的那个事吗?

许安仪失语。

她瞬间感觉周望给自己贴膏药的手都不怀好意,贴好的瞬间她就站起身,朝着厨房走,热她的虾饺去了。

结果又被周望把任务抢走,自己只能坐在餐桌旁无所事事。

许安仪刷着手机,看到许安柔刚刚给她发了消息。

许安柔:晚上能回一趟老房子吗?我有东西想拿。

许安仪想了下,确实好久没回去了,可以回去看一眼,正好晚上有空。

安:好。

回完微信,她对着厨房喊道:"周望!"

"怎么了?"周望把热好的虾饺放到她的旁边。

"许安柔说要回老房子拿东西,正好顺路,晚上要不我们出去吃吧?"

周望思考了一下:"我一会儿有《成名在望》的直播,你先去,然后我去找你。"

许安仪点头。

一下午的时间,她就看着周望在书房调试设备,时不时还来投喂她点什么。

"这设备一直是你调吗?"她好奇,在她印象里,明星似乎做什么都有助理。

"不是。"周望摇头。

"那你怎么……"

"怕你害羞。"周望轻笑,"他们要是来,应该得来五六个人。"

许安仪红了脸。

好吧,还是她想象力过于贫瘠,还以为只需要一个人就好呢。

周望的直播是下午四点开始,五点结束。许安柔放学是五点。

许安仪就趁着周望开始直播,慢慢悠悠地穿衣服,再慢慢悠悠地下了楼。上车的瞬间,她发现自己的腰坐直了都有点抖。

到达许安柔学校的时候正好是五点多一点,她没下车,将车停在了旁边的巷子口,跟许安柔发微信说了一声。

没过一会儿许安柔就走了出来,找到车,上来。

许安仪问:"回完老房子你想不想吃什么?周望也来。"

"你和我姐夫选吧。"

许安柔改口倒是快。

许安仪无奈地看了她一眼:"那就吃火锅?去北山门口那家?"

"行。"

现在这个时间有点堵车,许安仪还没到老房子,周望一个电话打过来。

"取好了吗?"

"还没,"许安仪戴着蓝牙耳机,"堵住了,我在这儿停了好久没动,不着急。"

"那我去老房子找你,"周望那边有换衣服的声音,"你到了告诉我一声。"

许安仪想了一下,从家里去老房子,确实是比这边的路况要好,也就同意了。

到达的时候,天幕都黑了,许安仪下车揉了揉僵硬的腰,闷头朝前面走。

许安柔忽然喊道:"姐!"

许安仪纳闷地回头看:"怎么了?"

只见许安柔一脸震惊,指着她家的窗户——因为房子在一楼还被植物遮住,所以不太显眼,但是仔细看就会发现老式管道里面冒着烟,窗缝深处明显有灯火。

许安仪第一反应是赵晓雅在家,但又马上反应过来,怎么可能呢?

她眉头紧皱,怀疑自己看花眼,又为了确定似的看了一眼。

确确实实,里面就是有人的样子。

许安柔:"谁啊!要不要脸啊!"

许安仪也气得不行,两个人朝着楼道走,她觉得自己平生就没那么冲动过,钥匙插进锁孔,大力拉门就冲了进去。

许安柔进到屋内的瞬间,就大声质问:"你谁啊?为什么在我们家?"

她不认识,但许安仪认识。

餐桌前面站着一个怀孕女子,正贤惠地端菜端饭,不是许志后来找的老婆还能是谁?

许安柔:"你哪儿来的?"

那女子道:"是安柔、安仪吗?我是你们阿姨,你们爸爸在厕所呢。"

许安仪闭了闭眼:"不用,我们没爸,也没阿姨。"

她看了一眼,墙上原本挂着的她们和赵晓雅的合照被扯下去了,光秃秃的墙壁刺激着她。

"照片呢?"她问。

"啊……那个,你爸说毕竟人去世了,不太吉利,就给收起来了。"

许安柔一点就炸毛:"我看你们比较不吉利。"

"不吉利是吗?"许安仪气笑了,"那你把围裙脱了吧,我妈穿过的。"

那女子本来还是一副温柔的样子,此刻倒像是再也绷不住:"你怎么说话的?我是你们长辈!"

许安仪直接无视她朝里面走,看到客厅里、赵晓雅以前住的房间里,到处都是这两个人的痕迹了。

许安仪的卧室被用来放杂物,许安柔的那一间用来放婴儿用品。

许安仪看了一圈,决定还是等许志出来。

在等待的途中,许安柔已经把她房间里的母婴用品扔出去。那女子怀着孕,一直在拦，偏偏就是不出声。

看起来是不想被许志听到。

许安柔把东西扔进楼道的时候，那人终于忍不住了，伸手要去推许安柔。

须臾之间，许安仪站在了许安柔面前，她本就靠着门框，那人又极用力，她的腰瞬间撞上了门框。

按理说平时都还好，偏偏她今天腰痛复发，这一撞整个人瞬间弓了下去。

许安柔吓了一跳，赶忙扶住她。

许安仪想让许安柔别担心，但那一刻，她连话都说不出来。

许安柔："你动手？"

小女孩直视一个三四十岁的人自然是没有威慑力的。

偏偏这个时候，许安仪的电话又响起来了。她看了一眼手上的手机，是周望。

她这个状态接电话，周望一定能听出不对劲，她不想让周望知道这些破事。

她摆摆手，让许安柔靠近，又使了个眼色。

"喂？姐夫，"许安柔装作无事发生，"我姐在拿东西呢，东西有点多，得等一会儿，你慢慢来，不着急。"

也不知道周望回答了什么，许安柔挂断了电话。

许安仪这个时候也缓过来了，她本就不算是个圣母心的人，看那女人在收拾母婴用品，上前去直接一脚，把大包小包踢下了台阶，然后转头进屋子，一步不停留。

许安柔扶着她坐在沙发上，许志的澡似乎是洗完了，厕所门打开。

许安仪的目光一动，伸手从沙发上拿走了一样东西。

"你们怎么在这儿？"许志出来了。

许安仪："我还没问你呢，带着你老婆来我们家干什么？"

许志："什么你们家？这是我家！"

看他那副逞强的样子，许安仪懂了："你告诉你老婆，这是你的房子是吧？她怀孕几个月了啊？"

肚子大得像是快生了。

许志有些支支吾吾："六个月……"

许安仪乐了，站起身，从茶几上拿起一张单子："预产期是下个月，怎么，觉得我们都很好骗是不是？"

她说这话的时候，那女人也捡完了东西走了进来，看见许志出来，死死地跟许志统一战线。

许志瞬间像是来了底气："你少来这儿找事，欺负你阿姨了是不是？跟她道歉！"

许安仪都不知道这人为什么现在开始拿父亲的乔。

她笑了一声："不让说是吗？我偏要说，在我妈死之前你的老婆就怀孕了，你带着一个小三，住着我妈的床，用着我妈买的东西，你就不怕遭报应？"

许安柔明显也反应过来了，指着那女人，又看看许志："你们真是恶心！没见过这么贱的！"

许志上前两步，试图通过这个方式增长气势："我是你爸！"

"别给自己贴金！"许安仪指了指那女人的肚子，"你是他爸！"

"怎么样？这个是男孩吗？又或者，你现在缺钱，必须找个老婆偷点钱啊？"

许志僵了一下，那女人眼神也不太对。

许安仪继续说："现在把你们的东西拿上给我滚，房本在我手上，如果今天不滚我就报警。咱们耗到底！"

许志明显是气急了："有你这么跟爸爸说话的吗？"

下一秒，连许安仪都没预料到，许志一伸手——

巴掌声、破碎声，甚至许安柔的尖叫声全部传了过来。

等到许安仪反应过来，她的脸上已经有红色的巴掌印出现了，她整个人是瘫在地上的，玻璃茶几碎了一地，好在有一些碎片飞溅出去没有划到她。

她的腰此刻已经疼得麻了，她飞快思考，自己大概是暂时站不起来。

许安柔都快吓哭了，跌跌撞撞地扶她。

可惜许安仪一动腰疼得更剧烈，一时间竟然僵住。

她只好放弃，就着这个姿势，仰头看向许志。

许志也没想到自己能造成这样，半晌表情空洞，又强撑着昂首挺胸："你们赶紧走。许安柔，你留下，爸明天带你去房产中心。"

许安柔炸毛了，朝他吐了口口水："我才不去，你就是个人渣！"

许安仪身上疼，大脑却意外冷静下来，她手伸进口袋里攥了攥刚刚从茶几上偷到的字条："你别逼我报警。"

许志神色僵硬了一瞬，随即又嘴硬："你报！我是你爸！警察也不能说什么！"

许安仪冷笑，刚要把字条拿出来，门口忽然传来了踹门声！

室内几个人都吓了一跳。

许志指了指许安仪，示意她等着，转头去了门口："谁啊？"

和颜悦色的，还是这么会装。

许安仪冷笑一声。

许安柔蹲在她旁边："姐，你先站起来。"

"谁啊？"许志又问。

门外无人应答，老房子的猫眼是坏的，看不到外面。许志打开了一条门缝，明显是不想让人看到屋内的乱象。

许安仪也看向门口。

"哎？你谁啊？别往里面走！你走错了！"

紧接着就是许志被推到鞋柜上的闷响。

许安仪低着的头一僵，她已经通过脚步声知道是谁了。

那个她最不想在这里看见的人，她这样狼狈，是不应该被周望看到的。直到一双鞋进入自己的视线，她才敢抬头去看。

周望的神色从未这么凝重过，愤怒几乎要化成实质："谁打了你？"

许安仪不想让他掺和："没事，你先出去等我。"

"我问，谁打的你！"周望这个状态下语气又急又冲。

许安仪愣了半刻，她真的不想让周望走进这个支离破碎的地方。

许志从门口走过来："你谁啊？我打我女儿你管什么啊？不让别人管教了是吧？"

周望猛地回头，许志被他的眼神吓了一跳。

"你推的是吧？"

他的女孩坐在碎玻璃旁，站都站不起来。

许志还梗着脖子："是——怎么了？我是她爸！我想打就打！她妈死了没人教她尊老爱幼！"

周望忽然笑了一声，是那种极为轻蔑的笑。

许安仪忽然有种不好的预感。

果不其然，下一刻，周望就揪着许志的衣领，把人拎到了一边的墙上。肢体和墙壁相撞，发出一声巨大的闷响。

许志叫了一声。

旁边怀孕的女人冲上去拦周望，被他一只胳膊一挡扬到了一边。

周望此刻如同煞神："你打了她？你凭什么打她？啊？"

许志狼狈不堪："你谁啊？哦——我知道了！你是她男朋友是吧？轮得到你来管我家家事？"

许志从开始的辱骂，慢慢变成了尖叫。

"你今天给我从这里滚出去。"周望换手，抓住了许志不长的头发，"如果不滚，我每天都来一次，直到你滚为止。"

"这是我家！"许志还在嘴硬。

周望似乎真的忍无可忍了，如果说他之前还有一丝理智，那么现在，在看到许志眼神看向了许安仪的时候，那一丝也消散了。

他身侧的另一只手攥成拳，高高举起："你听不懂人话是吗？"

在他的拳风马上接近许志的脸颊的时候，许安仪喊道："住手！"

周望是最完美的艺人，她不能因为这件事把他拉下水，一旦传出去什么，不管许志是一个什么样的人，打人就是不对的。

她不要周望拿自己的生涯去和垃圾赌博。

周望听到许安仪大喊，下意识侧了一下，拳头狠狠砸在墙壁上。

他眼眶发红，看着许志："滚吗？不滚的话，下一次就是你。"

许志不回答。

"我发誓，如果你再出现在她们面前一次，我一定会想尽办法让你从北城滚出去。"周望死死地看着许志，"如果你不相信，可以试试。

"你也不是完全干净吧？负债一百万。"

屋里另外三个人都惊了。

许安仪根本不知道这件事，原来那天周望打电话说调查一下，是这件事吗？

许志老婆更是疯了："一百万？你跟我说你存款几千万，还有学区房！不然我为什么不打掉孩子！你这个骗子！"

许志："我没有！"

周望把他按回墙上："要我给你证据？"

许志的神色一下子变了。

许安仪语气冰冷："你马上从这个房子里滚出去。"她本来是想自己解决好去找周望，结果现在计划乱了。

许志面色不佳，看着老婆拿起包走了，他也准备走。

"等等。"许安仪指了指四周，"把你的垃圾全部给我带走。"

周望又扯着许志，一下子把人甩了回来。

许志在一片碎玻璃里找东西，半天也没找出什么。

当然找不到，被许安仪拿走了。

最后，许志带着大包小包，站在门口还不死心："我没地方住，明天搬行吗？"

许安柔出声："快点滚！"

许志看了一眼周望，周望几乎比他高了一个头，压迫力十足，最后才不甘心地跑了。

许志走了之后，许安柔要扶许安仪起来。

周望马上说："别扶她，她现在腰动不了。"

许安柔傻眼了："那怎么办？"

周望两步走过来，似乎完全不在乎玻璃，踩得"嘎吱"作响，一手托着许安仪的腿弯，一手扶在她的腰上。

许安仪连忙道："你别——小心扎到。"

周望看了她一眼，她瞬间收声。

没有任何一个瞬间，让她如此刻般意识到周望在生气。

非常生气。

她缩在他怀里不敢出声。

走到门口的时候，周望忽然回头问许安柔："你有钱和钥匙吗？"

许安柔点头。

"你先回去，我带你姐去医院。"

许安仪还想抗议，她不敢单独和周望在一块儿。没想到许安柔答应得干脆，转头就跑了。

许安仪被放到副驾驶，座位被周望放低。

她想缓解气氛："我不是故意骗你的……"

周望不回话。

她小心翼翼地窝着："你别生气了。"

周望发动车，朝着医院开，看得出心情非常不好，车速卡着限速的边缘。

许安仪知道，这次是她过分了："你别生气了，都是我不好，都是我的错。"

周望语气平淡："错哪里了？"

许安仪一听周望肯搭理自己，赶紧道："我不该撒谎。"

但是再来一次，她还是不想告诉他。

周望神色没变，医院也近在眼前了。

一直到将车停进停车场，周望才开口，语气已经恢复平常："是。"

是什么？许安仪没反应过来。

"我因为你骗我生气了。

"但不只有这个，我觉得我没能力，他打扰你们这么久，我都没保护你。反而听到玻璃碎掉的声音时，才想到你可能被欺负了。"

许安仪直勾勾地看着他。

周望的神色很平常，仔细看才能看到些许自责。

"不是……"

"我一直在说大话，甚至到这个时候，连为你出气都不行。就因为我是个艺人……"周望一只手揉眉头，"艺人也是人。看到喜欢的人受伤害会愤怒会害怕，看到喜欢的人喜欢自己也会激动会自疑。许安仪，你不要再把我的社会身份融在我身上。

"我是周望，只是周望。"

许安仪被他这一番话砸到蒙。

"好了，我抱你进去。"

她不知道该怎么形容自己内心的复杂，其实在一起这么久，她嘴上说周望是个普通人，是她男朋友，直到这一刻她才感受到，周望在看透她的想法时候，会有多难过。

车门被打开，她被周望小心翼翼抱起来。

"那你还生气吗？"她语气单薄。

周望把她往上颠了一下："不生气了，我把自己哄好了。"

"我以后不会这样了。"

"好。"

周望带着许安仪挂急诊，拍片子，一顿折腾下来，许安仪昏昏欲睡。

结果医生一句话又把她吓醒——

"腰间盘突出，不严重，回家多躺几天吧。"

许安仪愣愣地看着周望接过病历卡。

出了医院她还在神游："我这个年纪，腰间盘突出？"

周望说："这几天你住在我那里，不许工作了，下一场路演你不许去。"

许安仪噘了噘嘴。

回到家，她被好好安顿在床上，房间已经被收拾得一尘不染。

许安仪想了想自己早上那个样子，觉得住在这里不是一件好事。

周望也接收到她的眼神。

"别瞎想，腰间盘突出患者。"说着说着，他自己都没忍住，笑了下。

许安仪扭过头不看他。

看到自己的外套时，她猛地想起一件事，赶紧叫周望："周望周望！快把我手机拿来！"

周望走过来，从她的外套里把手机拿出："怎么了？"

"我要报警。"

许安仪没有多说，按下报警电话，又让周望从口袋中拿出顺回来的字条。

电话接通的一瞬："您好，我要报警。我举报有人开设盈利赌博场馆，在北城……"

跟接线员说完具体情况，许安仪挂断电话，把目光投向眼前的字条。

那是她坐在老房子沙发上的时候，看到了茶几的空隙下露出了字条的一小部分。上面的内容，一看就是一张欠条。

今许志借款五十万元，用于建设赌场，七月份前必还。

还有许志的手印和签名。

当时她就想以这件事来要挟许志，没想到周望会冲进来。不过也好，她可以保留证据报警。

以后再也不用怕许志的骚扰了。

许安仪虽然腰暂时动不了，但心情却特别好。她甚至一改往日，对着坐在一边的周望伸出了双臂："周望。"

"怎么了？"

周望又戴上了金丝边眼镜，朝着许安仪的方向看过来。

许安仪的心跳漏了一拍："你怎么又戴了眼镜？"

周望用一根手指推眼镜："你心情不好，想逗你开心。"

许安仪确实很开心："你过来。"

周望走过去，站在床边，看着她的目光带着疑问。

她看着周望的样子，抿了抿唇，不知想到什么又笑了下："来抱抱我。"

周望一愣，他少见许安仪主动。随即，他俯下身，不敢用力地抱住了许安仪。

许安仪大力回抱，半刻之后又把人推起来了一点。

周望此时手撑在她两侧，眼镜有点下滑。

"嗯？"

许安仪直接把人朝下扯，到她刚刚好能触碰到的高度，亲吻落在了周望的唇上。

触碰之间，许安仪可能是情难自禁，动了一下，扯到了她的腰，疼得"嘶"了一声。

周望赶紧放开："怎么了？"

"没事。"许安仪疼到泪花都冒出来了不少。

周望拿她没办法，只好轻轻给她揉了揉："都怪我。"

"怪你什么？"

"可能太用力了。"周望笑了。

许安仪被他这有些不要脸的发言震惊到："你撤回，我不听。"她一边说，还一边推着周望，企图把他推走。

她眼神不在周望身上，一推似乎就推到了不该碰的地方。

周望闷哼一声："别撩拨我了。"

许安仪脸红了个透，抓起被子蒙住脸，只能听到周望得逞之后的轻笑声。

当天晚上，许安仪全程垫着周望的胳膊睡的。

第二天许安仪一睁眼就看到周望甩了甩胳膊，还挺不好意思。

警局那边又来了电话，要求她去做笔录，还有证据需要上交。电话那边说，昨晚当场抓获了二十多人。

许安仪这才松了口气。

周望不想让她去也没办法，只好临时找了把轮椅，亲自推她去。

做完笔录出来都是下午了，许安仪心情好："我们去把没吃的火锅吃了吧？"

"不行，"周望无情拒绝，"你要忌口。"

许安仪欲哭无泪："我就是腰闪了，不用忌口。"

周望站在轮椅前："我请了阿姨在隔壁给你做饭，外卖也不许吃了，碳酸饮料不要喝了。正好许安柔也不用跟你吃。"

许安仪瞪大眼："你！庸医！"

周望蹲下来和许安仪平视："乖乖，不吃那些。"

许安仪躲着他的眼神，支支吾吾的："嗯……你说了算吧。这天热得真快啊，夏天要来了吧……咱们快走吧。"

周望太会用他的脸来办事了。

许安仪心里的小人流面条泪，她顶不住啊。

从那天开始，许安仪的生活就似乎回到了正轨。

每天在周望的床上躺着，衣来伸手，饭来张口，阿姨做的菜都是她爱吃的。周望时不时有点工作，一般都会当天回来。

许安仪心疼，说了他好几次，最后都被他以想她为理由回绝了。

其实就想看她有没有吃垃圾食品……

许安仪都无语了，感觉周望有时候就像是照顾女儿一样照顾着自己。

许安仪能走是在二十天之后，她其实早就好了，却一直被强迫躺着。

路演到了第三站，距离已经到最南边，周望回不来。

许安仪就在房间闲逛。

她太久没工作，微博都不好意思上，便把电脑挪到了周望的书房，准备努力一把，争取恢复更新。

坐在那张红木桌前的时候，她看到原本放键盘的地方似乎被什么东西堆积得满满的。

许安仪好奇地拉开。

里面大多数是周望的合同，各个活动的。

她很好奇，和周望没重逢之前，他都过着什么样的生活。似乎自己和他再次遇到之后，他就闲得不像话。

好在合同是按照时间分类的，许安仪直接把最上面的那一摞拿开。

底下厚厚一层，电影、电视剧、拼盘演唱会应有尽有。许安仪翻着翻着就看到了格外不同的一份。

她愣在了原地，是《成名在望》剧组的投资合同。

许安仪迫切地翻看着，企图了解到这份合同真正的来源。

她为什么从来不知道这件事？

周望难道不仅仅是男主角？

长长几页的合同看下来，她眼神都失去焦距，一时间不知道该怎么思考。

简而言之，合同有以下几条要求。

一、周望必须是《成名在望》的男主角，片酬一分不要，反带资进组；

二、原著作者必须参加制作过程；

三、本合同对外保密。

许安仪不知道该怎么形容自己的心情，这份合同的日期是一年半以前。

那个时候周望才和前公司解约没多久。

甚至她连影视版权都没卖，周望那个时候就开始打算盘了。

许安仪一只手靠在桌子上，撑住自己的额头。她不知道的日子里原来一直在被周望关注着，情感浓郁到她甚至一时无法承受。

她按下周望的电话，这个时间路演还没有正式开始。

周望接通得很快，伴随着复杂的杂音，全都是人声："喂？怎么了？"

许安仪深吸一口气："我看到了你《成名在望》的投资合同。"

周望的声音顿住了，她也安安静静等待回答。

半晌，周望有些无奈地说："你在书房吗？"

"嗯。"许安仪道，"别转移话题。"

"书房的凳子硬，你先去沙发坐着，别在那儿坐。"

许安仪下意识答应："你解释下这件事。"

"你生气了吗？"

她这才意识到，自己的语气有点生硬，不过不是生气。她只是有点想流泪，然后硬生生憋回去，才会发出这样的声音。
"没有。"
"回家跟你说吧，这里人多。"
许安仪一愣："没有休息室吗？"
"有，但是我……不小心把门锁了。"
许安仪心里疑惑，随即电话那边就传来小赵的声音："许老师，你别听周望老师骗你！"
小赵的声音够大，许安仪听得一清二楚。
"小赵。"周望无奈。
"路演电影院条件参差不齐的，哪有休息室啊！大家都在后台呢！上次是周望老师觉得你不想在人多的地方，硬是要了个空间当休息室！"
许安仪愣住了："啊？"
手机已经被周望抢回去了："别听他瞎说，我要上台了，回家说。"
电话挂断。
许安仪忽然有点无力，一只胳膊搭在眼睛上。
周望在背后为她做了多少这样的事？为什么她一件都不知道？
好不称职啊，毕竟直到现在，她也只送给周望一枚袖扣，真的太少太少。
安安前段时间被送了回来，此时溜达到书房，蹭着许安仪的腿。
"你说我还能为你爸爸做点什么呢？"她喃喃道。
安安"喵"了一声。
许安仪灵机一动。
她找到之前于枝枝给自己发的一个买星星的网站。她顺着网站搜索，发现叫周望的星星已经有了十几颗，都是粉丝做的。
她叹了口气，如果月亮和太阳也能命名该有多好。
天上的……
她忽然想到水晶，有一种水晶叫月光石，和周望的气质也很匹配。
之前见到过有卖原石的，许安仪当即决定，给周望买一条手串好了。
整整一个下午，她都在各个朋友之间打听，最后找到了最靠谱的卖家，买了一条纯正的白月光石。
付完款，她躺在沙发上，心里一松，想着以后还要对周望更好才行。
爱从来不是单方面。

许安仪累了，吃完阿姨做的饭就躺在了沙发上，看着文艺片昏昏欲睡。不知道过了多久，门开的声音把她惊醒。
周望带着外面的气息进来。
难道她睡到了第二天？
带着疑惑，许安仪看了一眼手机，已经后半夜两点多了。

周望见到她也愣了下："怎么没睡？"

"你怎么回来了？"

两个人同时发问。

许安仪忍不住笑："你先回答。"

"我怕你生气，"周望脱掉外套，"所以改签了直接回来。"

"我不生气，不是跟你说了吗？"

"不见到你总是不放心。"

许安仪盘腿坐起来："那你解释吧。"

周望也坐到沙发上："其实……"

其实和公司解约的那一年，周望的合同效力没了，他第一个想到的不是什么发展，而是许安仪。

是不是脱离公司了，自主了，他就有再次去找许安仪的能力了。

这些年他关注着那个作者，看着她从寂寂无名到爆火，以他为原型的书让女孩的生活更好了。

恰逢他自己建立工作室，有不少公司抛出橄榄枝，想合作。

周望在一个公司的企划上看到了《成名在望》影视化评估。

他动心了。

那时候正值北城的冬天，所有工作人员都说这个项目不值得。他独自一个人开车去了那家公司，提出自己的要求，现场拟合同，也不在乎许安仪的影视版权签没签。他像个撞南墙的人，只要抓到一点希望就好。

大大方方地和她重新相遇，大大方方地站在大众面前。

和前公司解约花了他不少钱，投资又把他手头的钱都砸了出去，有段时间，他工作室员工的工资都是跟家里借来的。

那之后，周望拼命地接活动，好歹是圆了回来。

可以说，在《成名在望》开拍两年前，他已经开始期待这次相遇。

直到研讨会的那一天，天气原因导致原定的航班无法飞行，其他人都劝他这个会不去也罢，只有他坚持改签了一班又一班，最后在凌晨四点带妆登上飞机。

在上午九点准时到达，和他的女孩，见了处心积虑的第一面。

许安仪听罢，愣愣地看着周望的眼睛。那里面满含周望的自嘲，仿佛在说，我是卑劣的算计者。

可是她好想哭。在无人知道的角落里，她被人爱着。

许安仪再也忍不住，朝着周望扑了过去，把头埋在周望的颈窝。

周望没反应过来，下意识搂着她的腰，怕她闪到。

许安仪在他耳边呢喃："好喜欢你。

"好喜欢你。"

"好喜欢你。"

周望僵了一瞬间:"我也是。"

"我爱你。"

"爱"这个字太沉重,许安仪不懂爱的含义,但她知道,这一辈子她不会爱除了周望的任何一个人了。

许安仪的眼泪已经掉下来了,她迫切地找到周望的唇,吻下去。

带着歉意的吻。

抱歉,不知道你爱了我这么久。

抱歉,我总是做胆小鬼,低估你的感情。

好像这些话都融在了吻里面。

许安仪跪立在沙发上,比坐着的周望高了不少,没一会儿腰就酸了,于是简短地分开:"周望……我没力气了。"

许安仪的眼里都是水光,看得周望心头一抖。

"我来。"

他顷刻之间翻身,把许安仪压在沙发上,亲到许安仪无法喘气,却没有下一步。

许安仪去抓他的手腕:"我好了……我已经好了……"

周望也有点喘:"你腰不行。"

许安仪想责备周望都什么时候还想这个,睁眼一看也说不出这话了,因为周望的眼睛像是要溺死她。

她一咬牙:"你还能一辈子吃素吗?"

周望一僵,和她无声对峙着。

许安仪从没说过这么羞耻的话,此刻忍着那种想逃跑的感觉,小声呢喃:"你都……硬……"

周望的呼吸猛地变急促。

下一刻,许安仪就被抬起腰,周望从沙发上拿了一个软垫,给她垫在腰下。

许安仪呜咽着。

先开口的是她,先投降的也是她。沙发地方窄,她根本逃无可逃,几次祈求周望,周望都跟没听到一样。

最后她活生生像是从水里捞出来似的。

好在那个垫子似乎真的有用,她的腰完全没有上次那么痛。

北城的夏天来得比往年早了不少。

路演已经进行到了第五场,后面几场许安仪还是像之前一样正常去了,只是没有让周望再去要什么休息室。

这段时间的好消息还不少。

许志那边正式判了,情节严重,可能等到许安柔成年都不会再看到这个讨人嫌的。

许安仪还听说,许志的新老婆因为婚姻关系,必须要替他还债,过得也十分艰难。

回想当时她还可怜这个人，结果呢，知三当三。

好在这些人再也不会出现在她的生活里。

转眼间，许安仪的生日就要到了，就是六一儿童节当天。

五月三十一日的时候，周望没什么表示，只是和许安仪去吃了一顿火锅。

她当即猜出来，周望肯定憋了什么主意，不然这根本不符合他平时的行为。

许安仪安心在家等着。

她已经彻底搬到了周望这边，那边让许安柔住着。她还懊悔了两天，买了套那么贵的房子，都没住几天。

当天晚上，许安仪都等到困了，一看手机，十二点。

已经到六月一日了。

周望还不知道在书房干什么。

许安仪有点失落，但也没表现出来，还有二十四个小时呢。

电视里播着动漫，她看了一会儿就觉得无聊，心想要不去睡觉吧。

结果她刚关电视，周望就走了下来，穿戴整齐。

许安仪精神一振："怎么穿着衬衫？"

白衬衫配着西装裤，看起来特别热。

周望神秘极了："你去换衣服，我带你出去。"

许安仪心底激动得不行，回了房间发现床上摆着一件同款白衬衫和一条裙子，乍一看还以为是北山中学的校服呢。

她偷偷笑了下，换上了。

很快换好衣服，她好心情地涂了个裸色口红，朝着楼下走。

周望站在走廊等她，看见她的时候眼睛一亮。

许安仪不知道周望要做什么，也就满怀期待地上了车，看着沿途的风景。

还以为他要带着她去上次一样的郊外，没想到十几分钟就停了。

许安仪顺着车窗往外看，是嘉望江。

这个时间的嘉望江边没有船声，也没有来自高楼的灯光，只有堤坝的灯带虚虚亮着。

她迎着江风跑到堤坝上，双手撑着栏杆，让发丝变得更飞扬。

自从《成名在望》那场戏拍完，她和周望就没再来过嘉望江。

此时此刻，嘉望江边没有人出没，倒像是他们隐秘的世界。

她看着江面波光粼粼，忽然想起高中那一次他们也是在没人的时候来的嘉望江边。

可惜那时是冬天，冻得她不行。

她喜欢现在，喜欢夏天。

周望还没走过来，许安仪回头去看，才发现周望在车后备箱不知道拿什么。

见她看过来，周望道："闭眼。"

许安仪听话地闭眼。

过了没一会儿,她就感觉一双手伸过来,带着她到了江边的座位坐下。

"我能睁眼了吗?"

周望笑了:"睁开吧。"

睁眼的一瞬,蜡烛的光就晃到了她。一个蛋糕端在她的面前,蛋糕上画了两瓶碰杯的"北冰洋"。

她这才有实感,是在过生日。

周望一只手护着蛋糕:"许个愿吧。"

许安仪双手合十放在身前,闭上眼心里念叨。

第一个愿望,永远和周望在一起。

第二个愿望,永远和周望在一起。

至于第三个愿望……

她睁开眼,笑着看周望:"我许了两个,剩下一个给你。"

周望一愣。

他把蛋糕放到座椅上,学着许安仪的样子双手合十。

"许安仪永远和我在一起。"

许安仪看向他。

他真的很虔诚,虽然愿望说出来就不灵,神不会替他实现,但许安仪会替他实现。

周望许完愿睁开眼:"吹蜡烛吧。"

许安仪顺势俯身,朝着蜡烛吹了一大口气。

蜡烛熄灭的同时,周望道:"生日快乐,永远快乐。"

许安仪忽然就觉得有点糊眼,以前在家是不过生日的,所以这样郑重的带着爱的蛋糕她也没收到过。

她道:"你要给我过一辈子生日。"

周望点头:"过到七老八十。"

"那九十一百呢?"许安仪笑问,"那个时候就不过了吗?"

"过,但是不吃蛋糕了。"

"那吃什么?"

"吃……养生餐吧,我会看着你的。"

许安仪"扑哧"笑了。

周望跟变戏法一样,从身后拿出来两瓶"北冰洋",玻璃瓶的。

"不是停产了?"许安仪问。

"我托人买的。"周望递给她。

许安仪转头看江景:"我改主意了,我不要过一辈子生日了。"

"那要什么?"周望一边切蛋糕,一边问。

"我要你给我买一辈子'北冰洋'。"

"好。"

她喝了一口,还是那么甜。想起蛋糕的图案,她一只手伸出去,斜斜地拿着"北冰洋":"干杯!"

周望也来跟她碰了一下。

玻璃相撞的脆响传来,跟这个夏日似乎格外相衬。

吃了几口蛋糕,周望就把蛋糕收了起来:"江边风大,回去再吃。"

许安仪再不情愿也只能点头。

周望把东西收拾起来,拿到车上。

许安仪远远看着,以为这个庆祝活动就结束了。

没想到周望再回来的时候,推了一辆自行车。

许安仪瞪大了眼:"你从哪儿弄来的?"

"买的。"

那自行车和高中时那一辆一模一样。

周望跨上去,示意许安仪坐上来,许安仪整理了下裙子,侧身坐好。

"出发!"她喊。

周望沿着江边一直骑行,好像要骑到天荒地老。

江风大,她几乎是对着周望喊:"周望!"

"怎么了?"

"谢谢你。"这句话她收了声。

周望没听清楚:"嗯?"

"没事!很浪漫!我很喜欢!"许安仪道。

"不够,"周望忽然停下,扭过身来,"远远不够。"

许安仪一愣:"为什么?"

"不够光明正大,我要让所有人都看到。"

许安仪笑了。

这怎么可能?

他们白天一过来,估计就会被人围起来。

周望非常坚定:"一定会的。"

许安仪看着他,觉得自己大概一辈子都忘不了这一天了。

许安仪的生日一过,盛夏就像浪一样打过来。

路演的最后一站推迟了好几次,她也没有别的事做,整天在家码字。许安柔马上中考,她就搬回了隔壁,看着许安柔复习。

周望也忙了起来,有不少代言新季度要重启拍摄。

许安仪接到中考完的许安柔的那一天,周望也刚从拍摄场地回家。

她拍板决定出去庆祝。

周望也同意。

三个人趁着太阳落下,不热的时候去了火锅店。

上菜途中，许安仪注意到许安柔的兴致似乎不太高，于是问道："怎么了？"
许安柔摇摇头。
"到底怎么了？"她总觉得许安柔的状态不对，"许志又来找你了？"
许安柔又摇头："不是！"
"那是什么？好不容易考完试，高兴点！"
"姐——"许安柔噘着嘴，"宁让不理我了。"
许安仪吓了一跳："怎么回事？"
"他考试前还好好的呢，今天还约好要一起庆祝。结果考试结束，他人就不见了，我打电话发微信，发现自己都被拉黑了。"
许安仪觉得这个故事的展开怎么看怎么眼熟，于是转头去看了眼周望。
周望低着头，明显是听到了。
许安仪拍了拍许安柔的头："也许他家里有事呢，你别担心。"
许安柔不情不愿地点点头。
菜上齐了，许安仪在桌下给周望发微信。
周望手机一响，打开看。
乖乖：就是你把宁让带坏的吧！
W：不是我。
乖乖：行事作风和你一模一样。
W：我不会，我永远不会拉黑你。
乖乖：你只会删好友。
周望笑了下，抬起头，看许安仪瞪了他一眼。
许安仪也发现自己跟周望在一起之后真的越来越作，简直是无法无天。
周望给她夹了吃的，看着她吃。
许安柔更丧了："你俩从家秀到火锅店。"
许安仪："习惯就好。"
许安柔："姐，你跟姐夫在一起之后，脸皮变厚了。"
许安仪被这话一震，噎住了，剧烈咳嗽起来。
周望赶紧站起身，给许安仪拍背，直到她缓过来才回到座位。
许安柔又要说话。
周望看了她一眼："吃饭别说话。"
许安柔腹诽，只许州官放火，不许百姓点灯。
吃完了饭，三个人就回了家。
许安柔中考结束，许安仪也解放了，她不再需要时刻陪着考生，被周望连人带行李拎回了对门。
他无视许安柔的白眼。
周望有工作室的会要开，许安仪就坐在书房的小地毯上刷手机。
她正看着微博："周望。"

周望把麦静音："怎么了？"

"又被拍到了。"她欲哭无泪。

周望走过来看了眼照片，是他们在火锅店的时候。

"没事，拍就拍吧。"

许安仪："可是拍到了许安柔的脸，还上热搜了。"

她不想让自己妹妹在网上被人评头论足。

周望思考了一会儿，坐在电脑前开麦："热搜撤一下。"

工作人员的声音传来："不是老板娘和您的不用撤吗？"

"这个撤了。"说着，周望看了许安仪一眼。

之后他没说几句，会议也结束了。

许安仪不解地问："什么叫老板娘和你的不用撤？"

"字面意思。"周望走上前来，把许安仪抱起，带到卧室。

"周望，你现在怎么这么爱这些？"

周望看了她几眼："想让你被全世界看见。"

"看见什么？"

"是我的。"

许安仪被他突如其来的情话弄得脸红。

周望转身出了卧室，留她一个人冷静。

半晌，他又走回来，手里拿了个东西。

许安仪凑过去："这是什么？"

周望拆开："给你垫腰的，比沙发抱枕软。"

许安仪看着那个粉色的异形抱枕，愣神片刻。说起这个腰她就不开心，之前有一天，她觉得自己的腰毫无问题，然后哄着周望把那个历经千辛万苦的抱枕拿走了，结果她又瘫了一天。

她又不想做手术，现在的解决办法就是一个抱枕度日。

周望坐在她旁边："我还给你买了个按摩椅。"

许安仪听见这个还挺开心，丝毫没想到之后那个按摩椅会用来干什么。

新抱枕被她扔在一边，时间不早，她应该洗澡睡觉了。结果没走几步，周望就从身后把她抱了回来。

"啊——干吗？"

周望啄了她一口："试试新抱枕。"

最后一场路演如期到来了。之前推迟的原因也很简单，本该路演的城市天气不好，有段时间甚至航班都停运了。

在最后的商讨下，路演改回了北城，为了弥补原来城市的粉丝，改成了除电影环节外线上直播。

许安仪还有点失落，原来的城市是个海边城市，她和周望还想去海边看看。

不过这样也好，至少不用到处折腾了。

路演当天，小赵直接来了他们家做造型。一进门，小赵就颇为浮夸地说："老师们，这房子多少钱啊？我能买对门吗？户型太好了！"

许安仪一乐："对门我买下来了。"

小赵立刻捂住心口："奢侈。"

"老师，我偷偷跟你说，上次路演化妆的时候你出去上厕所了，然后我听到……"小赵神神秘秘的。

许安仪的好奇心被吊起来："听到什么？"

"听到……哎哎哎，周望老师你别拉我啊！"

周望从身后过来，把小赵拉到一边："别告状了。"

小赵："这是帮助你们家庭和睦。"

周望一笑："镜子在楼上。"

小赵被提醒了，看了眼时间，对着今天唯一带来的助理说："快快快！一会儿来不及了！"

等到他们轰轰烈烈地上楼后，许安仪看了眼周望："他要跟我说什么？"

周望一僵："没事。"

"嗯？"许安仪走到周望旁边，"你有事情瞒着我！"

"没有。"周望无奈，"快去，先给你弄头发，我要开个会。"

许安仪被他这么一糊弄，迷迷糊糊上了楼。

到了楼上，她才反应过来不对，周望现在打马虎眼的功底见长。

小赵已经准备好了，许安仪又不能这个时候下去问，只好坐在镜子前。

小赵做妆造的时候也爱插科打诨："老师，你这后颈怎么弄的？"

许安仪透过镜子看他的脸，写满了八卦。

她回想了一下，浑身一僵。

昨天晚上，周望再次以试用抱枕的名义哄骗她，结果这个抱枕踩雷，不太好用，才到一半她的腰就有点疼，紧急叫停。

结果周望把她翻了个面……

许安仪迷迷糊糊之间，感觉后颈一疼，是周望咬了她一下。

估计是那个时候留下的印子。

小赵："这个牙印，真整齐啊！"

许安仪简直无地自容。

"本来还想给你弄个丸子头，现在不行了。"小赵还在调侃，"你就是传说中的天鹅颈，我还想着露出来肯定超好看。"

许安仪装冷静："算了吧，冻脖子。"

六月中旬冻脖子，她都佩服自己居然想得出来。

活动一开始，许安仪还是按照之前的样子，坐在给她留的第一排座位上。

流程都没变，她又跟着观众看了一遍电影。

唯一变了的就是，在正片放完出字幕和主题曲的前一秒，她前方的摄影机亮了红灯，代表着开始直播了。

她百无聊赖地等着字幕滚动完，访谈开始。

不过她低头等了半天，也没听到该有的声音。可能出了什么问题吧。

许安仪就静静地等。

"周望！"

大银幕里突然传出这样一声。

许安仪猛地抬头，那是她的声音。

银幕上原本应该出现字幕，此刻却变成了电影画面。

画面里，是黄昏时嘉望江边的火烧云，还有骑着单车的她和周望。

女孩穿着校服骑单车，跟随着男孩。

男孩在朝前骑行，女孩在他身后，忽然喊道："周望！"

画面外传来了导演的一声"咔"。

许安仪愣愣地看着。

这是她当替身的那一场，没想到会在这个时候被放出来了。

小赵说的秘密就是这个吗？

有媒体认出来了银幕上的人是许安仪，好多摄影机从她身后打过来。

直播，所有人都会看到，她坐在周望的后座上。

画面变化，是周望在说："叫错了。"

女孩有些不好意思。

他们重新回了起点，重新开始拍摄。

第二遍她喊出来了。

"祝万！"

周望也回了头。

"等等我！"

"你高考结束有没有想去的地方？"

"没有。"

"那就和我一起吧。"

"好。"

许安仪没想到自己魔怔一般的呢喃都被收录了进去。

她有些哭笑不得，原来在银幕里看自己是这种感受。那个时候的自己能想到吗，在不远的将来，她实现了自己的愿望。

许安仪以前写书的时候，时常会弄混主角和他们。

但在此时，她不会再有更加强烈的想法了。

这是许安仪和周望。

是在课桌上刻下"喜欢"的许安仪，是勇敢了的许安仪，是再次和周望相遇的许安仪。
是计算了相遇的周望,是无所不能的周望,是最爱许安仪的周望。
她逐渐有了泪意。
银幕里的火烧云似乎灼热了她的眼睛。
电影的花絮播完,还是没有出现字幕。
许安仪攥紧了口袋里要在今天送给周望的水晶吊坠,心里想着他们可真是有默契。
银幕变黑。
许安仪以为结束了。
结果下一秒,上面就出现了白色的字,慢慢滚动着。

  我是周望。
  我有一个愿望,那就是——
  光明正大地带着我的女孩在嘉望江边骑单车。
  现在,这个愿望实现了。

许安仪的眼泪没忍住。
她还扫视了一眼摄像机,直播按钮开着,看来是周望早就计划好的。
字幕继续滚动,屏幕上出现了许安仪的名字。

  许安仪。

她开始啜泣。

  我欠你一场盛大的告白。
  现在,请你听好。

她心说,我听好了。

  我喜欢你,我爱你。
  这样苍白的话语,我一直觉得俗气。
  但真的到这个关头,我发现我词穷到只能说出这样的话。

这哪里是词穷呢?
许安仪抹了抹眼泪,就这样一个低头的瞬间,台上忽然响起了声音。
是周望的——
"虽然词穷俗气,但还是要说,我喜欢你,我爱你。"

许安仪到处找周望的身影。

没有找到。

周望继续说着:"我的女孩,我们新的夏天正在开始。"

许安仪哭着点头。

媒体们忽然开始躁动,镜头转向一个方向拍个不停,快门声像是打节拍。

许安仪顺着看过去,周望从观影后方走了出来,手里拿着话筒,穿着北山中学的校服。

许安仪想说一句老土,却如何都不能开口,她觉得自己一定哭得很丑。

周望踩着光朝她走来:"许安仪。"

许安仪:"嗯。"

"你一定不知道,你高中用的耳机漏音。"

"因为我每次路过你的座位,都会听到你耳机里放着我的歌。"

许安仪的目光一刻也不敢离开,像是要把此刻的周望永远刻在脑海里。

那些梧桐树的繁茂枝叶,北山中学课桌里的秘密,还有每次偷看,每次在本子上写下的名字,手机里下载的歌。

那些白衬衫上的笔迹,还有超市的"北冰洋"。

跨年的烟火,生日的蛋糕,嘉望江的晚霞和火烧云。

这些无一不让许安仪意识到,看了快十年的光,在朝着她走来。

"许多年之后,我们仍然是我们。"

"耳机里流淌的夏日永远不变,'北冰洋'的气泡永远翻腾。"

"周望和许安仪,永远相恋。"

番外一

少年的青春

1.

北山中学。

高一下学期一开学就要考试,许安仪还没从寒假的放松缓和过来,就立刻投身了紧密的复习中。

据说这次摸底考试涉及座位的重新划分,许安仪还是挺紧张的,她并不想和于枝枝分开。

班主任在讲台上宣布考试内容,于枝枝就凑过来和她窃窃私语。

"哎,安仪,我成绩这么差,不会离你而去了吧。"

许安仪看了看班主任的脸,小声回复:"不会的,明天才考试,你好好复习肯定没问题。"

她也不知道为什么要突然摸底,这一整个寒假,她整天窝在房间看小说,好在知识掌握得还算牢固。

于枝枝噘了噘嘴:"但愿吧。"

这一天算是报到,并不正式上课,所以一下课于枝枝就扯着许安仪:"快陪我找个地方复习!"

许安仪答应了。

两个人找了校门口的一家奶茶店,坐在靠窗的位置。

这次考试是有重点的,她就按照范围给于枝枝指了题,让于枝枝先做,不会的问她。

她则抱了一本书在看。

谁料,于枝枝做起题来,一会儿要点蛋糕吃,一会儿要放松一下。整整两个小时,字没写多少,钱倒是花得差不多了。

许安仪无奈:"好好复习,不然我们坐不到一起了。"

于枝枝又间歇性奋发图强了一阵子。

许安仪终于能安静地沉浸在书里。

初春的北城还是挺冷的，窗子上都结了一层水雾，模模糊糊的，看不清外面。

于枝枝忽然喊道："那是不是周望？"

这话让沉浸在文字里的许安仪一愣，随即朝着外面看去。于枝枝旁边的玻璃在她翻来覆去的时候就擦干净了。

许安仪这边没有，所以她一扭头看到的就是一片白。

她心头着急，也不顾什么干不干净，就伸手用袖子去擦。擦干净之后，外面的景象生动起来。

怪不得于枝枝大惊小怪。

周望明显刚刚从校门口出来，被好多粉丝围着，寸步难行。这些人逐渐以周望为中心，在校门口形成了一个大圈。

周望身边一个人都没有。

许安仪看到这个场面，站起身来要出去。

于枝枝瞬间扯住她："你干吗去？"

许安仪："都是同学……我去帮帮忙……"

这话她说着都心虚。

于枝枝是少有的知道许安仪和周望关系不错的人，她手劲极大："你别去！你去了能干吗？围着他的粉丝不会对他怎么样，你一去性质不就变了吗？"

许安仪着急："可是这不是……"

于枝枝把她扯着坐下："哎呀，他经历这种事多少次了，比你有办法！你别管啦。"

"可是……"

"有什么好可是的？你去了就是给他添乱啊！"

听到这句话，许安仪才打消了心思，稳稳地坐着。

"那你快做题。"她带着心事道。

于枝枝再也不皮，生怕不答应许安仪就冲出去，赶忙道："好好好。"

许安仪继续透过玻璃看窗外，周望还是在原地，似乎在打电话。

她咬了咬牙，十分钟之后，周望要是还不能走出来，她就给保卫科打电话。

奶茶店的墙上有一块钟表，她眼睛一眨不眨地看着。

一分钟。

两分钟。

…………

十分钟。

时间就像是放慢速度的火车，时间一到，许安仪立刻朝窗外看去。

这么一点时间，玻璃上又结了霜，她再次伸手用刚干不久的袖子擦拭。

周望倒是挪动了，只是从校门口变成了马路边的石礅子旁，像是在等待什么。

周围的人不减反增，像是要把周望淹没。

许安仪咬咬牙,从学校官网找到了保卫科电话,拨通过去。

"您好,是北山中学保卫科吗?学校门口发生了什么,为什么聚集了这么多人?"

她把自己的声线硬生生凹成熟。

那边的保安问:"有这个情况?您是?"

许安仪咳嗽两声:"我是附近的居民,你们的学生扰民。"

这话说得也没错,那个包围圈的声势很大,近乎半条街都是。

"好的好的,我们现在去看看。"

许安仪松了口气,挂掉电话,盯着对面,看到一队保安走近人群维护秩序,像是队长的人在和周望沟通着什么。

没过一会儿,保安就逐一排开,把周望围了起来,免得被人靠近。

玻璃窗又开始结霜。

许安仪看到周望安全也不再观察了,只是心思再也不能回到书上。

于枝枝咬着奶茶吸管:"安仪,和你当同学真幸福,连这种事都帮忙。"

许安仪一笑:"要不我给你讲题吧。"

2.

第二天的摸底考试如期而至。

昨天晚上,周望给许安仪发了微信,紧急问了考试范围。许安仪本来都准备睡了,又重新爬起来找书,一点一点给周望讲,最后熬到了一点才睡。

她都以为自己起来一定会精力不佳,没想到早上起来,居然还挺精神。

赵晓雅在家里给许安仪做了面条,还煮了两个鸡蛋,硬是让什么都吃不下的许安仪塞了进去。

美其名曰:一百分。

许安仪到学校的时候就晚了一点,几乎踩着关闭校门最后的时间进来的。考场是随机分配的,她得先回教室看考场。

考场分配表贴在门口,她跑上去气都没喘匀,就在单子上开始找自己的名字。

走廊也已经空无一人。

她急迫的视线上下扫动,正找得入迷,墙面上的瓷砖映出一个不属于她的影子。

这个时间居然还有才来的同学?

许安仪带着疑问转头去看,身后的人却将她吓了一跳。

周望穿着校服,板板正正地站在许安仪身后,也在寻找自己的考场。

两个人猛地对视都愣了一下。

还是周望先反应过来,看了下附近没人:"早上好。"

许安仪愣愣地点头:"早……早上好。"

这段话之后再也没有其他的声音。

周望比她高不少,越过她把目光又投回了墙面,认真寻找名字。

可是许安仪不能再专注了。

她背对着周望，满脑子都是周望就在她身后。

预备铃忽然打响，这意味着他们只有两分钟去考场。

许安仪有点焦急。

"这边——"周望道。

许安仪："啊？"

"我们在一块儿，跟我走。"周望说罢，转身就走。

许安仪反应了两秒，下意识跟上去："等等我！"

周望顿了一下，放慢速度："别着急，来得及。"

好在考场离他们很近，同一个楼层，只用了不到一分钟就走到了。

走到门口的时候，周望回头："你先进去。"

"为什么？"许安仪看了眼手表，"马上开始了。"

"没事，你先进。"

她迷迷糊糊地答应，转头进了考场。

考场里面的人已经坐满了，见到有人进来都一齐抬头，许安仪有点紧张。

座位都被排列成单人单座，此刻考场里面只剩下两个空的。

许安仪朝着那个方向走。

两个空座位连在一起，她先是看了一眼前面一个的桌角，上面写着周望的名字。

不会这么巧吧？

一个年级这么多人，一共有二十个考场，她偏偏能和周望坐到一起。

少女的祈祷也许被上天听到了？

许安仪怀着激动的心情看向后面那一个座位，果然是她的，不仅仅有她的名字、座位号，还有一张"普通"照片。

其实并不普通，但她刚见过周望的，哪怕是黑白印刷也像是精修的照片。

她慢吞吞地把笔拿出来，正式考试的铃声也响了起来。

监考老师踩着点进教室，身后跟了一个周望。

许安仪知道为什么周望要最后进了。

因为他一进来，所有人的目光自动都被他吸引而去。许安仪也知道了刚刚同学们的眼神是什么意思，他们在等周望到来。

这颗北山中学最闪闪发光的星星在这一个考场，考试的目的就增加了一条——

看看那个长期在电影、电视剧、舞台上生活的周望，私下里是什么样子。

许安仪觉得并无差别。

她听着身边人的窃窃私语，看着周望朝着自己的座位走。有那么一瞬间，她的脑袋空白了片刻，仿佛周望这个人真的是朝着自己而来。

"马上开始考试了，都不要说话。"

监考老师的声音传过来，所有人收回视线。

许安仪也把那些跟考试无关的思路抛了出去。

考试的时候，她只要抬眼，就能看到周望的后背。她每当遇到难题，就抬头看看，有的时候竟然奇迹般地迎刃而解。

检查完一遍的时候,她甚至还有时间发呆。

周望坐这么直,会累吗?

还是已经习惯了?

3.

摸底考试结束之后,班级第二天就照常上课了。

早自习的时间,班主任早早来到教室,准备重新排布座位。好在于枝枝这次考试发挥还不错,不至于被换走,两个人还是坐在第一排。

四周的同学倒是变了七七八八。

许安仪看了眼其他人搬座位,忽然觉得周望这个考试考得太冤了。

班主任是这样说的:"因为周望同学的特殊性,接下来三年他都不会换座位。大家不要有疑问,体谅一下。"

许安仪听完就于枝枝说:"周望就不该参加这个考试的。"

于枝枝诧异:"为什么呀?"

"昨天考到第三门的时候,不是中间有几个小时的休息时间嘛,周望的座位条在那个时间就被人撕走了,上面还有他学号。"

许安仪陈述着事实。

昨天第三门开考,监考老师来到周望这里的时候问:"同学,你的座位条呢?"

周望很平静,似乎习惯了:"应该是被人撕走了。"

老师看到他的脸,也没有多说。

一直考到第五门,他都是凭借着刷脸对身份的。

于枝枝"啧"了一声:"他好可怜。"

许安仪赞同地点点头。

"不过他自己会处理啦,你不用替他担心。你好好担心下午第一节的体育课吧……出去的话要冷死了。"

闻言,许安仪扶了下额头。

此时正是倒春寒的时候,北城的风大得不得了,他们的冬季校服也是白衬衫,最大的不同就是,加了个外套。

女生们的冬季校服不是裙子了,换成了和男生版型不一样的裤子。

许安仪看了看窗外,风把没长叶子的梧桐树吹得"沙啦啦"直响。

肯定很冷。

中午的时候,吃完饭于枝枝就拉着许安仪去买暖宝宝。许安仪在她的帮助下贴了满身,好歹算是抵御了一点寒气。

"稍息!"体育老师喊道。

许安仪因为身高站在第二排最边上,没有人群挡着,风顺着她的衣袖钻进来。

吹得人发抖。

操场的雪也化得差不多了，变成了冰水混合物。

许安仪站着站着就开始头疼，她不能吹风。

体育老师还在指导着学生动作，许安仪趁机扯了扯于枝枝的袖子："于枝枝，我头疼，能帮我请个假吗？"

于枝枝赶紧问："要不要去医务室啊？"

许安仪这个毛病她也知道，夏天的时候连吹风扇都会让她头疼，更何况现在。

许安仪摆手："没事，我带了止痛药，回去吃一粒就好。"

于枝枝半信半疑地问："真的没事？不用我陪你？"

"真没事，我都习惯了，现在疼得还算轻。"

"好吧。"于枝枝向来胆子大，朝着体育老师的方向举手，"老师！"

"怎么了？"

于枝枝指了指许安仪："我同桌头疼得不行，能不能回教室？"

体育老师顺着走过来，看了看许安仪。

见她的脸色似乎真的有点苍白，于是抬手挥了挥，示意她去吧。

许安仪如蒙大赦，转头朝着教学楼走。

上楼的时候，她只觉得天旋地转的，脑袋里像是有个电钻在钻，她都不知道自己能不能走进教室。

她扶着墙，一步一步上台阶，终于挪到了。

她推开门，却被室内的样子惊得一愣。

窗子是同学们走之前打开的，清透的白色窗纱，随着呼啸的风一下一下打在墙上。

周望坐在窗台，手里拿着一本白皮的书本。

许安仪看了几眼才知道，那是剧本。

周望见到她回来，也是一愣。

"我偏头疼请了假。"气氛尴尬得像网友见面，许安仪率先选择了解释。

她回到自己的座位上，在书包里翻找着止痛片。

周望从窗台上下来："需要去医务室吗？"

许安仪白着脸摇头，止痛片找到了，矿泉水在桌上。

有救了。

她把药掰出来，放在手心，另一只手去拿矿泉水，拧了好几下都拧不开。

一只手伸过来，把她手里的矿泉水抢走。

"我来。"

周望轻轻松松地开了瓶盖。

许安仪有点不好意思："谢谢。"

周望反而发笑："微信上都能正常聊天的，不用这么拘谨，教室里就我们两个。"

"我……怕你不高兴。"她就着水把药咽下去。

"不会的,"周望又非常贴心地接过水,帮她拧上,"没人的时候,你想说什么都可以。只是有人的时候不行,我会给你带来很多麻烦。"

许安仪就势趴在桌面上,声音被衣袖挡住:"好。"

紧接着,周望的脚步声就走远了,她看不到,就只能通过声音辨别他的方位。

似乎回到自己的位置了?

或者回到了窗边看剧本?

原来当艺人也没有这么好啊。

体育课不能上,课间操不能去,就连考场的座位条都要丢掉。

好惨。

许安仪这样想着,慢慢地就伏在桌面上睡着了。伴随着周望翻页的声音,她感到前所未有地安定。

4.
高一下学期还有一件大事就是夏季运动会。

所有学生似乎都对运动会有着特殊的感情,在开幕前一个月就开始兴致高昂地准备。

许安仪也领到了自己的任务——举牌的领队角色。

她从上小学开始就没有经历过这样的事。偏偏于枝枝还安慰她说,这个不用穿校服,可以穿漂亮的裙子,是班级里最拉风的角色。

许安仪耐不住于枝枝每天洗脑,答应了,就是没想到举牌居然还要训练。

北城已经进入了夏天,天气开始闷热,每天的第一节晚自习,所有班级的举牌选手都要在操场集合,集体练习步伐。

许安仪是这里面最受欢迎的人。无他,因为她的同学是周望。

每次训练休息的时候,都会有学姐们组团围在许安仪身边问题。

比如:周望平时有好朋友吗?他是个什么样的人啊?他几天来一次学校啊?

这些问题问得许安仪烦不胜烦,甚至一度因为这个原因导致她想放弃这个差事。

还好运动会很快到来。

开幕式前一天,所有学生都在操场上提前彩排检阅仪式,只有高一(3)班少了一个人。

周望。

他本来就不能参加运动会,他在微信里和许安仪说,剧组开机了,要去一个月左右。

许安仪有点失落,但还是什么都没说。

她的服装是学校统一的,说起来,北山中学的审美一直不错,从校服到各种服装,没出现过被吐槽丑的情况。

这套举牌的衣服,是纯白色的类似西装上衣配白色的百褶裙,板型硬挺,映衬着人精气神都起来了。

许安仪昨天穿给赵晓雅看的时候，赵晓雅夸了好多句，说她女儿真好看，还马上带着许安仪去买了一双白色的玛丽珍皮鞋。

许安仪早上来到教室的时候，头一次吸引了好多人的目光。

"好漂亮！"

"今年的衣服也太好看了！"

于枝枝更是大惊小怪："你现在像个洋娃娃一样！"

许安仪一脸复杂。

她看其他同学穿起来都是英姿飒爽的样子，非常有风范，唯独她，穿着怎么看怎么奇怪。

她将这个疑惑说给于枝枝听，于枝枝回复："因为你可爱啊！"

许安仪还想说什么，就被于枝枝扯到座位上："抓紧抓紧，我给你化妆！"

这是她昨天和于枝枝约好的，举牌队的老师要求她们都要化妆，面貌和精气神都要展现出来。

许安仪自己哪里会，只能求助于枝枝。

"我跟你说，你们衣服都一样，就看脸和发型，我必须给你好好化。"

在于枝枝精巧的双手下，化妆版许安仪新鲜出炉，据于枝枝说，她的头发是最流行的公主头。

许安仪看了眼镜子，愣住了，这是她第一次化妆，从来没有见过这样的自己。

"别照啦！你平时也这么好看，不见你照镜子！"

许安仪笑了下。

开幕式快要开始了，所有班级都排好队伍，在待定的位置等待。

许安仪要举的牌子非常重，她先放在地上歇歇。

上午八点半，开幕式正式开始。

主席台开始放激昂的进行曲，从高一第一个班级进场。他们是第三个。

许安仪把牌子举到胸前，板正姿态。

在轮到三班的时候，她带领三班的大部队朝操场走去，走到中央接受检阅。

许安仪把牌子举高。

"三班三班，我是三班。不是一班，不是二班。"

这是他们班的口号。

许安仪还很庆幸，她这个角色不需要认真喊这种口号。

按照先前画好的位置，三班检阅结束后就在位置上站着等待其他班级进场。许安仪也终于能放下手里的牌子。

于枝枝站在第一个，趁着没有老师，喊前面的许安仪："你看主席台那儿是谁啊？"

许安仪一愣，顺着看过去。

话筒边站了一个人，许安仪一眼就认了出来，是穿校服的周望。

他不是去剧组了吗？为什么会出现在这里？

于枝枝愤恨地说:"这么傻的口号,他不用喊,真是便宜他了。"

许安仪偷笑。

班级全都进场后,她就知道周望为什么在那里了。

校长和书记讲完话,周望就站到了话筒前:"大家好,我是高一(3)班的周望,今天学校邀请我在这里讲话。"

周望的演讲,并不像其他学生那样感情丰沛,而是平淡如涓涓流水一般,在初夏莫名给人带来一阵清凉。

"在这个夏天开始之时,我们的运动会如期到来。按照北山中学的传统,运动会结束之后就要进入期末考试的紧张准备之中。

"希望我们同学在运动会上能够强身健体,在期末考试时可以大展身手。我作为学生、运动员代表宣誓——

"我宣誓。"

下面几千名学生跟着呐喊:"我宣誓!"

"服从指挥,遵守纪律,服从裁决。"

"服从指挥!遵守纪律!服从裁决!"

"认真比赛,努力拼搏,赛出风格,赛出水平。"

"认真比赛!努力拼搏!赛出风格!赛出水平!"

周望宣誓结束就离开了主席台,再也没出现过。

但他的演讲无疑是给运动会添了一把火,让本就热烈的气氛达到了顶峰。

那一届运动会,三班取得了年级倒数第一,所有人却开心得像得到了第一。

5.

转眼高二就到来了。

暑假的时候,赵晓雅给许安仪买了新耳机。

开学的那一天,于枝枝道:"周望的新歌你听了吗?"

许安仪不知道是什么,问:"什么新歌?"

"这你没听?"于枝枝一脸震惊,"他的新歌巨火,到处都是!"

放暑假许安仪根本不怎么出门,没有机会听。

于枝枝把自己的耳机拿下来一只,放在许安仪的耳朵上:"快听快听。"

耳机里流淌出来的音乐不是她想象中的那种热血,反而如细水长流一般,温柔得不像话,在这个夏日给人带来满满的宁静。

正唱到副歌的时候,于枝枝忽然把耳机摘回去,用眼神示意许安仪。

许安仪一脸纳闷,北山中学可以带手机上学的呀!老师来根本不用躲,于枝枝在躲什么?

她顺着方向看过去才了然,周望踩着晨光走了进来。

他正好要路过她们的座位。

许安仪和周望对视一眼,莫名有点不适应,很快就低下了头。

等到周望走远了,她才问:"不是有耳机吗?躲什么?"
于枝枝一脸尴尬:"我耳机有点漏音,我们还放那么大声,要是被周望听到真的很尴尬!"
许安仪一想,是这个道理。在周望面前听他的歌,面上还不动声色的,外加上耳机漏音,要多尴尬有多尴尬。
上课铃打响之前,许安仪问:"这首歌叫什么?"
"《心事》。"
隔天,这首歌就出现在了她唯一喜欢的歌单里面。
她却不知道,她的耳机也漏音。

6.
秘密基地也是在高二发现的。
那天是周五。
于枝枝请了假,就剩许安仪一个人在食堂吃饭。她一边用手机看着拍下来的题目,一边小口小口地吃着青菜。
周望忽然给她发了微信。
W:喝汽水吗?
安:在哪儿呀?
之前他们的"汽水交易"几乎都是趁着教室没人的时候进行。
今天周五,下午只有两节课就可以放学,教室有很多人选择不吃饭,直接等放学出去吃大餐。
所以今天中午教室里肯定是有人的。
W:要不然我放在你桌子上。
安:算了吧。
经过一年多的时间,许安仪也知道大庭广众之下不能和周望显出一丝一毫的熟悉。
就是有的时候,许安仪会觉得周望很可怜。所有人的校园时光,无外乎是朋友、学习、青春,而周望只有中间那一个词。
她思索片刻,想到之前值日的时候,在车棚那边发现了一个很静谧的角落。
安:你等等,我找个地方吧。
W:好。
许安仪又简单吃了两口,就去了超市买薄荷糖。"北冰洋"喝完总是会腻,吃上薄荷糖就会好不少。
迎着中午的烈日,她朝着之前发现的地方走过去,那边的凉亭爬满了爬山虎,是个很不错的角落。
她走进去,发现里面又凉快又隐蔽,赶紧给周望发微信。
安:车棚后面的小凉亭。

W：好。

在等待周望过来的时候，她就坐在凉亭里，吹着微风，嘴里含着薄荷糖。

十分惬意的午后。

周望是几分钟之后到的，手里拎了两瓶"北冰洋"。

许安仪见他来，一愣："盖子没开。"

他们又没有开瓶器。

周望轻笑："没事。"

他右手拿了一瓶，伸手用力在凉亭的柱子上一磕，随着"啵"的一声，瓶盖就势弹了出去。

许安仪看得眼睛都直了，没忍住："好厉害。"

周望把手里那瓶递给她，冰得她一激灵。

就在这个间隙，周望把另一瓶也敲开了，随即蹲下身，找到弹飞的瓶盖，放在椅子上。

他像是松快了不少："这里真好。"

许安仪认同地点头："没人，没太阳，这里太好了。"

"那以后就把这里当作秘密基地吧。"周望道，"下次你请我喝汽水的时候，也来这里。"

许安仪一愣，随即道："好。"

蓝天白云，夏日晴朗，再没有比此刻更宁静的时候。

7.

高二和高一不同的一点是，学校为了调动学生的积极性，准备办元旦晚会。班里的同学刚考完期中考试，听闻这个消息，几乎激动得要蹦起来。

北山中学的大礼堂平时是不开的，为了这个活动开放了。

每个班级两个节目，从跨年当天中午开始，一直持续到晚上。

三班在收到消息的瞬间，就确定了一个节目："周望！周望必须表演一下，咱们都没看过。"

周望坐在最后一排，有些抱歉："抱歉，我可能要先问一下公司才可以。"

收获了不少绝望的声音。

这样一来，先确定下来的就是另一个节目。

由全体同学同意的，所有人都有参与感的大合唱。

周望不参加，因为他们要唱周望的歌。

说来高二这半年，三班也发生了不少的变化，比如从之前的没人敢接近周望，变成了大家想到解决办法，一起接近周望就不会出问题。

班级关系和睦了好多，同学们也敢打趣他了。

定下要唱的曲目，同学们就强烈要求周望教他们。

许安仪尴尬得不行。

她替周望尴尬。

几个比较皮的男孩子带头，把桌子摆成大合唱的阶梯式台阶，拉着同学一个一个站在上面，许安仪站在第一排。

周望也很无奈，选的歌是他出道早期的，也可以称之为黑历史，刚刚已经被人播放了十几遍。

他陪着同学闹："你们会唱吗？"

"不会！"

许安仪想说会，她把周望所有的歌都听了，但大环境驱使下，她也只能说不会。

周望无奈："好吧，那你们多听听，会了再练吧。"

同学们跟着笑。

许安仪注意到，周望说完这句话就拿着手机去了走廊。

剩下的人闹的闹笑的笑，简直是撒开了欢。

她故意走到教室门口，在门缝处听着。

她听到周望打电话的声音。

"嗯，对，元旦晚会，表演。"

"为什么要跟我的学校要版权费？"

"不可以，我只是给同学表演，为什么要有观众？我认为我的学校不会同意，并且我也不会同意。"

"嗯，就这么决定了，其他你们随意。"

他似乎是在和公司的人沟通。

她不太懂这些，不过能听懂的就是，公司不大同意，周望在争取。

思索这些的时间，她忘记自己还在偷听，于是门被周望拉开的时候，她身形一晃，差点倒下去。好在周望疾手快，扶住了她。

许安仪有点不好意思，现在的情况就是她偷听被发现不说，还给人添麻烦。

许安仪："对不起。"

周望一笑："没事。"

班级有同学见到他回来："咋样！可以吗？"

周望："可以。"

他看起来轻轻松松，只有许安仪听到了，他其实很为难。

但元旦的节目就这样敲定下来。

在周望的帮助下，合唱也练习好了，就等着登台的那一天。

班上同学定做了一套班服，上面写了字——

周望北山中学后援会。

周望笑得不行。

8.

在登台的那一天，同学们早早等在了后台。

按照班级的顺序表演，他们上场大概是下午四点多。大家用班费买了几箱水和零食，都蜷缩在后台的一个角落。

本来周望也在的，可惜这里别的班级的同学太多，他一出现就被围得水泄不通，只好让他先回教室去了。

许安仪缩在边缘，忽然一双手伸过来，给她多递了一份水和食物。

"我有。"她晃了晃手里的。

于枝枝给许安仪使眼色："周望没吃！安仪，你回一趟教室给他送去！"

许安仪这才发现，于枝枝不知道什么时候混成了领队。

许安仪进教室的时候，周望正坐在座位上看手机。

也许是听到她进来的声音了，他猛地抬头，眼神凌厉到把她吓了一跳。

周望随即放松："我还以为……今天有不少人混进学校了。"

许安仪表示理解，一般这种活动确实人员杂乱。

她递出手中的食物："给你的。"

周望接了过去："谢谢。"

许安仪本来此时就应该立刻走了，可她的脚步却迈不动，反而坐回了自己的座位上。

同学们都热热闹闹的，只有周望一个人坐在这里，不太公平。

她静静待着。

周望忽然开口："这个衣服……"说到一半，他笑了。

许安仪看了一眼自己身上，这是那件班服。

"怎么了？"她也有点羞耻。

"没什么，挺合适的。"周望笑着。

许安仪从座位上捞起外套套好。

这样的时间不多，她准备多坐一会儿再回去，哪怕不说话也好。后台太吵了，她待得不自在。

两个人静静坐着，门却忽然开了。

许安仪猛地抬头，看到一个女生冲了进来。

"不好意思，走错了。"

"没事。"许安仪回答。

等女生退出去之后，周望面色沉沉："许安仪，你先回礼堂吧。"

许安仪一愣："为什么？"

"刚刚那个人是来看我在不在教室的，估计回去跟朋友说了，一会儿就会有好多人闯进来说走错了。"周望语气中满是无奈，"她们如果见到你，会很麻烦。"

许安仪抿了抿嘴，想说什么，最后却没开口，转身离开了教室。

三班的节目时间到了,他们找了跑得快的男生回教室叫周望。

周望来的时候,二班刚刚结束表演。

合唱先上场,许安仪就心不在焉地跟着队伍朝台上走,满脑子都是教室里的事,还有周望那习以为常的表情。

她带着这种心情唱完了歌,下面的同学从头到尾都在看着他们的班服笑。

合唱结束,三班的人也没有回到后台。这是集体设计的环节,他们从场边直接跳下去,蹲在领导前面,发挥后援会最正宗的行为——

挥舞荧光棒。

许安仪也分到了一根。

周望今天还是穿的简简单单的校服,他慢慢走出来,坐在椅子上,怀抱一把吉他。

下面学生的尖叫声足以掀翻天花板。

周望把麦克风架好:"嘘——"

全场安静。

他唱了一首很舒缓的歌,平静得像是微风在无尽流淌,把焦躁的心安抚下来。

许安仪想,周望就是天生吃这碗饭的。

没有任何一个人能够像他这样,在聚光灯下,轻而易举地抓住别人的视线,轻而易举地得到喜爱。

她跟着节奏挥动荧光棒,觉得自己真的太幸运了。

上北山中学是幸运,做三班的学生是幸运,还有遇到周望是幸运。

周望一扫吉他弦,节目结束。

他一手拎吉他,对着台下鞠躬。

三班人在吹口哨,在呐喊。

这真是最值得最值得的青春。

许安仪想。

番外二

/

从以前，到现在

许安仪合作的这本书完结之后，她就有了一段时间的空闲。

周望这些天早出晚归的，许安仪和他唯一的"沟通"就是晚上那一段时间。

这天，周望回来时许安仪刚洗完澡。

她从浴室出来时，就看周望偷偷摸摸朝书房走。

"周望。"她直接选择戳穿。

周望的演技也不是盖的，马上站直身体："我怕吵到你，准备去开个会。"

许安仪才不信他这套说辞，当即走上去，拦在周望前面："你有事瞒着我。"

她就是试探一下，周望最近的状态不太对劲。但反过来一想，周望是个影帝，要是真的有事情瞒着她，按理来说她也看不出来。

周望根本不中套，他扶着许安仪的腰，把人抱起来换了个方向，随即俯下身轻轻亲了一口："真的没有，我就是忙了点。"

许安仪只好点点头，转身准备回房间，没看到周望在她身后一直注视她，眼眸深深。

许安仪一回到房间，就收到了于枝枝的微信。

于枝枝：陪我去看演唱会吧！

许安仪一愣，她怎么没听说过最近要开什么演唱会。

安：什么演唱会？

于枝枝：哎呀，你不认识的男团，我抢了两张票。

安：我得问问周望。

于枝枝：行吧。

周望没一会儿就进了房间。

许安仪坐在床上看着他："你工作结束了吗？"

周望点点头,坐在她旁边:"就是一个会。"

"于枝枝找我去看演唱会,能去吗?"

周望忽然一笑:"我什么时候管你这个了?"

许安仪听到回答,凑上前去,顺势变成跪坐在床上,双手搭着周望的肩膀:"你变了。"

"嗯?"

"我要去看你的同行,你居然同意。"

周望挑了下眉:"你会因为演唱会变心吗?"

阴险,把问题抛回来,让她完全不知道应该怎么回答。

她只好不太情愿地说:"不会……"

"那不就行了?"周望嘴上说着,猛地发力,把许安仪压住,"乖乖。"

"嗯。"许安仪微微仰头看着他。

"你是自由的,想做什么就做什么,不用和我报备,只是跑太快的时候不要忘了我,要停下来等等我。"他说这话的时候神色郑重。

许安仪忽然一笑:"说什么呢,明明是我一直在你后面。"

"不对。"

"嗯?"

"你在我身边。"

肉麻情话再次出场,许安仪眼眸颤了颤,还没来得及说话,就瞬间被铺天盖地的吻亲得目眩神迷。

那一晚又试了新枕头。

第二天一早,许安仪就被于枝枝的电话叫醒。

她先是摸了摸身侧的位置,冰冰凉凉,估计周望又去出通告了。她接起于枝枝的电话。

"许安仪,收拾收拾,我来接你。"

听声音,于枝枝似乎已经在车上了。

"啊?干吗去?"

"不是告诉你看演唱会吗!昨天跟你说的!"

许安仪一脸黑线,哪有看演唱会提前一天说的?

"我还没洗漱呢。"

"那你赶快,咱俩漂漂亮亮的,艳压群芳去。行了,你快点,我马上到你家了啊!记得给我按电梯。"

"知道了知道了。"

许安仪把电话挂断,慢慢起身。

她洗完脸,于枝枝也刚好到门口。

一进屋，于枝枝就像回到自己家似的，往沙发上一坐："困死我了。"

"你几点睡的？起这么早干吗？"许安仪给她倒了杯水。

"还不是……"于枝枝话说一半猛地收回去，仔细看，眼神里还有一丝幽怨。

"是什么？"

许安仪心想，最近怎么每个人都奇奇怪怪的？

"是……是我喜欢那个组合啊！"

许安仪一乐。

她随便穿着T恤和短裤，又背了一个帆布包："可以走了。"

"你就穿这个？"

"嗯，怎么了？"

于枝枝如临大敌，推着许安仪上楼："不行不行，我们今天可是要艳压群芳的！你赶紧换条裙子化化妆！"

"什么啊，你穿着牛仔裤和短袖告诉我要艳压群芳，于枝枝，太假了吧？"许安仪看向于枝枝。

于枝枝梗着脖子："你别管，赶紧去换。"

"到底怎么回事，你不说明白我就不换！"

许安仪也赖上了，为了抗拒于枝枝，干脆整个人坐在地上。

于枝枝眼珠不停地转，说："就是我有两个新认识的这个男团的粉丝，想看看你……周望女朋友真人长什么样……你必须美美的！"

这个说辞还算有理有据，许安仪勉强相信了。

于枝枝跟在她身后进了衣帽间，扫视了半天："就穿那个白色裙子吧！"

许安仪顺着于枝枝的视线看过去，那条裙子又长又厚，跟婚纱似的，外头三伏天她非得中暑了不可。

她跟于枝枝如实说出了自己的顾虑。

于枝枝："那你穿那个白色的短裙。"

许安仪一愣，那条短裙，是和周望重逢那天，她被赵晓雅逼迫换上的，优点就是还算凉快。她不想和于枝枝僵持太久，点头答应。

上半身于枝枝给许安仪选了一件粉色短款的吊带，许安仪都不记得自己什么时候买的。

穿上的时候，她还因为性感而不好意思。还没等她消化好这份情绪，她就被扯着去了化妆台。

于枝枝像早有准备似的，从她自己的包里拿出了化妆袋，东西齐全。

"你要不要这么……"许安仪一脸黑线。

于枝枝的表情简直是像要奔赴战场："你坐好！我给你化。"

许安仪只能乖乖坐好，任由于枝枝在她脸上折腾了一个多小时，期间还抽空给她卷了个头发。

许安仪困得不行,她甚至觉得,如果于枝枝说的是真话,要见的人一定跟她有仇。

下午一点,两个人,准确地说,许安仪终于在于枝枝的点头同意下,可以出门了。
据于枝枝说,演唱会是五点开始,她们不着急,还可以去那个场馆附近逛一逛。
许安仪哪儿都不想去,直接回绝这个建议,拉着于枝枝去了一个商圈。外面四十多度的高温,不如在咖啡店吹空调。
于枝枝坐在座位上,咬着吸管道:"你最近胖了点。"
许安仪一愣:"有吗?"
"有啊,被周望养的。整天就在卧室一躺,除了码字什么都不做。不过胖点也挺好,不像之前一样风一吹就跑。"
"去。"许安仪笑了,知道于枝枝说话就没个正行。
两个人又坐了好一会儿,许安仪还担心出现上次周望演唱会进场困难的情况,四点不到就带着于枝枝去了场馆。
果然是要开演唱会的架势。
场馆门口人山人海的,不过许安仪没有看到分发应援物的人。
"为什么没有粉丝发应援物啊?"她问。
于枝枝一愣:"呃……因为……因为这个组合很'糊'嘛……"
许安仪看着场馆前的人山人海,没看出来"糊"在哪儿。
不过这些跟她又没关系,她就是一个来凑热闹的人。
于枝枝拉着许安仪直接去了内场通道,整个通道就她们两个人,这让许安仪更疑惑了。最奇怪的是,她们两个一出现,四周人的目光就纷纷跟随过来,还有不少窃窃私语声。
她检查了一下自己,帽子、口罩齐全,不应该啊。还没等她想通,就被于枝枝拉着进了场馆找位置。
她们的位置在第一排,对着舞台正中心,此时此刻除了她们没人进场,场馆里的工作人员还在检查灯光,安安静静的。
许安仪:"怎么没人啊?"
于枝枝思考了几秒:"因为内场票太贵,卖不出去,或者我们来太早了?"
开什么玩笑?蹩脚到许安仪想信都没法信了。
"到底怎么回事?"
于枝枝苦着脸:"就是……呃……我跟顾渝吵架了,我刷了他的卡,买了最贵的票,其他人的票都是看台赠票……这个组合太'糊'了,票卖不出去。"
许安仪就算和周望在一起这么久了,也不了解粉丝之间的规则,云里雾里的,信了。
后面看台的粉丝们开始进场,许安仪看到自己旁边也陆陆续续坐了不少人才松口气,刚刚奇怪的感觉消散了。

她拿手机和周望发着微信。

安：进场馆了。

W：冷不冷？

他回复得很快，看来不忙。

许安仪穿着短裙，场馆里空调很足，被周望这么一问还真有点冷。

她如实回复。

安：有点冷，穿少了。

W：回家给你煮姜汤，我先工作。

安：好。

她又开始无聊，于枝枝在旁边也不知道跟谁发着微信，很兴奋的样子。

没过几分钟，于枝枝抱怨："这空调是坏了吗？怎么比刚才热这么多？"

许安仪一愣。

她倒是觉得刚刚好，刚才实在是有点冻人。

"是有点变热了……"她正说着，身边坐下了一个人。

余光里看过去，戴着帽子、口罩也掩饰不住的明星气质，长发飘飘的，除了时玉还能有谁？

许安仪惊讶："你怎么来了？"

时玉转过身，帽檐下的大眼睛瞪大："你怎么知道是我？"

"太明显了吧……"

时玉不在意地咳嗽两声，看着台上："这个组合我认识，来热场子。"

原来是这样。

还是那句话，娱乐圈那些弯弯绕绕许安仪真的不太懂。

似乎是外面进场结束了，灯光一瞬间暗了下来，本来在玩着手机的于枝枝也不玩了，凑到许安仪旁边，问："期待吗？"

许安仪故意说："不，我不追星。"

"对对对，你只追周望一个，但是今天绝对是你最难忘的一天。"于枝枝耸肩。

时玉也来凑热闹："你真不想看吗？"

许安仪点头，指了指于枝枝："她不拉着我，我不会来的。"

时玉一笑："真的帅的，你绝对不会后悔。"

"好。"许安仪觉得自己真是敌不过这两个人了。

演唱会正式开始了。

这个场馆是四面台，中间是四块大屏环绕着的圆形舞台。许安仪清晰地看到大屏上出现了倒计时。

十，九……二……一。

并没有什么变化。

她的余光里，于枝枝也没有往常看演唱会很激动的样子。

看台上的粉丝倒是有了动作，纷纷打开了随身带的灯带，和一般演唱会的灯带不同，他们的是橙黄渐变的，像是最近网上很火的落日灯的颜色。

无数灯带在球形的场馆内仿佛创造了一场晚霞。

许安仪："这个灯好漂亮啊。"

于枝枝不甚在意："那让周望给你也整一个。"

"啊？"

"没事，"于枝枝的脸僵了一下，"我随便说说呢。"

许安仪想，于枝枝今天真是太不对劲了。

她看着舞台上的灯光全部熄灭，类似于机械音的声音传出来："今天我们的演唱会和寻常演唱会不一样，在一开始，要选一位幸运观众。"

看台上开始发出尖叫。

许安仪心头一紧，总觉得自己似乎忽略了什么。

大屏上开始出现镜头画面，顺着观众席划过，最后"恰好"停在了许安仪脸上。

看台更激动了。

许安仪一头雾水，她遮得严实，在镜头里也看不出来是谁。

机械音又道："请这位幸运观众摘下口罩、帽子。"

这什么规矩？

许安仪当然不想摘，这儿到处都是镜头，都是追星的小女孩，她还是有自知之明的。

她刚下定决心绝对不摘，身边就出现了两只手，一人一边把她的口罩、帽子全部拿走了。

于枝枝和时玉这手速倒是快。

许安仪一头黑线，看向两人。

她想说什么，又碍于现场镜头什么都不能做。

机械音再次响起："请幸运观众来到舞台上。"

明明是机械音，许安仪居然还从中听出来了点笑音。她一头雾水，没见过这种演唱会，根本就不想上去。

在她的思维里，自己一旦上去，就会被整个男团突然出现吓个半死。

如果这个幸运观众的奖励是男团围着她跳舞的话，她也不用在这个地球生活了。

所以，她非常迅速地当了"鹌鹑"。

于枝枝和时玉可不会这么放过她。

于枝枝："你快去！这票可贵了！上去就值了。"

许安仪哭丧着脸："太丢人了，我不去。"

时玉："这有什么丢人的，没周望在路演表白的那天你哭丢人。你今天太漂亮了，上去给他们看看呗。"

许安仪觉得有点扎心。

她还是不想上去。

于枝枝给时玉使了个眼色，两个人忽然发力，一人扯着许安仪一只胳膊，活生生地把她从座位上拉起来。

镜头跟着拍，她又不能真的撒泼打滚，只好小声说："我真不想去，周望会骂我的，你们谁去都行。"

于枝枝毫不留情地拆穿她："周望还骂你？我这辈子就没见过他骂你，他要是骂你，你来找我，我给你骂回去。"

时玉唱白脸："就是，我上台不是活生生出新闻吗？实话跟你说，我喜欢这团里一个弟弟，不能让人发现。"

许安仪欲哭无泪，无论怎么挣扎，还是被抬到了入台口。

两个保安把路让出来，于枝枝一个用力就把她推进去了。

许安仪浑身不自在，安保还拦着，她只能朝舞台上走。

好在似乎是为了照顾观众，舞台上没开灯。

她站定，手脚都不知道往哪里放，帽子、口罩的安全感也没了。

于枝枝忽然在台下喊："许安仪！记住现在！"

许安仪一下没听清。

什么？

记住现在？

为什么？

在她冥思苦想的时候，灯亮了。

她眼睛不适应，被晃了一下，忙用胳膊遮住光线。

旁边的喷射机忽然开始喷起了花瓣，灯光也是暖橙色的，好像整个场馆只有台上的她，台下黑乎乎的，什么都看不到。

她有点慌张，之前被强行忽视的不对劲都在此刻回笼，她有点想逃跑。

许安仪认真思索了一下自己此时冲回观众席的可能性有多大，脚步也情不自禁地迈出去了一步。

"许安仪，别跑。"

一道声音在话筒的加持下，带着回声传遍了整个场馆。

她忽然僵住了。

这个声音的主人昨天还在床上哄着她说再等等。

许安仪闭了闭眼，已经知道即将发生什么。

随着一段音乐，面前的升降台忽然开始启动，一个人站在台上，慢慢升起来。

周望穿着白色西装，手里抱着桔梗花。

许安仪很少见到他穿这么正式的西装，像个……白马王子一样，闯进了她的人生。

周望走到她面前，举着话筒缓缓道："上次演唱会，我说是最后一次。可是我没有遵守承诺，又为你开了一次。"

许安仪看着他，小声问："你是要求婚吗？"

周望一笑，声音传遍全场："不要拆台啊，乖乖。"

也许是这个称呼戳到了粉丝，尖叫声愈演愈烈。

周望把手里的桔梗花递给许安仪，她接过抱在怀里，眼睛眨也不眨地看着周望。

周望从口袋里拿出一个红色丝绒的戒指盒，单膝跪地，把戒指盒递上前来。

于枝枝忽然在台下大喊："周望！你能不能开盖再跪？不是排练了好多次吗？"

于枝枝本来就嗓门大，这么一喊，显得这个场面更加喜感。

周望把戒指盒打开。

许安仪看到了他有些微微发抖的手，还有故作轻松的面容，这人居然也会有紧张的时候。

许安仪有点想笑，又有点想哭。

周望缓缓道："这些粉丝，都是陪着我长大的人，我的家人朋友也都在。我一直觉得，浪漫是一件很私人的事情。

"直到我遇到了你。

"我开始想要全世界都知道，你是一个什么样的人。我迫切地需要其他人的目光，来证明我是幸运且幸福的，我和平常人没什么不一样。

"许安仪。"

许安仪的手被周望牵住。

她"嗯"了一声。

"鹰巢体育馆能容纳六万人，这六万人会见证我们俗气的爱。你是否愿意，和俗气的我承受一辈子这个名词？

"换个说法。

"你是否愿意嫁给我？"

许安仪闭了闭眼。

忽然，身边传来礼花筒的声音，礼花四散在他们附近，像是在夏天下了一场雪。

许安仪觉得自己会哭，但是没有，她只是很怔然地看着周望，又不合时宜地想到了莎士比亚的十四行诗——

Shall I compare thee to a summer's day（我是否可以把你比作夏天）？

恰如此刻。

周望还没有把戒指戴在她的手上，她还没有想过真的婚姻生活。但在那一刻，她确定了，周望就是她的夏天。

许安仪说："我愿意。"

周望反而一愣。

"我愿意。"她又重复。

周望先是笑了下，随即把戒指套在了她的中指上。

话筒在地上，谁也听不到他们的交谈。

"你怎么瞒了我这么久？早点告诉我，我肯定早就答应了。"

周望站直："我要给你一个永远无法忘记的求婚。"

"粉丝怎么来的？"

"我在微博召集的。我登了你手机屏蔽了关键词，所以你没看到。"

怪不得，这些天许安仪上微博都刷不出来什么内容。

她哭笑不得："你要陪着我一辈子了。"

周望抱住她，非常用力："十辈子吧，太短的话，一百辈子也行。"

"别画饼。"许安仪还是哭了。

"我只要一辈子，你永远永远不能离开我。"

"好。"

关于婚礼，许安仪倒是没有想过太多。

只是周望那副如临大敌的样子，外加上于枝枝和时玉激动得不行，还有周望家里三天一次的"战略"会议，倒是硬生生给许安仪带来了紧张感。

去试婚纱的那天也和别人格格不入。

人家新婚小夫妻都是在婚纱店里幸幸福福地试穿，而周望是直接把与他合作过的设计师请到了家里。

许安仪一脸蒙，刚睡醒被按在原地，各种测量数据，还时不时听到周望和设计师沟通着婚纱的细节，她发现她一个字都听不懂。

做好的婚纱，是在婚礼前一个月送过来的。

那天许安仪久违地带着许安柔出去吃饭，一回家就看到周望坐在沙发上，茶几上摆满了木质的盒子。

看到她回来，他也不像往常一样，走上前来就是一个亲吻或是一个拥抱，反而是坐在原地不动。

"这是什么？"许安仪放好车钥匙。

周望："婚纱。"

他非常平静，不像是他之前那副恨不得去监工的样子。

许安仪走过去："你怎么了？"

电视也没开，家里安安静静的。

周望很自如："我在幻想你穿上它的样子。"

"你真直白。"

在一起这么久，许安仪也学会了应对周望突如其来的直白。

周望把那几个盒子的盖子打开，里面的白纱瞬间呈现在许安仪的眼前。

她一时觉得有些晃眼。

纱像是时间长河孕育的珍珠，在他们家的客厅里闪闪发光。

许安仪："别打开，小心落了灰。"

周望直白地看着她："想看你穿，只给我一个人看。"

许安仪一愣，看着周望把硕大的婚纱拿出来，小心翼翼地放在衣帽间中间的玻璃柜子上。

"这要怎么穿？"她拿起放混了的头纱，仔细叠好，放回盒子里。

周望："转身。"

"嗯？"许安仪疑惑，但还是转了过去。

紧接着，她就感觉到周望的手伸过来，把她裙子的拉链拉开了。相处这么久，她还有点不好意思："别……"

"头发。"周望把她的头发拢到一起，递到前面。

许安仪顺势接过，轻轻抓在手里，这么一打岔，周望要做什么她也拦不住了。

好在没发生什么半夜才应该发生的事情，周望只是帮她把婚纱穿上。

婚纱看起来繁复，其实是有周望的巧思在其中的，为了防止许安仪穿着困难或者不舒服，拉链和抽绳都是非常便捷的款式。

许安仪穿好之后就不敢动了。

裙摆太大，动一下她都觉得自己会不小心踩到。

"许安仪。"周望的声音里似乎蕴含着什么，在许安仪的耳边响起的时候，莫名让她有些脸热。

"嗯。"

她回不过身，周望就势揽住了她的腰，把她向后面带动，力道轻柔。

她半侧着头，感受到了周望越凑越近的呼吸。

是个亲吻。

他吻下来的时候，婚纱的最外层轻轻蹭着两个人的手臂。

许安仪慢慢站不稳了，有些朝后倒，倒在了周望的怀里。

"你别……你别踩到婚纱……"

"不会……"

婚礼定在夏末。

求婚的时候是夏初，许安仪思考一番也被周望的雷厉风行惊住了。

婚礼的地址定在了北城郊外的私人花园，也没有太多亲戚朋友，最后来得最多的居然是媒体。

许安仪在这件事上没拧过周望。

周望是这么说的："我要让全世界都看到我的小女孩是高高兴兴嫁给我的。"

许安仪哭笑不得。

因为网上有些风言风语，说许安仪是因为舆论逼迫才选择和周望在一起的。

也不知道这弱智言论从何而来。

所以婚礼是露天的，座位前五排坐着熟人，后面十排都是媒体。

唯一要求就是按快门要静音。

于枝枝还很可惜："我想吃席，结果你们搞这么浪漫，连酒菜都没有……"

许安仪笑着说："晚上就一起吃饭，你少来。"

伴娘只有于枝枝和时玉两个人，许安仪也不在乎她们是不是已婚。

周望没什么特别好的朋友，宁让这小孩又找不到，最后时玉出了个主意，把她大学室友的男朋友拉过来顶上。

这人偏偏许安仪也认识，就是大名鼎鼎的林清屿律师。

据说他一点都不愿意来，他女朋友江娆跟时玉打包票，三天搞定。三天一到，林清屿还真的出现了。

伴郎也解决了，林清屿加上顾渝。

许安仪都有点不好意思。

婚礼当天。

早上的习俗还是没变，时玉和于枝枝堵门。

值得一提的是，许安仪是从老房子出门的。豪华车队挤在老房子的小院子里，怎么看怎么别扭。

时玉直接形象都不顾了，她揽着裙子，双脚顶在门边，让周望背《出师表》。

门内门外同时陷入寂静。

许安仪是最了解周望的，他自大学开始就再也没有接触过这些，就算给他再好的记忆力也背不下来。

许安仪："咳！"

于枝枝接到信号，又喊："伴郎回答也行！"

时玉："你以为是高考吗！万一答不出来好尴尬啊！全是媒体！"

于枝枝："那就让他随便进来把许安仪带走了？"

许安柔："我支持枝枝姐！"

于枝枝一乐："看到没？"

许安仪被巨大的婚纱固定住脚步，也无能为力。

她只知道门外寂静了一瞬，接着，她不熟悉的声音就响起来了。

"先帝创业未半而中道崩殂，今……"

声音毫无波澜，像是机器人。

江娆在房间里充当娘家人，许安仪跟她不熟，就见她突然大笑，跟时玉说："你看吧，我就说林清屿会背。"

时玉也跟着笑。

于枝枝"创业未半"，又有了别的想法。她拿起手机，对着门外喊："许安仪现在身高多高，精确到小数点！"

周望很快回答："一米六六点三。"

"回答错误。"

许安仪急了:"哪错了?于枝枝!"

"你现在穿高跟鞋,还有五厘米呢!"

门外的顾渝忍不住了:"于枝枝!"

屋里的人都看到于枝枝一僵,随即尴尬地笑了笑,打开门:"交红包吧,交完才能进去。"

周望一股脑儿把手里的红包都塞给了她,近乎是冲进了屋子。

林清屿紧随其后,走进来直奔江娆,把她的手拉出来,将仅有的三个红包都塞了过去。

江娆轻笑:"不给别人?"

"不给。"

"行吧,那我收下了。"

周望站在床前看着许安仪,忽然不知道要做什么了。看他僵在那儿,许安仪也紧张,没说话。

于枝枝:"你等什么呢?等我给你牵老婆啊?"

周望还是愣神的,但动作起来了,他牵着许安仪的手腕,将她公主抱了起来。

于枝枝小声和顾渝说:"周望一到大事就掉链子……上次求婚也是……"

顾渝无奈地捂住她的嘴:"少说两句。"

婚礼现场早就坐满了人。

许安仪在遥远的另一端等着,旁边是许安柔。随着进行曲的节奏,许安柔小心翼翼地牵着她沿着红毯一步一步往前走。

从满是鲜花、满是镜头,到满是亲人朋友,这一条路,倒像是周望的一路。

许安仪看着周望穿着崭新的西装,站在路的尽头,灼灼的目光直看到了她心里。

走到了周望面前,许安柔忽然小声道:"姐姐,我有点不舍得。"

许安仪目光没挪开:"你多了一个家人,不是吗?"

周望从许安柔的手中接过许安仪的手,拉着她一步步走到最中心的位置。

许安仪有点紧张。

她的裙摆被周望轻柔提起,转过身面朝所有人。

她听到司仪说:"无论疾病健康,无论贫穷富有……"

她忽然有些恍惚,就这样简单的吗?这一刻的爱,简单得像是要镌刻永恒。

她望向周望,听着周望说"我愿意"。

听着掌声,看着蓝天白云。

原来是这样的简单。

"从今往后"这四个字,又沉重又轻柔。

原来他们已经经历过那么多个夏天。

婚礼结束之后，媒体散场，许安仪也无暇去关注网络，家人朋友还要聚餐。

周妈妈喝得醉醺醺的："老周，你儿子这人就是有主意。"

周爸爸不苟言笑的，但也明显心情很好："那是我儿子。"

"对对对，跟你一模一样的。"周妈妈握着许安仪的手，"安仪啊，你千万别着急要小孩，我就是生周望太早了，他可无聊了。"

"还是小情侣待在一起开心。"

许安仪笑着没回答。

周望无奈："妈——少喝点吧。"

"你少管我。"

周望在心里叹了口气。

于枝枝那边更是嗨了，和时玉、江娆三个人搂在一块儿。

于枝枝："结婚不好，你俩别结。"

"有什么不好的？"时玉问。

于枝枝："我都不能天天逛街了！顾渝可无聊了，天天做实验，没人陪我玩。我家小孩什么都不懂，能陪我干吗？"

江娆醉得不明显，眯着眼："是吗？我倒是挺想结婚的，可有人不想。"

她瞥了一眼林清屿。

林清屿一僵。

许安仪和周望走到这桌时，于枝枝已经快要站到桌子上去了。

许安仪："你冷静点。"

于枝枝："我很冷静，我结婚的时候你还坐那儿哭呢。"

许安仪腹诽，哪壶不开提哪壶是吧？

周望来了兴趣："哭什么？"

许安仪马上说："没什么。"

于枝枝："还能哭什么！她当时哭着说'怎么办啊，于枝枝，我再也不会遇到喜欢的人了，我再也不会喜欢别人了'。"

周望瞥了许安仪一眼。

许安仪有点尴尬："就是……当时写小说共情了。"

周望："你遇到了。"

"啊？"

"现在你遇到了，可见不能太早下定论。"

婚宴结束，众人都各回各家。

许安仪的另一件小礼服也换下来了，和周望送着人。

林清屿背着江娆，江娆已经在他背上睡熟了，漂亮脸蛋上压出了几道红痕。

周望跟他打招呼:"谢谢。"

"没事。"林清屿看了眼背上的人,生怕吵醒她。

于枝枝在一边闹,被顾渝扯着走。

时玉上了公司的商务车。

"时玉今天偷偷跟我说她也想谈恋爱,让你给介绍一个。"许安仪对周望说。

周望:"不提别人。"

"那提谁?"

周望没回答。

许安仪想到一茬是一茬:"我今天看到宁让了,你让他偷偷来的吧?"

周望轻笑:"没瞒住你。"

"为什么呀?"

"他说还有点事,来看看我们婚礼就走。"

许安仪苦恼:"也没多待一会?"

"算了,他们自己解决吧。"周望牵着许安仪的手上了车,"我们回家,这些和我们无关。"

他们回了半山。

许安仪坐在门口,任由周望把她的高跟鞋脱下来,突然开口:"你知道吗?"

"嗯?"

"我当时在半山看到你第一面时,就觉得完了。"

"为什么?"周望看到她的脚踝有点红,放在手心揉了揉,"我是什么洪水猛兽吗?"

"不是的,"许安仪的酒意终于上来了,"就是觉得那句话说得很对啊。年少时候惊艳的人,一定还会在岁月里再次惊艳你。"

周望半跪在地上,闻言抬头看她:"那我是再次惊艳到你了吗?"

"嗯,不止惊艳,还让我有点不知好歹的感觉。"

周望笑了:"那照这么说的话,我只被你惊艳了一次。"

许安仪一愣:"什么意思?"

周望没回应,把许安仪拦腰抱起往楼上走。

许安仪吓得惊叫了一声:"干吗去?"

"洗个澡。"

许安仪今天化妆为了完美,满身都是亮晶晶的闪片。

"你放我下来,我自己去。"

"一起洗。"

"不要!你别折腾我,我累死了!"许安仪捶着周望的后背,"我要自己泡个澡,你去楼下洗!"

周望走到床边，把她放下。

许安仪双手后撑，看着面前的周望，后面的话就怎么都说不下去了。

"乖乖。"周望道。

"干……干吗？"

"喜欢你。"

"嗯，我知道。"

"我爱你。"

"我知道啦。"许安仪看着他越凑越近，伸手轻推，"我先去洗个澡好不好，闪片很扎人。"

周望扫视了她一眼："在哪里？"

许安仪心不在焉地指了指耳后的位置。

下一刻，周望忽然凑上前吻了那里一下。

她吓了一跳。

"没有了，不扎了。"

许安仪真是被他打败了："你快点去漱口，这东西能吃吗？"

"没有吃，放心吧。乖乖，一起洗，好不好？"

许安仪再次被蛊惑了。

后来浴室关灯的时候，她糨糊似的脑子还在想，周望真的……太会……

睡着之前，她还听到周望在她耳边说："你只惊艳了我一次，从以前，到现在。"

结婚之后，两个人在半山腻歪了整整一周。

周望工作室的人都快疯了，三请四请，最后使出杀招，说周望再不工作就没钱养老婆了。

周望这才不紧不慢地接了一个电影本子。

这下子他更有理由在家待着，只参加了个剧本围读，就在家看剧本等开机。

许安仪也好几个月没写文了，天天抱着电脑码字，之前周望撺掇的合作文也小红了一把，有不少人来问影视版权。

许安仪坐在沙发里："我卖这本的话，哪家公司比较好啊？"

她还是觉得周望对这种事比较专业。

"卖给我吧。"

没想到是这个回答，许安仪叹了口气："自家赚自家钱？你别闹。"

谁知道当天晚上，周望就带着许安仪在书房开了个会，听着工作人员分析她这本书的前景，分析可以做的宣发，专业得不行。

许安仪被唬得一愣一愣的："那谁来演？"

周望："老板娘定。"

许安仪又叹了口气，她还没同意呢，怎么感觉周望工作室就跟拿到版权了似的？

"你别担心,我们就是制片方。投资当然要拉,我们赚别人的钱。"周望安慰她。
经过解释,许安仪才懂这其中的弯弯绕绕。
她果断签给了周望。
合同最后一项——

　　男主角不可以有其他人选,只能是周望。

番外三

顾渝和于枝枝

1.

南城大学。

于枝枝坐在宿舍床上,脸上还敷着面膜。她买了个小风扇,就夹在床的边缘对着脸吹,惬意的夏天可惜没有冰西瓜。

她闺蜜许安仪正在床下敲键盘。

于枝枝无聊,想找人聊天,便半个身子伏在床边,对许安仪道:"安仪——安仪——"

许安仪无奈地抬头:"叫魂哪。"

"顾渝说要来找我。"

"那就来啊。"

于枝枝有点苦恼:"他烦死了,自从他保送了,我家里三句话有两句是说他,我看到他就头疼。"

许安仪一乐:"那就别让他来啊。"

"呵呵。"于枝枝一下子把面膜撕下来,"死命令,他来南城参加比赛,我妈千叮咛万嘱咐,必须要带他逛逛。

"有的时候真是不知道到底谁才是我妈亲生的。顾渝顾渝顾渝,她嘴里就只剩顾渝了是吧!"

许安仪:"这样嘛,你就带他在南城大学晃一圈,刚刚好。"

于枝枝趴回床上:"那我还挺不好意思,再说吧。"

2.

于枝枝和顾渝小学就认识了。

她从小就没有什么远大志向,别人都想当科学家,抓周都抓什么话筒、算盘,她不一样，一圈东西没一个她看得上的，转头去抓了她自己的小抱枕。

据她妈妈说，当时一圈大人的脸绿了一排。

还有人找补，说她长大之后会做大生意——床品生意。

于枝枝就在这种期盼中，咸鱼躺上了小学，她最爱干的事情就是逮到一个地方就睡觉。

她小学时一下课，要么就偷偷摸摸趴在桌子上睡觉，要么就去小卖部买好吃的。以至于她这条咸鱼半年了都不认识自己的同班同学，只知道自己旁边坐了个天才儿童。

为什么是天才呢？因为她妈妈每次去开家长会，都会一脸羡慕地看着旁边的人，然后回家追着她到处跑，问她能不能学学同桌顾渝。

是以，于枝枝记住了她的学霸同桌的名字——顾渝。

3.

两个人真正第一次说话，是在一年级期末。

当时的小学生都统一放学，于枝枝那天买了一袋新零食，好吃得不行，就想偷偷从队伍里跑出去，去小卖部再买一袋。

结果她走了没两步，就被抓个正着。

抓她的人不是别人，正是班长顾渝。

顾渝比她还矮半个头，一脸严肃："不要脱离队伍。"

于枝枝狡辩："我没有。"

"你有。"

"我没有。"

两个小孩子就这个话题僵持了，僵持到队伍都走了，他们还在不停地说。

最后是家长找进了学校里来。

于妈妈扯着嗓门喊："于枝枝——你在干什么？"

于枝枝马上尿了："'古鱼'不让我走。"

顾渝明显也没想到于枝枝撒谎："不是，她想去小卖部！"

顾渝妈妈也紧跟其后过来了。

于枝枝什么样还是亲妈最了解，于妈妈当场还原出了事情经过："给顾渝道歉！"

于枝枝梗着脖子："对不起——"

顾渝心不甘情不愿的："没关系——"

"拉手，和好！"于妈妈凶巴巴的，把两个人的手拉在一起，"拉了手就永远不能吵架了！"

顾妈妈打着圆场："学校都没人了，于枝枝妈妈，咱们一起吃个饭吧。"

从那天开始，于枝枝也不知道怎么回事，两位妈妈就变成了好朋友。

4.

于枝枝的小学就是在顾渝的阴影下度过的。

她口齿不伶俐,装傻很有一手,每次顾渝一生气,她就说着不标准的话:"'古鱼''古鱼'。"

小学六年也就这么安稳度过了。

只是于枝枝刚窃喜了一个假期,初中开学迎接新生活的时候,就在座位旁边又看到了这个人。

顾渝已经抽条,于枝枝没有了身高优势,她再也不能偷偷从桌子下面钻出去,去她最爱的小卖部。

因为顾渝只要随便一伸手,就能把她完美拦下。

这个原因导致她单方面和顾渝结仇。

小学时候的方法也不灵了,她再怎么撒娇卖萌也戳不到冷面无情的顾渝,反而每次干坏事,第二天就会被"母后大人"知道。

她深切怀疑顾渝。

所幸,高中她不再和顾渝一个班。

5.

顾渝这次来南城,是参加一个关于大学生创业的会议。

于枝枝在"母后大人"的强烈要求下,排除万难给顾渝订了酒店,还被强行要求陪顾渝逛三天。

于枝枝是在南大门口接到的顾渝。

顾渝早就不是以前那个少年了,他的个子在高中猛蹿,已经是男生之中的佼佼者。相反的是,他的话越说越少。

对此,于枝枝评价为,他迟早也要秃头。

于枝枝假惺惺地走上前:"你来啦,我帮你拿行李吧?累不累啊?"

顾渝躲开她伸过来的手:"不用。"

这一下搞得气氛更尴尬了。

顾渝:"要去哪儿?"

"我妈要我给你订的酒店,"于枝枝暗暗翻了个白眼,"就在我们学校附近。"

"那走吧。"

他真是寡言少语。

酒店位于南大附近,需要穿过三条街,正是初夏气温升高的时候,太阳正毒辣,于枝枝一直在树荫下走,偏偏顾渝暴露在太阳下。

顾渝这人一直不在乎这些。

可是于枝枝一看到他那么白的皮肤,万一因为她晒黑了,她大概会自责到天荒地老。

于是她"高抬贵手",抓住了顾渝的衣角。

顾渝回过头来看她，一脸疑问。
"你到树下面走，小心晒黑。"
顾渝一愣："不用。"
于枝枝性子急，懒得跟他争论个没完，直接用力："让你来就来，哪那么多话。"
顾渝也不抵抗，被扯到了树荫下。
在于枝枝没注意到的地方，顾渝把行李换了一只手拖着，同时快了她一步，遮挡住了剩下的一丝光，让于枝枝清清凉凉走到了头。

6.
走了十几分钟就到酒店了。
顾渝填好信息，转头就要上楼，没想到于枝枝也跟着走。
他一愣："你跟来干吗？"
于枝枝大大咧咧的："太热了，开会儿空调凉快凉快再说。你着急出去？"
顾渝神色不自然了一瞬，随即恢复正常："随你。"
于枝枝丝毫没意识到自己是跟着一个男孩进酒店，一到房间，她就大大咧咧瘫在了沙发上，看着顾渝放行李箱。
"我妈对你真好，我出门都住不了希尔顿套房。"
"你想住？"顾渝看了她一眼，"我可以给你订。"
"算了吧，"于枝枝把鞋脱掉，盘腿窝在沙发上，"你那些高额奖学金留着娶老婆吧，别花在我身上，我不配。"
顾渝也坐了下来："你挺配的。"
于枝枝看着他认真的神情愣了："你也会说笑话？活久见了！"
她的思维天马行空的，这话题也不了了之。
吹了一个多小时空调，于枝枝问："你想去哪儿玩？我带你去。"
顾渝已经打开电脑写论文了："随便。"
于枝枝最烦别人说随便，于是没好气地说："那就在酒店待着吧。"
"嗯。"
嗯？就这么同意了？于枝枝一脸震惊，她就是气话随便一说，要是真的让顾渝酒店三日游，她于枝枝回北城那天就是葬身之日。
于枝枝："我开玩笑呢，要不我带你去南大逛逛吧？"
不用花钱，还距离近。
顾渝还是一声"嗯"。
"你是不是只会说这一个字？"
"嗯。"
于枝枝算是发现了，顾渝这个人有一种魔力，就是每次都能把她气到死的魔力。
"嗯，那你收拾收拾，走吧。"

7.

到达南大的时候,已经是下午了。

于枝枝还把许安仪叫了出来,正好趁这个时机,让许安仪这个宅女出门逛逛。

顾渝跟在于枝枝身后,她就跟许安仪一直说话,时不时回头看看顾渝有没有跟上,再给他介绍介绍南大的风景——这就是她口中的游玩了。

一路上还遇到了不少的熟人。

"哎,于枝枝,那是你男朋友吗?"

"不是!我发小!"

"于枝枝!晚上去不去酒吧啊?"来人是计算机系的一个女孩,跟于枝枝在社团熟悉的。

于枝枝下意识问:"都有谁啊?"

"就上次那个帅哥啊,还有不少其他系不认识的!来不来?"

她看了眼顾渝,心里想去得要命。

顾渝瞥了她一眼:"什么帅哥?"

计算机系的女孩一说这个就来劲:"你是于枝枝发小你还不了解她啊?有个篮球队的帅哥!她一直没堵到人,这不正好有机会了吗!"

于枝枝就势做出可怜兮兮的样子,看着顾渝:"能去吗?"

顾渝脸色不太好:"嗯。"

8.

许安仪向来不去酒吧,最后只有于枝枝和顾渝两个人去。

体育学院那群人订了卡座,于枝枝很自然地坐在旁边,顾渝紧跟着她,神色中一点都看不出来是第一次来酒吧。

要不是来之前于枝枝问了一句,看姿态估计还以为他是酒吧常客。

体育生看到于枝枝,连忙招呼:"哎——于枝枝来了,来晚了,喝一杯——"

于枝枝笑了笑,刚要把酒杯接过来,就被一双骨节分明的手截和。

她皱着眉头去看,顾渝把酒杯捏在手里,一口干了。

"她今天不方便,我替她。"

于枝枝一愣。

从小到大,她就没见过顾渝沾染一丝有关酒精的东西。

"你干吗呀?"她小声问,"搞得像没喝过酒一样。"

顾渝思路清晰:"你喝醉了我管不了。"

"那你喝醉了我就能管?"于枝枝不可置信地问。

"能。"

整场酒局,于枝枝根本没碰到过酒杯,反倒是顾渝一杯接一杯下肚,脸色都不带变化的。

这群人喝到兴起,也不知道谁提议说要玩传纸巾。

这个游戏向来以暧昧氛围取胜，很可能和相邻的人亲上。

于枝枝看了眼。

顾渝是最后的，她倒数第二个，前面是个女孩。

就是顾渝这个洁癖症患者，真能接受这种游戏吗？不过她的想法不能影响这群人一丝一毫。

纸巾还是从那边一个一个地传过来，在中间的时候，被一个坏心眼的人撕掉了一大块，变得更小了。

到于枝枝这里几乎就只剩下几毫米。

她视死如归地抿着，凑近顾渝，眼睛微微闭上，生怕自己露怯。

她也是第一次玩这个。

她凑到顾渝面前的时候，闻到了他身上好闻的味道，刚刚喝的酒似乎让他的味道变得更为复杂好闻。

于枝枝闭上了眼。

下一刻，她就觉得自己的后颈被扶住，那只手破开一切障碍带着她前行，直到另一道温热的呼吸喷洒在她的脸上。

纸巾动了。

只不过因为纸巾太小，他们的唇还是蹭在一起了好几次。

于枝枝这个姿势别扭得不行，她是单膝跪在沙发上的，本就重心不平衡。在纸巾马上传递成功的时候，不知道谁从身后推了她一下，她瞬间朝着顾渝怀里扑去。

顾渝喝醉了也不影响他的反应，当即揽住了于枝枝。

只是两个人彻底吻到了一起。

两个人都没有闭眼，借着五光十色的球灯的闪耀光芒，他们就那样静静看着对方。

于枝枝先退开："对……对不起。"

"不用说对不起，你想怎样都可以。"

顾渝是这样说的。

于枝枝吓了一跳，掰着手指数了一下，顾渝一共说了十三个字——这不是他的风格。

她直视着顾渝的眼睛，企图找到他喝醉的证据。

终于败下阵来。

谁能知道，顾渝喝醉了也和正常人一样。

9.

那个吻于枝枝没有放在心上。

玩游戏发生这样的事很正常。

也不知道顾渝是不是在意，总之散局的时候，他什么都没说。

于枝枝送顾渝去酒店。

见他走路都正常，她才放心了不少。

到酒店门口，她刚要转身走，就被顾渝拉住了："别走。"

"干吗？"

"我给你订了套房。"

于枝枝不可思议地看着他："我就随口一说！你还真订啊！贵死了！快退了！"

"退不了了。"

"那你自己想办法。"于枝枝真是服了他。

"你别一个人回学校，不安全，住这儿。"顾渝说。

于枝枝还是不为所动："我东西都在学校呢。"

"钱白花了。"

"住。"

于枝枝最后还是为了高昂的房费住了，他们学校附近这家店没什么人来，所以开的房间是相邻的。

走到楼道的时候，她还有点幽怨，趁着顾渝开门的空当，说："你以后别喝酒了，看着跟正常人一样，实际上瞎花钱。"

顾渝把门打开，朝里走，没回复。

于枝枝准备往自己房间走，手腕猛地被扯住，然后被拉进了那个漆黑的房间里。顾渝没有把房卡放进插电口，屋内一片漆黑。

她能感受到的只有顾渝埋在自己的颈窝，呼吸很重。

她脑海里浮现了五个字——真的喝醉了。

她叫着顾渝："你醉了。"

顾渝抬头看于枝枝，他眼神里的东西，于枝枝不懂。

从小到大，他们都没贴得这样近过。

唯一一次还是于枝枝上课睡着，不小心倒在了顾渝肩上，那个时候顾渝瞬间就把她推开了。

所以此刻于枝枝非常不自在。

顾渝的醉态在这个时候才显现出来，他的眼睛在一片漆黑中有着独特的亮光，让于枝枝沉醉其中。

半晌过去，于枝枝才猛地推开他："顾渝！"

顾渝闭了闭眼："你要到微信了吗？"

于枝枝："什么？"

"那个什么帅哥的微信，你要到了吗？"

于枝枝也不知道顾渝为什么在这个时候提起这个话题，她哪有心思去想什么帅哥的微信，一整场酒局下来，她就只能想到那个吻，那个被不知道是谁推动的吻。

此时的氛围暧昧，于枝枝都不知道自己的视线该往哪儿搁。

她支支吾吾道："就是开玩笑的，哪有什么帅哥，闹着玩呢。"

顾渝没回答。他只是走上前来，带着无尽的压迫感，逼得于枝枝一步一步后退。

于枝枝没见过这样的顾渝，就眼睁睁看着顾渝的吻慢慢落下。

于枝枝想，自己一定也醉了。
她从来没有这样眩晕过，像是下一秒就要坠入无尽的深海，没有人可以拯救她。
就在意识迷蒙的时刻，顾渝终于放开了她。
于枝枝大喘着气，抬手给了顾渝一巴掌。
"你真不是个东西。"
放完狠话，她转身开门就跑。
于枝枝连那天价的套房都不怜惜了，直接回了学校。

许安仪坐在宿舍里码字，见到于枝枝脸颊通红地跑了回来，马上问道："你怎么了？"
于枝枝噘嘴："顾渝亲了我。"
"啊？"许安仪站起来，"他还干什么了？没欺负你吧？"
于枝枝摇头。
"要不要给你妈妈说？顾渝怎么这样啊……"许安仪为她打抱不平。
于枝枝的怒气忽然就被按下了暂停键。
"其实也不是吧，可能就是因为他喝醉了。我没事，算了吧，毕竟从小一起长大的呢。"
许安仪愣了愣，也不知道于枝枝的碎碎念是在说服谁。
"那你这两天还带他玩吗？"许安仪趴在于枝枝床边的梯子上问，"他这三天怎么办？"
"他反正是成年人，爱干吗干吗。我都这样还去找他！尴尬死了！"
许安仪笑了笑，没说话。

10.
自那天后，于枝枝直接把顾渝的联系方式全部拉黑，顺便在宿舍躲了两个多星期。
周六，她正躺在床上看电视剧呢，许安仪从外头回来，语气中难得带着震惊："于枝枝，你要不要下来看看？"
"看什么？"
许安仪神秘兮兮地跟她说："看楼下，看外面。"
于枝枝也不知道是什么大事，懒得下床，只是从床边顺着探头，把窗帘拨开一个缝隙，朝下面看。
"天啊……"
吓得她手上的零食都掉了。
楼下的小花园中心，回宿舍的女孩子们形成了一个包围圈，包围圈里是一大束玫瑰花，顾渝站在正中心。
许安仪见于枝枝傻眼的样子，又问："你要不要下去？"
于枝枝还没从震惊中清醒过来，瞪大了眼，转头："这场面……我没看错吧？

他喜欢这楼里哪个小姑娘?"

许安仪也震惊了:"他一个北城人,除了你认识谁啊?"

于枝枝指了指自己,又看了眼楼下:"所以,他来跟我表白?"

"嗯。"

"不行不行,我这没洗头没洗脸,我不下去……反正我不下去,太土了,太丢人了……让他自己丢人去吧。"

于枝枝念叨着,把整个人蒙进被子里。

物理屏蔽。

她觉得,顾渝没有拿一个大喇叭已经算是仁至义尽,自己装好鹌鹑,时间久了他就会走的。

许安仪继续问:"真不去?"

"不去不去不去。"

"好吧。"

于枝枝电视剧也看不下去,一颗心乱得不行。

顾渝到底是发什么疯,最后一次见面还是在尴尬的希尔顿。

她真的像是被打了一拳。

过了十分钟,于枝枝悄悄钻出来,又顺着窗户看了外面一眼。

还在那儿……

二十分钟……

还在。

一个小时……

还在。

于枝枝太了解顾渝了,如果她今天不出去,顾渝说不定会站到天荒地老。

咬咬牙,她还是顺着梯子爬下去了。

许安仪像是早就猜到了,好整以暇地看着她:"怎么?要去了吗?"

于枝枝对着镜子偷偷照了照:"我就是让他赶紧走,太尴尬了。"

"好吧。"

于枝枝从楼上跑下去之前也没忘了戴口罩。

冲到楼下,她就看见顾渝和一圈围着的人。

"同学,你找谁啊?一直在这儿站着。"

"就是啊,你得说你要跟谁表白,我们好帮你传话呀。"

"她脸皮薄。"顾渝看都不看别人。

"脸皮薄什么啊!这可是表白,多浪漫啊!"

于枝枝看得一脸黑线。

她都不知道自己跟顾渝哪儿来的感情线,表什么白表白。

站在人群外,于枝枝尽力挡着脸:"顾渝!"

顾渝在人群中心抬头,看到于枝枝时神色也只是波动了一瞬。

于枝枝接着说道:"你给我过来!"

顾渝抱着那一束赶上于枝枝人大的玫瑰走过去。

这里人太多,不是说话的好地方,于枝枝转头就要带顾渝走,没想到自己都走出去十几米了,回头一望,顾渝还在原地。

她简直要崩溃:"你到底要干吗?"

顾渝把花放在地上:"于枝枝,能和我谈恋爱吗?"

这样简单的一句话,在这个晴天如同一道雷,把于枝枝劈得一动不能动。

谈恋爱?和顾渝?

她只知道顾渝这个讨厌鬼从小到大都是她的心理阴影。真的恋爱,她怕自己哪天心脏承受不了直接吓死过去。

于枝枝:"你别闹了。"

"我想了很久,是真的想和你在一起。我们试一试,如果我不好,你扔下我也可以。"顾渝这样说。

旁边的人都在起哄。

"在一起!"

"在一起!"

11.

说不喜欢吗?好像也没有。

于枝枝从小到大都知道,自己对顾渝的"讨厌"之下,有着满满的羡慕和崇拜。她对顾渝的情感复杂程度,连她自己都整理不清楚。

她只知道,顾渝是别人家的孩子。

每次妈妈说"你能不能学学顾渝"的时候,她也是有点骄傲且庆幸的。

庆幸这个人是顾渝,庆幸他是独一无二的。

她介意的点不在于成绩好坏,她只介意那样好的顾渝,在全校第一保送的路上,和她越来越远。

说起那天的吻,生气吗?

一点都不。

甚至她还庆幸,庆幸这个人是自己。

于枝枝无法想象顾渝真的喜欢另一个女孩是什么样子,也无法接受,所以此刻她才会这么迷茫。

顾渝还在等她的回答。

于枝枝咬牙,心想,要不试试吧,大不了就甩掉。

起哄的声音逐渐在她的耳畔复苏,她听到自己说:"那就试试吧。"

12.

于枝枝还是和顾渝在一起了。

只是这个恋爱谈得像是顾渝单方面付出。每到周末，顾渝就从北城坐高铁过来，陪于枝枝吃吃饭、逛逛街，然后再乘着夜色回去。

许安仪时常打趣她，说她这异地恋谈成了上班一样。

于枝枝也觉得有点对不起顾渝。

所以在暑假前夕，她故意跟顾渝说要晚几天回北城，其实人和许安仪已经上了高铁，准备悄悄给他一个惊喜。

当她拖着个大行李箱到家的时候，一开门看到的景象就是顾渝帮着她妈妈忙里忙外。

于枝枝吓了一跳："你怎么在这儿？"

顾渝见她回来似乎也波澜不惊："我知道你今天回来。"

"你怎么知道的？"

"你的12306绑在我手机上了。"

所以她一买票，顾渝这边就已经知道。

那他还陪着她玩？

于枝枝气鼓鼓的："那我的惊喜不就没了？"

顾渝说："有，你回来就很惊喜。"

"哼，算你会说话。"

晚饭时，爸妈三句话不离结婚，顾渝也是说什么就应什么。

"你俩什么时候结婚啊？我和你爸急死了。"

"我才大四……"

"什么才大四？顾渝对你这么好，早结早享受。"

于枝枝嘴角抽动。

顾渝对答如流："等她毕业，我会求婚的。"

13.

顾渝说话算话，于枝枝毕业一回北城，就被拦在了家楼下，亲戚朋友全都来了。

按照许安仪的话说，这场求婚比当年在宿舍楼下挖土、蜡烛、鲜花一样不漏。

于枝枝哭个不停，一半是感动的，一半是哭自己还没感受社会险恶，就莫名其妙有了个老公。

顾渝给她买的戒指又大又闪，旁人都说她命好。

于枝枝也这么觉得。

两个人先领了证，顾渝买了一套北城市中心的房子，于枝枝连班都没上，就被完美地养在了家里。

她有时候觉得，万一自己被养废了，顾渝不要她了怎么办。

她跟顾渝说了这个想法，决定去上个班。

顾渝还是那个古板的样子，回答："你想做什么就尽管去做，有问题我兜着。你在我这里，永远自由。"

番外四

浪漫是生活的必需品

许安仪发现自己怀孕是结婚的第二年。

周望在外面录节目,她闲着没事带许安柔出去逛街,结果在商场肚子疼,转头被送进了医院,这才知道已经怀孕四个月了。

她本来就瘦,反应也几乎没有,要不是大夏天的吃了太多冰,估计还不能发现。真要是再晚点发现,估计他们都得被打个措手不及。

周望在南方录节目,还有三天才能回来,许安仪也就不想打扰他工作,先打电话给了周望的妈妈。

结婚后,她跟婆婆的关系非常不错,经常约着一起出去玩出去吃饭,俨然混成了姐妹。

电话接通,许安仪非常冷静:"妈,我怀孕了。"

"什么?你再说一遍!"

"我怀孕了。"许安仪很无奈。周妈妈有点咋呼,这时候估计需要时间来消化一下消息。

"乖乖啊,你现在在哪儿呢?"

许安仪:"我和许安柔在医院呢。"

"在医院!"周妈妈急了,"怎么去医院了?怎么了?你等着,我给周望打电话,让他马上回来!"

"不用,妈,他这两天就回来了,我没事,就是冰的吃多了肚子疼,我还准备等他回来给他个惊喜呢!您千万别说。"

"啊?他要什么惊喜,我看他就不应该出去。"

"反正您放心吧,我肯定没事。我妹妹还在呢,等他回来我俩回家吃饭。"

"那行吧,你千万注意身体啊,要是不舒服给妈妈打电话。"

许安仪笑着答应,挂了电话。

从医院回到家,她还有点恍惚,怎么就出门逛个街,结果揣了个崽子回来?

许安柔高兴得不行,跑上跑下的,一会儿问许安仪要吃什么,一会儿问她难不难受。

许安仪无奈:"我不是瘫痪了。"

许安柔:"小孩子哎!超级可爱!"

许安仪懒得理许安柔:"写你的作业去,别闹。"

许安柔还不放弃,又在许安仪这儿待了好长时间才不甘不愿地回了对门。

结婚的时候,许安仪和周望把这边当成了婚房,对门给许安柔住着。

周望说什么都要给许安仪彩礼,把半山别墅买下来了,他们也时不时回半山住。

许安仪想着,周望回来的话,他们可以去半山住两天,那边还算凉快。

整整一天,她的脑子里这件事就环绕不停。

要有小孩子了,以后是不是就不能和周望出去旅行了?是不是不能喝冰水了?最重要的是,她还没做好准备。

记忆里她和周望每次都有做安全措施啊,为什么还会中招?

带着疑问,晚上许安仪勉为其难没有点什么麻辣香锅,而是吃了一碗健康饺子。

吃完饭她就躺到了床上,周望知道她懒,给她在床上装了非常大的靠背,还有正对面的投影仪,方便她随时随地看东西。

许安仪抱着一碗葡萄,一边看剧,一边吃。

隐约听到了楼下有什么动静,她也没在意,以为是安安在跳来跳去。

电视剧正播放到精彩部分的时候,许安仪看得入神,卧室的门忽然开了,吓了她一跳。

她扭头去看,看到的就是风尘仆仆的周望,明显是跑进来的。

许安仪:"你怎么……"

她话音都没落,就被深深拥抱住了。

"你……你知道了?"

"嗯。"

"你怎么知道的?"她疑惑地把手放开,拍了拍床边,让周望先坐下歇一会儿。

"妈发了个朋友圈。"

"啊?"许安仪一愣,"什么朋友圈?我跟她说了不要告诉你呀。"

周望轻笑:"她发了个'家里的大喜事',我回了个问号,她又回了我一句'你别问我,不会告诉你的'。"

"然后你就知道了?"

这就能看出来?

周望一顿:"我妈的朋友给我发微信恭喜,我才知道是这件事,她给自己的姐妹都说了一圈。"

许安仪叹气,人间漏勺。

"那你工作呢?不是要录到后天吗?"

"我……我补偿了他们一期,这期就先回来了。"

许安仪无奈。

周望上一期综艺的费用很高,白白让节目组赚了,就为了回家抱她一下。她有点心疼自己家的钱了。

许安仪:"你快去洗个澡,刚下飞机累不累啊?"

周望凑上来,亲了她一口:"不累。"

"你今天好黏人。"

"有吗?"周望把下巴放在许安仪的锁骨上,闷闷的声音传来,"老婆。"

许安仪一下子怔住了。

结婚这么久,周望从来没叫过这个称呼,平时要不就是叫"乖乖",要不就是"许安仪","老婆""老公"在他们之间是一直都没有的。

许安仪:"怎么突然……这么叫?"

"想叫,"周望道,"不想要小孩。"

许安仪一笑,周望今天就像个小孩。她抚着周望的脸,故意用那种哄骗的腔调问:"为什么呀?"

"你是我老婆。"

"嗯。"

她听懂了,周望的意思是,有了小孩子,她就不仅仅是他的老婆了,还是孩子的妈妈。

"周望,你像喝醉了一样。"

周望坐直:"有吗?"

许安仪郑重地点头:"有,你今天还挺可爱的。"

"好了,不闹了,"周望摸了摸她的头,"我先去洗个澡。"

说着,他进了浴室。

也不知道是心理作用还是什么,许安仪觉得困意来得很快,投影的动漫都没看完,就昏昏沉沉睡着了。

迷迷糊糊之间,她感觉身边凑过来一个温温热热的身体,虚虚地拢着她。

许安仪这才知道自己之前真的算是走运了。

从发现怀孕开始,孕检都不算什么,建档抽血十一管也不算什么,唯独这个孕吐。

她的孕吐是突然来的。

那天早上,她忽然想吃虾饺,指使周望下楼买,顺便还大发善心地让周望送许安柔上学。

虾饺拿回来的时候还是热乎的,看着超级有食欲。

许安仪高高兴兴地坐在餐桌边,筷子上夹着一只虾饺,慢慢送进嘴里。还没等她嚼几下呢,恶心的感觉就涌了上来。

当天早上,她就是在厕所度过的。

周望也不知道一直吐会不会有什么问题,头一次慌了,急急忙忙带着许安仪去医院。

到了医院人家医生看了看,就说是正常的。

许安仪简直快疯了。

吃东西吐，看剧吐，喝水吐……就没有消停的时候。

给于枝枝打电话她都满是哀怨。

于枝枝："你这反应也太大了。"

许安仪刚吐完，有气无力："羡慕你，当时都没什么反应。"

于枝枝吐槽她："你平时就爱躺着，多出去走动走动呗，身体好点也放心。"

这一句话说到了许安仪的心坎上。

当天晚上，她和周望一沟通，两个人当场收拾行李，回了半山别墅。

周望把之后的活动都推了，每天什么都不做，就在家里陪许安仪。

早上出去走走，晚上出去看看。

惊奇的是，许安仪还真的反应小了不少。

离预产期还有一个月的时候，他们又从半山搬走，去了私人医院提前待产。

许安仪的病床大得离谱，给周望留的陪护床只有一小点位置，以他的身高必须要弯着腿才能躺下。

据周妈妈说，周望从小到大就没这样过。

许安仪也劝，说她的位置够，可以让周望上来一起睡。

每每有这种言论，周望都皱着眉头："你会不舒服，我无所谓。"

许安仪只能作罢。

有一天晚上，她说什么都睡不着，就拉着周望在窗边看天空。

"周望。"

"嗯？"

"她八月的生日呢。"她怀孕之后说话有点无厘头，左一茬右一茬。

"怎么了？"

"是个夏天的小孩，"许安仪看着天上的星星，笑了，"我喜欢夏天。"

"为什么喜欢夏天？"周望哄着她。

"因为第一次见你，是一个夏天，人生所有的重要的场合，都是夏天，好喜欢夏天。"

"那我也喜欢夏天。"

"为什么？"

"因为你喜欢。"

预产期前几天，周望和许安仪才把小孩的名字定下来。

叫周夏。

简单粗暴，不管男孩女孩。

许安仪甚至都想好了，夏夏以后长大要怎么和她解释。

就说，夏天是一年之中最长的季节，是最浪漫的季节。

周夏出生在一个很普通的夏夜。

许安仪前一天就开始疼，在周望的照顾下，她晚上七点准时进了产房。她设想的任何意外都没有，九点多的时候，夏夏就和她第一次见面了。

小小的一个，还看不出来像谁，就是动作之间，很有周望的气派。

许安仪没什么力气，只能扯了扯嘴角，一被推出病房门，一大群人就围了上来。

周望在最前面，满眼的担心。

许安仪又扯动嘴角对着他笑了笑。

进了病房，周望扯着她的手都没放。

许安仪微微恢复了点力气："你知道男孩女孩吗？"

周望摇头，看起来完全不想知道。

许安仪说："女孩子哦，会和我一起爱你的女孩。"

周望："只要你爱我就够了。"

周望嘴上说着不在乎，其实在乎得要命。

许安仪坐完月子回了家，还享受着皇帝一般的生活，饭来张口衣来伸手的，好不惬意，唯一的缺点就是半夜睡不安稳，总是会被夏夏的哭声吵醒。

每到这个时候，她就会看到周望在哭声响起的瞬间坐起来，然后非常自然地哄娃，跟他嘴上说的大相径庭。

夏夏满月的那一天，许安仪问周望："要是男孩，你也喜欢吗？"

她看的小说里面，似乎男主角都更偏爱女儿。

周望诧异地看了她一眼："怎么这么问？"

许安仪给他解释了原委。

周望听罢一笑："爱不是因为性别，是因为不管男孩女孩，都是我们的小孩。因为我爱你，所以也爱她。

"也因为我爱她，所以她也会爱你。

"这是很简单的道理。"

许安仪点点头，周望当了爸爸，有点人生导师的潜质了。

"那如果你女儿以后特别淘气怎么办？"

"不会吧？"

"如果有人除夕夜到你女儿窗前，让她跟着出去骑自行车怎么办？"许安仪打着坏主意，笑着问。

"三十楼，敢来试试。"周望也笑了。

周夏小朋友三岁的时候，被扔在了奶奶家一个月。

据说，爸爸妈妈是出去工作了，可是她每天和他们通视频的时候，妈妈爸爸都在很漂亮很漂亮的地方玩。

她觉得爸爸妈妈骗了她。

许安仪和周望确实是去工作了。

之前怀孕的时候，周望推掉了不少工作，也就欠下了不少导演的人情。这次有个导演做了个旅行综艺，邀请了夫妻两个人。

他们拒绝一次，导演亲自上门，拍着胸脯跟他们保证，就是公费旅行节目，他们只要玩好就可以了。

实在是没办法，他们也就答应了。

录制地点在南方的一个海滨小城，节目组租了一个别墅，给他们自由发挥，只要度假一个月就可以。

许安仪和周望就坐飞机来到这里。

去之前，许安仪还想着这一个月会很累，到处都是机器，还有各种各样的人环绕着，说是旅行大概率也没那么轻松，没想到导演组真的拿出了全部的诚意。

小别墅里的机位都是在公共区域，一点都不会触及他们的隐私，甚至行程都可以由他们自己制定。

按照导演的原话就是，只想要他们夫妻两个的流量。

倒是诚实。

两个人到达海滨小城的第一天，许安仪和周望就去了海边。

似乎这样的小城市总是空气清新，海边干净得不行，沙滩上的沙子软软地沾在他们的脚踝上，浪漫惬意。

许安仪双手撑在身后坐在沙滩上，周望也坐在她旁边。

她拿起手机看了眼时间："听说再过十分钟就要日落了。"

周望点头："想看吗？"

"想，还没看过海边的落日。"

周望闻言，把薄外套脱下来，盖在许安仪的腿上，防止海风过大吹得她不舒服。

两个人静静等待着落日的降临。

"你说，这儿的天好看，还是北城的天好看呀？"

"我们一起看过的，都不分伯仲吧。"

许安仪一笑，抓了一把沙子，扔在周望的腿上："怎么这么肉麻。"

"我以为你早就习惯了呢。"

周望也笑了，抓过许安仪的手，轻轻把残留的沙子拍掉，说："听说晚上可以点篝火，要不要来？"

篝火？

许安仪只在电视剧里见到过："是人很多的那种吗？"

"不是，"周望看着海面，"只有我们两个的。"

"那好呀。"

许安仪说完，又看了眼时间，还有两分钟。

太阳已经到达一个极低的位置了，海面都被映照上了橙色。沙滩在这个视角看来更加暖和，她穿的碎花裙子和风景都融为了一体。

许安仪举起手机，想要拍照。

前置摄像头一调整出来，她就把周望和她全部框在镜头里面。

周望的镜头感比较好,瞬间找到了最帅的姿势。

"你这样显得我不好看。"许安仪吐槽。

"那要怎么样?"

许安仪把手机递给周望:"你拿着,我在后面,显脸小。"

周望什么都不说,直接就拿过手机,举高起来。

许安仪比了个剪刀手。

"咔嚓"一声,时间就定格在了小小的手机里。

许安仪把手机抢回来:"我回去后要印出来,放在家里!这张好看!"

"好。"

她发现了,无论她说什么,周望都会说好。

这张照片,夕阳的颜色打在他们侧脸。结婚这么久,周望的脸就像永葆青春似的,丝毫不变,跟高中时候都差不多。

许安仪更是长得嫩,单看两个人外表完全看不出已经有了一个三岁的女儿。

正当她仔细看着照片的时候,周望突然伸出了一只手,挡住她的手机屏幕。

"看。"他说道。

许安仪顺着他的视线抬头,看到地平线处,一轮火红落日在缓缓下沉着,月亮挂在了另一边的天上。那耀眼的光,染得天地间都红得不像话。海平面带着水波纹,时不时折射一些光线到他们的眼里。

周望忽然问道:"想在落日前接吻吗?"

许安仪一愣。

虽然附近只有他俩,但是镜头还是无处不在的。

"可是……"她有点犹豫。

"想,还是不想?"周望继续问。

许安仪认真思考了下,这样的日落,可能好久好久都看不到,还有什么比在这里接吻更浪漫的事情呢?

被看到又怎么样。

她眼神坚定:"想。"

周望得到回答,慢慢凑过来。

许安仪看着他的瞳孔,里面都是自己的影子。

海风带了点腥气,杂糅在他们之间。

那个吻如同下降的太阳,一开始极为强烈,慢慢又变得极其温和。

全都被周望主导,一如这么多年的每一次,许安仪都会在唇齿相接中心动不已。

换气中途,许安仪喃喃道:"周望,我吻到了太阳。"

换来了呼吸被再次掠夺。

毕竟是录制综艺,他们也不能一直坐在海边,太阳完全落下去之后,两个人就沿着海岸线慢慢走回了小别墅。

在这里不能点外卖,许安仪毫无用武之地了,她就看着周望忙活。

之前一结婚，周望就彻底改掉了她点外卖的习惯，一个影帝顶流开始日日洗手作羹汤。

许安仪爱吃什么，周望就做什么。

于枝枝说得一点错都没有，周望已经把许安仪养得无法无天。

海边的第一顿，吃得不太丰盛。

许安仪看着几个菜："我们明天去市场吧，应该不会被认出来。"

周望给她夹东西："好，看看你想吃什么，明天去逛逛。被认出来也没关系。"

许安仪笑了笑。

吃完饭，两个人就坐在小别墅院子里的秋千上吹风。

许安仪："要不我们在这边买房吧，也挺幸福。"

周望："周夏怎么办？"

明明是他最想过二人世界，怎么还把问题抛回来给她了？

许安仪瞥了他一眼："让她跟着许安柔吧。"

话才说完，她自己都笑了。

许安柔这丫头，高考失利又复读一年，现在上了大学还跟小孩似的，天天给她打电话求安慰。

许安仪出来录节目才躲过一劫。

听说宁让也回来了，两个人有点什么弯弯绕绕的。

周望从秋千上坐起来，打断许安仪的思路，伸出手："走吧。"

许安仪一愣："去哪儿？"

"不是想看篝火？我们去海边点篝火。"

周望一只手拿着从小别墅后院找到的木柴，另一只手牵着许安仪，沿着海岸线找到了一块干净的海边区域。

夜晚没什么人，许安仪就大胆地光着脚踩海水，一踩吓了一跳。

"周望！"

周望把木柴扔下，赶紧走了过来："怎么了？"

"你看！这里有荧光海！"

据说是由一种微生物组成的，在海边很常见，许安仪刚刚踩着水，一下就看到了蓝色的光。

"我要许个愿。"许安仪说。

周望点头，抓着许安仪的胳膊，免得她被海浪带倒。

许安仪也自然闭眼，双手合十，许下和当年生日完全不一样的愿望——

我希望，周望天天开心。

许安仪很快就睁开了眼，她一只手抓着周望，另一只手提着裙子："快点，看到荧光海幸运一整年，你也赶紧许一个！"

周望如她所愿地闭上眼。

"你许了什么愿望？"许安仪问。

周望睁眼，带着许安仪往回走："许安仪天天开心。"

"啊？"

"我说，我许的愿望是，许安仪天天开心。"

许安仪听到之后，先是愣神，然后是笑，笑得前仰后合。

周望不解："笑什么？"

"我跟你许了一个愿望，周望天天开心。"

周望在沙滩上搭建了一个简易的篝火坑，把带来的木柴在其中点燃，火势熊熊，在黑夜里，火焰时而泛着蓝光，时而又火红如日。

许安仪就绕着火堆转圈。

周望把她的鞋提过来："把鞋穿上，小心烫到。"

许安仪听话地站着，任由周望蹲下身，把鞋一只一只套在她的脚上。

"好浪漫，"许安仪感慨，"我要写在小说里。"

"什么小说，新构思的吗？"

"嗯，就写，有一个少年，在海边长大，他有一个喜欢的女孩子，每天都会在海边跳舞。

"可少年不会跳舞，他就躲在椰子树后面看着女孩的动作学。直到有一天，少年真的学会了，他穿着自己最引以为傲的一套衣服，来到了女孩身边。

"他说，我可以请你跳一支舞吗？"

许安仪讲完故事，坐在了周望旁边："浪漫吗？"

"浪漫，像童话。"

许安仪点头："确实，我想写童话。"

周望没接这一句，反而忽然问："你觉得童话能够变成现实吗？"

"不知道……"

许安仪不知道他为什么问这个。

周望轻笑，站起身来，把手伸到许安仪面前："我可以请你跳一支舞吗？"

许安仪怔住："我不会，也不是那个女孩。"

"你是我的女孩。"

许安仪不再犹豫，她把手搭在周望的手心里。

周望轻轻一用力就把她拉了起来，没有音乐，只有海浪声，没有灯光，只有荧光海、月色以及跳跃的篝火。

他们在跳简易版的探戈。

许安仪总是踩到周望，周望也不介意。

静谧的夜色中，两个相爱的人在篝火旁，以爱为乐，肆意张扬着情感。

许安仪说："你总有主意。"

周望问："开心吗？"

"嗯，"她笑了，又踩到了周望一次，"好开心。"

"我们好像浪漫小说里的人，是两个爱疯子。"

"疯就疯吧，浪漫才是生活的必需品。"周望发力，把许安仪抱起来，吓得许安仪连忙伸手揽住了周望的脖颈。

许安仪:"文绉绉的。"

"以后教你跳别的。"

周望抱着她走,篝火会有节目组的人来负责灭掉。

他们逆着火光,走向自己为期一个月的小家。

他中途都没停顿,直接到达卧室,许安仪的碎花小裙子被压得褶皱不堪。

周望亲吻着她。

"你别闹,家里有镜头的。"

虽然不在卧室,但是个人都会知道他们要做什么吧。

许安仪怕"社死"。

周望亲了一口:"都关了,十点准时关。"

"那你也让我先洗澡啊,身上都是柴火的味道。"

周望才不管这个,他顺手到床头柜一勾,拿起他带来的香水,随意喷了两下,大吉岭茶的香味弥漫起来。

"好了,现在都是我的味道了。"

许安仪气笑了:"那也不行,没有那个……"

"我带了。"

"你想哪里去了!"她躲着周望的亲吻,"我说的是抱枕,我的腰!"

周望从旁边扯过来一个枕头,塞下去,软乎乎的,刚刚好。

这下许安仪什么借口都找不到了,她还想多看看海呢。

最后她再挣扎一下:"要不明天吧,我们的篝火还没灭。"

周望忽然抬起头来,两个人对视。哪怕结婚这么久,许安仪还是会为他动心。

她听到周望哑着嗓子,轻呼她的名字:"许安仪。"

"嗯。"许安仪都要哭了,躲着他的手。

"别拒绝我。"

番外五

五十问，两封信

1. 请问你们的名字是？
许安仪：叫我许安仪就好。
周望：周望。

2. 你们的年龄是？
许安仪：二十六岁。
周望轻笑：跟她一样。

3. 你们的性别？
许安仪一愣。
周望看了一眼旁边的助理：这是什么问题？
周望：男。
许安仪：女……

4. 请互相介绍一下对方是什么样的人。
许安仪：嗯……周望老师吧……
周望：周望老师？
许安仪戳了一下他：周望老师就是那种，有时候看起来很冷淡的样子，其实就是个大男孩。
周望：嗯，许安仪老师也是。
许安仪：也是什么？
周望：小女孩。

5. 在你们眼里，自己是什么样的人呢？

许安仪：普通人。
周望看了眼许安仪：和她一样吧。
许安仪：你还是普通人？
周望：我不一直都是普通人吗？
许安仪：你不太了解我，在我眼里，你一直是闪闪发光的星星。
周望：给点面子，乖乖。

6. 第一次见面是哪里呢？什么样的场景？
许安仪扯了扯周望的衣角：你先说吧。
周望思考：第一次是在教室里吧，我坐在最后一排，第一排的小姑娘马尾晃来晃去的，晃了我的眼。
许安仪：是这样吗？我怎么都不知道？
周望点头：因为我觉得我一见钟情的事情有点……不符合人设。
许安仪：好吧。我第一次见他，也是在教室里。他在讲台做自我介绍，穿了白衬衫，晃了我的眼。

7. 你们当时对对方的第一印象是什么？
周望抢先：我当时就想，这女孩和别人不一样，乖乖巧巧的。
许安仪认真回答：耀眼，像星辰一样耀眼。

8. 最喜欢对方哪一点？
许安仪欲言又止。
周望：没关系，什么都可以说。
许安仪：最喜欢他穿白衬衫的样子。
周望看了看身上的西装：最喜欢她在我身边的样子，不管是什么场面。
许安仪：你这样显得我情商很低。

9. 有讨厌的地方吗？
许安仪：暂时没有。
周望：暂时没有。
许安仪：怎么一直学我？
周望：因为你很可爱。

10. 请如实回答第九个问题。
许安仪犹豫：就……有的时候太黏人，我不知道算不算。
周望：有吗？
许安仪点头。
周望：行，我的回答是，有的时候她太不黏人。我希望她永远黏着我。

11. 有没有什么相处的细节让你们觉得很浪漫，可以分享一下。

许安仪：每天都有吧，他是一个浪漫的人。不是有那句话吗，浪漫的人做什么都浪漫。

周望：相处……她工作的时候吧。她敲键盘，我在一边看剧本。每次想到那个场面，心都会一直宁静。

12. 你们对对方最常叫的称呼是什么？
许安仪：嗯……周望。
周望：许安仪。

13. 为什么？
许安仪：我认为连名带姓是非常非常正式的，把他姓名的每一个字都化成音节的时候，就好像这个人和你熟稔无比，在我这里算是珍视的感觉。
周望点头：她说得对。

14. 还有其他昵称吗？
许安仪僵住：没……有
周望：乖乖、老婆什么都喊过。

15. 一般在什么场合会说这些？
许安仪继续僵住。
周望看了眼许安仪：我可以说吗？
许安仪凑近小声说：这是问问题，你能不能正经一点？
周望点点头：在不正经的地方。

16. 用一个动物形容对方吧，并说说为什么？
许安仪：小狗狗。
周望：兔子。
许安仪：他粉丝说他有的时候像小狗狗，我觉得挺形象的。小狗会祝你天天开心。
周望：她总紧张，像容易被吓到的兔子。

17. 送给过对方什么礼物？对方回答。
许安仪：太多了，他送过我好多好多。
周望：很多。

18. 其中印象最深的是什么呢？
许安仪：一瓶……"北冰洋"吧。
周望：一块水晶。

19. 对方做过什么让你不满吗？
许安仪突然笑了：冷了我两个月。

周望：就……算了，没有。
许安仪：没有？我不信。
周望：真没有。

20. 你们有什么不为人知的癖好吗？
许安仪：说出来不就为人知了吗？我……我没有。
周望：我喜欢她扎头发。
许安仪疑惑：你也没说过啊？
周望：不为人知，也不为许安仪知。

21. 请许安仪回答上一个问题。
许安仪：一定要说吗？
周望：说吧，没事。
许安仪指指周望：我有点手控，他……手指很好看。
许安仪的脸突然红了。

22. 对方的什么行为会让你讨厌？
许安仪：这问题是不是回答过了，太黏人，但不讨厌，只是有时候……有点耽误工作。
周望：可能会觉得我这个回答有点假，但是我真的从来没有讨厌她的事情。

23. 第一次约会的地点？
许安仪：家里。
周望：我不太方便出门约会。

24. 第一次约会的气氛是什么样子的呢？
许安仪：自然吧。
周望：我们两个认识很久，氛围的话，熟稔。
许安仪：别人恋爱初期都会有点尴尬或者其他，但我们没有。

25. 第一次约会的时候感情上是什么进展呢？
许安仪：在一起了。
周望再次看助理，这是什么问题：你问的是没在一起的约会？那我们很少。
许安仪指向旁边：他比较麻烦。

26. 现在经常一起去的地点是？
许安仪：家，我们两个都很宅。
周望：我陪她在家。

27. 家里的装修是什么风格？

周望：你问哪一套？
许安仪伸手掐了一下周望：你别……
周望笑了：田园风吧。

28. 为什么？
许安仪：待起来很舒服。
周望思索：她喜欢。

29. 快速问答，对方的生日和星座是？
许安仪毫不犹豫：七月二十三日，狮子座。
周望：六月一日，是个双子座小朋友。相配度百分之九十多。

30. 仍然是快速问答，对方的身高是？
许安仪：一米八三……吧。
周望：你为什么犹豫？
助理正使眼色，许安仪指了指助理：他？
场外音来自助理：老板娘！老板百度百科上的身高是一米八五！
周望愣了愣。
许安仪抿唇：一米八五，刚刚我说错了。
周望无语看助理：一米六六。

31. 哪一方先告白？
许安仪：……这跨度……
周望：许老师先。
许安仪愣住：是吗？我怎么记得有别人？
周望：嗯……不过也可以是我。

32. 有多爱对方？
许安仪捏手指：你先说。
周望：比嘉望江边日落的次数还要多。
许安仪：肉麻死了。
周望看向她：那你呢？还有比这更好的回答吗？
许安仪：比"北冰洋"的气泡还多。

33. 你有情敌吗？
许安仪：有很多，不过不可以说是情敌，是和我一样喜欢他的人。我非常感谢他们，一直坚定地站在他身边。
周望：有很多啊。
许安仪：哪有？你不要乱回答问题行不行？
周望：教授、高中同学，还有谁来着？我得数一数。

许安仪：下一个问题。

34. 对方做什么会让你觉得无法抵抗？
许安仪：拥抱。
周望张开双臂：抱一下吗？
许安仪：都在看着呢，别闹，回家再说好不好。
周望强行拥抱：你现在可以抵抗我吗？
许安仪：不行……赶紧回答你的问题吧。
周望思索：认真地看向我。

35. 如果对方有不爱的迹象，你会怎么做？
许安仪：不会有，他不认识别人了。
周望：是，我没有交际圈，而且我也不会，因为她"社恐"。
助理继续问：真的有了怎么办呢？
周望：你们这个刨根问底的精神……真的有，就祝她天天开心。
许安仪：不会有。

36. 最喜欢对方的哪一个部位？
许安仪：全部。
周望：全部。

37. 对方最性感的行为是什么？
许安仪凝住：行为……舞台上吧，特别是唱歌的时候。
周望：还是看着我的时候。
许安仪：到底为什么啊？
周望：你的眼里只有我。

38. 你有对对方撒过谎吗？
许安仪：有。
周望：肯定有的。
许安仪：用撒谎形容太严重了，只能说有隐瞒。
周望：对。

39. 为什么？
许安仪：因为有的事不想要他知道，当然不是什么坏事……在一份情感里肯定是要这些东西来维护的。
周望：因为……不希望她对那些事有任何的负担。
许安仪：结果就是，我们两个太不擅长，都会莫名其妙被揭穿。

40. 上一次吵架是什么时候？为什么？

许安仪：在一起的时候，原因他说吧。
周望：那算吵架吗？
许安仪思索：算你单方面和我吵架？
周望愣了愣。

41. 和好又是因为什么呢？
许安仪：我向他告白。
周望笑了：对。
许安仪：现在想想感觉你是故意的。
周望：是的。

42. 所以是女追男吗？
许安仪一时没接话。
周望：不是，我的微博大家都看到了，是我心甘情愿追她，我喜欢她。

43. 如果有平行世界，你们的故事有想象过吗？
许安仪：当然。
周望：嗯。

44. 那个故事是怎么样的呢？
许安仪：在我的想象里，他只是个平凡的学生，或者是其他，总之不是现在这样。他会和大家一起上学放学，会度过最平凡的三年，然后有数不胜数的好朋友，还有喜欢他的女孩。最后高考考上一个好大学，一生都顺遂。
周望：怎么没提到你自己？
许安仪：我在上帝视角啊。
周望：我想象的也差不多是这样，她和我在高中可以成为好朋友，每天我送她回家。夏天的时候，就骑着单车在嘉望江边吹吹江风。大学上同一所，毕业就结婚。

45. 你们有遗憾吗？因为什么？
许安仪笑了：有。一辈子勇敢一次没被看到。不过现在看来都不重要了。
周望：我看到了。
许安仪惊讶：我怎么不知道？
周望：我前段时间找朋友恢复了聊天记录，看到了。
许安仪扶额：你忘了吧。
周望：怎么可能？

46. 对平行世界的自己说点什么吧。
许安仪：希望你不要像我一样犹豫、胆小，要做一个始终相信爱的人，也要做一个会爱人的人。在遇到喜欢的人的时候，请勇敢吧。
周望：你要像我一样，永远爱她。不论是哪条世界线，爱最珍贵。

47. 你们有自卑感吗？为什么？
许安仪：要说实话吗？
助理：当然。
许安仪沉思：他在我心中一直是天边的星星，徒手摘星的人注定要抵抗宇宙的失重吧。
周望：你是月亮。
许安仪：别打岔，你的自卑感？没有吧。
周望：有啊，我站的地方有点远，怎么努力都感觉靠近不了你。有的时候被粉丝说"恋爱脑"，我都想回一句，我宁可不当这个艺人。（看到助理眼色）咳，不过这些时光我还是很珍惜。

48. 你们的爱会有保质期吗？
许安仪：当然有，也许是离世的那一天。
周望：同上。
助理：不许什么三生三世的愿望？
许安仪：虚无缥缈了点，不过我相信，如果真的有来生，我也会被他吸引吧。

49. 现在在家里的状态用一个成语形容是什么？
许安仪：镌刻永恒。
周望：和和美美。显得我有点没文化。
许安仪偷笑。

50. 平时秀恩爱是因为喜欢吗？
许安仪：我还好，他喜欢。
周望忽然官方：有很多粉丝是陪我长大的人，一方面我想让他们看到我过得很好，另一方面，我想给许老师安全感。
许安仪：真的不是因为你想秀？
周望：不是……吧。

好的，今天的采访到此结束了。你们的面前有两张纸和笔，你们在上面给以前的对方写一封信吧。

　　十六岁的周望你好！
　　很高兴可以在这个时候第一次遇到你，可能你不知道，在你进入三班的一瞬间，点亮了我的三年。
　　当时的许安仪怯懦又胆小，是一个很平凡很普通的高中生。
　　小说里的夏天、爱意、少年，都与我无关。
　　长大后的你，总是在夸奖我，那些无关紧要的话，让我第一次甩掉了自卑，甩掉了害怕。

我勇敢了一次,就是那一次,让我可以幸福很久很久。

你的字迹还那么拧巴吗?你还有好多话没对我说吧。

还会不会困扰于自己不完美的高中生活?会不会在夜深人静的时候想到我?

请不要着急,这些都会在不远的将来,随着时光的变迁消磨,你终将完成你的愿望。

周望和许安仪一直幸福着。

一直一直。

请加油。

许安仪

十八岁的许安仪,你在流泪吗?

南城的冬天潮湿,要照顾好自己,顺便帮我照顾好楼下的"学长",我很快就会带它回家。

你知道的,我的语文向来不好,也写不出什么煽情词句。

我现在的字迹不丑了,能写很漂亮的情书给你,也不再因为身份困扰,我平和地接受了自己,正和以后的你坐在这里写信。

其实最关键的,是没有说一声抱歉。

如果当年知道,我想我会放弃所有去保护你。还有那一条我没有看到的短信和欠下的"北冰洋",你不要为此难过,这些在以后会成为我们饭后闲聊的往事。

等待相遇吧。

我们总会见面,总会反复爱上,不论是在哪一条时间线。

在你家柜子的缝隙里,保存着十八岁的我的秘密,如果你能看到的话,记得对我那行歪歪扭扭的字迹笑笑。

周望在前往你身边的路上。

剩下的话是说给二十六岁的许安仪听的。

课代表,我语文不好,所以表白也不动人,但我还是要说——

我爱你。

很爱很爱。

周望

【完】

后记

有缘看到这里的你：

你好呀。

不知道说什么好，就聊聊这本书吧。

在连载的时候，我确实是很兵荒马乱。在家待的时间太久，导致身体出现问题经常要去医院（不难发现，这本书有好多医院的情节）。

至于周望的诞生，也是很奇妙的事情。我坐在医院的长椅上，看到了一个小男孩在妈妈面前跳舞，他妈妈吊着水，还笑眯眯地赞扬他。

我听到幼稚的孩子对着妈妈喊了一句"我要当明星，我要唱歌跳舞"！

我哭笑不得，当晚回家，就诞生了周望。

然后给周望找"CP"的时候，我几乎没有思考就决定了许安仪。无论这个女孩再怎么胆小怯懦，只因为在构思的时间里，听到了周望站在我面前说——

"我就要许安仪。"

说实话，我向来不太信这些，之前觉得笔下的人物活过来是一件很玄幻的事情，直到这次。他们在我心里谈恋爱，我用笨拙的手指写出来，写给你们看。

看他们聚在一起，重新爱上，走进人生中的第二个夏天。

然后，此时此刻是北京时间零点二十五分，是夏季的末尾。

周望扯着许安仪来看我，非让我替他跟你说句话。

他说，谢谢喜欢，以后有机会让你听到我写的歌。

我问他，有没有可能人家更想看许安仪写的小说。

两个人什么都没回答，手拉着手不见了。

好啦，这些话就写到这里。

我看到有很多人来告诉我他们的暗恋故事，每次看得我都很唏嘘。

希望看到这里的你知道,暗恋从来不是暗暗地喜欢别人,而是只属于自己的藏在暗处的宝藏。

请再勇敢一些吧!

剩下的话就不多说了,再次祝我所有的读者,万事顺意,天天开心。